가을과 겨울 사이

가을과
겨울
사이

이종하 소설

가을과
겨울
사이

긴 무더위가 지나갔다. 폭염이었다. 좀체 더위를 먹지 않는 타고
난 체질인 나도 지난 여름은 견디자니 참 힘들었다. 잠자리도 편
안하지 않았다. 50여 년의 세월 동안 세상을 내가 너무 혹사시키
지 않았나 싶다. 아프다.

초록의 산을 바라보니 지나온 시간이 보인다. 아픈 시간들이 너
무 길게 이어져 재생된다. 흑백사진이다. 상처가 보인다. 붉은 피
가 내 몸에서 흐른다. 선명하다. 차라리 시원했다.

내가 보낸 이십대는 길 찾기의 모험이었다. 내가 보낸 삼십대는
찾은 길에 집을 짓고자 도전한 시간들이었다. 내가 보낸 사십대는
본격적으로 집을 짓기 시작했다. 지금 나는 내가 지은 집의 가장
이 되었다.

문학으로 세상과 소통하겠다는 다부진 꿈을 꾸었고, 치열하게

살아온 시간들이다. 그 시간들을 기록했다. 문학이 되었다. 위안이 되었다.

세상의 거리에 혼자 허든거리고 있을 때 문학이 위안을 주었다. 등대가 되었다. 내가 지금 여기 있는 것은 등대를 바라보고 있기 때문이다. 등대를 향해 지금도 걷고 있기 때문이다.

사람이 그리울 때가 많았다. 그래서 쓴 소설들이다. 세상 어느 좁은 골목길에서 아파하는 사람을 써야했다. 그들의 아픔이 골 깊은 상처가 되지 않았으면 좋겠다는 생각으로 이 소설을 썼다.

소통이 되는 세상에는 아픈 사람이 없기 때문에 나는 소통을 원한다. 내 소설이 소통의 시작이 되었으면 좋겠다.

그 아이는
어디로 갔을까

비가 오는데도 불꽃쇼는 사흘 째 계속되고 있다. 갖가지의 모양들이 하늘에 펼쳐졌다가 쏟아지듯 사라졌다. 그러나 그것을 일부러 지켜보는 사람은 없다. 당연히 멋지다고 탄성을 자아내는 사람 역시 전혀 없다.

폭죽을 터뜨리는 사람은 소년이다. 입을 꾹 다물고 하나 하나 하늘을 향해 쏘아 올리는 표정이 정말 진지하다. 절대로 재미 삼아 하는 짓은 아니었다. 불꽃이 퍼질 때, 그것을 바라보는 소년의 눈빛도 예사롭지 않다. 너무 진지해서 말을 붙이지 못할 정도다. 사내는 왜 그러는 지 궁금했다. 그러나 소년은 아직까지 그 이유는 말하지 않는다.

마지막으로 남은 폭죽이 씽, 소리를 내며 캄캄한 하늘로 치솟았다. 그러고는 퍼벅 퍽 퍽 퍽 퍼벅 퍽 퍽 퍽 퍽…… 소리를 내면서 터졌다. 요란했다. 불꽃은 색색의 불빛을 잠깐 보여주고 이내 사라져버린다. 화약 냄새만 진하게 깔린 채 세상은 다시 잠잠해졌다. 어제도 그랬고, 그제도 그랬듯이 오늘도 정확하게 31개의 폭죽이 터졌다.

비가 사흘 째 질금질금 내리고 있다. 기력 없는 노인네 오줌발 같다. 이제 그만 내리는가 싶으면 또 줄줄줄 내렸다. 장맛비라고 하기에는 궁색한 비였다. 시원하게 한번 쏟아 붓고 말았으면 좋

겠지만 그럴 낌새도 없다. 사내는 시발녀메 세상…… 그냥 흘러나
오는 말을 내뱉으며 피우던 담배를 창밖으로 내던진다. 삼 층에서
떨어지는 담뱃불을 옆에 있던 소년도 내려다본다.

"아저씨는 왜 그러세요?"

사내는 고개를 돌려 소년을 본다. 무슨 말이든 해주고 싶지만
피식 웃어 보이고 만다. 둘째였던 아들이 살아 있으면 비슷한 나
이였을 것이다.

"너, 며쌀이라고 그랬지?"

"나 아저씨한테 나이 말한 적 없는데. 아저씨는 왜 걸핏하면 시
발녀메 세상, 시발녀메 세상 그러냐고요?"

"몰라도 돼, 인마."

이제는 고쳐야 하는데 사내는 또 그랬구나, 싶다. 습관이 되어
버린 것이다.

"암튼 아저씨는 좀 이상한 사람이에요. 또라이 같아요."

소년은 당돌하다. 자기가 하고 싶은 말을 여과 없이 내뱉는다.
하는 행동도 제멋대로다. 사내는 그런 소년이 안타깝다. 안아주고
싶지만은 그럴 기분은 얼른 들지 않았다. 마음속에 시커먼 응어리
한 뭉치를 품고 있는 게 틀림없을 것이다. 분명히 큰 사고를 치고
서야 그 응어리가 풀어질 것 같다. 그래서 소년은 밤마다 폭죽을
하늘에 터뜨리는 것일까. 무슨 사연이 있겠지만, 평범한 아이는
분명히 아니었다. 소년을 처음 본 순간부터 그런 생각이 들었다.
그러고 보니 소년과 함께 빈 교회에서 밤을 보낸 지가 벌써 사흘
째다. 그렇다면 사내가 이 작은 읍내를 찾아온 것이 나흘째가 된

것이다.

사내가 이번에 딸아이를 찾을 수 있을까 싶어서 오토바이를 몰고 온 곳은 작은 읍邑이다. 서울에서 삼백 리 길이다. 도시 한가운데로 강물이 흐르고, 시선을 들어 돌아보면 산등성이 둘러싸고 있다. 그런데 이곳은 이상한 도시다. 자정만 되면 모든 불이 꺼지는 것이다. 비록 인구 2만 여명이 산다는 작은 읍내지만 그 흔한 모텔이나 다방 간판도 꺼지고, 이런저런 술집 등등의 간판이 모두 꺼진다. 게다가 여느 도시에는 하늘에 둥둥 떠 있는 것만 같은 그 많은 십자가마저도 찾아볼 수가 없다.

"이렇게 캄캄할 때는 무서운 얘기가 제일 좋은데, 아저씨 무서운 얘기 좀 해주세요."

"미친놈."

"그럼 내가 해줄까요?"

사내는 아무 대답도 하지 않는다. 담배를 주머니에서 꺼내들고 옆에 창문으로 옮겨간다. 소년은 저쪽 구석에 있는 소파에 가 벌렁 눕는다. 그렇게 누워서 창밖을 보면 먼 하늘이 훤하게 보이는 위치에 소파가 있다. 사내는 그 자리가 탐났지만 어쩔 수가 없다. 탐낸다고 순순히 넘겨줄 만만한 아이가 아니었다.

비 오는 세상 지겹다. 며칠째 바람도 불지 않았다. 그나마 다행스러운 것은 큰 도시처럼 습기가 많지 않아 땀을 흘려도 끈적거리는 게 없다는 것이다. 그것은 산으로 둘려 쌓여 있는 도시여서 그럴 것이다.

"아저씨, 서울에서 살았다고 그랬죠?"

"나 잘란다"

"서울에도 집 없어요?"

사내는 긴 나무의자 두 개를 마주 붙여 잠자리로 펴놓은 구석자리에 가서 앉는다. 지난밤처럼 아이의 질문에 말려들어 괜히 이것저것을 주저리주저리 말해놓고 후회하고 싶지 않다. 어제는 정말 누구에게나 말하고 싶었지만, 아직은 뼈다귀도 물렁물렁한 애송이한테 신세한탄을 해놓고 얼마나 후회를 했던가.

"그럼 내가 무서운 얘기해줄게요."

이제껏 묻는 말에 한 번도 네, 하고 대답한 경우가 없는 아이였다. 사내도 대꾸하고 싶은 마음이 없었다. 키를 보나, 덩치를 보나 초등학생은 분명하다. 목소리도 변성기 전이다. 5학년은 지났을 것이다. 하는 행동으로 보아 중학생이었던 경험도 없을 것이다. 그렇다면 6학년이 맞을 것이다.

그런데 저 아이는 왜 밤만 되면 이 빈 교회에 와서 잠을 잘까? 그것도 열두시가 넘어서 나타났다가 새벽에 사라지는 것일까?

태어날 때 긴 머리카락 아홉 개만 있는 아이가 있었대요. 그것도 머리 한복판에 모여 있었대요. 또 그 아이는 절대로 소리 내서 울지 않았대요. 배가 고프면 눈물만 흘렸대요. 그것도 죽 흘리는 게 아니고요, 빗방울처럼 뚝뚝 떨어뜨렸대요. 그리고 눈동자가 평소에는 우리하고 똑같이 까만색인데요, 잠을 자는 밤에 그 시간만 되면 변하는데, 다섯 가지 색으로 변한대요. 게다가 잠잘 때도 항상 반듯하게 누워서 눈을 부릅뜨고 자는데요, 그 시간만 되면 고개를 돌리면서 눈동자 색깔이 바뀌었대요. 밤 한 시가 되면 고개

를 오른쪽으로 돌리면서 눈동자는 파래지고요. 머리카락 한 가닥
이 움직인대요. 마치 사람이 걸어가는 것 처럼요…….

* * *

사내는 허기를 느낀다. 배낭 속에서 종이 팩을 꺼낸다. 소주다.
배고픔을 달래는 것은 소주 몇 모금 벌컥벌컥 마시면 되기 때문이
다. 그러나 잠들지 못하는 고통은 방법이 없다. 술을 제아무리 먹
어도 두어 시간이면 깨어난다. 그 다음에 오는 우울함과 공허함은
제 정신으로 견디기 정말 힘들다. 그래서 또 술을 마시게 된다. 스
물여섯 살에 결혼하고 서른여섯 살 때 아들을 잃었다. 죽은 아들
의 보상 문제로 찾아온 보험회사 직원을 때려 감옥에서 열 달이나
살다왔다. 다니던 회사에서도 쫓겨났다. 그때부터 그렇게 살았다.
그러다보니 알코올 중독자가 된 것이다.

당신하고 더 살다가는 나도 돌아버릴 것 같아. 하루를 견디는
게 너무 힘들어. 죽을 때까지 당신을 원망할 거야.

이런 메모 한 장 남겨놓고 마누라가 집을 나갔다. 아들을 잃은
뒤 아내는 정말 하루를 견디는 것을 고통스러워했다. 아내는 먹는
것조차 의미가 없다고, 초등학교 3학년이었던 딸아이를 굶기기 일
쑤였다. 그러더니 딸아이마저 내팽개치고 떠나버린 것이다. 그게
7년 전, 그러니까 아들을 잃은 지 2년이 지났을 때였다. 결국 딸아
이마저 중학생이 되더니 집을 나가버렸다.

그럴 때마다 잠꼬대를 하는데요, 어른 목소리가 난대요. 백일이

지나면서 그랬대요. 그 아이가 하는 잠꼬대를 잘 들어보면 알아들을 수가 있었대요. 밤 한 시에는 너 죽어. 너 죽어. 너 죽어, 를 스물두 번 정확하게 반복했대요. 그러고는 다시 고개를 반듯하게 하고 잠을 잤대요. 눈동자 색깔도 다시 까맣게 변하고요. 그리고 다시 두시 삼십분이 되면 몸을 뒤집는데 아주 가볍게 뒤집어서 엎드린대요. 낮에는 절대로 못하는데 말이에요. 아무튼 엎드린 아이는 이마로 바닥을 쿵쿵 찧는대요. 그때 못하게 하면 고개를 번쩍 들어 쳐다보는데요, 눈동자가 빨갛게 변하면서 마치 피가 막 쏟아질 것처럼 고여 있대요…….

사내는 소주를 마저 마셔버린다. 저런 애송이 말에 귀를 기울이고 있는 자신이 한심스럽다. 그렇지만 소년에게 다시 돌아가는 시선을 잡아당기지 못한다. 참으로 기이한 인연이란 생각이 든다. 분명 집을 나온 가출 소년은 아니다. 입고 있는 옷이 하루하루 바뀌는 것은 물론이고, 다 유명메이커 옷인 것을 보아 괜찮게 사는 집 자식으로 보인다. 아닌 말로 한번쯤은 가출한 소년들이 많이 빠져드는 소매치기가 아닐까 생각해보기도 했지만, 하는 행동으로 보나 말하는 것을 보아 그건 분명히 아니었다. 만약에 그런 아이라면 사내의 눈에 얼른 표시 났을 것이다. 전문가는 아니지만, 그런 아이 셋하고 열 달이나 같이 생활한 적이 있으니까 말이다. 그것도 아주 좁은 공간, 그러니까 흔히들 큰집이라고 하는 감옥에서 하루 종일 같이 지냈던 것이다.

아무튼 이곳에서는 운이 좋게도 잠자리를 쉽게 찾을 수 있었다. 통장에 잔액은 바닥을 보인지 오래 전이었다. 여관비는 물론이고 먹는 것도 아껴야 했다. 그래야 딸아이를 찾는 일을 포기하지 않을 것이다.

　이곳에 온 다음 날이었다. 다방을 찾아 여기저기를 다니는데, 가랑비 속에서 스쿠터 한 대가 지나쳤다. 사내는 사거리에서 신호 대기 중이었다. 헬멧을 쓰고 지나치는 그 오토바이를 탄 여자가 꼭 딸아이 같았다. 사내는 급히 오토바이를 몰았다.
　다방아가씨가 스쿠터를 세우고 들어간 곳은 삼층 건물이었다. 사내도 그 옆에 오토바이를 세웠다. 일층은 보양탕 집이었다. 이층은 대민 건설, 한성공인중개사무소라고 유리창에 선팅이 되어 있었고, 삼 층은 교회였다. 그렇다면 아가씨는 이층으로 들어간 게 분명할 것이다.
　아가씨는 한참이 지나서야 나왔다. 딸아이는 아니었다. 사내는 아가씨에게 다가가서 늘 하던 대로 사진을 내밀었다. 아가씨는 모른다고 고개만 흔들더니 오토바이 시동을 걸자마자 횡 하니 출발하는 것이었다. 말 한 마디라도 더 시킬까 도망치는 얼굴이었다. 한두 번 경험하는 일이 아니어서 사내는 그러려니 했다.
　사내는 혹시 소변이나 보고 갈 수 있을까 싶어서 건물 화장실을 찾아 들어갔다. 사실 읍내 중심에 있는 상가들은 낮에도 화장실 문을 다 잠가놓고 있기는 이곳도 여느 도시와 마찬가지였는데, 이 건물은 외곽에 있어서 그랬는지 문을 열어놓고 있었다.
　화장실에서 나온 사내는 떡 본 김에 제사 지낸다고, 혹시 잠자리도 구할 수 있지 않을까 싶어서 삼층으로 올라갔다. 목사님이 있으면 사정 이야기를 하고 도움을 청할 생각이었다. 문을 잡아 당겨보니 문이 열렸다.

삼층은 교회로 사용하다가 비워둔 것이었다. 그것을 얼른 알 수 있었던 것은 대부분의 집기들이 제자리에 있지 않고, 이미 사람들의 손에서 벗어나 있다는 것을 모든 집기들이 말해주고 있었기 때문이었다. 만약에 밤에 처음 들어섰으면 흉가로 여겨 오금을 펴지 못했을 지도 모른다. 다만 십자가와 예수님의 모습만 제자리에 그대로 있었다. 그리고 자세히 보니 한쪽 구석에 낡은 소파 하나가 있었다. 잠자리로 안성맞춤이었다. 사내는 앉은 김에 쉬어간다고 배낭 속에 가지고 다니는 소주 한 병을 훌쩍 비우고 소파에 누웠다.

그러나 그 소파의 주인은 따로 있었다. 깊은 잠에 빠져 있는데 툭툭 건드는 느낌에 깨어보니 소년이 서 있었다.

"넌 누구니?"

사내는 낯선 소년에게 그렇게밖에 물어볼 말이 생각나지 않았다. 소년은 당황하는 기색이 전혀 없었다. 캄캄한 밤이고, 게다가 불도 켜지 않은데다 밖에는 비가 오고 있었다.

사내가 궁색하게 여기가 너네 집이냐? 묻자, 소년은 대뜸

"앞으로 내 잠자리에 발가락 하나만 올려놓으면 여기서 쫓겨날 줄 알아요."

하는 것이었다.

사내는 소파를 포기해야 그나마 그 공간의 일부라도 차지할 수 있다는 것을 느꼈다. 먼지 쌓인 긴 의자 두 개를 맞붙여놓으니 좋

은 잠자리가 되었다. 의자 위에 종이박스를 주어다가 깔아놓으니 소파보다 도리어 편안했다.

사내는 담배에 불을 붙이고 눕는다.

소년은 여전히 중얼거리고 있다. 이번에는 그 아이의 아빠가 그 아이에게 너 죽어라, 차라리 너 죽어버려라, 하고 소리쳤다는 것이다. 그 대목을 말하는 소년의 목소리에서 살의가 느껴졌다. 사내의 시선이 저절로 소년에게로 향했다. 소년은 죽어버려라, 소리를 정확하게 다섯 번 더 하고 말을 멈추었다.

사내도 그런 적이 있었다. 감옥에서 열 달이나 살고 나온 다음부터 그랬다. 술에 취하기만 하면 마누라와 딸아이에게 차라리 다 죽어버리자, 라고 주정을 해대기 시작한 것이다. 한번 시작된 그 술주정은 습관이 되어버렸다.

왜 그랬을까. 아내를 사랑하는 마음이 모자랐던 것은 결코 아니었다. 존중하는 마음 역시 모자라지는 않았다. 의지가 강한 여자였기 때문에 어느 누구에게나 존중받는 사람이었다. 바른 생각을 실천하는 용기 또한 남다른 사람이었다.

정말 그랬는데, 정말 그랬었는데…… 나는 왜 그랬을까. 사내는 오늘도 늘 하는 후회를 또 한다.

사내는 첫째인 딸아이가 태어날 때도 그랬고, 아들이 태어날 때도 온 세상에서 가장 행복한 사람이었다. 딸아이가 열 시간 정도의 진통 끝에 제 엄마 배속에서 처음 나왔을 때 온몸이 전율했다. 둘째인 아들이 진통을 한 지 두어 시간 만에 세상에 나왔을 때도 온몸에 소름이 다 돋았다. 그 순간 눈물을 흘리지 않고 의연할 수가 없었다. 그 눈물은 정말 뜨거웠다. 이제부터 저 아이들만을 위해서 살겠다는 강한 의지가 담겨 있었기 때문에 뜨겁지 않을 수가 없었다. 물론 그 아이를 잉태하고 낳은 아내를 사랑하고 존중하겠다는 다짐도 그 뜨거운 눈물에 충분히 배어 있었다.

세시 반이 되면 고개를 왼쪽으로 돌리고는 키득키득 웃는대요. 혀를 낼룸 낼룸 거리면서요. 누가 마주보고 있는 것도 아닌데 그렇게 한참을 웃는대요. 그때 눈동자는 노란색으로 변하는데요. 그래서 그 아이의 얼굴이 환하게 보인대요. 그런데 누구든지 그때 그 아이에게 다가가면 안 된대요. 그 아이가 변하기 때문이래요. 머리카락 아홉 개 모두 뻣뻣하게 곤두서는데요, 송곳처럼 변한대요…….

소년은 자기가 하고 있는 이야기 속에 깊이 빠져 있었다. 마치 소년의 몸속에 다른 사람이 들어가 있는 것만 같았다. 그냥 무서운 이야기쯤으로 생각하기에는 소년의 목소리에 묻어나는 살기가 생생하게 느껴지는 것이었다. 도저히 13살 어린애가 하는 이야기라고 생각이 들지 않았다. 섬뜩했다.

물론 눈동자 색깔도 변하고요. 빨갛게요. 그것뿐이 아니래요. 얼굴이 커지면서, 손이 고무줄처럼 쭉 늘어나는데요, 힘이 얼마나 센지 잡히면 어른들도 마구 흔들린대요. 그 아이 아빠가 잡혔었는데요, 어쨌는지 아세요. 아이가 누운 채로 집어 던졌는데, 돌멩이처럼 날아가서 벽에 부딪히고 쿵 떨어졌대요. 한 마디로 애기가 아니고 괴물이었던 거죠. 아저씨 무섭죠?

사내에게는 소년이 꾸며내는 이야기가 무서운 게 아니었다. 소년이 마치 자신을 비아냥거리고 있는 것 같아 두려운 것이다. 눈을 감아버린다. 이제 그만 잠들고 싶다. 소년의 목을 움켜잡는 그림이 머릿속에 그려진다. 생생하다. 당연히 그래서는 안 된다. 사내는 어금니를 깨물며 눈을 더 꼭 감았다.

며칠 전 딸아이의 친구는 분명히 들었다고 말했다. 이곳 다방에 있다고. 그러나 이제는 큰 기대를 갖고 있지는 않다. 삼 년 동안 전국방방곡곡을 다 찾아다녔지만 딸아이가 있다는 곳에서 딸아이를 본 사람은 아직 한 번도 만난 적이 없었다. 딸아이가 거짓말을 하는 것인지, 딸아이 친구가 거짓말을 하는 것이지, 그것도 아니면 딸아이가 제 나름으로 아빠의 의중을 떠보고 있는 중일 지도 모르는 일이다. 아빠라는 인간이 자기를 찾아다닐까 하고 말이다.

그러나 이제 다방은 거의 다 돌아다녔고, 일부러라도 아가씨에게 차를 사주면서 물어보았지만 다들 고개를 흔들 뿐이었다. 이제 이곳에서도 떠날 때가 되었다. 사내는 내일이라도 비가 개면 동해 바다로 가야겠다고 생각하며 잠을 청한다. 피서 철이 시작되었으니까 딸아이도 바다로 놀러올지 모르니까 말이다.

* * *

소년은 또 사라지고 없다. 사흘 동안 늘 그래왔다. 새벽 1시에 폭죽을 터뜨리고, 소파에 앉거나 누워서 혼자 궁시렁 궁시렁거렸다. 그러고는 아침 아니, 이른 새벽에는 사라지는 것이다. 아이가 떠난 다음에는 지난밤에 폭죽을 터뜨렸던 흔적도 없다. 비닐봉지나 쓰레기를 모두 가방에 다시 넣어 가는 것이다. 달라진 것이라고는 단지 소파가 비어 있다는 것뿐이다. 첫날에는 꿈을 꾼 게 아닌가 싶었다.

그러고 보니 오늘은 아침 햇살이 참 반갑다. 며칠 만에 느끼는 아침 햇살인가. 빗속에서 오토바이를 타는 것처럼 궁색한 것도 없을 것이었다. 이곳에 오던 날 날부터 내린 비가 이제 갠 것이다. 게다가 오늘은 어디로든 떠나야 할 텐데 생각하니 아침 햇살이 더욱 고맙다.

"아저씨."

사내가 화들짝 놀라 몸을 일으켰다. 소파 주인인 소년이 나타난 것이다.

"너 이 시간에 왜?"

학교에 가는 길인지 옷을 깔끔하게 차려 입고 있었고, 등에 가방을 메고 있었다. 반바지에 하얀색 티셔츠를 입고 있는데, 등에 멘 가방이 무겁게 보였다.

"비 안 오는데, 안 가요?"

그러고 보니 밤이 아닌 때 얼굴 보기는 처음이다. 밤에 보는 우울한, 아니 살의가 번뜩이는 아이가 아니었다. 천진스럽다. 낮에 보니 장난 끼가 얼굴 가득 묻어 있는 천상 개구쟁이 소년이었다.

"안 가냐고요?"

사내는 뜬금없이 안 가냐고 묻는 질문이 무슨 의미인지 오리무중이다. 아침밥 먹으러 안 가냐고 묻는 거라면 어디로 가야 싼 밥을 듬뿍 먹을 수 있는지 도리어 묻고 싶다.

"가긴 어딜 가냐?"

"그럼 여기서 살 거예요?"

소년은 따지듯이 한 발짝 다가섰다. 사내는 어떻게 대답을 해야 하는지 도무지 떠오르지 않았다.

"뭘 알고 싶은 거냐?"

사내는 심드렁하게 물었다. 주머니에 있는 만 원짜리 지폐 한 장으로는 오토바이 기름을 넣어야 한다. 그러면 남는 돈은 삼 천 원뿐이다. 통장 잔액이 0원으로 찍힌 지가 언제였던가. 서너 달이나 되었다. 유일하게 자동이체 되는 휴대전화 요금도 나갈 돈이 없어서 통화가 끊긴 것도 달포나 되었다. 가고 싶은 곳은 많지만 갈 수 있는 곳이 없는 것이었다. 내일쯤에는 새벽에 잡부 일을 찾아 나서야 할 판국이었다.

"돈이 없어서 그러는 거죠?"

생각했던 대로 정말 당돌한 아이였다. 사내는 정곡을 찔린 것 같았다. 순간 할 말을 잃어버렸다.

"내가 돈 줄 테니까요, 가자고요."

"가긴 어딜 가 인마. 쪼그만 놈이 못하는 말이 없네, 빨리 학교나 가."

사내는 다시 소파에 벌렁 누어버렸다. 더 대꾸해주다간 무슨 말을 더 들을지 모를 일이었다. 여차하면 꼬맹이한테 봉변이나 당하지 않을까 두려웠다. 당돌한 것도 그렇지만 어느 순간 눈에 가득 고이는 살기를 보면 어른이라도 섬뜩함을 느끼지 않을 수 없는 아

이였다. 사내는 사흘 밤을 같이 보내면서 소년의 그런 모습을 몇
번이나 본 것이다.

"내가 제안하겠어요. 무조건 받아주어야 해요. 아니면 여기서
더 못 자요."

"뭔데?"

"아저씨 서울에서 살았다고 그랬죠. 그러니까 나를 데리고 서울
로 가는 거예요. 대신 아저씨가 쓸 돈은 제가 줄게요."

사내는 웃지 않을 수가 없었다. 녀석의 영리함은 진작 알아봤
다. 절대로 그렇고 그런 평범한 어린아이가 아닌 것은 확실했다.
그냥 어린이라고 하기에는 생각이 정말 많은 아이였다. 이를테면
탐정만화 책을 많이 본 아이일 것이다.

"아저씨, 정말 화내기 전에 빨리 학교에나 가라."

"오늘부터 방학이란 말이에요. 하지만 시간이 없어요. 왠지 아
세요. 우리 엄마가 지금쯤 이곳으로 날 찾아오고 있을 테니까요.
그럼 어떻게 되는 줄 아세요. 아저씨는 감옥가요. 날 납치한 게 되
니까. 밤마다 나를 죽이겠다고 협박을 했으니까 말이에요"

사내는 벌떡 몸을 일으켰다. 그러나 정작 할 말은 없었다. 멱살
이라도 잡고 흔들면서 내가 언제 그랬느냐고 하면 그 순간 그렇게
되는 것이다. 그렇다고 그렇게 말하면 나쁜 생각이야, 라고 타이
른다고 들을 아이가 아니지 않은가. 이 당돌한 아이는 이미 그런
생각을 지나쳐서 온 게 확실하지 않은가 말이다. 정말 이 아이 말
처럼 되면 끝장이다. 아무리 아니라고 우겨도 애가 학교 가는 길
에 아니, 지난 밤마다 공갈 협박을 해서 잡혀왔다고 울고불고 난

리치면 안 믿을 사람이 있겠는가 말이다.

"이놈 정말 사람 잡을 놈이네. 가자."

사내는 소년의 손을 움켜잡고 나섰다. 더 이상 망설이다가는 큰 봉변을 당할 것 같았다. 말하는 것을 보아 그런 쪽에 대하여 알고 있는 것이 많은 아이가 분명하지 않은가. 그렇다면 먼저 이 아이를 학교에 데려다 주던가, 경찰서에 가서 자초지종을 말하는 게 상책이다 싶었다.

밖으로 나오자 아침인데도 여름 날씨답게 더위가 느껴졌다. 새벽까지 내린 비의 흔적은 이미 사라지고 없었다. 사내가 오토바이 시트에 올려놓은 비닐을 벗겨내고 올라타자 소년도 올라탔다. 등에 바싹 달라붙는 아이의 체온이 싫지 않다.

"어디로 갈 거예요?"

"가긴 어디로 가 이놈아, 학교에 가지."

"방학했다니까요."

"그럼 집에 가자."

"우리 엄마가 지금 날 찾아오고 있으니까 빨리 출발하란 말이에요. 걸리면 아저씬 죽어요."

"내가 왜 죽어 이놈아."

"아저씨는 날 밤마다 성폭행 했잖아요. 밤에 집에서 안 나오면 날 죽이겠다고 했잖아요."

"내가 언제…… 이 넘이 사람 환장하게 만드네, 너 정말 맹랑한 아이구나. 그럼 아예 지금 경찰서로 가자."

"가서 뭐라고 할 건데요?"

정말 그렇다. 사내는 순간 시동을 걸려던 생각에서 멈칫한다. 분명 그것도 잘못될 수 있는 여지가 있었다. 아닌 말로 이 아이와 어떤 관계냐고 물으면 뭐라고 대답한단 말인가. 또 하는 일이 무어냐고 물으면, 사는 곳이 어디냐고 물으면 대답하기가 궁색하지 않은가 말이다. 생각해보니 경찰은 무조건 꼬맹이 말을 믿을 건 훤한 이치였다. 더 이상 이 꼬맹이와 실랑이를 벌여보았지 마음대로 될 일은 없을 것이었다.

"아저씨 서울서 살았다면서요? 그러니까 우리 서울로 가요. 후회하지 않을 테니까요."

"우리?"

사내는 혼잣말로 다시 한 번 더 '우리'라고 흘려보면서 오토바이 시동을 건다. 참으로 오랜만에 들어보는 '우리'였다. 누군가와 같이 있을 때 '우리'가 되는데, 누군가와 같이 있어본 지가 언제인지 기억에 없다. 정말 이 아이와 내가 '우리'가 될 수 있을까.

* * *

소년하고 서울에 온 지가 벌써 보름이나 되었다. 장마는 이제 다 지나갔다고 그랬다. 올 여름은 백년 만에 찾아온 무더위라고 세상 사람들이 모두 난리들이었다. 지난 주말부터 본격적인 피서가 시작되었다. 하기야 팔월이 시작된 것도 벌써 며칠 전이다. 본래는 팔월이 되기 전에 동해바다로 가서 한 여름을 지낼 계획이었는데 소년을 만나면서 차질이 생긴 것이다. 지난해에는 경포대에서 여름을 보냈으니 올해는 망상 해수욕장에 진을 치고 있어야지 생각하고 있었다. 딸아이를 찾을 때까지 할 수 있는 것은 다 해야 하기 때문이다.

사내는 소년이 궁금해진다. 점심을 시켜먹고 나갔으니까 올 때가 지났다는 생각이 들었다. 저녁시간이 지났고, 제아무리 엉뚱한 아이라도 낯선 서울에서 혼자 돌아다니기에는 아직 어린 아이였다. 길이나 잃어버리지 않았을까 생각이 들기도 했지만 그렇다고 정말 길을 잃어버릴 아이도 아니었다. 아니면 옆 건물 옥상에 올라가서 다방에 커피를 시켜 마시고 있을 지도 모를 일이다. 그러고도 남을 아이니까.

어쨌거나 소년은 나가면서 무슨 꿍꿍이가 있었던지 안 들어올지 모르니까 기다리지 말라고 그랬지만 그냥 해보는 말이었을 것이다. 같이 놀아주지 않으니까 그래보는 것이었을 것이다. 기다리면 분명히 올 것이다.

사내는 주머니에서 지갑을 꺼내 종이 한 장을 펼쳐본다.

아빠를 사랑해요. 아빠가 저에게 해준 게 많다는 것도 잘 알고 있어요. 동생을 잃은 슬픔 때문에 아직도 그렇게 술만 마시고 계시는 것 역시 잘 알고 있어요. 아빠한테 서운한 마음 절대로 없어요. 제가 그런데도 아빠에게서 떠나려는 것은 저도 힘들어서 그런 거예요. 저도 엄마가 우리를 버리고 집을 나간 것은 용서하기 힘들었어요. 가족은 힘들어도 끝까지 같이 있어야 하는 거잖아요. 그런데 엄마는 우리를 버리고 갔어요. 그래서 나는 엄마를 정말 미워했어요.

그렇지만 지금은 엄마를 이해할 수 있을 것 같아요. 날마다 술만 마시는 아빠를 지켜보아야 했던 엄마를 이제는 저도 용서할 수 있을 것 같아요. 제가 떠나는 것은 제 마음이 아니고 아빠가 그렇게 만들었기 때문이에요. 엄마 역시 그랬을 거예요. 저는 그래서 이제부터는 아빠를 미워할지 모르겠어요.

아빠, 그래도 사랑해요. 그렇지만 이제는 떠나려고 해요. 저를 찾지 마시고 건강 조심하세요.

아빠의 딸 정미 씀

소년은 여전히 돌아오지 않고 있다. 저녁 해가 진 지 한참이 지났다. 커튼 사이로 들어오는 것은 옆 건물 간판에서 번쩍거리는 울긋불긋한 빛이다. 시간을 보니 9시가 지나서 열시에 가까워지고 있었다. 사내는 무언가 잘못되어지고 있는 것은 아닐까 싶다.

열흘쯤 전이었다. 그러니까 서울에 온 지 사흘째 되는 날이었다. 사내는 그때까지 일부러 여관방에서 버티기를 하고 있었다. 소년이 어디든지 가자고 졸라대면 더운데 어딜 나돌아다니느냐고, 비 오는데 뭐 하러 나가느냐고, 시골 공기는 좋지만 서울은 공기가 아주 나쁘니까 에어컨 팍팍 돌려주는 여기 있는 게 상책이라고 억지를 부렸다. 때가 되면 이것저것을 시켜먹었다. 소년이 할 수 있는 것은 텔레비전을 보는 것뿐이었다. 그러다 답답하다고, 미칠 것 같다고 뒹굴기 시작하면 인근에 있는 공원으로 산책을 하고 돌아오고는 했다. 사실 좁은 여관방에 처박혀 있으려니 사내도 답답해서 미쳐버릴 것 같았다. 그러나 달리 방법이 없었다. 꼬맹이를 데리고 마땅히 다닐 곳이 생각나지 않았지만, 그렇다고 아무데나 돌아다닐 수는 없지 않은가. 그러다보면 언젠가는 집에 데려다 달라고 하겠지, 막말로 돈이 떨어지면 자기 집으로 데려다 달라고 안달하겠지 생각했다. 그런데 소년은 전혀 엉뚱한 제안을 했다.

"아저씨는 지금부터 배우가 되는 거예요. 맡은 배역은 내 아빠 역할이고, 출연료는 그때그때 내 기분에 따라 달라져요. 당연히 내 아빠에게 어울리는 옷도 줄 테니까, 한번 해볼래요?"

사내는 정말 엉뚱한 아이구나 여겼다. 대꾸하고 싶지도 않았다. 심심하니까 무슨 말장난이나 하자는 것 같았다. 그렇다고 여관방에 앉아서 꼬마하고 그런 짓을 하고 있기에는 자신이 구차스러웠다.

"너랑 말장난 할 기분 아니니까, 조용히 텔레비전이나 봐라."

사내는 늘 끼고 사는 소주를 들어 마셨다. 내일이라도 당장 새벽에 잡부 일을 찾아 나서야 통화 정지 상태인 휴대전화를 살릴 수 있는 것이었다. 그래야 딸아이에게서나 딸아이 친구에게서나 무슨 연락이 올 것이었다.

"아저씨는 어차피 집도 없고, 할 것도 없잖아요. 그러니까 내가 집을 얻을 테니까 나랑 같이 살면서 내 아빠 역할만 하면 돼요. 한 달에 백만 원 정도면 할 수 있겠죠?"

"너 자꾸 그러면 아저씨 화낸다."

"아저씨는 화내도 안 무섭거든요. 그러니까 생각해봐요. 자 돈은 여기 있으니까 내 말이 장난인지 확인하고 싶으면 하고요. 대신 할 거면 지금 당장 집을 얻어야 돼요. 왜냐하면 내일 모레가 우리 엄마 제사거든요. 집에서 근사하게 지내드리고 싶거든요."

사내는 반쯤 누운 채 텔레비전에 나오는 여자 얼굴에 시선을 박고 있다가 몸을 일으켰다. 말장난을 하자는 게 아니구나 싶었다. 사실 생각이 늘 엉뚱한 아이였지만, 그 엉뚱한 생각을 현실로 이어지게 만드는 아이였기 때문이었다.

소년이 내놓은 것은 1999년에 만들어진 통장이었고, 이미 몇 번을 바꾸었는지 2004년에 그 전 통장에서 이월된 금액이 9천 만 원이 넘어 있었다. 내역서를 넘겨보니 그때까지 출금 된 돈은 딱 한 번뿐이었다. 바로 며칠 전 100만 원을 찾은 것이었다. 그 외에는 다 입금이 된 것이었다. 때가 되면 이자가 붙었고, 함씨 성을 가진 누군가로부터 1백 2십만 원, 이 씨 성을 가진 또 다른 사람에게는 80만 원, 그리고 김 씨 성을 가진 또 다른 사람에게 50만 원이 매달 비슷한 날짜에 입금이 되어 지고 있는 통장이었다.

통장은 지옥순이란 사람 것이었다. 소년의 이름은 송찬희였다. 본인 것이 아닌 것은 틀림없는 사실이다. 소년은 지옥순이란 이름의 도장도 아주 오래된 것을 가지고 있었다. 게다가 현금카드 비밀번호는 소년의 음력 생일날로, 통장 비밀번호는 양력생일 날로 만들어졌다는 것이었다. 그런데 소년은 지옥순이란 사람이 누구인지 말을 하지 않는다. 돌아가신 엄마냐고 물어도 고개를 흔들고, 외할머니냐고 물어도 고개를 흔들기만 하는 것이었다. 자꾸 알려고 하면 다친다고, 나중에 말해주겠다고 말할 때는 13살 꼬마 같지 않았다. 진지했다. 무언가를 깊이 있게 생각하는 얼굴이었다. 불량스런 학생의 얼굴이 전혀 아니었다.

"너 큰 일 낼 놈이구나. 당장 집어넣고, 집에 가자."

사내는 달리 생각해볼 것도 없었다. 벌떡 일어나 옷을 챙겨 입었다. 아이가 가지고 있는 통장을 눈으로 본 이상 지체할 일이 아니었다. 분명히 집에서 어른들 몰래 훔쳐 나온 게 틀림없을 것이기 때문이었다.

"너 귀엽다고 그러려니 했더니 아주 큰 일 낼 놈이구나. 주머니에 있는 돈을 조금 훔치는 것은 그럴 수 있지만, 어떻게 통장을 훔쳐서 도망 나올 생각을 할 수 있냐. 너 정말 간 큰 도둑놈이구나. 빨리 집에 갈 준비 해 인마."

사내가 화를 내자 소년은 뜨악한 표정을 지었다. 그러고는 그게 아니라고 울먹이는 것이었다. 그래도 사내는 다그쳤다. 더 이상 소년의 말을 들어줄 필요가 없다는 생각이었다. 소년과 같이 있다가는 무슨 누명을 쓸지도 모를 일이었고, 그 아이를 데리고 서울에 온 것부터가 잘못된 일이기도 했다. 꼬맹이가 납치범으로 몰겠다고 공갈을 쳐서 그럴 수밖에 없었다고 말하면 어느 누가 믿어주겠는가 말이다. 그런데 사흘이나 같이 있다 보니 이제는 진짜 납치범이 된 것 같았다. 아닌 말로 여관주인이 이상한 사람이 어린이를 데리고 투숙하고 있다고 신고라도 하면 꼼짝없이 당할 처지가 아니던가 말이다.

"알지도 못하면서, 아저씨는 왜, 무조건 화를 내는 건데요. 이건, 내 돈이거든요."

소년은 정말 억울하다는 듯이 울먹이고 있었다. 어금니를 깨물어 속에서 끓어오르는 무언가를 참아내고 있었다. 어깨가 심하게 들썩거렸다. 눈물이 소낙비처럼 뚝뚝 흘렀다. 평소 하는 짓은 불량기가 넘치는 소년 같았지만 눈물을 흘리는 모습은 천상 어린이라는 생각이 들었다. 사내는 순간 이 아이에게 무슨 사연이 있을 것이란 생각을 했다. 그래서 갈 때 가더라도 이야기나 속 시원하게 듣고 가자는 마음으로 소년의 앞에 다시 앉았다.

"우리 아빠는 아주 나쁜 사람이었고, 지금도 그래요. 나는 절대로 아빠를 용서할 수가 없거든요. 웬 줄 아세요…… 우리 엄마는요, 정말 예뻤거든요. 마음씨도 착하고, 공부도 잘했대요. 어렸을 적부터 교회에 다니면서 봉사활동도 참 많이 했대요. 그랬는데, 나를 고등학생 때 낳았대요. 그것도 이 학년 때 말이에요. 우리 엄마는 그래서 교회에도 다닐 수 없었고, 물론 학교에도 더는 다닐 수 없었대요.

우리 엄마는 고등학교 일학년 때부터 아빠에게 매일 끌려 다녔대요. 교회에도 다니지 못하게 아빠는 매일매일 엄마를 감시했대요. 어떤 날은 학교에도 가지 못하게 했대요. 말을 안 듣고 학교에 가면 교실까지 찾아와서 수업시간에 데리고 나갔대요. 그래도 선생님들은 그러는 아빠를 어쩌지 못했대요. 웬 줄 아세요. 우리 아빠가 그곳에서 제일 악명 높은 깡패였대요.

그래요. 우리 아빠는 지금도 깡패 짓을 하고 있어요.

내가 네 살 때, 그러니까 내 동생이 우리 엄마 뱃속에 있을 때였대요. 엄마는 아빠가 지방에 갔을 때 외할머니와 함께 교회에 갔는데요, 아빠가 예정보다 빨리 돌아왔대요. 엄마는 내가 태어날 때 그랬던 것처럼 동생이 건강하게 태어나게 해달라고 기도를 하고 싶었대요. 그런데 아빠는 엄마가 외할머니와 함께 교회에 간 것을 알고 쫓아갔는데요, 그때 목사님이 설교를 하고 있었대요. 아빠는 엄마가 어디에 앉아 있는지 찾아볼 생각도 하지 않고는 뚜벅뚜벅 앞으로 걸어가더니 정말 아무런 이유도 없이 설교하는 목사님 배를 칼로 찔렀대요. 엄마는 그 자리에서 기절을 하고 말았대요. 내 동생은 엄마 뱃속에서 죽었고요, 우리 엄마도 그때부터 누워서만 살아야 했대요. 그때 충격으로 한쪽 손과 발이 마비되어서 일어나지 못했던 거예요. 결국 아빠는 감옥에 들어갔고, 칠 년이나 살고 나왔는데도 우리 아빠는 여전히 깡패 짓을 하고 있어요. 그래요, 우리 엄마는 아빠가 감옥에서 나오기 전에 돌아가셨어요. 외할머니가 서울에 있는 큰 병원에서 수술을 하다가 돌아가셨다고 말했어요. 나는 처음에 믿을 수가 없었어요. 우리 엄마가 돌아가신 것을 나는 보지 못했거든요. 외할머니는 돌아가신 우리 엄마를 화장을 해서 한강에 뿌렸대요. 아빠하고 다시는 만나지 말라고 서울에다가 뿌렸대요. 그래서 나는 엄마 제삿날이 다가오면 밤마다 우리 엄마 나이에 맞게 폭죽을 쏘기 시작했어요. 그러나 이제는 폭죽을 쏘지 않을 거예요. 다시는 엄마를 그리워하면서 폭죽을 쏘지 않을 거예요. 보고 싶으면 한강에 가면 되니까요.

그래요, 내가 살던 그곳에 교회가 없는 것도 아빠 때문이에요. 교회가 생기면 아빠가 깡패를 동원해서 목사를 내쫓아버리거든요.

아저씨, 왜 어른들은 자기 생각하고 다른 생각을 싫어하는지 모르겠어요. 다들 그래요. 우리 담임선생도 자기 생각하고 다른 생각을 죽어라 싫어하면서 애들을 때리거든요. 우리들 말을 들어주

려는 생각이 아예 없어요. 그런데 얼마나 우스운지 모르죠. 지난
봄에 내가 어떤 새끼 머리를 사이다 병으로 내리 까버렸거든요. 이
새끼가 아주 지겹게 깐죽거리잖아요. 어지간하면 그냥 넘어가려
고 너는 계속 그래라, 하며 교실을 나오는데 죽은 엄마가 고등학
교 다닐 때 날 낳았다고 놀리잖아요. 그래서 색종이를 오려서 붙
여놓은 사이다 병이 눈에 띄기에 들고 가서 머리를 내리쳐버렸지
요. 그때 죽이고 싶었는데, 한번 맞고는 피를 흘리면서 냅다 도망
가는 거예요. 그렇다고 쫓아다니면서 촌스럽게 굴지 않거든요, 내
가. 그런데 웃기는 건 그 새끼가 도망간 게 담임선생을 찾아간 거
고요, 담임선생은 내가 그랬다는 말을 듣고는 그 아이를 무시해
버린 거예요. 고작 양호실에서 치료나 받고 집에 가라면서 데려다
주고 없어졌다는 거예요. 결국 학교가 한번 발칵 뒤집어지고 말았
죠. 그 새끼 엄마가 교장한테 찾아가서 어떻게 병으로 머리를 내리
친 학생을 혼내주지도 않고, 도리어 머리에 피를 흘릴 정도로 맞
은 아이를 혼내서 보낼 수 있느냐고 따진 거죠. 하지만 교장선생
도 마찬가지였죠. 먼저 놀려대고 시비를 걸은 아이가 바로 당신
아들이라면서 그만하기 다행이니까, 앞으로 아이를 조심시키라고
타일러서 보냈다는 거예요. 웬 줄 아세요. 다 우리 아빠 때문이에
요. 그렇다고 그 아줌마가 포기하겠어요. 학생들이 등교할 때마다
학교 교문 앞에 서서, 학교 폭력 추방하라! 폭력학생 처벌하라! 를
외쳐댄 거죠. 당연히 어깨띠를 두르고, 손에는 피켓을 들고 그랬
죠. 그러나 이틀 만에 그 아줌마는 나타나지 않았어요. 아빠한테
끌려가서 혼쭐났을 거예요. 우리 담임선생이 아빠에게 그 아줌마

를 어떻게 좀 해달라고 전화를 했대요. 그런 말을 들으면 가만히 보고 있을 아빠가 아니거든요.

선생이란 어른이 어떻게 그럴 수 있어요. 아빠는 깡패인데, 깡패한테 어떻게 좀 해달라고 말하는 것은 죽여 달라는 얘기하고 똑같잖아요. 나중에 들은 말인데요, 그 아줌마 정신이 나가버렸대요. 물론 나에게 까불어대던 그 새끼도 그 다음부터 학교에서 보지 못했어요.

전에 만화책에서 봤는데요. 아무리 나쁜 악당이지만 어떤 한구석이라도 사람답게 살아야 나중에 용서받을 수 있는 거래요. 그런데 우리 아빠는 사람답게 산 적이 없거든요. 정말 내 입으로 이런 말을 해야 하는 게 싫지만, 아저씨한테 처음으로 하는 건데요, 아무튼 우리 아빠인 게 창피하단 말이에요. 내가 가는 곳마다 누구 아들이라고 소곤대는 이유가 바로 우리 아빠가 소름끼치도록 무서운 악당이기 때문이니까요."

* * *

사내는 당장 소년의 손을 잡고 여관방에서 나왔다. 아빠 역할을 하기 위해서 소년이 원하는 집을 찾아다녔다. 당장 들어갈 수 있는 오피스텔을 전세로 얻었다. 다음 날 억울하게 살다 간 소년의 엄마 제사상도 성의껏 준비해주었다. 사랑했던 마누라 제사상도 그렇게까지는 해주지 않았을 것이다. 아무튼 제사상 차리는 방법을 조목조목 설명하고 있는 책을 하나 구입해서 해야 하는 모든 것을 다 했으니까 말이다.

"아저씨가 진짜 우리 아빠였으면 엄마도 되게 좋아했을 텐데……."

사내는 제사상을 다 차려놓고는 엄마를 잘 모시도록 이런저런 참견을 했다. 소년은 제사를 모시는 기본적인 예절을 다 알고 있었다. 살아 있을 때 좋아했다는 초콜릿을 상에 올려놓고는 엄마에 대한 그리움이 하도 간절했는지 아이의 눈에는 금세 눈물이 흠뻑 고여 있었다. 가슴속에서 올라오는 어떤 것을 참느라고 어금니를 깨물고 있었다. 사내는 그러지 말고 소리내서 울어도 괜찮다고 말해주었다.

소년은 한참을 서럽게 울었다. 그러더니 느닷없이 우리 엄마는 죽지 않았어요, 하고 말했다. 그러고는 외할머니가 우리 엄마를 아빠 모르는 곳에 감추어둔 것이라고 말하면서는 아주 비장한 표정을 지어 보였다.

말을 들어보니 아빠가 교도소에서 출소한 후 동네에 다시 나타나기 전에 외할머니가 제사를 차려준 것도 아빠를 완벽하게 속이기 위한 것이었다고 했다. 그러나 그것도 오래가지 못했다. 새엄마가 나타나고는 엄마 제삿날이 되면 외할머니가 직접 아빠에게 찾아가서 아이만 보내달라고 간절하게 사정했는데도 허락하기는커녕 도리어 험악한 쌍소리로 외할머니에게 면박만 주었다는 것이었다. 그래서 소년은 엄마의 기일이 다가오면 밤마다 폭죽을 쏘아올렸다고 말했다. 그렇게 몇 해를 보냈다고 말하면서 어깨까지 들썩이며 울먹였다. 사내는 소년의 어깨를 감싸 안고 한강둔치로 나갔다. 물론 폭죽을 사들고 말이다. 소년은 폭죽을 쏘아 올리면서 얼굴이 환해졌다.

사실 사내도 아들을 잃기 전까지는 나름대로 행복한 가정의 가장이었다. 남들보다 모자란 것도 없었다. 이십대 때부터 다니는 직장에서도 인정받고 있었다. 아내도 살가운 성격이어서 집에 돌아오면 참 재미있었다. 게다가 딸아이의 재롱에 하루, 하루가 기다려지고, 그 날 그 날이 행복했었다.

그런데 한 순간이었다. 아차, 하는 순간 모든 것은 산산이 부서지고 말았다. 유치원에 다녀오겠다고 해맑게 웃으면서 인사하고 간 아이가 죽어서 돌아온 것이다. 그때부터 아무 것도 생각할 수가 없었고, 보이는 것도 없었다. 시간이 지날수록 이 세상에 존재한다는 게 허망하다는 것뿐이었다. 그 날이 지독하게도 재수 없는 날이었다고 넘기기에는 정말 억장이 무너지고 또 무너지는 것이었다.

내 아들이 자동차 바퀴에 깔려 죽었는데도 세상은 아무 일 없었다는 듯이 태평스러웠다. 텔레비전에서 아들의 죽음을 보도하는 여자아나운서도 전혀 슬픈 기색이 아니었다. 길거리를 지나가는 아무나 붙잡고 당신은 왜 슬퍼하지 않느냐고 따지고 싶었다. 아이를 안은 채 함박웃음을 짓고 가는 어떤 부부 앞을 가로막고 싶었다. 유치원도 달랑 하루만 쉬더니 정상 운영이 되었다. 억울해도 어쩔 수 없다고, 살아 있는 아이들이 무슨 죄가 있느냐고 유치원 원장은 말했다. 사내는 원장의 멱살을 잡고 흔들어보았지만 아무 소용이 없었다. 죽은 아들이 다시 살아나지도 않았고, 유치원도 그냥 그대로 있었다. 원장 역시 그 자리에 그대로 서 있었다. 단지 유치원 차를 운전하던 기사만 감옥에 갇혀 있고, 그의 부인만 매일같이 찾아와서 죽을죄를 지었다고, 원한다면 무슨 짓이든 하겠다면서 용서해달라고 사정하는 것이었다. 화장기 없는 얼굴에는 성실함이 묻어 있었다. 바싹 마른 입술은 부르터 있었다. 남편이 없으면 자기 가족들은 먹고 살 수가 없다며 고등학생인 아들에, 중학생인 딸이 있다고 눈물을 뚝뚝 떨어뜨렸다. 이른 아침부터 찾아와 머리를 조아리는 모습은 차라리 보고 싶지가 않았다.

사내는 별 의미도 없는 합의서를 써 주었다. 그랬더니 무슨 일이든 다 해주겠다던 기사 부인은 나타나지 않았다. 대신 보험회사 직원이라는 젊은 사람이 찾아왔다. 아들의 죽음에 슬픈 기색은 전혀 없었다. 도리어 죽은 아들과 자신은 아무런 관계가 아니었다는 사실을 주지시키려는 듯이 냉랭한 얼굴을 하고 말을 시작했다. 아들이 수업시간에 놀이터도 아닌 주차장에서 혼자 놀고 있었다는 둥, 평소에도 매우 산만했다는 둥, 유치원에서의 생활태도가 좋은 편이 아니었다고 말하는 순간 사내는 아무 것도 보이지 않았고, 아무 것도 생각할 수가 없었다. 그저 그 젊은 사내가 눈앞에서 사라졌으면 좋겠다는 강한 바람만 있었을 뿐이었다. 그래서였을 것이다. 거실 한쪽 구석에 있던 빗자루로 그 젊은 사람의 머리통을 내리쳐버린 것은. 주방으로 달려가 아내가 들고 있던 프라이팬을 빼앗아 와서 그 젊은 사내의 머리통을 내리쳐버렸던 것은. 그 프라이팬에는 딸아이가 좋아했던 간식인 감자볶음이 있었다. 그때부터 딸아이는 그렇게 좋아했던 감자볶음을 먹지 않는다.

사내는 경찰서에서 조사를 받았고, 폭력행위로 구속되어 감옥에 들어갔다. 그 날 아들을 죽인 어린이집 차량의 운전기사는 처벌을 원치 않는다고 사내가 써준 합의서를 제출하고 보석으로 풀려나갔다고 경찰관이 무슨 좋은 소식이라도 되는 듯이 친절하게 말해주었다.

* * *

시간이 지날수록 사내는 소년을 혼자 보낸 것이 마음에 걸렸다. 벌써 11시가 넘었다. 아이가 말장난처럼 돌아오지 않겠다고 말하는 것을 그냥 하는 말이겠지 흘려들은 것을 후회한다. 그러고 보니 아이는 엊그제부터 이상했다. 뜬금없는 말을 많이 흘렸다. 그 때마다 사내는 귀담아 듣지 않고 또 말장난 한다고 핀잔만 주었다. 어젯밤에 밥 먹으면서 자못 심각한 표정으로 한말이 생생하다.

"……아저씨, 어느 날 내가 안 오면 멍청하게 날 찾아다니지 말고, 딸을 찾으라고. 그리고 중요한 건데, 내가 아저씨를 찾아올 때까지 절대로 집 옮기지 마. 난 아저씨를 믿기로 했으니까, 세상이 뒤집어져도 나는 아저씨를 믿기로 했으니까, 알았지."

이렇게 말한 것은 이미 그 아이의 머릿속에 무슨 계획이 짜여 있는 것이 분명한 것이다. 그렇다면 그 아이는 지금 무슨 일인가를 저질러 버렸을 지도 모른다. 정말 엉뚱하고 당돌한 아이가 아닌가 말이다. 이렇게 더위 먹은 개처럼 맥없이 기다리고 있을 때가 아니다.

"아저씨 이 집은 내 것이기도 한 거 분명히 알지? 내가 없어지 더라도 이 집을 꼭 지키고 있어야 돼. 나는 아저씨를 믿고 꼭 다시 돌아올 테니까. 세상 어른들 다 믿지 않지만 아저씨는 믿기로 했 으니까 날 실망시키지 않을 거지?"

이 말은 그제 한 말이었다. 사내는 그때 이상하다는 생각보다 그런 생각을 할 수 있다고 생각했다. 사실 엉겁결에 집을 얻기는 했지만 언제든지 소년은 자기의 집으로 돌아가야 한다는 생각을 하고 있기도 했다. 그리고 솔직히 그렇게 되면 이 집은 내 것이 되 는 게 아닐까 생각도 했고, 딸아이를 찾으면 같이 살집이 생겼다 고도 여겼다.

집을 얻을 때 사내는 당연히 소년의 이름으로 계약을 하려고 했 다. 그러나 소년은 한사코 안 된다고 그랬다. 아빠 때문이었다. 소 년은 지금도 아빠는 자기를 찾기 위해서 서울에 왔을지도 모른다 며 불안해하였다. 그러면서도 아빠한테 잡히면 다시는 도망도 못 친다고, 이번이 마지막이라고 다부지게 말했다. 아빠에게서 탈출 하는 것만이 자기가 살길이라고 말할 때의 표정은 13살 먹은 어린 아이가 아니었다.

그때 사내는 그냥 하는 말로 그럼 이 집이 아저씨 것이 되는 건 데 그래도 괜찮아 하고 말했다. 그러자 소년은 그래도 괜찮다고 하면서 아저씨는 나쁜 짓을 하지 못할 사람이라는 것을 알고 있으 니까 그런 일은 없을 거라고 정말 어른스럽게 말했다.

그리고 또 뜬금없이 한 말이 있다. 바로 오늘 아침이었다. 인터 넷을 하던 아이가 다가오더니 대뜸,

"아저씨, 어른들은 다 도둑놈들 같아. 돈만 보면 환장한다니까. 아저씨는 빼고. 아무튼 내가 대화방 이름을 돈 줄 테니까 와, 그렇게 써 놓으니까 쪽지가 나비처럼 날아오는 거 있지. 천만 원만 주면 내가 시키는 거 다 한다는 사람 무지 많더라. 어떤 여자는 평생 내 노예가 되겠대. 아저씨도 천만 원 주면 내가 시키는 거 다할 수 있어?"

사내는 당연히 그렇다고 대답했다. 그러자 소년은 바로 계약을 하자고 그랬다. 새끼손가락을 걸고 엄지손가락으로 도장을 찍고 복사를 해야 한다며 손바닥을 비볐다. 그러자 소년은 이제 아저씨는 완전히 내 거야, 하며 좋아하는 것이었다. 그래서 사내는 소년의 천만 원짜리 노예가 되어 있는 것이었다. 비록 돈은 주고받지 않고 말로만 맺어진 계약이지만 사내는 그 계약이 싫지 않았다. 어른은 어차피 아이들의 노예가 되어주는 게 당연하다는 생각이기 때문이다.

그랬는데, 그 아이는 왜 돌아오지 않는 것일까. 서울의 길이 복잡하다고는 하지만 길을 잃어버릴 아이는 절대 아닌데, 왜 돌아오지 않는 것일까.

정말 그 아이는 지금 어디로 갔을까······?

가을과
겨울 사이

사람이 내려온다. 정면으로 마주보고 내려오는 사람은 여자다. 여자는 남자의 팔을 꼭 붙들고 있다.

　하영은 남자에게 매달려 있는 여자를 똑바로 본다. 황색 빛이 얼굴에 선명하게 나타나 있다. 황색 빛은 하영이 선호하는 색채이기도 하다. 양기(陽氣)를 느끼게 하기 때문이다. 그러나 지금의 하영은 그 황색 빛을 보자 신경질이 난다. 신경질 섞인 하영의 시선이 여자의 눈에 닿는다. 여자의 눈망울이 스물세 살이라고 보여준다. 눈망울에 고여 있는 황색 빛이 강렬하다. 맑다. 황색과 청자색을 조화시킨 듯한 눈망울이다.

　내 스물세 살 적에도 저랬을까?

　고작 칠 년 전인데 생각나지 않는다. 신경질이 억울함으로 변한다. 가슴 속에서 난데없는 갈퀴가 벌떡 일어서 싹싹 할퀴는 것만 같다. 아프다. 울고 싶은데 눈물이 만들어지지 않는다. 이제 눈물샘도 다 말라버린 것일까?

　하영은 오른발을 한 계단 위에 올려놓은 채 여자를 다시 본다. 여자는 두 손으로 남자의 왼쪽 팔을 꼭 붙잡고 있다. 하영은 그 손을 떼놓고 싶다. 그러나 하영은 남자를 바로 보지 못한다. 따박 따박 내려오는 스물세 살의 여자와 마주칠 자신도 없다. 오른쪽으로 비켜서는데 억울하다는 생각이 끼어든다.

여자가 지나가자 냄새가 머문다. 무슨 냄새지? 고개를 돌려본다. 여자의 머리가 출렁출렁 거린다. 정갈하다. 반들반들 윤기마저 흐른다. 달려가서 머리를 만져보고 싶다. 그런데 순간 몸이 덜컹한다. 파마머리를 한 여자가 계단을 따다다다타…… 내려가고 있다.

그 여자의 오른손에 들려 있는 핸드백이 엉덩이를 툭 치고 간 것이다. 미친년. 파마머리 여자의 무릎 위에서 치마 자락이 방정맞게 들썩거린다. 펑퍼짐한 엉덩이에 서른세 살이라는 흔적이 묻어 있다. 쳐다보기 싫다. 고개를 돌리려는데 시선을 잡아당기는 것이 있다.

남자의 시선이다. 아까부터 하영의 주위를 맴돌던 남자가 분명하다. 저 작은 키의 남자를 하영은 책을 보면서 두 번인가 세 번인가를 발견했다. 가무스름한 주황빛 색채를 느끼게 하는 남자이다. 우울하거나 불안한 사람의 색채가 그런 것이다.

하영은 그 다색을 싫어한다. 고개를 다시 앞으로 잡아당긴다. 남자의 까만 구두가 보인다. 오른쪽으로 다시 비켜선다. 왼발을 들어 올리다가 남자에게서 독한 냄새를 맡는다.

이건 또 무슨 냄새지?

발정한 수컷들에게서 맡는 독한 냄새이다. 하영은 유리문을 밀고 나온다. '영풍문고'를 알리는 간판 아래에 선다.

키 작은 남자를 보아서일까?

세상은 다색과 흑색이 섞여 있다. 우울한 그 색채 속에서 사람들이 어지럽게 엉켜 지나다닌다. 바람이 목을 만진다. 차갑다. 풀려 있는 블라우스 단추 두 개를 채우고 싶지만 참는다. 집에서 급하게 나오느라 머플러를 하고 나오지 않은 것을 생각하며 습관처럼 코트 깃을 잡아 포갠다. 가을 코트가 헐겁게 느껴진다. 옷을 쉽게 벗기 위해서 속옷을 다 챙겨 입지 않은 것이다.

하영은 흑색 빛이 덮여져 오는 우울한 세상에서 도망치고 싶어진다. 그러나 하영은 머리를 흔들며 그럴 수 없다고 자신을 타이른다. 호출을 기다려야 한다. 호출기가 울리면 하영은 주저하지 않고 달려가 옷을 벗을 것이다.

그런데 호출기는 세 시간이 지나가는 데도 주머니 속에서 잠만 잔다. 하지만 열 시간이라도 기다릴 것이다. 이대로 죽을 수는 없기 때문이다. 고개를 들어 시선을 던진다. "저,기,요……"

남자의 목소리가 희미하게 다가온다. 목소리를 잡아 고개를 돌린다.

"저어"

키 작은 남자의 목소리는 여전히 희미하다.

"뭐죠?"

키 작은 남자가 자신의 뒷덜미에 손을 올리고 한 걸음 다가선다. 하영은 두 걸음 멀어진다. 키 작은 남자의 뒷덜미에서 내려진 오른손이 왼손에 들고 있던 종이가방을 받아 든다. '영풍문고'에서 책을 사면 넣어주는 것이다.

하영은 서점 안에서도 주위를 맴돌던 남자였음을 상기한다.

"뭐냐고요?"

생각보다 목소리에 묻은 짜증이 짙다.

"아닙,니,다."

키 작은 남자는 흑색 빛을 흘려놓고 돌아선다.

"병신같은…… 놈, 한심……한……"

의미 모를 욕지기가 자신도 모르게 쏟아진다. 키 작은 남자에게 말 걸기 상대가 된 자신이 한심한 것인지, 말을 맺지 못하고 돌아서는 키 작은 남자가 병신 같은 것인지를 굳이 생각하고 싶지 않다.

어딜 가지…… 시선을 들자 시야를 가로막는 건 커다란 콘크리트 더미다. 하나가 아니다. 둘,셋,넷,다섯……

머릿속이 아득해진다. 오래 전에 본 영화 〈킹콩〉이 아득해진 머릿속에 그려진다. 극장보다 더 크게 느껴지던 그 커다란 괴물이 선명하다. 그리고 금발의 여자가 영화 속에 있었다. 그 괴물의 손바닥에 있던 여자는 괴물의 손가락보다 작게 보였다.

그 여자는 지금 살아 있을까?

그 여자는 괴물이 입으로 불어주는 입김으로 머리를 말렸는데……

난 이 콘크리트 더미에 묻혀서 죽어가고 있다. 그러나 죽어서는 안 된다. 죽지 않기 위해서 하영은 괴물 같은 그 젊은 실장의 손바닥에 앉아야 한다. 그리고 괴물 같은 그 젊은 실장이 불어주는 입김으로 머리를 말려야 한다. 하영은 더 깊이 생각하고 싶지 않다. 우울하기만 한 머릿속을 비워놓고 싶다. 그래서 돌아선다. 고개를 뒤로 넘겨본다. 방금 나온 빌딩의 끝이 보이지 않는다.

15층, 아니 20층?

내가 지금 이 거대한 콘크리트 더미 속에 있다 나왔던가. 2시간 동안이나 난 이 콘크리트 더미 속에서 무엇을 했던가. 하영은 생각한다. 〈눈화장만 하는 여자〉란 책을 읽다가 그 글을 쓴 작가에게 지독한 여자라는 생각만 하고 내려놓았었다. 딱히 이유는 없다. 뜬금없이 지독한 여자란 단어가 생각났을 뿐이다. 책 옆에 책이 있고, 책 아래 책이 있는 것을 보며 몇 걸음 걷다가 〈한눈팔기〉란 일본 작가가 쓴 책 제목만 뚫어지게 쳐다보았다. 한눈팔며 살아간다는 게 얼마나 아픈 것인가. 하영은 알고 있다. 입 안에 고여 있는 쓴맛을 제거하기 위해 하루에 서너 번씩 양치질을 하는 고통을. 한참 동안 〈한눈팔기〉와 눈싸움을 하다가 양치질 끝에 욱, 하고 올라오는 쓴맛이 느껴져서 외면했다. 그러다 집어든 책은 은희경이란 작가가 쓴 〈마지막 춤은 나와 함께〉이다. 애초에는 책날개에 있을 작가의 사진만 보고 놓을 작정이었다. 그러나 한 페이지를 다 읽고도 책을 놓지 못했다.

　　단지 서른 몇 살의 여자가 주인공이어서 그랬을까?

　　한 시간이 훌쩍 지나가는 동안 한 자리에 서서 책갈피를 넘겼다. 그 사이 작은 키의 남자가 왼쪽에 서서 책을 보는 건지 고르는 건지 아무튼 그랬고, 다시 얼마가 지나서 오른쪽에 서서 책을 한 권 들고 다시 사라졌다. 그러고는 조금 떨어져 있는 비소설류의 책이 있는 곳에 서 있는 작은 키의 남자를 언뜻 본 것 같다.

　　어쨌거나 다리가 후들거리지 않았으면 그 소설을 끝까지 다 읽었을 것이다. 그렇다고 20대를 전후한 학생들처럼 구석진 자리를 차지하고 아무렇게나 앉아 읽고 싶지는 않았다. 후들거리던 다리 때문이 아니었다. 느끼지 못하고 있던 허기가 밀려와 몸이 허물어질 것만 같았다. 그래서 책을 조용히 놓고 나왔다. 하영은 서 있을 수가 없다. 허기 때문이 아니라 사람들이 지나가기 때문이다. 지나가면서 쳐다보는 시선이 몸 구석구석을 찌르는 것만 같다. 따갑다. 도망치고 싶다. 한 걸음씩 내딛는 발끝을 바라보며 걷는데 누우런 잎사귀 하나가 발치에 떨어진다.

커다란 플라타너스 잎사귀다. 허리를 내려 잎사귀를 주워든다. 수분이 남아 있지 않다. 뻣뻣하다. 움켜쥐면 잎사귀는 바스러질 것이다. 여자 나이 서른이면 이렇게 되는 걸까? 정말로 희망 없이 떨어져야 하는 걸까?

그렇지는 않을 것이다. 아직은 차지할 꿈이 있을 것이다. 그 꿈을 위해 이름을 내놓고 진짜 삶을 살아갈 나이가 서른 살 일 것이다. 하지만 여자라는 이유만으로 하영은 7년 동안 차지하고 있던 디자인실 가운데에 있던 책상을 내줘야 했다. 왜 그래야 하느냐고 한 마디 대꾸도 하지 못했다. 회사가 어음을 막지 못해 부도유예 상태에 있다가 새로운 주인을 맞이한 지 불과 두 달도 지나지 않은 시점이었다. 부장급 간부사원은 이미 50프로나 감원된 후였고, 다음은 30프로의 감원을 공고하고 퇴출시킬 대상을 물색하고 있었다.

"정대리가 먼저 모범을 보여줘야겠어요."

새로 온 젊은 실장은 하영에게 결혼해야 하지 않느냐고 말했다. 여자는 남자와 달리 결혼을 하면 편하게 먹고 살 수 있지 않느냐고 말하는 젊은 실장의 얼굴에 하영은 침이라도 뱉어주고 싶었다. 회사 사장의 외사촌조카인 젊은 실장은 마지막 기회는 아직도 유효하다는 듯이 담배 연기를 뿜어내며 왼쪽 뺨을 쓰다듬었다. 그 뺨은 그 며칠 전 호텔 방에서 하영의 매서운 손바닥이 지나간 곳이었다.

"사흘 안에 결정 해줘요."

젊은 실장은 자신의 생각이 바뀔 수도 있다는 것을 하영의 큰 젖가슴에 시선을 꽂은 채 암시했다. 하영은 사흘 동안 생각하지 않았다. 다음 날 당당하게 책상을 비워주고 나왔다. 적색 빛을 잔뜩 품고 있는 인간 앞에서 옷을 벗고 싶진 않았다. 아니, 벗을 수가 없었다. 그것은 하영이 꿈꾸고 있는 세상에서의 〈아름다움〉을 포기하는 것이고, 죽음이나 다름없는 것이었다.

겨울 앞에 있는 세상이어서 일까?

저녁녘에 고인 색채가 확연하게 흑색으로 변하기 시작한다. 그래서 하영은 더욱 우울해진다.

나는 그 동안 무엇을 꿈꾸며 날마다 회사에 나가 그렇게 잃어버릴 책상 앞에 앉아 있었던가? 그 책상에서 삼십여 가지의 디자인을 완성시켜 세상에 내놓은 제품은 누구의 것인가?

두, 세 집 건너 하나 꼴로 있는 세탁기를 보면서 나는 살아 있음 느꼈다. 텔레비전과 청소기, 작은 이어폰 등등해서 내가 완성시킨 디자인은 아직도 세상에서 유용하게 사용되고 있는데…… 발 아래로 지나가는 것이 세상이라면 나는 지금 세상을 밟으며 지나가고 있는 것일까?

퇴출을 당한 후 6개월 동안 나는 나에게 허락된 조그만 내 땅을 밟지 못했다. 직장생활을 하는 동안 월급봉투에서 삭제되어 나가던 갖가지 세금은 물론이고 때가 되면 구청에서 날아오는 세금을 한 번도 거르지 않고 은행에 넣었다. 이 땅에 살고 있는 자로서의 당당한 권리를 행사하고 싶었기 때문에 하나도 아깝지 않았다. 그런데 지금은 너무 억울하다. 하는 일 없이 시간을 허비하는 것도 억울하고, 단추 구멍을 만드는 공장에서 일감을 갖다 주면 옆 집 아주머니하고 실밥을 따는 것도 억울하고, 부족한 돈으로 악세사리 가게라도 해야 할 거 같아 자리를 찾아다녔던 것도 억울하고, 생활정보지나 신문 광고란을 꼼꼼히 읽는 것도 억울하고, 공부 때문에 친구들처럼 변변하게 미팅 한번 하지 못한 것도 억울하고, 5대1의 경쟁자들을 물리치고 당당하게 공채로 들어간 회사에서 자판기의 커피를 뽑아 날랐던 일도 새삼스럽게 억울하다.

당시에 나는 억울하다고 생각하지 않았다. 여자이기 때문에 그런 일을 한다, 라고 생각하지 않았다. 신입 사원이기 때문에 감내야해 할 일은 더 있었다. 회식 자리에서 아저씨 같은 실장 옆에 앉아 술을 따라주는 것도 '나라의 안녕을 위해서 젊고 예쁜 신입사원이 실장님 옆에 앉아야지…….' 과장이 그렇게 말했기 때문이라고 생각하지 않았다. 직장 동료로서 그럴 수 있다고 생각했다.

나도 젊은 남자 동료 옆에 앉아서 시시껄렁한 농담이나 주고받는 것 보다 실장에게 될 수 있으면 좋은 점수를 받고 싶었다. 단란주점에서 실장 옆자리를 차지하는 것도 여자사원들끼리의 경쟁이었고, 그렇게 주워진 기회를 나는 적절하게 활용하고 싶었다. 무엇보다 이삼 년 적당히 근무하다 결혼이나 할 생각이 전혀 없는 나로서는 회사에서 꼭 필요한 사람으로 인정을 받고 싶었다.

실장은 내가 졸업한 대학 선배였다. 나는 다른 신입사원보다 유리한 위치에 있었다. 165센티의 키와 군살 없는 다리, 그리고 큰 가슴을 가진 여자이기 때문에 유리하다고 생각하지 않았다.

나는 입사시험에서 여자들 중에는 제일 높은 점수를 받았다. 남자들과 종합해서는 3등이었다. 신입사원 연수 점수도 나는 10등 안에 들었다. 그러니 내가 회사의 중심 부서인 신상품 디자인실에 발령 받은 것은 당당한 결과였다. 그런데 회사 동료들끼리 쑤군거리는 말들은 내 외모가 여자 신입사원 중에서 가장 섹시해서라는 것이었다. 섹시를 '쎅씨'로 발음하는 아저씨 같은 디자인실장. 실장이 그런 여자를 좋아한다는 말도 화장실에 가면 독한 냄새처럼 배어 있었다.

나는 화장실에서 구역질을 참았다. 변기에 앉아서도 늘 신상품 디자인을 생각했다. 그래서인지 아랫배는 아파도 뱃속에 있는 배설물은 시원하게 쏟아지지 않았다. 결국 심한 변비로부터 나는 해방감을 한 번도 느껴보지 못했다. 그래도 나는 7년 동안 신상품을 머릿속에 담아두고 그 책상 앞에 앉았었다. 내 앞으로가 그 책상에 있다고 확신을 했기 때문이었다.

다리가 휘청한다. 하영은 허기를 느낀다. 아침에 학교에 가는 동생하고 같이 밥을 먹고 점심은 귀찮아서 넘어갔다. 그때만 해도 외출을 생각하지 않았다. 발이 자꾸 허당을 딛는 느낌이다.

내가 오늘 왜 나왔지?

하영은 오늘 마지막 남은 자존심을 구겨버리겠다는 마음으로 한 외출이었다. 그 젊은 실장에게 아직도 마지막 기회가 유효한지 묻고 싶었다. 아니, 매달려 사정이라도 할 각오였다. 내 몸을 마음껏 갖고, 내 책상을 돌려달라고 매달릴 작정이었었다.

그러나 하영은 아직 실장을 만나지 못했다. 지방 출장 중이었다. 하지만 오늘 돌아올 거라고 말하는 후배인 미스 강에게 호출기 번호를 적어주며 돌아오는 데로 꼭 전해줘야 한다고 했다. 그리고 세 시간이 지났다.

현기증인가?

눈앞을 빠르게 지나가는 것들이 순간 어지러움을 부추긴다. 아랫배에 짜릿한 통증이 지나간다. 신축한 지 얼마 되지 않은 빌딩이 뱅그르르 돈다. 하영은 이마에 손을 얹고 껍데기가 부스럼처럼 떨어져 나가는 플라타너스에 어깨를 기댄다. 눈을 감는다. 지나가는 자동차 소음이 크게 확대되어 귀청을 때린다. 사람들의 발자국 소리도 한층 더 가까이에서 둔탁하게 들린다. 못질을 하는 망치 소리와 흡사하다. 바람이 뭉텅이로 다가와 얼굴을 할퀴고 지나간다.

아랫배에 밤송이가 들어 있는 듯하다. 밤송이가 요동을 시작한다. 하영은 순간 얼굴을 우그린다. 생리가 시작되는 증세다. 미처 생각하지 못했지만 오늘이 마지막 날이다. 하영은 핸드백 속에 있는 진통제를 생각한다. 그러나 먼저 허기부터 달래야 할 것이다. 버스 정류장 옆 가판대 앞에 둥그런 찜통이 눈에 들어온다. 호빵이다. 하영은 정신을 수습하고 빠르게 걷는다. 김을 모락모락 뿜어내는 호빵만을 바라보면서.

지갑에서 빳빳한 지폐를 꺼내 내민다. 까칠하고 살결이 두꺼운 여자의 손이 지폐를 받아간다.

여자 나이 쉰을 넘기면 저렇게 물기 없이 말라가는 걸까. 강물처럼 습관적으로 그렇게 지나가는 것이 삶일까.

"따듯한 우유는 없나요?"

쉰을 넘긴 여자의 얼굴을 하영은 똑바로 본다. 해죽 웃어 보이는 여자는 안타까운 표정을 지어 보인다. 그러더니 따듯한 캔 커피가 있다고 말한다.

하영은 캔을 받아든다. 호빵을 한입 씹는다. 물렁한 호빵이 삼켜지지 않는다. 캔을 따 입 안에 붓는다. 쉰을 넘긴 여자가 빤히 바라보고 있다. 하영은 그 시선을 피한다.

그동안 빵을 얻기 위해 무던하게 살아온 것을 여자에게 들킨 것만 같아 구차스럽다. 눈두덩이 따가워진다. 입 안에 잔뜩 들어 있는 빵을 뱉어내고 싶다. 그러나 하영은 꼭꼭 씹는다. 고등학교 2학년 교실에서 선생님의 도시락을 받아먹던 그 점심시간이 생각나서 더 꼭꼭 씹는다. 호빵을 입에 다 넣고 우물거리며 핸드백을 뒤진다. 진통제를 찾아 입에 넣고 캔 커피를 비우며 등색채로 변하는 자신을 본다. 불안한 심리로 있을 때 나타나는 색채인 것이다.

"저기요……"

하영은 키 작은 남자 특유의 목소리를 단번에 알아낸다. 등 뒤에서 들리는 그 목소리가 자신을 부르는 것이란 것도. 그러나 돌아보지 않는다. 하영은 캔을 쓰레기통에 버리고 앞으로 걷는다.

"저기……저……"

하영은 등 뒤에서 자꾸 들려오는 키 작은 남자의 목소리에서 멀어지고 싶다. 길거리에서 생리통 약을 먹고 빵을 먹은 것이 부끄러워서가 아니다. 다색 채를 띄우는 남자는 하영이 꿈꾸는 세상에서의 〈아름다움〉을 모를 것이기 때문이다.

키 작은 남자가 조금은 빠르다 싶게 걷고 있는 하영을 앞서 걷는다. 하영은 걸음을 더디게 한다. 호출을 기다려야 하기 때문에 빨리 걸을 수가 없다. 호출이 오면 회사에서 멀지 않은 곳에 있다가 빨리 가서 부끄럽지 않은 표정으로 옷을 벗을 것이다.

나는 부끄러움을 몰라야 한다. 나는 부끄러움을 모른다. 나는 부끄럽지 않다.

왜 그토록 지독한 마음으로 학교에 다녔던가. 그냥 그렇게 나에게 주어진 삶을 살았더라면 지금처럼 억울하지 않을 것이다.

15살쯤에 봉제 공장에 들어가고, 17살쯤에 미싱사가 되어서, 22살쯤에 일주일에 한 번 대중목욕탕에 가는 남자를 만나 결혼하고, 아이 둘쯤 낳은 서른 살의 여자라면 지금 이 헐렁한 거리에서 울고 있지 않을 것이었다. 그 길이 나에게 주어진 길이었을 테니까.

그런데 나는 애써 그 길을 외면했다. 가라는 대로 가고 싶지 않았다. 독한 여자가 되고 싶었다. 그래서 나는 사춘기 시절부터 독한 여자가 되었다. 날마다 쌀독을 확인하고, 주머니에 있는 동전을 꺼내놓고 가계부를 썼다. 콩나물 150원어치를 사면서 200원어치를 달라고 떼를 썼다. 본래 50원 단위는 팔지 않는다는 아줌마도 나에게 늘 손을 들었다.

"너에게 내가 이문 남기겠냐." 하는 아줌마에게 나는 고맙다고 말은 했지만, 돌아서면 기왕 줄 거 꼭 티를 내야하나. 여우같은 년…… 왜 그런지 까닭도 모른 채 억울함에 받쳐 저절로 나오는 소리였다.

5살 터울의 남동생은 라면을 좋아했다. 나는 라면 값이 아까웠다. 학교에서 돌아와 라면을 삶아먹은 동생의 머리를 쥐어박았다. 동사무소에서 받아오는 쌀은 우리 두 식구가 먹기에 부족하지 않았다. 그래도 나는 도시락을 싸가지 않았다. 반찬값이 아까웠고, 대책 없이 커지는 몸뚱이가 짐스러웠다.

나는 허리 24인치를 꼭 유지해야 한다고 생각했다. 그래야 세상 사람들이 좋아한다는 것을 나는 알고 있었다. 나는 똑똑한 여자가 되고 싶었다. 얼굴만 예쁜 여자로는 나의 '특별한 상황'을 헤쳐 나갈 수 없다는 것도 일찌감치 알게 되었던 것이다.

어머니가 그랬다. 인물만 반반한 채 머리에 든 것이 없는 어머니는 아버지가 술을 마시고 아파트 공사장에서 일하다 추락사고로 죽자 다방밖에 일할 곳이 없다고 했다. 그러더니 술집으로 옮겨갔고, 종내는 8살짜리 동생과 13살이었던 나를 버리고 집을 나갔다. 그것도 산동네 단칸방에다가 쌀독마저 비워둔 채 집을 나갔다.

나는 어머니가 사흘째 돌아오지 않은 그날부터 어머니를 기다리지 않았다. 나는 그런 어머니가 차라리 돌아오지 않았으면 좋겠다고 생각했다.

"네 어머니 어디 다니냐?"

이렇게 묻는 질문이 세상에서 가장 싫었다. 물론 대답하지 않았
다. 그 질문처럼 나를 곤혹스럽게 한 것이 없었다. 때로는 그런 질
문을 하는 여자 담임선생님의 얼굴에 침이라도 뱉어주고 싶었다.

 다 알면서 왜 물어. 개 같은 년!

 나는 교실 문을 발로 차며 나왔다. 그런 나에게 여자 담임은 정
말 대책 없는 아이라고 했다. 그래서 나는 누구에게도 위로 받지
못했다. 나는 학교에 가는 날보다 가지 않는 날이 많아졌다. 공장
에 다니는 막내 삼촌이 가끔 찾아와 쌀을 사주고 가는 날도 뜸해
졌다. 전라도 바닷가에 산다는 고모나 고모부는 아예 얼굴도 내밀
지 않았다. 통장 아저씨가 찾아오는 날도 뜸해졌다.

 교회에 나오라는 낯선 언니만 자주 들락거렸다. 그러나 나는 교
회에 나가기는 정말 싫었다. 헌금할 돈도 없지만, 입고 갈 옷도 없
었다. 교회에 가려면 예쁜 옷을 입어야한다고 부잣집 친구들이 하
는 말을 수도 없이 들은 기억 때문이었다. 그래도 그 낯선 언니는
교회 목사님까지 데리고 가끔 찾아왔다. 반찬값도 주고 갔다. 그
리고 석유가게 아저씨는 빈 병을 들고 가는 나에게 석유를 주고도
돈은 받지 않았다. 대신 엉덩이를 쓰다듬었다. 너 크면 아저씨 은
혜 잊지 말라면서 엉덩이가 예쁘다고 말했다. 난 석유 병을 들고
나오면서 침을 뱉었다.

 개새끼!

 침 속에 묻어 있는 욕지기는 내 나이에 어울리지 않을 정도로
섬뜩했다. 내가 학교에 가지 않는 날이 많아지자 교감선생님 찾
아왔다. 나는 담임선생님이 싫어서 학교에 가지 않을 거라고 말했

다. 교감선생님은 그럼 못쓴다면서, 나에게 예쁘다고 말했다. 못쓴다는 단어를 유난히 잘하는 교감선생님은 나 같은 딸이 있었으면 좋겠다고 했다.

나는 그 말을 믿었다. 교감선생님은 신사복만 입는 사람이었기 때문이었다. 나와 동생은 교감선생님을 따라 집에 갔다. 정원이 있는 새집이었다. 집도 컸다. 집에는 화장을 짙게 한 사모님하고 다리에 털이 보송보송한 오빠가 둘이 있었다. 오빠들은 대학교에 다녔다.

나와 동생은 며칠 후 교감선생님 집으로 옮겨갔다. 졸업을 얼마 남기지 않은 학교에도 다니기 시작했다. 그리고 중학교에 들어갔다. 나는 모범생이 되기로 작정을 했다. 초등학교에 들어간 동생도 내 말을 잘 따라줬다. 교감선생님은 내가 말하지 않아도 필요한 것들을 알아서 우리 방에 놓고 갔다. 학용품과 용돈은 언제나 풍족했다. 우리 남매는 서로 경쟁하듯 공부했다. 여건이 좋았기 때문에 우리는 성적이 좋아졌다.

그러나 그 생활도 오래는 가지 않았다. 2년 후 나와 동생은 교감선생님 집에서 쫓겨났다. 학교에서 돌아오니 사모님이 우리 방에 있던 것들을 마당에다 내팽개쳤던 것이다. 그리고는 교감선생님에게 위선자라고 고래고래 소리쳤다. 정말이지 왜 그러는지 나로서는 알 수 없었다.

나는 어안이 벙벙했지만 어쩔 수 없이 교감선생님이 얻어준 지하 방으로 옮겨갔다. 왜 교감 선생님은 우리 남매가 아니, 내 동생이 자신의 숨겨두었던 아이가 아니라고 사모님을 납득시키지 않았을까. 우리 어머니와 교감선생님은 일면식도 없는 사람이 분명했는데도 그랬다. 총각시절부터 학교에서 아이들만 가르친 교감선생님과 얼굴은 반반하지만 낫 놓고 기억자만 겨우 아는 우리 어머니가 만날 가능성은 티끌만큼도 없었다. 게다가 우리 어머니는 21살의 나이에 할 줄 아는 것이라고는 나무에 못질하고 대패질이 전부인 아버지를 만나 나를 낳았으니 그럴 시간도 없었다.

사모님도 동네 슈퍼나 미용실에 떠도는 그 말을 믿는 눈치가 아니었다. 그런데도 교감선생님은 시골학교로 옮겨갔다. 옮겨가면서 교감선생님은 나에게 말했다. 사모님과 이혼했다면서 나에게 무슨 일이 있어도 좌절하면 안 된다고. 힘들어도 포기하지 말라고. 힘들다고 포기하는 것은 힘들어서가 아니고 신념이 약해서라고. 일류대학에 들어가지 못할 바에는 일찌감치 공장에 다니는 것이 나의 특별한 상황에는 나을 거라고.

나는 죽어도 공장에 들어가지 않겠다고 말했다. 그러자 교감선생님은 내 뒤를 돌봐줄 사람이 없는 내가 선택할 수 있는 길은 일류대학에 들어가 일류회사에 당당하게 취직하는 길만이 살아남는 길이라고 구체적으로도 말해줬다. 그래서 나는 일류대학을 꿈꾸며 십 원짜리 동전을 밤마다 털어놓고 가계부를 썼다. 교감선생님이 매달 보내주는 돈을 아껴 대학 등록금에 보태야 한다는 생각을 한순간도 잊지 않았다.

저기 저, 하던 남자는 털벅털벅 앞서 걷고 있다. 손에 든 종이가 방이 장딴지를 기력 없이 툭툭 친다. 겨울 앞에 있는 날씨에 비해

허술한 옷 때문인지 남자의 엉덩이가 작아 보인다. 엉덩이가 작은 남자는 쓸데없이 예민하다고, 쓸데없이 까탈스럽다고 누가 말했지?

쌈밥을 게걸스럽게 먹던 젊은 실장이 말했다. 자신의 엉덩이는 근육질이라고 기회만 있으면 말하는 젊은 실장이었다. 젊은 실장은 무엇이든 주어지는 데로 먹어치우는 이유에 대해 누가 묻지도 않았는데 최고의 정력을 유지하기 위함이라고 널어놓았다. 그 정력 때문에 밤마다 마누라한테 방에서 쫓겨난다며 바라보던 해반닥거리던 눈빛. 하영은 그 눈빛을 바로 대하지 않았다.

키 작은 남자가 돌아본다. 가야할 길이 아닌 듯하다. 하영은 자신에게 말 걸기를 하기 위해서 나선 길임을 느낀다. 그렇다고 말 걸기를 받아주고 싶지는 않다. 하영이 원하는 남자가 아닌 것이 분명하기 때문이다. 키 작은 남자도 싫어하지만 무엇보다 흐릿한 색채를 띄우는 남자는 정말 질색이다. 그리고 말을 더듬는 남자도 질색이다. 그런데 저 키 작은 남자는 저기, 저어, 더듬다가 다음 말을 마저 하지도 못했다. 정말이지 내 삶에 저런 남자가 끼어든다면 차라리 그만 사는 게 나을 것이다.

머리를 긁적거리며 조촘조촘 걷는 저 남자. 스물아홉이나 서른 정도의 저 남자는 왜 저렇게 마려운 똥을 참고 있는 사람처럼 보일까. 나이를 따져보면 동년배가 되겠지만, 직장생활을 7년 동안 하면서 몸에 밴 것 중에 하나가 동년배 남자를 아랫사람으로 보는 것이었다. 군대를 다녀와서 취업을 하는 남자 후배 사원들 때문이었다. 생각해 보니 치질을 앓는 사람처럼 걷는 저 키 작은 남자와 똑같은 걸음으로 걸어 다닌 사람을 가까이에서 본 기억이 어렴풋하다.

대학 2학년 때였다. 하영은 디자인을 전공하면서도 혹시 광고회사에 들어갈 지도 모른다는 생각에서 문학동아리에 가입했다. 문학에 뜻이 있어서가 아니었다. 광고회사에 들어가려면 문학적인 감각과 문학적인 문장을 많이 사용할 거란 생각에서였다.

문학동아리에서 얼마 동안 같이 공부하던 남자의 뒷모습이 지금 저 앞에 걷고 있는 키 작은 남자와 흡사했다. 법대를 다니던 그 키 작은 남자의 얼굴이 돼지와 비슷하다며 별명 짓기를 즐기던 학생이 '얌전한 돼지'라고 불렀다.

그러나 지금 저 앞의 키 작은 남자의 얼굴은 지극히 정상이었다. 그때 그 얌전한 돼지처럼 코가 눌려진 채 하늘을 보고 있지도 않고, 입술이 두툼하지도 않았다. 어쨌거나 하영은 얌전한 돼지가 얌전한 것인지 바보 같은 것인지 신경도 쓰지 않았다. 정말이지 그때 가끔 코미디 프로에 나와 주책을 떨던 정부미란 코미디언하고 많이 닮아 있었다. 그런데다 정부미란 코미디언처럼 주변머리도 없이 그저 책만 손에 들고 다녔다.

그런데 그 얌전한 돼지가 사법고시에 합격했다는 현수막이 학교 입구에 매달렸다. 4학년 때였다. 그를 알고 있는 여자학생들은 키가 작고 못생겼어도 그때 꼭 붙잡지 않고 '왕따' 시킨 것을 반성도 하고, 내 사람으로 만들지 못한 것에 아쉬워도 했다.

그러나 하영은 그 얌전한 돼지에게 아무런 미련이 없었다. 세상에서의 〈아름다움〉은 판검사 마누라가 된다고 보여 지는 게 아니었기 때문이었다.

어둠이 차가운 바람과 함께 내려와 시야를 희미하게 한다. 진통제가 아직 흡수되지 않았는지 몸이 또 한 번 떨린다. 하영은 키 작은 남자가 의식은 되었지만 사람들 속에 섞여 빨간불 앞에 멈춰 선다. 키 작은 남자에게 아랫배 속에 밤송이가 들어있는 것을 들키고 싶지 않다. 그래서 태연을 가장하고 생각한다.

왜 나는 지금 멈춰서야 하는가? 고작 서른 살인데. 아직 내 자리도 차지하지 못했는데. 동생이 고등학교 진학을 포기하고 공장에 들어가 생활비를 벌어 대학을 졸업 시켜준 보답도 아직 다하지 못했는데…….

뒤늦게 공부를 시작한 동생이 대학을 졸업하려면 앞으로 이 년이나 기다려야 한다. 때문에 사랑했던 남자에게도 하영은 사랑한다는 감정을 표현해보지 못했다.

다감했던 그 남자. 여리기만 했던 그 남자를 하영은 사랑했다. 그러나 여린 그 남자의 마음 때문에 사랑하는 자신의 감정을 감출 수밖에 없었다. 감수성보다 현실 적인 현상에 상처를 더 받은 자신 때문이었다.

하영은 현실 적인 상처를 감당할 자신이 없었던 것이다. 동정과 사랑을 분별하지 못하던 그 남자는 하영의 촉촉해지지 않는 몸을 적시려다 떠났다. 하영에게 다가온 지 일 년 만에 떠나면서 그 남자는 말했다. 지쳤다고.

하영은 그 남자를 보내며 울었다. 무서운 거 같아서 울었고, 외로운 거 같아서 울었고, 속상해서 울었다.

지금도 하영은 울고 있다. 하지만 눈물샘이 말라버렸는지 눈물은 나오지 않는다. 그러나 폭폭한 마음속은 소리 내서 울고 있다.

세상이 너무 희미해서 울고 있는 것이다. 세상은 이내 캄캄해질 것을 알고 있으니 울고 있는 것이다. 가을이 지나가고 있으니 울고 있는 것이다. 길거리에서 호빵을 꾸역꾸역 삼킨 것이 가슴에 맺혀 울고 있는 것이다.

그런데도 가슴을 빌려줄 사람이 생각나지 않는다. 삐삐는 왜 잠만 자고 있는지 불안이 짙어지는 흑색 채 만큼이나 무겁게 마음을 덮어온다. 이러다 옆에 서 있는 저 키 작은 남자가 어깨만 툭 건들어도 안겨버릴 것만 같다.

몸이 좀 갸날퍼도 상관없을 것이다. 키가 좀 작아도 상관없을 것이다. 똑 부러지는 성격이 아니더라도 상관없을 것이다. 엉덩이가 작아서 남자다움이 좀 덜해도 전혀 상관없을 것이다. 그저 36,5도의 체온만 빌려주면 좋을 것이다.

하영은 고개를 흔든다. 교감선생님이 그립다. 아버지나 다름없는 교감선생님이 돌아가시지만 않았으면 하영은 지금 갈 곳이 생각났을 것이다. 호출을 기다리지도 않을 것이다. 그 젊은 실장 앞에서 옷을 벗을 생각도 하지 않았을 것이다. 강원도 정선의 아우라지였던가. 그곳을 생각하자 가슴이 뜨거워진다. 십 년 전 여름 하영은 대학생이 되어 그곳에 갔었다.

처녀뱃사공이 있었다는 그곳. 높은 다리가 있는 그곳. 그곳에 도착한 다음 날부터 폭우가 쏟아졌다. 폭우가 쏟아지는 그날, 교감 선생님은 하영의 손을 굳이 잡고 나가서 계곡을 내려다보았다.

조용하고 맑았던 넓은 계곡이 하룻밤 사이에 황토를 토해내며 거칠게 지나가고 있었다. 하영은 거친 황토 물살이 자신의 가슴속을 지나가는 것만 같았다. 갑갑했던 속내를 풀어헤친 듯한 느낌이었다. 조용한 강물은 갑갑했고, 투명한 강물은 하영을 주눅 들게 했던 것이다. 숨죽이고 지냈던 고등학교 시절을 다시 돌아보고 싶지 않았다. 할 수만 있다면 거칠게 지나가는 황토 물처럼 거친 대학 생활을 하고 싶다는 생각이 불쑥 끼어들었다.

그런 하영의 마음을 교감선생님이 보았던 것일까.

네가 무언가에 집착하고 있는 모습을 보면 까닭 없이 걱정이 앞선다. 교감선생님은 주룩주룩 쏟아지는 폭우 속에서 별로 쓸모도 없는 우산을 받쳐 들고 띄엄띄엄 말했다. 강물도 때로는 저렇게 속에 것들을 뒤집어 내면서 아파한단다. 세상의 모든 것들, 아파하며 살아 있단다. 아파하지 않는 것은 살아 있는 것이 아니라고 나는 생각한다.

스무 살의 하영에게 아파하라고 말해주던 교감선생님은 열아홉 살의 하영에게 편지로 말했었다. 아파하지 말라고. 그래서 하영은 아팠지만 아프지 않다고 편지지에 꾹꾹 눌러썼다.

아우라지를 떠나오던 날, 작은 분교 관사에서 쓸쓸하게 머리 빗질을 하던 교감선생님의 모습이 눈앞에 선명하다. 그것이 마지막이 될 줄은 꿈에도 생각하지 못했는데……. 어쨌든 교감선생님을 마지막으로 본 것이 되었다.

그때 교감선생님은 작은 간이역이었던 〈여량역〉에 데려다 주며 돌아, 돌아가라고 했다. 목적지만 바라보며 허겁지겁 가다보면 정작 중요한 것을 놓칠 수 있다고 교감선생님은 강조했다. 스무 살의 하영은 기차를 타고 돌아, 돌아 서울에 왔다. 버스로 다섯 시간이면 도착할 서울을 정선선에서 태백선으로, 태백선에서 중앙선으로 기차를 갈아타면서 아홉 시간이나 걸려서 돌아왔다.

왜 그렇게 돌아가라고 했을까?

하영은 기차 안에서 무언가를 많이 생각했었다. 길이 구부러지지 않으면 더 돌아가야 한다는 교감선생님의 말을 수없이 곱씹었다. 구부러진 길에는 작은 간이역이 많았다. 하영은 교감선생님의 말을 이해할 수 있을 것 같았다. 스무 살의 하영에게 아플 때는 아파하면서, 그 아픔을 이겨내라고 말하는 교감선생님이 살아 계셨다면 서른 살의 지금은 무어라고 말했을까.

"저기……저, 있,잖,아,요."

하영은 남자의 목소리를 본다. 얌전한 돼지도 이 남자처럼 목이 길었는데.

언제가 겨울이었다. 집 앞 골목에서 서성거리던 얌전한 돼지와 마주쳤을 때, 그 긴 목이 눈에 얼른 보여서 추워 보인다, 그랬었다. 그래서 차 한 잔 하자고 말한 얌전한 돼지와 동네 카페에 갔던 기억이 텔레비전 화면에 갑자기 나타난 뉴스속보처럼 하영의 시선을 어지럽게 한다.

"여기에 웬일이야?" 묻는 질문에 얌전한 돼지는 더듬더듬 말했다.

"세 시,간,이나, 기,다,렸어."

대학교 2학년 겨울이었던 그때, 하영은 왜 네가 날 기다렸냐는 듯이 어이없어 하며 고개를 돌리고 무슨 말인가를 했다. 오늘은 아침부터 재수가 없다, 라고 했던 것으로 기억된다. 그 날 있었던 일들도 생각난다. 대학 입시를 코앞에 둔 부잣집 아들 과외를 하고 있을 때였다. 아침에 부잣집으로 가는 버스 안에서 책을 보고 있는데, 학생 책 보는 척 하지 말고 자리 좀 양보하지, 어떤 남자의 말에 고개를 들어보니 할머니가 앞에 서 있었다.

그뿐이 아니었다.

점심을 먹는데 부잣집에서 일하는 아줌마가 한 말도 생생하다.

"선생님은 여기서 아침 점심 저녁을 한 끼로 다 때우나 봐."

밥공기에 세 번째로 떠 담을 때였다. 하영은 늘 아침을 먹지 않고 그 집에 갔었다. 속내를 들킨 것 같아 얼굴이 후끈했지만 하영은 그 밥그릇을 다 비웠다. 저녁녘이 되어 나가는 일식집에서는 저녁밥을 주지 않기 때문이었다. 그렇다고 저녁때가 되어 출근 하는 사람이 밥을 달라고 할 수 없고, 집에 가서 챙겨 먹고 갈 수도 없었다.

그리고 그 날, 일식집에서 손님이 바닥에 벗어 놓은 옷을 집어 옷걸이에 걸려는데 뭐하는 거야, 손님의 목소리가 너무 커서 하영은 멈칫했다.

"왜 함부로 손님 옷에 손을 대, 이 아가씨야…… 옷 속에 얼마가 들었는지 알아."

그 사이 손님이 벌떡 일어나 손에 있던 옷을 낚아 채갔다. 그러고는 옷 안주머니에 있던 돈뭉치를 확인하는 것이었다. 하영은 나오는 눈물을 가까스로 참고 화장실로 달려갔다. 하영은 그 날 있었던 모든 일들이 얌전한 돼지 때문이기라도 하다는 듯이 매몰차게 말했던 기억이 새삼스럽다.

"네 얼굴 보면 재수 없으니까, 내 앞에 얼씬거리지 마."

하영은 얌전한 돼지의 머리통을 쥐어박지 않은 것만으로도 많이 참는 것이라는 듯 그 카페를 나왔다.

키 작은 남자가 옆으로 한 걸음 옮겨온다. 그때 빨간불이 지워지고 파란불이 나타난다. 하영은 걷는다. 지나치게 빨리 걷고 있구나, 생각한다. 남자가 큰 걸음으로 따라오다 핸드백이 걸쳐 있는 왼손을 덥석 잡는다.

"뭐하는 짓이야."

하영은 벼르고 있던 사람처럼 남자의 왼쪽 뺨을 때렸다. 목소리도 그렇게까지 클 이유가 없었는데, 많이 과장되었다. 남자의 시선이 새까만 아스팔트 위로 떨어지고, 하영의 오른손 자국이 남아 있을 왼뺨에 남자의 왼손이 가 있다. 하영은 자신의 손바닥에서 느껴지는 뜨거운 열기에 새삼 놀란다. 남산 중턱에 있는 호텔 방에서 젊은 실장의 뺨을 때려주고 나온 그때와는 사뭇 다른 열기가 손바닥에 고인다. 회사가 부도유예 상태로 있으며 무던히도 지워버렸던 신상품 디자인.

회사는 새로운 주인이 들어서고, 인원 감축을 가장 먼저 선언하면서도 신상품 개발을 독려했다. 하영은 회사 컴퓨터 파일을 지워버리면서까지 감춰두었던 디자인을 집에 있는 컴퓨터로 몇 날 밤을 홀딱 드샌 끝에 프린트하여 내놓았다. 그것을 본 젊은 실장은 좋은데요, 하며 웃어 보였다. 그리고는 남산 중턱에 있는 호텔 스쿼시 동호회 회장직을 맡고 있는 젊은 실장은 말했다.

"나랑 스쿼시 한 게임 어때요?"

하영은 스쿼시 라켓이 어떻게 생겼는지도 모른다고 말했다.

"괜찮아요, 제가 한 수 가르쳐주는 기분으로 상대해 줄게요."

하영은 그날 까맣고 작은 스쿼시 공을 쫓아다니느라 땀을 흘렸다. 게임 같지도 않은 게임이 끝나자 젊은 실장은 당연히 그래야 하는 것처럼 샤워하러 올라갑시다, 그랬다. 하영은 촌스럽게 굴지 않으려고 대꾸하지 않았다. 13평짜리 다세대 주택에 월세로 살며 대중목욕탕을 이용하는 것이 촌스러움으로 느껴졌다. 하영은 될 수 있으면 가슴을 펴고 엘리베이터를 탔다. 어딘가에 샤워 실이 있겠지 생각했다.

"운동복에 땀까지 젖으니까 선이 확실하네요."

하영은 젊은 실장의 시선을 당당하게 받았다. 젖가슴에 달라붙어 있는 셔츠도 당당하게 털어냈다. 그리고 촌스럽게 굴지 않기 위해서 웃어 보였다. 그런데 젊은 실장이 생각했던 샤워 실은 객실 안에 있는 것이었다. 하영은 라켓 가방에서 열쇠를 꺼내 문을 여는 젊은 실장 등에 대고 대꾸하는 것도 촌스러움일 거라고 생각했다.

그러나 객실 안에 들어서서 옷을 벗어 던지는 젊은 실장의 뺨을 후려갈기는 것은 촌스러움이 아니었다. 언젠가 기회가 올 거라 믿고 깊이 감춰두었던 신상품 디자인이 젊은 실장 손에서 찢어지는 순간이었다. 그 생각을 하면서 호텔 로비에 앉아 하영은 왜 망설였던가. 그때라도 다시 호텔 방으로 돌아가 실장 앞에서 옷을 벗었으면 퇴출 대상에 끼지 않았을 것이다. 아니, 오늘 그 젊은 실장이 자리에 있기만 했어도 신상품 디자인이 되살아나고, 하영도 복직이 가능했을 것이다.

"너, 소매치기지. 내 눈으로 똑똑히 봤어 인마."

지나가는 사람들이 멈춰서고, 횡단보도 앞에서 차를 세워두고 있던 택시 기사가 내려서 황급하게 달려온다. 배가 불룩하게 솟아 있는 택시 기사의 손이 남자의 허술한 옷자락을 움켜잡는다.

"아녀……요."

남자의 어깨는 잔뜩 접어진 채 운전기사의 굵은 팔뚝에 매달린다. 남자가 들고 있던 종이가방이 아스팔트 위로 툭 떨어진다.

"아니긴 뭐가 아녀 새끼야. 여기 있는 사람들 눈이 다 폼으로 있는 줄 알아. 아가씨 내 차에 타요. 경찰서로 가게."

신호가 바뀌었다. 횡단보도 안에 있던 사람들이 황급하게 빠져나가고, 옆 차선에 있던 차들이 움직이기 시작한다. 줄지어 서 있는 차선에서 빵빵거린다. 하영은 아니라고, 아저씨가 잘못 본 거라고, 말하고 싶은데 입안에서 튀어나오지 않는다. 희미했던 세상이 갑자기 캄캄해진다.

"너, 오늘 잘못 걸렸어 인마. 빨리 타."

키 작은 남자는 운전기사의 굵은 팔뚝에 끌려 택시 안으로 저항 없이 구겨 넣어지고 있다.

"아가씨도 빨리 타요."

운전기사의 목소리가 하영의 몽롱한 정신을 수습해준다. 저 남자가 정말 소매치기라면 운전기사는 용감한 시민 상을 받을 것이고, 개인택시 면허를 받을 것이다.

"뒤로 타서 이놈 꼭 붙들고 있어요. 빨리요."

"아녀요, 아저씨…… 아저씨가 잘못본 거예요."

"예?"

"잘못본 거라고요. 그 사람 소매치기 아니에요."

하영이 돌아서 차 사이를 헤치며 도망치듯 횡단보도를 넘어온다. 왜 내가 저 남자의 뺨을 때려야 했을까. 미안하다. 정말 미안하지만 하영은 더 빠르게 걷는다. 돌아보고 싶지만, 앞만 보고 걷는다.

5분이나 지났을까. 하영은 핸드백 속의 호출기가 너무 빠른 걸음 때문에 울리지 않을까, 생각 들어 다시 걸음을 더디게 한다.

나는 돌아갈 수 없었다. 교감선생님이 돌아가라고, 천천히 가라고 한 말을 어렴풋이 알 수 있었지만 그럴 수가 없었다. 돌아가려다 영영 제 길을 찾아들지 못할 지도 모른다는 불안이 더 강렬하게 압박했다. 어둠이 내리면 내일을 걱정해야 하는 사람의 마음이 다 그럴 것이다. 때문에 나는 빠른 길로 가고 싶었다. 아니, 빠르게 가야 했다.

나는 '특별한 사항'에 놓여 진 사람이었다. 때문에 대학 4년 동안 도서관 창가 자리를 한 번도 남에게 내준 적이 없다. 빨리 가기 위해서 나는 언제나 빨리 집에서 나섰던 것이다. 나는 디자인(design)이란 단어가 라틴어의 데지그나레(Designare)에서 유래된 것으로 〈계획을 기호로 명시한다〉라는 어원(語源)을 갖고 있으며, 단어 적 개념은 어떠한 행동의 계획을 형상화 해나가는 프로세스 (Process), 즉 목적에 합치(合致)하는 조형(造形)의 과정을 일관하는 조형계획(造形計劃)이라고 한다는 것부터 암기하기 시작했다.

그러나 암기만 한다고 공부가 다 되는 것이 아니었다. 토론에 약한 나는 이 학년이 되면서 슬럼프에 빠졌다. 디자인의 궁극적인 목표가 제품을 창조하여 인간 생활의 유용한 물건을 만드는 조형활동(造形活動)으로 인간의 물질적이고 정신적인 욕구를 충족시켜야 한다는 것에 대해서 교수님과 학생들이 둘러앉아 토론을 시작했다.

나는 초등학교시절부터 다른 학생들과 마주앉아 토론을 해본 적이 없었다. 말주변도 없었을 뿐더러 주제에 몰입이 되지 않았다. 다른 생각만 머릿속에 우글거렸다. 대화법에 익숙하지 못한 근본은 가정에서 습관 되지 않아서 일 것이다. 어쨌거나 보고배울 가족이 없는 나에게는 토론을 통해 지식을 얻는 방법은 여러모로 주눅 들게 하였다. 무엇보다 내가 알고 있는 것에 대한 확고한 신뢰도 자신감도 없었던 것이다.

나는 디자인을 전공과목으로 선택한 것을 후회했다. 나의 남다른 창의력과 고집, 그리고 만화를 그리는 그림 실력이면 충분히 성공할 수 있다며 디자인을 전공하라고 강력하게 추천한 고등학교 담임선생님이 원망스러웠다. 하지만 담임선생님의 말을 듣고 최종적으로 선택한 것은 나였다. 무엇보다 여자로서 해보고 싶은 일이기도 했지만, 대학을 졸업하고 취업 전망이 좋은데다 전문적인 분야여서 능력만 인정받으면 장례가 밝다는 것 때문이었다.

다행히 슬럼프는 오래가지 않았다. 고등학교 시절의 지독함을 회상하면서 슬럼프에서 벗어날 수 있었는데, 무엇보다 가장 큰 자극은 동생의 느닷없는 가출 때문이었다. 고등학생 때부터 나는 교문에 제일 먼저 들어가야 한다는 중압감이 늘 있었다. 고등학교 3년 동안 학교에 제일 먼저 등교해야 했던 것은 불안 때문이었다. 어머니가 해주는 밥을 먹고 도시락 싸들고 오는 애들보다 한 걸음 먼저 가서 준비해야 할 것 같았고, 아버지가 주는 용돈으로 군것질을 하며 과외를 받고 학원에 다니는 애들보다 한 걸음 더 뒤에 처져 학교에서 나가야 한다는 확고한 생각이 있었다. 그러므로 나는 늘 아무도 없는 교실에 들어가서 내 자리를 차지했고, 아무도 없는 교실에서 내 자리를 비워두고 나올 수 있었다.

일류 그룹에 속하는 대학에 원서를 넣고도 나는 장학생이 되지 않으면 학업이 어려웠다. 학비를 벌기 위해 아르바이트를 하며 공부할 바에는 차라리 학교를 그만두겠다는 각오였다. 게다가 대학에 들어간 그 해 가을 다달이 생활비를 보내주던 교감선생님이 간암으로 돌아가셨다.

나는 생활비를 벌기 위해서 하기 싫은 아르바이트를 해야 했다. 중학생이 된 동생에게도 궁색함을 떨기 시작했다. 동네 아줌마들에게 헌 옷을 얻어 동생에게 입혔다. 그때마다 동생을 부둥켜안고 얼마나 울었던가. 늘 바동거리기만 하던 동생이 말 수가 줄어들었고, 학교에 가기를 마다했다. 그래서 아침마다 늘 싸웠다. 지독하게 구는 나를 동생은 지독하게 미워했다.

나는 지치기 시작했다. 지독하게 끼고 다니던 책도 멀리했다.

동생은 그런 나를 보며 달라졌다. 생각도 깊어졌다. 졸업식 날이 가까워지면서부터 그랬다.

어느 날이었다. 내가 학교에서 돌아오니 편지 한 장만 방바닥에 있었다. 긴 편지였다. 몇 날 며칠을 고민하며 쓴 흔적이 역력했다. 나는 동생의 편지를 읽으며 눈물을 흘렸다. 힘들어 하는 누나를 차마 지켜볼 수만 없어서 결정한 것이라며, 동생이 아닌 남자로서 여자인 누나를 위해 먼저 희생하겠다는 각오 뒤에, 음향기기 스피커를 만드는 대기업 하청 공장에 일자리도 구해놓고 공장 기숙사로 들어가는 것이니 아무 걱정 말고 전처럼 공부만 하라는 말 아래에는 빨간 펜으로 밑줄까지 그어놓았다. 그리고 편지 말미에는 내가 대학을 졸업하고 취업을 하면 그때 자신은 대학에 꼭 들어가겠다는 말과 고등학교 과정도 이 년 안에 검정고시로 마치겠다는 굳은 약속을 편지 속에 담아놓기도 했다.

동생은 한 달 후 월급봉투를 가지고 왔다. 나는 동생을 붙잡았다. 네 생각이 다 좋고, 고마울 따름이니까 집에서 다니라고. 동생은 내가 마음 편히 지낼 수 없다는 말에 공장 기숙사에서 옷가방을 들고 왔다. 나는 그때부터 동생의 기름때 묻은 작업복을 빨기 시작했다. 모든 것이 다시 평정을 찾았다. 그리고 나는 다시 디자인에 관한 것이라면 무엇이든 찾아다녔다. 그러다 엄청난 것을 발견했다. 내가 공부하는 디자인이 인간 사회에 미치는 것이 다른 무엇보다 중요하다는 발견이었다. 그것은 인간생활의 실용적 가치에 필요한 물건의 이미지(Image), 즉 실체화(實體化), 시각화(視覺化)를 거치지 않으면 과학기술의 목적마저도 소멸될 수 있다는 것이었다. 그것은 인간의 본능이 '아름다움'을 추구하고 있다는 것에 근원하고 있는 것이었다.

아름다움!

그때부터 내 머릿속에는 아름다움이란 똑같은 단어 수억만 개가 입력되어 시도 때도 없이 내 입을 통해 내뱉어졌다. 뱉어 내도 뱉어 내도 고갈되지 않는 아름다움. 그것은 내 내면에서 일찍부터 꿈틀거리고 있던 것이었다.

나는 미친 듯이 아름다움을 추적하기 시작했다. 아름다움에는 형태와 색채가 필수조건이다. 형태에 대한 분석을 위해 나는 강의실에 마주앉아 있는 학생들에게 물었다. 형태는 시각이나 촉각으로 감득(感得)된다고 말한 학생은 그것을 이념적 형태(理念的形態;Ideal form)라고 말하며, 인간의 감각으로는 느낄 수 없고 이념으로만 생각하는 형태라는 주장이었다. 그리고는 덧붙이기를 기하학적 도형이나 숫자적인 개념, 또는 사랑, 미움 등의 추상적인 것이라고.

또 다른 학생이 말했다. 감각으로 느낄 수 있는 형태가 있다고. 그의 주장은 현실적 형태(現實的 形態;form)로서 자연적으로 생성된 자연형태(自然形態;Natural form)와 인간이 만든 조형(造形)인 인위형태(人爲形態;Artificial form)가 있다는 것이었다.

그때 나는 그 토론자에게 무엇을 반문했던가?

나는 제법 심각하게 물었다. 지금 내 형태가 배고파 보이지 않느냐고? 그리고 당당하게 덧붙였다. 밥을 먹고 똥을 싸고 싶다고. 둘어 앉은 학생들은 박장대소를 했고, 교수가 나서서 수습했다.

"그것은 자연적 형태이며, 자연적 형태의 아름다움을 존중하는
의미에서 밥 먹으러 가자."

우리 모두는 펼쳐 놓았던 노트를 덮고 일어서며 누군가 교수님
에게 물었다.

"그럼 똥을 싸는 것도 아름다움입니까?"

"배설의 본능처럼 아름다운 것이 또 있냐?"

교수님이 헛웃음을 보이는 사이에 어느 누군가 말했다.

"배설을 위해서 난 섹스를 하고 싶다. 하영이 넌 그러고 싶지 않
냐?"

강의실을 나오면서 키도 크고, 코도 크고, 눈도 큰 남자가 내
귀에만 들릴 정도로 조용히 말했다. 나는 그 남자를 싫지 않은 기
색으로 바라보았고, 그때부터 그 남자를 사랑하기로 작정했다. 아
름다움을 차지하고 싶었기 때문에 그 남자를 선택한 것이었다.

하지만 섹스를 통한 자연적 아름다움은 환상이었다. 환상이었
다는 것이 확인되면서 내 몸은 젖지 않았다. 젖지 않는 몸은 아픔
뿐이었다. 그 남자는 젖지 않는 몸을 탐내는 것에 지쳤다며 돌아
서 갔다.

그런데 왜 나는 돌아서 가는 그 남자의 등을 보며 울었던가? 그
리고 왜 나는 어금니를 깨물며 입을 꾹 다물었던가?

교보빌딩을 앞에 두고 하영은 돌아본다. 키 작은 남자는 보이지
않는다. 핸드백에서 호출기를 꺼낸다. 사무실에 내 책상을 가지고
있을 때는 귀찮아서 건전지를 빼놓은 적도 있었던 호출기이다. 그

러나 책상을 가지고 있지 못한 하영의 호출기는 잠만 잤다. 015-
3402…… 이제 하영 자신도 가물가물한 뒷자리를 기억하는 사람
이 이 세상에 몇이나 될까. 여기저기로 보낸 이력서에 자신의 이름
처럼 또박또박 적어 넣었던 호출기 번호에 그 어떤 사람도 관심을
보이지 않았다. 답장 없는 연애편지를 보낸 다음의 지루한 기다림
은 아득함이었다. 아득함 속에서 억지로 잠들어야 했던 많은 날
들. 악몽을 꾸고 눈을 떴을 때는 입에서 단내가 났다. 잘못 걸려온
전화를 받으면서도 목소리를 가다듬어야 했던 기다림은 살아 있
는 것이 아니었다.

　하영은 날마다 살아 있어야 할 이유를 찾았다. 쪽가위를 들고
실밥을 따면서 아주머니의 너스레를 듣는 것으로는 살아 있어야
할 이유가 되지 못했다. 하영은 후회가 된다. 젊은 실장의 핸드폰
번호를 알아왔어야 하는 건데. 그러나 그것은 지금도 가능할 것이
다.

　핸드백에서 지갑을 꺼내 들고 공중전화 부스가 있는 곳으로 걸
음을 옮기려다가 우뚝 멈춰 선다. 저만치에서 키 작은 남자가 걸
어오고 있는 게 보였다. 키 작은 남자와 시선이 마주치는 순간 하
영은 교보문고 안에 공중전화가 있던 것을 생각해낸다.

　도망치듯 걸음을 서두른다. 계단을 촘촘촘 내려가 사람들 속에
섞여 든다. 공중전화가 어디에 있더라? 하영은 머릿속을 뒤진다.
언젠가 화장실에 다녀오다가 전화를 했던 것을 기억해낸다. 그곳
은 지금 하영이 들어온 입구에서 가장 깊은 곳에 있었다. 거기까지
키 작은 남자가 찾아오지는 못할 것이었다.

아무리 생각해도 그 남자의 뺨을 때린 것은 너무 지나친 것이었다. 젊은 실장의 뺨을 때리고 호텔 로비에서 잠시 망설이다 마땅히 맞아야 할 사람을 때렸다는 생각을 했을 때와는 사뭇 다른 것이었다.

하영은 공중전화 앞에 선다. 단발머리의 여자가 전화를 하고 있다. 등에 매달려 있는 가방에 스티커 사진이 시선을 잡아간다. 남자와 여자가 얼굴을 가까이 대고 찍은 사진이다. 여자는 귀여운 얼굴을 한껏 지어보이고 있고, 남자 역시 웃고 있기는 하지만 표정은 무겁다. 단발머리 여자가 수화기를 입에 가까이 댄 채 소곤거리는 소리를 어쩔 수 없이 받아듣는다.

보고 싶어……응, 갖고 싶어…… 나 이상해졌단 말이야, 빨리 와…… 알았어, 내가 씻겨 줄게…… 응, 거기……알러비.

하영은 단발머리 학생이 남긴 알러비 소리가 아직도 생생하게 묻어 있는 듯한 수화기를 들으면서 단발머리 학생의 뒤를 신선으로 좇는다. 경쾌하게 단발머리를 출렁이며 사람들을 비켜가고 있다. 그런데 그 사람들 속에 있는 키 작은 남자를 하영은 또 발견한다.

하영은 돌아서서 전화번호를 또박또박 누른다. 무겁게 떨어지는 듯한 신호음이 계속 이어지고 있다.

네 번, 다섯 번…… 여덟 번……열한 번, 열두 번……

하영은 시계를 본다. 6시15분이다. 동시에 빈 사무실이 눈앞에 그려지더니 후배 사원인 미스 강의 책상으로 그림은 좁아진다.

수화기를 놓고 돌아선다. 키 작은 남자를 보아서인지 마음이 꽤히 서둘러진다. 그런데 서너 걸음 옮기자 잠만 자던 호출기가 걸음을 붙잡는다. 음성 메시지다. 하영은 다시 전화기를 향해 돌아선다. 중학생 정도로 보이는 여자애가 전화기 버튼을 빠르게 누르더니 신경질적으로 수화기를 내려놓고 간다. 비밀 번호를 누르자 귀에 익숙한 목소리다.

"대리님, 저 미스 강인데요. 실장님 지금 올라오고 있는 중이래요. 그래서 삐번 알려드렸으니까, 연락할 거예요. 잘 됐으면 좋겠어요. 대리님 파이팅."

여우같은 년. 하영은 미스 강에게 무언가를 들킨 것 같아 화가 치민다. 결코 잘되기를 바라고 있지 않을 미스 강이었다. 여자의 적은 여자라는 말이 실감되게 하는 미스 강은 출근해서 제일 먼저 하는 게 손거울 보는 것이었다. 하영은 참다못하면 구역질을 토해내듯 쏘아붙였다.

"너 같은 여자 때문에 다른 여자들까지 덤터기로 넘어간다고."

향수 냄새를 유난히 짙게 풍기고 다니는 미스 강은 남자에게는 언제나 밝게 웃어 보인다.

"너 같은 애 때문에 여자인 나도 여자가 싫어."

괜찮은 남자를 만날 때까지만 싫어도 참아달라고 말하는 미스 강은 결혼하면 회사에 나와 달라고 매달리고 사정해도 나오지 않겠다는 것이었다. 화장실에 가면 20분씩이나 있다가 나오면서 얼굴을 붉히지 않는 미스 강.

"미스 강은 화장실에서 너무 오래 있는 거 아닌가, 변비야?"

묻는 남자 직원들에게 미스 강은 너무 쉽게 말한다. 화장실에 앉아 아이디어를 얻는다고. 그렇지만 입사 후 3년 동안 미스 강이 완성시킨 신상품 디자인이 책택 된 것은 두 번 뿐이었다. 그런데도 미스 강은 인원감축을 하는 회사에서 낙엽처럼 우수수 떨어져 나가는 여직원들처럼 떨어지지 않은 것이다. 그 이유가 젊은 실장을 누구보다 먼저 낚아챘기 때문이라고 떨어져 나온 여자들이 모여앉아 소곤거렸지만, 사실은 모두가 그런 미스 강을 내심 부러워하고 있는 눈치들이었다. 그것도 아무나 하는 것이 아니라고, 사람의 능력 중에서 가장 현실적은 능력이라고까지 말한 사람은 결혼한 여직원이었다. 하영은 지금 그런 미스 강에게 동정하는 마음을 받은 것 같아 자신이 싫어진다.

하영은 사람들에 섞여 든다. 키 작은 남자는 전화를 하고 있던 하영을 발견하지 못하고 지나갔으니 다시 마주치지는 않을 것이다. 하영은 인문 서적이 쌓여 있는 곳을 지나간다. 신간서적이 쌓여 있는 곳에 서서도 코트 주머니에서 손을 빼지 않는다. 손에 쥐고 있는 호출기를 놓을 수가 없다.

아랫배에 면도칼이 지나가는 듯한 통증이 인다. 아직 진통제가 몸속에서 흡수되지 않았단 말인가. 그러나 다행이도 통증은 지나가더니 다시 오지 않는다. 하영은 마지막 통증이 늘 그랬던 것을 생각해낸다.

무심히 놓여 있던 시선에 〈여자에 관한 몇 가지 이설 혹은 편견〉이란 제목이 눈에 들어온다. 그러나 보고 싶지 않다. 그 옆에 있는 책의 제목은 하영을 더욱 초라해지게 하는 것이다. 〈어느 퇴출자의 명상〉. 하영은 빼앗듯이 시선을 옮겨간다. 〈오늘 같은 내

일은 없다〉제목만 보아도 책을 다 읽어 버린 느낌이다.

손에 땀이 밴다. 호출기에서 뜨거운 열기가 느껴진다.

"나, 김성탭니다."

귀에 익숙한 목소리가 너무 가까이에서 들려 하영은 자신도 모르게 고개를 돌린다. 키 작은 남자의 시선이 반 뼘 정도 아래에 있다. 발갛게 상기된 시선과 마주치자 순간 하영은 시선을 피한다. 미안함 때문인가, 얼굴이 후끈 달아오른다.

"김성태라고 기억 안 나요?"

하영은 뜬금없는 이름을 갖다 대고 기억 안 나요, 묻고 있는 이 남자가 온전한 사람인가를 의심한다.

"그럼 얌전한 돼지는 기억 하겠죠?"

"네……?"

하영은 자신도 모르게 물음표를 붙인다. 전혀 다른 모습의 남자가 다가와 왜 얌전한 돼지를 내놓고 있는가.

"제가 그 얌전한 돼지입니다. 하영 씨 집에 찾아갔다가 내 얼굴만 보면 재수 없다고 해서 수술 했습니다."

"……"

하영은 할 말이 떠오르지 않았다. 수술을 했다니! 내 말 때문에 수술을 했다는 것이다. 하영은 머리를 둔탁한 무언가로 얻어맞은 듯하다.

그 겨울 어느 날, 집 앞 골목에서 서성거리던 그 얌전한 돼지가 추워 보여서 차 한 잔 마시자는 그를 따라 카페에 갔었다. 그리고 그 카페에서 한 말은 분명 그랬다. 네 얼굴만 보면 재수 없다고.

"아까 우연히 마주쳤을 때, 오늘이 마지막이라고 생각 들어서 그냥 갈 수 없었습니다. 뺨도 한 대 때렸으니까, 술 한 잔 합시다."

그때 방학이 끝나고 학교에 다시 나갔지만 하영은 얌전한 돼지를 만났던 문학 동아리에는 나가지 않았다. 그리고 소식을 들은 것은 졸업을 앞둔 마지막 학기 때 학교에서 펄럭이는 현수막에서였다. 사법고시 2차 합격을 알리는 현수막에는 분명히 김성태라고 쓰여 있었다. 하영은 문학 동아리에서 이름보다 더 많이 불린 얌전한 돼지의 이름이 또렷하게 기억난다. 김성태!

하영은 다시 한 번 키 작은 남자의 얼굴을 본다. 코와 입술은 전혀 다른 모습이지만 눈매와 넓은 이마가 그때 그 모습이다.

"아깐 미안했어, 난 전혀 모르는 남자인 줄 알았어."

"괜찮아, 많이 당한 일이니까요. 술 한 잔 하는 거죠?"

궁색하게 말을 할 때마다 뒷덜미를 긁적이는 이 남자의 버릇까지도 생각난다. 하영은 고개를 끄덕이며, 무엇 때문인지 모를 웃음이 나오려는 것을 입을 다물어 붙잡는다.

"괜찮아요, 웃어도. 나가죠."

얌전한 돼지가 돌아서고, 하영이 몸을 돌리는데 호출기가 울린다. 하영은 호출기를 꺼내 본다. 011로 시작되는 번호가 입력되어 있다.

"약속 있어요?"

"네? ……아니."

하영은 자신의 입에서 나온 아니, 소리에 스스로 놀란다. 자신이 당황하고 있다는 것에도 새삼스럽다. 분명 젊은 실장의 호출이었다. 하영은 전화기를 바라보며 걸음을 멈춘다. 오늘이 마직막이다. 내일은 젊은 실장 앞에서 옷을 벗을 수 없을 것이다. 그것은 내 또 다른 시작을 포기하는 것이나 다름없지 않은가.

"저…… 미안하지만, 우리 다음에……."

"안 돼요. 아까도 말했지만 오늘이 마직막일 거란 생각을 했어요? 그리고 하영 씨한테 꼭 하고 싶은 말도 있고."

얌전한 돼지의 손이 코드 주머니에 들어가 있는 하영의 오른 손목을 꺼내 잡아당긴다. 남자다운 힘이 강하게 느껴진다. 그러나 아픔이 전해오지 않는다. 하영은 몇 걸음 그렇게 끌려 가다가 말한다.

"알았어, 갈 테니까, 이거 놔줘."

"안 돼."

난폭함이 느껴진다. 그런 면이 전혀 없던 얌전한 돼지가 아니었던가. 하영은 손목을 빼내지 않고 천천히 걸으라고 말한다. 왼손에 쥐어 있는 호출기가 다시 울린다. 걸음을 멈춰 선다.

"나하고 있는 동안 그거 꺼줄 수 없어요?"

"왜?"

"난 하영 씨 때문에 얼굴까지 뜯어 고쳤어요. 그런데 나를 위해서 그까짓 삐삐하나 꺼주지 못해요."

아주 강경한 어조에 하영은 다시 놀란다. 정말 그때 그 얌전한 돼지가 이렇게 변할 수 있을까? 까만 법복을 입은 얌전한 돼지의 모습이 순간 눈앞에 아른거린다. 사법고시 합격을 알리는 현수막을 바라보면서 여자들은 그 이름만으로도 사랑을 시작할 수 있다고 했다. 두 다리만 멀쩡하면 다른 어떤 것은 상관없다고 했다. 그때 하영은 무어라고 했던가. 내 삶의 아름다움은 판검사의 마누라가 아니라고 했다. 내 스스로 내 일을 찾아 만족해하는 게 내 삶의 아름다움이라고 했다. 그것은 판검사의 마누라 자리에 앉을 자격에서 이미 미달되어 있다는 것을 하영은 알고 있었기 때문에 억지로 부린 고집이었다.

"알았어. 그러니까, 이 손 놔줘."

내 안의 나는 왜 지금 이 남자를 따라가고 있는가? 내 안의 나는 왜……? 반문해 보지만 아무 것도 생각나지 않는다.

"어디……가?"

"내가 단골로 가는 곳이 있어요."

아, 이 남자는 늘 가던 곳만 찾아간다고 했었지? 동네 앞 카페에 들어서서도 낯설어서 어색하다고 더듬더듬 말한 남자. 낯선 것에 적응 하는 게 세상에서 가장 어려운 거 같다던 남자. 그런 남자가 자기 얼굴을 바꾼 것이다. 이 남자가 말한 것이 전부는 아니겠지만, 내가 신경질 적으로 흘린 말 한 마디가 키 작은 이 남자로 하여금 자기 얼굴을 스스로에게 낯설게 한 것인지도 모른다는 생각이 들어 가슴이 무거워진다.

하영은 얌전한 돼지 뒤를 따라 교보빌딩에서 나왔다. 한참을 걸어 낮고 허술한 한식 집에 들어선다. 얌전한 돼지가 들어서자 앞치마를 허술하게 두른 아주머니가 그를 반긴다.

"오랜만이네요, 작가선생님. 어저께 최 선생님이랑 다녀갔는데."

"낮에 만났어요. 작은 방 비어 있지요?"

하영은 자기 집에 들어서는 것처럼 편안해지는 얌전한 돼지의 얼굴을 본다. 편안해지는 얌전한 돼지의 얼굴을 보아서인지 하영의 무거웠던 마음이 쑥 내려간다.

"그럼요. 누구 자린데 함부로 손님을 받겠어요. 근데 누구세요?"

"친구예요. 소주하고 안주 좀 주세요."

하영은 방에 들어서서 코트를 벗어 옷걸이에 걸며 꺼버린 호출기를 잠깐 생각한다. 그 젊은 실장 앞에서 옷을 벗겠다고 마음을 다잡았던 생각도 지나간다. 얌전한 돼지는 하영에게 책이 든 종이가방을 내민다. 하영은 어색하게 받으면서 뭔데? 묻는다.

"영풍문고에서 하영 씨를 보고 샀어요. 내가 쓴 졸작이지만 읽어줘요. 하영 씨에게 보내는 내 진실이 어느 곳엔가 있을 테니까요."

"소설가 된 거야? 그리고 말 좀 편하게 해. 이상하잖아."

"이제 한 권 쓴 건데요, 소설가는 무슨."

"그럼, 고시에 합격한 건?"

"지방법원에서 이 년 정도 근무하다 그만 뒀어요. 처음부터 나에게 맞지 않는 시작이었지요. 법대에 들어갈 때부터 고등학교 선생님하고 부모님에게 떠밀려 들어간 거니까요."

"그렇다고 그만 뒤?"

"판사란 직업이 그렇더라고요. 세상에서 가장 힘든 일이더라고요. 내가 무슨 주제로 다른 사람들을 판결하겠어요. 그리고 택시 안에서 동전을 훔친 애들부터 살인을 한 사람까지 얼굴을 마주대하는 것처럼 불행한 것도 없을 거예요. 그래서 그만 뒀어요."

얌전한 돼지는 하영이 말 좀 편하게 하라고 다시 말해도 여전히 똑같은 말투로 이어간다. 하영은 그가 동아리 모임에서도 모든 친구들에게 존칭을 사용해서 '왕따'가 되었던 것을 새삼 떠올린다.

"얼굴을 뜯어 고쳤는데도 내가 다른 사람이 되진 않더라고요. 나는…… 말이지……"

하얗게 탈색된 양은 쟁반에 소주하고 뚝배기가 들어오고, 얌전한 돼지는 아귀찜을 주문한다. 아주머니는 하영을 바라보며 맛있게 먹으라는 말을 흘리며 의미 담긴 시선을 던져놓고 나간다.

술 몇 잔을 거푸 마신 얌전한 돼지는 낯선 집이 아니어서인지 말을 더듬거리지 않는다.

"내 안의 나를 나는 사랑해…… 내 안에는 언제나 하영이 같이 있었어. 대학 동기들을 만나면 하영의 소식을 듣는 게 제일 반가웠고…… 지금까지 결혼을 하지 않아서 그저 고맙기만 해. 마지막이라도 좋으니까, 나하고 한 번만이라도 춤을 출 수 없을까…… 그러고도 여전히 재수가 없으면 내 안에 있는 하영을 데리고 영원히 떠나가 줘……" 그러나 오늘은 아무 말도 하지 말란다. 얌전한 돼지가 쓴 〈길 위에서 길을 잃은 사람〉이란 소설을 다 읽고 난 다음에 결정해 달라고 술 취한 얌전한 돼지가 여전히 얌전하게 말했다. 하영은 얌전한 돼지의 옛 얼굴을 그의 지금 얼굴에 그려놓으며 술을 마시기 시작한다.

"내가 돼지 같이 생겼어도 난, 말이지, 내 안의 나를 사랑한다 이거야…… 너 만큼."

"나도 그래."

내 안의 나는 지금 왜 이렇게 자신 없이 중얼거리고 있는가? 내 안의 나를 사랑하지 않는 나이기 때문인가? 그런데 내 안의 나는 지금 무슨 말을 하려고 하는가?

"하지만 난, 너를 사랑할 수 없어. 네가 쓴 이 책을 다 읽어도 마찬가질 거야. 웬 줄 아니? 나는 아름다움을 꿈꾸고 있거든. 그 아름다움을 차지하기 위해서…… 나는, 예전에, 입을, 꾹, 다,물, 었,거,든."

얌전한 돼지는 술을 따라 달라고 내민 빈 잔에 술을 채웠는데도 술잔을 거둬가지 않고, 하영을 빤히 보면서 그래, 한다. 그 아름다움이 어떤 건데 묻는 시선이다. 하영은 얌전한 돼지의 시선과 마주치자 고개를 절레절레 흔들며 술잔을 들어 입에 붓는다. 그녀는 자신이 꿈꾸고 있는 아름다움이 어떤 것이지 대답할 자신이 없다.

바람의 끝은
어디인가

1

안개는 헤드라이트 불빛을 향하여 떼거지로 몰려든다. 난폭하다. 저만치 달아나고 있는 자동차는 빨간 미등에 노란 불빛을 깜박거리며 꼬랑지까지 흔들어 대지만 여전히 안개 속에서 벗어나지 못하고 있다. 남자는 핸들을 잡고 있는 두 손을 하나씩 바꿔가며 바지에 쓰윽쓰윽 문지른다. 손바닥에 땀이 밴 듯싶다. 아니, 두려움에 떨고 있는 것이다. 까맣기만 한 어둠과 안개 속에서는 검사님도 겁에 질리기는 마찬가지겠지. 여자는 조소를 흘린다. 그런 광경을 어둠은 조용히 내려다보고 있다.

어둠, 그것도 칠흙 같은 이 어둠을 저울에 올리면 무게를 가늠할 수 있을까? 그리고 소리 없이 달려드는 이 안개의 무게는……. 여자는 지속적으로 이어지는 엉뚱한 생각들을 그만 떨쳐버리고 싶다. 머리를 흔들어 본다. 헛일이다. 도리어 달리고 있는 차의 속도보다 빠르게 무거운 무언가에 가슴을 짓눌린다. 답답하다. 입 안에 침까지 다 말라 그 속이 바삭바삭 타버린 느낌이다.

그 사람 때문이다. 음력 9월에 태어난 그는 가을만 되면 마치 몽유병 환자처럼 자리에서 벌떡 일어나 홀연히 사라지고는 하였다.

지금 나는 돌아올 길을 떠나는 것이 아니다. 그러므로 나는 다시 돌아오지 않을 것이고, 오지 않을 사람을 기다리는 것에 대한 답은 기다리지 않은 것만 못하게 되리라는 것이 아닐까?

메모는 늘 똑같은 내용이었다. 동거를 시작한 10여 년 전부터 가을만 되면 그런 내용의 메모가 방바닥에 떨어져 있었다. 처음에는 그러려니 했다. 정식으로 결혼을 하고 사는 것도 아니었고, 그렇게 그가 아주 떠난다 해도 붙잡을 주제도 못 되었고 명분도 없었다. 그러나 그는 돌아왔다. 그 가을이 가고 찾아온 겨울마저 끄트머리에서 그림자를 잃어갈 때쯤 갈 데가 없어서 왔어, 하며.

돌아온 그는 정말로 죽지 못해 하는 수 없이 돌아온 사람처럼 지쳐 있었다. 몇 날 며칠이고 잠만 자다가 어느 날 직장을 구해 다시 일을 나갔다. 월급을 받아 한푼도 축내지 않고 내놓았다. 또래들처럼 당구나 화투 같은 건 쳐다보지 않는 사람이었다. 가끔 술은 마시지만 정도를 넘지 않았다. 그런 그를 보며 여자는 이런 게 행복이구나 생각이 들기도 했다. 그래서 깜냥으로는 찬거리에도 신경을 쓰고 가끔은 할 줄 모르는 요리를 한답시고 부산을 떨기도 했다.

하지만 그는 다시 가을이 되면 꼭 그래야 하는 사람처럼 집에서 떠났다. 그 때마다 여자는 처음과는 달리 두 다리마저 지탱할 힘을 잃고 풀썩 주저앉았다. 내 주제에 '행복'이란 그 낯 간지러운 단어가 가당키나 한 것인가. 여자는 체념을 하면서도 한편으론 절실한 마음으로 기다렸다. 기다리면 그가 갈 데가 없어서 왔어, 하면서 어느 날 다시 돌아올 것이라고 믿었다. 그런데 이번에는 일 년이 지나고 이 년이 지나가는데도 돌아오지 않고 있었다. 여자는 불안했다.

"히터 좀 꺼도 되겠죠?"

이 건조한 목소리의 주인은 그의 동생이다. 서울에서 출발할 때 아주 사무적인 어조로 몇 마디 흘려놓고 안개만큼이나 두터운 벽을 침묵으로 만들어 버리고는 이제껏 앞만 보며 운전을 하던 남자. 여자는 마음대로 하라고 고개만 돌렸다가 이내 제자리로 당겨 놓는다. 정말이지 지긋지긋하게 마음에 들지 않는 남자다. 마음 같아서는 차에서 훌쩍 뛰어내리며 나 혼자도 얼마든지 갈 수 있으니 돌아가라고, 언제부터 형한테 관심을 가졌냐고, 버럭버럭 소리를 지르고 싶지만, 차마 그렇게까지는 하지 못한다. 그리고 그럴 상황도 아니다. 그가 죽었다지 않는가. 아니다. 죽었다고는 하지 않았다. 다만 바다에서 실종이 되었다고 했을 뿐이다. 그것은 아직 죽지 않았을 수도 있다는 것이고, 분명히 그렇겠지만, 그렇다면 이 남자가 찾아 나서야 한시라도 빠르게 찾을 수 있을 것이다. 이 남자의 직업이 검사이니까.

……내가 만약 시인이라면 그댈 위해 노래하겠소. 엄마 품에 안긴 어린아이처럼……. 에프엠 심야 방송에서 마치 자다가 일어나 목이 잠긴 것 같은 목소리로 남자 가수가 노래를 절절하게 부르고 있다. 여자는 가끔 라디오에서 흘러나오는 이 노래를 들을 때마다 그가 어디에서든 분명히 따라 부를 것이라고 생각하고는 했다. 이

노래를 부르는 가수도 좋아하지만 이런 내용의 노랫말을 유난히 좋아한다는 것을 누구보다 잘 알고 있기 때문이다. 그리고 이 노래를 부르면서 자신을 눈앞에 그려놓을 것이란 사실에도 여자는 조금의 의심이 가지 않는다. 하지만 그런 생각을 하다가 마음이 쏴아하게 아려오는 통증을 느낀다. 그가 울고 있을 것이란 생각이 뒤에 따르기 때문이다. 그것 역시 눈으로 보지 않아도 확연하게 떠오르는 모습이었다.

그는 참으로 눈물이 많은 사람이었다. 텔레비전 연속극에서 조금만 감동 적인 대사나 슬픈 장면이 나올라치면 그는 고개를 돌렸고, 이내 눈물을 방울방울 떨어뜨리며 콧물까지 훔쳐댔다.

"히터 끌게요."

이때 대답이 얼른 나오지 않으면 머리라도 끄덕거려서 의사를 표현할 수 있을 것이다. 그런데도 여자는 그렇게 하지 못한 채 그저 시선을 한 번 주고 만다. 핸들을 잡고 있던 남자의 오른손이 움직인다. 파란 램프가 꺼진다. 그 밑에 숫자를 나타내고 있는 것은 시계이다. 03:24. 그럼 한 시간 반 동안을 내내 달려 온 것이다. 서울에서부터 강원도 양양이란 낯선 곳을 향하여. 그런데 여기는 어디지?

"저에요."

평소 형수라고 불러본 적이 없는 남자의 전화는 어젯밤 9시경에 왔다. 그 전화, 아니 이런 소식을 들으려고 그랬는지 어제는 아침부터 이상스레 뒤숭숭하기만 하고 일이 손에서 자꾸 미끄러지는 기분이었다. 잘되던 미싱도 속을 썩였다. 끊어진 실을 다시 끼워도 실은 자꾸 끊어지기만 했다. 실기름을 치고 미싱을 잘 고치는 사장이 손을 봤는데도 헛일이었다. 그러다가 시접까지 깊이 접어 종내는 원단을 망쳐버렸다. 재단을 다시 해야 했다. 직원이 다섯 명뿐인 공장 사장은 재단을 다시 한 원단을 갖다주며 오늘따라 왜 그래, 머 허는 날여, 그랬다. 여자는 야근을 하자는 사장에게 머리가 아프다며 정시에 공장에서 퇴근했다. 저녁을 있는 밥과 반찬으로 대충 해결하고 습관처럼 텔레비전을 켜려던 순간에 전화벨이 울린 것이었다.

"웬일이에요?"

사실 하나밖에 없는 시동생임에도 불구하고 너무 오랜만의 통화라서 여자는 달리 떠오르는 인사말도 없었거니와 그리 반가운 전화도 아니었기 때문에 웬일이냐고 묻는 그 짧막한 억양이 바싹 마른 삭정이 부러지는 소리로 튀어나갔다.

"형에게 일이 생겼나 봐요."

여자는 순간 긴장했다. 여자는 반쯤 누웠던 몸을 일으켜 세웠다. 남자에게서 형이라는 발음이 되어 전화선을 타고 오는 그 순간 왠지 불길한 느낌이 동시에 일었다.

"일이라뇨?"

"속초 해양경찰서라며 전화가 왔는데, 형이 실종 됐다는군요."

남자의 음성은 건조했다.

"실종이라뇨? ……그리고, 왜 해양경찰서에서……"

"저도 아직은 구체적으로 아는 건 없어요. 단지, 어제 낚시를 갔는데 돌아오지 않았고, 그래서 수색을 했는데 배만 찾았다는 겁니다."

여자로서는 얼른 이해할 수 있는 단어들이 없었다. 낚시, 수색, 그리고 배와 해양경찰서란 단어들이 너무 생뚱한 것들이었다. 2년 전 집을 나간 그가, 여느 때와 달리 1년이 지나도 감감해서 알 만한 사람들을 이곳저곳으로 찾아다니며 그에 관하여 얻어들은 소식이라고는 경상도 어디에 있나 봐요, 충청도 어디에 있다던데 잘 모르겠네요, 가 전부였다. 그런 소식을 전하는 사람들은 한결같이 일방적으로 전화를 받았다는 거였다. 그러므로 아는 게 아무 것도 없다고. 그런데 낚시는 뭐고, 배라니. 평소 낚시를 즐겼던 사람이라면 그러려니 하겠지만, 분명 그것은 아니었다. 여자의 기억 속에 그 사람이 낚시를 했던 것은 딱 한 번 있었다. 추석 휴가 때였다. 집에서 하릴없이 추리닝 바람으로 뒤척이다가 막역하게 지내는 친구의 권유로 따라 나선 낚시터에서 그 사람은 바늘을 떼어내고 낚싯대만 물에 담가놓고 있다가 돌아왔다는 것이다. 먹이 속에 낚시바늘을 감춰두는 것을 도저히 할 수 없었다는 것이 그 사람이 한 말이었다.

"좀더 자세히 말해줘요. 저기…… 저, 서방님은 금방 알아봤을 거 아니에요."

서방님 소리가 입 안에서 얼른 튀어나오지 않았다. 직업이 검사인 남자는 분명히 더 많은 것을 자세히 알고 있을 것이었다.

"여기서는 더 알아볼 게 없고, 일단 내려가 봐야겠어요. 같이 가실 수 있어요?"

여자는 그걸 말이라고 하느냐고 다소 거칠게 대답했다.

"그럼 준비하고 계세요. 저는 사무실에 가서 정리할 일이 있어서요."

"오래 걸리나요?"

"서너 시간 걸릴 겁니다."

피도 눈물도 없는 인간 같으니라고, 형이 죽었다는 데 아니, 실종되었다는데도 자기 일이 우선인 냉혈인 같은 인간…… 여자는 수화기를 내려놓고 주절거렸다. 좌불안석한 마음 때문에 아무 것도 할 수 없었다. 머릿속도 온통 까만 동굴처럼 변해 버렸다. 시간은 왜 그리 더디 가는지. 수화기만 쳐다보고 있자니 머리가 돌아 버릴 지경이었다.

그렇게 전화를 끊은 지 세 시간 후에 전화가 왔다. 남자는 집을 모른다면서 어디로 가야하느냐고 물었다. 순간 여자는 기가 막혔다. 같은 호적에 올라 있는 형수인 자신은 그렇다 치더라도, 형이 살던 집인데, 그것도 4년째 이사도 한 번 안 가고 살고 있는 집인데 모르다니. 여자는 어떻게 그럴 수 있느냐고 따지고 싶은 것을 애써 참고 물었다.

"그럼, 서울대입구 전철역은 아시겠죠?"

남자가 그 대학을 나왔으니 모를 리 만무했다. 여자는 자신이 그리로 나가 있겠다고 했다. 그러자 남자는 삼십오 분 후에 도착하겠고 말했다.

"배가 다 가라앉아 있었다더군요. 그러니 사람이 살아 있다는 것은 기적이 아니면 불가능한 일이래요."

여자가 차에 앉자 남자가 앞뒤 없이 대뜸 하는 말이었다.

"배를 왜 탔대요?"

"가자미 잡이를 했대요."

"혼자서요?"

"예."

"그 사람은 배를 탈 줄 모르잖아요?"

"거기서 일 년 전부터 살았대요. 뱃일을 하면서."

"아무튼 빨리 가세요."

여자는 눈으로 확인을 하지 않고는 믿을 수 없었다. 이 년, 아니 십여 년 전부터 늘 기다리게만 한 사람. 그러면서 갈 데가 없어, 하며 늘 돌아온 사람이 바로 그였다. 그랬기 때문에 이번에도 분명히 돌아올 것이라고 믿었던 것이다.

차는 줄기차게 앞으로 달리는 것은 분명하다. 하지만 여자는 여기가 어딘지, 얼마나 더 달려야 말로만 들었던 속초, 아니 양양이란 그곳이 나타나는 것인지 막연하다. 길은 여전히 안개에 삼켜진 채 이만큼씩만 나타나다가 라이트를 상향 조정할 때만 좀더 길게 보인다. 하지만 그 길 역시 뿌옇게 달려드는 안개 때문에 희미하다. 자동차와 길 모두가 마치 안개 속에 둥둥 떠 있는 것만 같다.

"추워요?"

여자는 얼른 그렇다고 대답이 나오지 않는다. 그저 히터를 작동시키는 그것에 시선을 던진다. 그러자 남자의 오른손이 움직인다. 파란 램프가 켜진다.

여자가 그와 결혼한 것은 4년 전이었다. 그동안 시동생인 이 남자에게서 지금처럼 다감한 말을 들어본 적이 없었다. 시어머니 생일이나 시아버지 기일이라 해서 남자의 집에 다니러가도 본체만체 외면당했고, 일을 마치고 돌아올 때에도 마지못해 고개만 살짝 끄덕여주는 것이 인사였다. 하다못해 형인 그의 생일이라고 찾아오는 적도 없었고, 전화 한 통 직접 걸어온 적이 없었다. 그런 남자가 춥냐고 묻는 것은 상당한 배려임을 여자는 안다.

"집 나간 지 얼마나 됐죠?"

"이 년요."

"그 동안 한 번도 연락이 없었어요?"

남자는 마치 전혀 모르는 사람에 대한 것을 묻는 것처럼 덤덤하다. 여자는 동생이란 사람이 어쩌면 그렇게 무심할 수 있어요, 벌처럼 독하게 한 마디 쏴주고 싶은 것을 꿀꺽 삼킨다.

"……"

여자는 시선을 창 밖으로 옮겨 본다. 까만 어둠뿐이다. 어디쯤엔가 있을 산등성이마저 보이지 않는다. 여자는 창문을 내린다. 바람과 안개, 그리고 어둠 때문인지 자동차 속도가 더디게 느껴진다.

"여기가 어디예요?"

"청평요."

"얼마나 더 가야돼요?"

"글쎄요……아마 네 시간은 더 가야 할 거예요."

여자는 생각보다 더 차가운 바람이라고 느끼면서도 몸을 비틀어 앉는다. 바람이 얼굴을 정면으로 때린다. 네 시간……. 네 시간 후면 이 두꺼운 어둠도 걷힐라나…….

2

　남자는 가속 페달을 더욱 밟아보지만 차는 여전히 더디게만 달린다. 여자가 열어놓은 창문으로 들려오는 타이어의 마찰음이 신경에 거슬린다. 마음 같아서는 창문을 닫으라고 소리라도 내지르고 싶은 것을 늘 그랬듯 애써 참는다. 아니다. 참는 것이 아니라 무시하는 것이다. 그래야 신경이 곤두서지 않기 때문이다. 그렇지 않고 괜히 참견해봤자 정신만 산만해질 뿐 이 어둠과 안개 속을 헤집고 나가는 데 아무런 도움이 되지 않을 것이었다.

　남자는 늘 켜놓는 에프엠에서 나오는 노랫소리마저 귀에 거슬린다. 새벽인데도 불구하고 노래는 알아듣지 못할 정도로 빠르고 요란스러운 곡이 간혹 끼어 나온다. 남자는 다소 신경질 적으로 스테레오를 꺼버린다.

　병신 같은 자식, 고작 이 정도밖에 안되는 게……. 남자는 주절주절 흘러나오는 말을 붙잡지 않는다. 그렇게라도 가슴속에서 아우성치는 무언가를 토해내지 않으면 미칠 것만 같다. 그것은 캄캄한 현실 속에서 한치 앞도 내다볼 수 없는 막막함에서 오는 불안과 초조가 뭉쳐진 응어리였다. 자그마치 34년을 살아오며 켜켜이 쌓아두었던 그 응어리는 시도 때도 없이 가슴속을 때렸다. 그 아픔을 어느 누가 짐작이나 하겠는가.

　뜬금없이 꾸는 악몽 속에 한 사내가 있었다. 사내의 몰골은 거

렁뱅이 꼴이었지만 눈빛만큼의 언제나 번뜩였다. 살기로 가득했다. 그 사내는 늘 남자의 목을 조였다. 그렇게 가위눌린 밤마다 남자는 어금니를 악다물었다. 강해져야했다. 그래야만이 암담하기만 한 자신의 앞으로가 밝아질 것이었다. 그래서 보아란듯이 밝고 청정한 세상의 한가운데 서 있고 싶었다.

남자는 그의 실종 소식을 퇴근하여 가족들과 한가롭게 지내다가 느닷없이 들었다. 한동안 정신을 수습하지 못하고 멍멍한 상태로 있었다. 그러자 해양경찰서라며 전화를 바꿔주고 옆에서 지켜보던 아내가 무슨 일이냐고 물었다. 남자는 얼른 대답하지 못했다.
"또 사건이 난 거예요?"
아내가 다시 물었다. 남자는 일부러 대답하지 않았다. 어머니는 손녀딸을 가슴에 안은 채 소파에 앉아 텔레비전 일일연속극에 정신을 빼앗겨 있었다. 요즘 들어 이상하다 싶을 정도로 말을 아끼는 어머니였다. 아침저녁으로 집에서 나가고 들어와도 시선조차 주지 않았다. 왜 일까? 집을 나가 소식이 없는 그 때문이겠지만 이제껏 이렇게 심각한 적은 없었다. 그저 그러려니 넘기고 당신의 일상에 소홀하지 않았다. 그것은 어렸을 적부터 있었던 그의 가출이 어머니에게도 만성이 되었던 것이다. 하지만 그것은 결혼 전의 일이었고, 결혼한 후에는 이제 그렇지 않을 것이란 기대가 있었는데 그 기대가 무너진 것이었다.
아내는 다시 다그쳤다. 어머니를 망연히 바라보고 있는 남자의 시선에서 심상치 않음을 느낀 듯싶었다. 남자는 어머니에게서 시선을 잡아당기고 아무 일 아니라며 서재로 들어갔다. 마음을 진정시키고 생각의 갈피를 잡았다.

이민우 씨 아시죠? ……. 다름이 아니고, 어제 이민우 씨가 바다에서 실종이 되었습니다. 신분증이 없어서 바로 연락을 못했습니다. ……. 오늘 배는 찾았는데, 이민우 씨는 아직 찾지 못했습니다. ……. 내일 09시에 다시 수색을 할 예정이니 그때까지 와주셨으면 합니다. ……. 여기는 강원도 양양군 손양면 오산리입니다. ……. 저는 속초해양경찰청 소속 김창호 경사입니다.

김 경사는 그의 노트를 뒤져 전화번호를 찾았고, 여기저기 전화를 하다가 어떤 사람한테 동생인 남자의 연락처를 알았다는 것이었다. 남자는 전화선을 타고 들려오는 또랑또랑한 사내의 말을 다시 떠올리며 정리해보았다.

남자는 생각을 정리하고 수첩을 뒤졌다. 형수라는 여자의 전화번호를 찾았다. 그러나 냉큼 수화기를 들지 못했다. 혹시라도 아내와 어머니가 엿들을지 모른다는 생각이 들어 거실에 나가 확인을 하고 서재로 다시 돌아와 전화를 했다. 차마 어머니에게 이 사실을 알리기가 내키지 않아서였다. 그리고는 옷을 차려 입고 급한 사건이 하나 생겼다며 이삼 일 들어오지 못할 것이라고만 말하고 집을 나서며 어머니를 일별 했지만, 어머니는 여전히 텔레비전에서 시선을 떼지 않았다.

남자는 사무실에서 내일 기소할 사건 하나를 서둘러 정리하고, 검사보에게 전화로 자신의 부재를 알렸다. 그리고는 속초해양경찰청에 전화를 걸어 어머니 때문에 집에서는 구체적으로 묻지 못한 내용을 굳이 검사라는 자신의 신분까지 밝히고 물었다. 그러나 더 특별한 것은 없었다. 다만 일 년 전부터 그가 그곳에서 뱃일을 하며 살았다는 것과 사고라고만 결정지을 단서를 아직 찾지 못했다며, 8개월 전부터 생명보험에 가입한 영수증을 발견했다는 말을 덧붙였다. 그렇다면 혹시 자살이 아닐까? 하는 생각이 남자의 머릿속에서 빠르게 스쳐갔다. 그런데 그것을 알기라도 한 듯이 김 경사도 생명보험에 가입한 것과 사고 당일 파도가 그리 높지 않았다는 점을 강조하며 자살일 가능성도 있다고 말했다. 그 말에 남자는 생각과는 달리 주저없이 반박했다.

"이보세요, 배를 타는 사람이면 항상 생명의 위협을 느끼는 거 아니오. 그러니 보험에 가입하는 것도 당연하잖소."

김 경사는 남자의 다부진 음성에 금세 할 말을 잃고 그게 아니고요, 사실은 이곳 사람들은 보험에 가입하는 사람이 흔치 않거든요, 하며 말꼬리를 감췄다. 남자는 무슨 일이 있어도 시체를 찾아야 한다고 못을 박고, 수사도 자살이라고 미리 단정 짓고 하지 말아야 한다고 일침을 놓았다. 그리고는 곧바로 속초지검에 근무하는 최 검사에게 전화를 걸어 사정을 말하고 협조를 부탁했다. 될 수 있는 데로 많은 인원을 동원하려면 그 지역에서 근무하는 최 검사의 입김이 필요할 터였다. 대학 동기인 최 검사는 형이 있었느냐며, 실종된 사람이 정말 친형이냐고 묻고는, 그러면 여기 일은 자신이 알아서 처리할 테니 걱정 말라며 내려오는 데로 전화나 하라고 덧붙였다.

그러나 남자의 직감은 자살이라는 쪽으로 기울어 있었다. 사실 그가 자살을 할 동기는 지금 당장 이래서다, 라고 구체적으로 제시할 수는 없지만 생각해보면 얼마든지 있었다.

그렇게 자살 쪽으로 생각이 기울자 남자는 걷잡을 수 없이 마음이 흔들렸다. 아무리 마음을 다독이려 해도 진정되지 않았다. 정말 그가 자살을 했다면 자신과도 절대 무관하지 않을 것이기 때문이었다. 그것을 부정할 무언가를 찾아보았지만 떠오르지 않았다. 도리어 소년시절부터 줄기차게 이어진 그의 가출과 절대로 상관이 없다고 말하지 못할 그림 하나하나가 떠올랐다.

그 그림들은 집안에 좋은 일이 있거나, 아이들의 재롱에 웃음소리가 크게 고조될 즈음에 나타나고는 했다. 어머니의 표정이 일순간 아주 쓸쓸하게 변하기 때문이었다. 그 다음 떠오르는 것이 그때의 그 그림들이었다. 어머니가 애써 표정을 감추지만 남자는 그를 찾는 어머니의 간절한 눈빛을 찾아낼 수 있었던 것이다.

그 그림 중에 하나는 남자가 초등학교 4학년 때의 여름 방학 중에 그려졌다.

당시 어린 남자는 어머니와 둘이서 서울 모래내에 살았고, 어린 그는 전북 익산에서 할머니, 고모 그리고 고모부와 살며 학교를 다니다가 방학 때나 고모와 함께 서울에 올라오곤 했다. 그 때도 어린 그는 촌티가 줄줄 흐르는 모습으로 고모하고 서울에 왔다. 까맣게 그을린 얼굴이며, 민둥산처럼 빡빡 밀은 머리하며, 여름에 입는 옷임에도 불구하고 여기저기를 성의 없이 손 바늘로 꿰맨 것이 거지꼴이나 진배없었다. 게다가 양쪽 무릎과 팔꿈치에서는 상처가 덧나 진물이 줄줄줄 흘렀다. 어느 모로 보나 서울 아이들과는 판이하게 구별이 되었다. 어린 남자는 그런 모습의 어린 그가 형이라는 사실이 원망스럽기까지 했다.

여자가 남편 없이 아이를 데리고 혼자 살아가는 일이 세상이 좋아진 지금도 만만한 일이 아닌데 20여 년이 더 지난 그때는 오죽했겠는가. 더군다나 어머니는 서울에서 떡이나 냉면을 광주리에 담아 이고 골목골목을 다니며 파는 일보다 시골에서 논밭을 일구는 일에 더 익숙한 사람이기도 했다. 그런 어머니가 시골을 떠나와 서울에서 삭월세방을 얻어 그렇게 어려운 생활을 굳이 시작한 것은 아버지 때문이었다.

아버지!

남자는 그 낯선 단어만큼이나 얼굴도 기억나지 않는 아버지를 생각할 때마다 저절로 이가 갈렸다. 나이를 웬만큼 먹어 무언가를 알아내야 한다는 강박관념에 끌려 일부러 찾아 나선 고향 마을에서 돌아온 후부터 그랬다. 부잣집 외동아들로 태어난 아버지는 고향에서 소문난 노름꾼에다가 오입쟁이였다는 것이다. 그 많던 전답과 마을에서도 제일 큰 기와집마저 노름빚으로 다 탕진하고 작은 마누라네 집에서 그 작은 마누라의 목을 졸라 죽이고 자신은 농약을 먹고 죽었다는 것이다. 그리고…….

어쨌거나 어린 그는 그 탓으로 가난하고 게으른 할머니와 고모 그리고 백수건달처럼 떠돌아다니며 살다가 건져먹을 것이라고는 뒤란 장독대에 있는 된장 정도가 전부인 처갓집에 눌러 사는 고모부 밑에서 궁색하게 살았다. 그에 반해 어린 남자는 비록 삭월세방이기는 하지만 부지런한 어머니 때문에 그럭저럭 궁색은 면한 모습으로 유년시절을 보내고 있었다.

어머니는 어린 그 때문인지 여느 날보다 늦은 시간에 장사를 나 갔다. 늘 같이 다니던 옆집 쌍둥이 엄마가 나가고도 한참이 지나 나가면서 발길이 떨어지지 않는지 비라도 왔으면 좋으련만, 하고 는 어린 남자에게 시선을 맞추며 형하고 사이좋게 놀아야 한다, 그랬다. 어머니는 하루쯤 쉬며 오랜만에 보는 어린 그를 보듬고 싶었을 터이다. 하지만 냉면 장사라는 게 한 철 장사고 날씨 영향 을 많이 타는 것이어서 손을 얼른 놓지 못했던 것이다. 게다가 욕 심 많은 쌍둥이 엄마가 저녁나절에 돌아와 얼마를 팔았느니 해가 며 돈주머니를 뒤집어 돈을 헤아릴 것을 생각하면 있던 돈을 잃어 버린 만큼이나 속이 상할 것이었다. 어머니는 저만치 가다가 잃어 버린 것이라도 있다는 듯이 다시 돌아와 오 원짜리 동전 두 개를 어린 남자에게 주면서 또 한 번 형하고 사이좋게 놀아야 한다고 다짐이라도 받아야 마음 놓고 장삿길에 나설 모양이었다. 어린 남 자는 알았어, 대답을 하고는 동전을 냉큼 받아 주머니 속에 감췄 다. 그제야 어머니는 수건을 목에 두르고 커다란 고무다라를 옆구 리에 낀 채 집을 나섰다.

사실 그때의 어린 남자는 비록 11살의 어린애였지만 어머니의 고단한 삶을 웬만큼은 알고 있었다. 초등학교에 입학하기 전까지 어머니의 장삿길에 늘 따라다녔기 때문이었다. 그것은 어린 남자 가 따라나서려고 떼라도 써서 그런 게 아니었다. 당연히 그래야 하는 것처럼 어머니가 아침마다 어린 남자의 손을 잡았기 때문이 었다. 그렇게 어머니의 손을 잡고 냉면을 뽑아내는 방앗간에 가면 아줌마들은 인사말처럼 그랬다. 이제 그만 떼어놓고 다녀도 되겠구면 그러네⋯⋯. 민철이 크는 거 보면 세상 참 빨리 지나가는 게 보여⋯⋯. 우리 애들도 민철이 만큼만 순하면 업고라도 다니겄는디⋯⋯.

커다란 고무다라에 냉면을 가득 받아 머리에 이고 방앗간을 나서는 아줌마들을 어린 남자는 더 작은 아이였을 적부터 보아왔다. 그 아줌마들은 어머니 등에 업혀 포대기로 꼭꼭 쌓여 있는 어린 남자의 볼을 잡아 흔들며 순한 게 효도하는 거다, 그러고는 했다. 그래서인지 어린 남자가 자기 발로 걸어서 어머니를 따라 나섰을 때에도 순하게 구는 것만은 걷지 못할 때나 다를 바 없었다. 온종일 골목골목을 걸어 다니는 어머니를 따라 어린 남자도 걸으면서 짐이 되지 않았다. 그저 단골집에서 쉬어가며 물이라도 얻어 마실 때면 어머니가 하는 대로 다리를 뻗고 톡톡 쳐대는 것으로 피곤을 풀었다. 그런 어린 남자를 보는 단골집 아줌마들은 귀여워 죽겠다며 냉면 값은 깎을지언정 동전 한두 개쯤은 아깝지 않다는 듯이 선심도 쓰고, 때로는 과일 한두 개씩을 안겨주기도 했다. 그때마다 어머니가 사양하듯 어린 남자도 덥석 받아들지 않았다. 몇 번쯤은 고개를 저으며 손을 가슴으로 잡아당겨놓고 있다가 마지못해 받아들고는 했다. 그리고 그런 단골집을 나올 때면 으레 애기엄마 다음에 또 들려요, 하는 인사를 받았다.

어린 남자는 방학 때마다 뜬금없이 나타나서는 어머니의 사랑을 독차지하다시피 하다가 사라지는 어린 그가 형이라는 사실도 그 훨씬 전부터 마음속에서 거부했다.

어린 남자는 어린 그 때문에 나가서 친구들과 어울려 놀지도 못하고 오전 내내 방구석에서 뒹굴었다. 그러다 어머니가 차려놓고 간 점심을 먹고 궁리 끝에 어린 그에게 저기로 놀러 가자며 잡아끌었다.

어린 그는 선선히 어린 남자를 따라 나섰다. 골목길을 벗어나며 어린 남자는 걸음을 서둘렀다. 어린 그는 서너 걸음 뒤쳐져서 따라왔다.

"빨리 좀 와."

어린 남자가 마을 뒤편에 있는 그리 높지 않은 산을 앞에 두고 재촉했다. 그 산을 넘으면 연희1동이었다. 그리고 그 동네를 지나 버스가 다니는 길을 건너 한참을 더 가면 그가 다니는 초등학교가 있었다. 어린 남자는 거기에서 어린 그를 떼어놓고 올 작정이었다. 그러면 집을 찾아오지 못할 것이란 생각을 했던 것이다.

학교 운동장에는 8월의 뙤약볕이 내리쬐고 있었다. 그런데도 6학년 형들은 축구를 했다. 그 중에 어린 남자가 아는 형도 두세 사람이 되었다. 바로 이웃에 사는 형들이었다. 어린 남자는 그 형들을 보고 교문 앞에서 망설였다. 그 형들이 보면 어떡하나 생각이 미쳤던 것이다. 어린 남자는 발길을 돌렸다. 그러자 어린 그도 군소리 없이 등을 돌렸다. 어린 남자는 다시 걸었다. 어디로 갈 것인지 정한 것은 아니었다. 무작정 걸었던 것이다. 걸으면서 돌아보면 어린 그는 여전히 입을 꾹 다문 채 눈만 깜박거리며 따라오고 있었다. 연세대학교 앞을 지나고 다시 굴다리를 지나서 왼쪽으로 난 골목길을 따라 걸었다. 그러자 신촌 역이 나타났다. 어린 남자는 다시 오른쪽으로 돌아서 걷다가 넓은 도로를 앞에 두고 왼쪽으로 돌아섰다. 그리고는 횡단보도를 건넜다. 그리고 또 다른 횡단보도를 건너면서 어린 남자는 어디에서 어떻게 어린 그를 떼어놓고 도망쳐야 하는지를 생각했다.

그렇게 한참을 걷다보니 나중에는 어린 남자 자신도 처음 와보는 곳이었다. 이곳저곳을 다니며 장사를 하는 어머니를 따라 서대문 근방의 어지간한 동네는 다 다녀보았지만 그곳은 처음이었다. 마포 쪽으로 들어선 것이었다. 아무튼 낯선 동네에 들어서자 8월의 뜨거운 더위가 저절로 느껴졌다. 어린 남자는 그림자를 보고 대략 두 시에서 세 시 사이쯤 되었을 거라고 생각했다. 그것은 장사 다니는 어머니를 따라다니며 배운 것인데 거의 틀림이 없었다. 그렇다면 집에서 두 시간을 넘게 걸어온 것이었다. 그 순간 어린 그를 떼어놓고 도망칠 좋은 생각이 떠올랐다.

"덥지?"

어린 그가 고개를 끄덕였다.

"그럼 여기 가만히 있어, 내가 저기 가서 아이스케키 사올게."

어린 그는 무언가 이상하다는 듯이 고개를 갸웃거렸다. 그러나 어린 남자는 어린 그의 대답을 들을 필요가 없었다. 거기서 그냥 냅다 달리면 되는 것이었다. 분명 달리기를 하면 어린 그 같은 애쯤은 금세 떨쳐버릴 자신도 있었다. 그러면 다시는 어린 그를 볼 일이 없을 것이었다. 어린 남자는 마을 안 골목길을 향해 달리기 시작했다.

얼마나 달렸을까. 어린 남자는 쓰러질 듯 전봇대를 끌어안고 가

뻔 숨을 몰아쉬며 달려온 골목길을 돌아보았다. 대문만 듬성듬성 열려 있을 뿐 사람이라고는 눈을 씻고 봐도 없었다. 사람들 모두 그늘을 찾아다니며 쉴 시간이었다. 그는 안도했다. 땀으로 흠뻑 젖은 티셔츠를 툴툴 털며 걷기 시작했다. 그러나 방향 감각이 잡히지 않았다. 어느 쪽으로 가야 신촌로터리가 나올 것이지 하늘을 올려다보았다. 그러고는 자신의 그림자를 내려다보았다. 그림자는 집에서 나설 때보다 오른쪽으로 많이 기울어져 있었다. 그렇다면 어린 그를 떼어놓고 온 쪽이 뒤쪽이니 곧장 가다가 적당한 길에서 오른쪽으로 돌아서면 될 것이었다. 그것도 어머니를 따라다니며 배운 것이었다. 혹시라도 길을 잃어버리면 그렇게 찾아야 한다고. 어머니 말인즉슨 왔던 길을 다시 돌아서 가며 장사를 할 수 없으니 늘 그렇게 그림자를 보고 오른쪽으로 돈다는 것이었다. 그러다보면 처음 지나쳤던 그 길 어딘가를 만날 수 있다고 했다. 어찌됐건 어린 남자의 머릿속에는 신촌시장이 있는 그 로터리만 찾으면 된다는 생각뿐이었다. 거기서 집을 찾아가는 길은 눈을 감고도 가능했으니까.

한 시간 가량은 족히 걸었을 것이다. 커다란 학교가 나타났는데 나중에 안 일이지만 그 학교가 홍익대학교였다. 어린 남자는 거기서 오른쪽으로 돌아 걷기 시작했다. 한참을 걸으니 낯이 익은 거리가 나타났다.

어린 남자는 동교동 로터리를 지나 지금의 연희인터체인지를 가로질러 집으로 돌아왔다. 와서 보니 5시가 다 되어 있었다. 어린 남자는 땀으로 범벅이 된 몸도 씻을 겸 분명 친구들이 물놀이를 하느라 정신이 나가 있을 마을 앞에 있는 개천으로 다시 나갔다. 그 개천은 남가좌동과 연희2동 사이에 있었다. 그 개천 중에서도 528번 버스 종점 앞이 물의 깊이가 적당해 그 또래 아이들이 몰려들었다. 어린 남자는 아무 일 없었다는 듯이 친구들 틈에 끼어 물장구를 쳤다.

그러나 어린 남자의 태연자약한 마음은 그리 오래가지 않았다. 어린 남자가 물놀이를 하는 그곳 바로 위에 버스 정류장이 있었는데, 생각보다 빨리 장사를 끝내고 돌아오는 어머니가 74번 버스에서 내리는 모습을 보는 순간부터 몸이 떨리기 시작했다. 아니나다를까. 어머니는 광주리를 옆구리에 끼고 선 채 그 커다란 목소리로 민철아, 하고 불렀다. 하루 종일 냉면 사라고 외쳐대는 그 목청이니 어린 남자의 귀에 들려오지 않을 수 없었다. 그런데도 어린 남자는 선뜻 대답하지 못했다. 그저 못들은 척 딴전을 피우며 어머니가 서 있는 쪽에서 조금씩 멀어졌다. 하지만 그렇다고 될 일이 아니었다. 옆에서 놀던 친구 하나가 야, 민철아, 니네 엄마가 부르잖아, 그러는 것이었다. 그는 하는 수 없이 돌아서서 왜, 하고 대답했지만 왠지 목소리가 평소처럼 터져주지 않았다.

"형아는?"

"집에 있어."

그렇게 대답을 하려고 생각하고 있었던 것도 아닌데 어린 남자는 시치미를 뚝 떼고 소리쳤다.

"그만 놀고 와, 엄마가 옷 사왔어."

어머니는 더 재촉하지 않아도 옷을 사왔다는 말에 얼른 들어올 것이라고 생각했을 것이다. 그러나 어린 남자는 냉큼 집으로 가야 겠다는 마음이 들지 않았다. 아마도 그래서 어린애는 별 수 없이 어린애일 따름이다. 일을 저지른 다음 일까지 생각할 수 있었다면 그게 어른이지 어린애였겠는가 말이다. 어찌됐건 그 다음부터 어린 그가 용케도 집을 찾아 돌아온 그 다음 날 아침까지 어린 남자가 불안과 초조함에 떨었던 긴장된 그 순간은 사라지지 않은 채 훗날, 아니 서른넷이 된 지금까지 지속되었다.

생각해보면 남자 자신이 저지른 일이지만 기가 막히는 발상이었고, 도무지 용서받을 수 없는 죄지음이었다. 그럼에도 불구하고 어린 그가 돌아와서는 어머니 잘못했어요…… 심심해서 저기 산에 올라갔었는데요. 깜박 잠이 들었다 깨어보니 밤이 되었어요…… 내려와서 보니까 집을 찾지 못하겠더라고요. 이 동네가 아니고 다른 동네더라고요. 그래서 다시 산으로 올라가 낮에 잤던 곳에서 잠을 자버렸어요. 어머니 제가 잘못했어요…… 어린 그는 능청스러울 정도로 침착하게 거짓말을 해댔다. 때문에 어린 남자는 그일과 아무런 상관이 없는 것으로 묻히게 되었지만, 그것은 어디까지나 외형상일 뿐 마음속에는 커다란 산, 아니 평생 동안 헐어내려 해도 헐어내지 못할 우울한 산을 만들어 버린 것이었다.

"담배 좀 피겠습니다."

"……"

여자는 내렸던 창문을 언제 올렸는지 팔꿈치를 창틀에 걸치고 턱을 괸 채 멍한 시선을 창 밖에 던져놓고 있다. 남자는 담배에 불을 붙이고 뒤창을 내린다.

"여기가 어디예요?"

"홍천요."

"그럼 얼마 남았어요?"

"글쎄요…… 세 시간 정도……"

"……"

남자는 늘 피우던 담배가 오늘따라 쓰다고 생각하며 재떨이에 비벼 끈다. 창문을 다시 올린다. 차는 홍천 읍내를 막 벗어나고 있다. 거리를 내비치고 있던 가로등이 사라지고 다시 어둠만이 겹겹으로 쌓여있다. 여자는 다시 턱을 괸 채 멍한 시선을 창 밖으로 던진다.

3

"나, 갈 데가 없어."

여자 때문에 어떤 사내의 이빨을 네 개나 부러뜨리고 감옥에 들어간 그가, 일 년 만에 세상에 나온 뒤 물어 물어 스물두 살의 여자가 있는 〈희야〉라는 그렇고 그런 술집까지 찾아와 갈 데가 없다고 말했다. 스물두 살의 여자는 그때 술에 취해 있었다. 술을 마시는 것이 직업이었으니 달리 도리가 없었다. 그렇지만 요령껏 콜라 잔에 뱉어낼 수도 있었고, 테이블 아래에 있는 쓰레기통에 쏟아 버릴 수도 있었다. 그러나 스물두 살의 여자는 초저녁부터 이 테이블 저 테이블을 옮겨 다니며 사내들이 내미는 잔을 넙죽넙죽 받아 마셨다. 그리고는 까르르 까르르 웃어댔다. 그래야 돈이 생기고 주인 남자에게 씨발년 좆팔년 소리를 듣지 않았다. 하지만 그날은 꼭 그래서만이 아니었다. 며칠 전 그가 둔중한 철문을 열고 갑갑하기만 할 것 같은 그곳에서 나왔는데 여자는 가지 않았던 것이다. 그런데 그가 찾아온 것이었다.

"야 이년아, 거기 빨리 계산하고 나가봐. 전화 오기 전에"

스물두 살의 여자는 〈왕실〉로 가기로 예약이 되어 있었다. 아까 전에 나간 손님이 스물두 살의 여자를 사버린 것이었다. 그 손님은 지갑에 있는 돈을 다 꺼내 내밀며 이 정도면 돼지, 그랬다. 스물두 살의 여자는 주저없이 됐어, 그랬다. 그에게 가까이 다가가고 싶은 마음을 확 분질러버려야 했기 때문이었다. 이제 〈희야〉는 문을 닫을 시간이었다. 손님이라고는 다 나가고 그 사람뿐이었다.

그런데도 그는 갈 데가 없다고만 하는 것이다. 눈꺼풀이 자꾸 주저앉으려 했다. 그것을 애써 받쳐 들고 있는 그가 측은해 보였다. 스물두 살의 여자는 그의 팔을 잡아 몸을 일으켜 세웠다. 우선은 여기서 나가자며, 팔을 잡아끌었다.

"야, 계산 안 해?"

"알았어, 내가 알아서 할 테니까, 걱정 마."

"너, 왕실에 가야 돼."

"알았어…… 시팔."

스물두 살의 여자는 그의 팔 하나를 어깨에 멨다. 축 늘어진 몸인데도 가뿐했다. 나 갈 데가 없어서 왔어, 너 밖에 없더라…… 아무리 생각해봐도 너 밖에 없어……서, 왔어…….

그는 주절거리고 있었다. 그 주절거리는 것에 스물두 살의 여자는 마음이 더 짠하고 뭉클했다. 눈물까지 핑 돌았다. 잘 왔어, 오빠. 스물두 살의 여자는 진심으로 그가 반가웠다. 이제 청주까지 그를 면회 가지 않아도 된다는 것도 그렇지만, 그가 출소하는 날인지 번히 알면서도 일부러 나가지 않았는데 그가 찾아와 주었으니 왜 그렇지 않겠는가.

사실 스물두 살의 여자가 청주에 가고 싶은 마음이 굴뚝같았으면서도 그래서는 안 된다고 마음을 다잡은 이유는 그에게 부담을 주고 싶지 않았다. 이제 세상에 나왔으니 나 같이 상처투성이인 여자는 잊어버려야 한다고 생각했기 때문이었다. 잊어버리고 상처 없는 여자를 만나 외롭고 고단하지 않은 삶을 살아야 한다고 생각했다.

스물두 살의 여자는 그의 팔을 어깨에 맨 채 〈왕실장〉 문을 열고 들어섰다.

"아줌마, 방 하나 줘."

"오늘 두 탕 뛰게?"

"두 탕이든 세 탕이든 상관 말고 방이나 줘요."

"알았어, 백 오 호실로 가."

그는 방에 들어서자 욱, 하더니 배를 움켜잡았다. 스물두 살의 여자는 그를 화장실로 밀고 들어갔다. 그는 우욱, 우욱 하면서 변기통에 얼굴을 쑤셔 박을 듯했다. 스물두 살의 여자는 그의 등을 두드렸다. 그는 저녁도 먹지 않았는지 입에서 쏟아내는 거라고는 누우런 맥주뿐이었다. 그것을 보자 스물두 살의 여자는 가슴이 답답했다.

"뭐라도 먹고 다녀야지 이게 뭐야, 병신같이."

슬픔이 화로 둔갑해 쏟아져 나왔다. 스물두 살의 여자는 금세 후회했다. 그런 자신이 미웠다. 미안해…… 스물두 살의 여자는 그의 등을 쓰다듬었다.

그는 침대에 눕더니 이내 잠이 들었다. 스물두 살의 여자는 그런 그를 한참이나 내려다보았다. 밤송이 같은 머리카락을 만지다가 움푹하게 패인 그의 눈가에서 눈물 자국을 보고 말았다.

그 일 년 전 스물한 살의 여자는 친구와 다니던 스탠드바를 그만두고 자취방에서 하릴없이 배만 깔았다 엎었다 하고 있었다. 저녁나절이 되자 심심해 미칠 지경이었다. 그런데 다방에 다니는 친구 하나가 쉬는 날이라며 찾아와서는 나가자고 했다. 여자들은 짧은 치마로 늘씬한 다리를 드러내놓고 영등포에 있는 나이트클럽에 갔다. 디스코 리듬을 따라 몸이 저절로 흔들어졌다. 그러자 일행인 듯한 사내 셋에서 여자들 앞에 다가와 몸을 펄쩍거리며 사내다움을 과시했다. 그러다 디스코 타임이 끝나고 블루스 음악이 나왔다. 사내 하나가 여자의 팔을 붙잡았다. 블루스를 추자는 것이었다. 여자는 사내의 몽당연필 같은 키가 마음에 들지 않아 손을 뿌리치고 테이블에 돌아와 땀을 식혔다. 그런데 두 친구는 테이블로 들어오지 않고 사내들과 블루스 추었다.

두 친구는 블루스 음악이 끝나자 테이블로 돌아와 맥주를 마셨다.

"야, 제들도 셋이 왔데. 내가 보기에는 괜찮은데, 너는 어때?"

"응. 나도 괜찮아. 너는?"

"나는 별론 데, 상관없어."

스물한 살의 여자는 두 친구의 기분을 잡치게 하고 싶은 생각이 없었다. 으레 그런 곳에 오면 일치감치 남자들을 낚아 맥주 값이라도 바가지를 씌우고, 요행히 일이 잘되면 한동안 돈 걱정 안하고 실컷 놀러 다닐 수 있는 것이었다. 그러다 그렇고 그런 여자라는 사실이 들통나면 미련 없이 바이바이 하면 되었다. 그렇지만늘 여자들의 생각대로만 되는 것은 아니었다. 때로는 하룻밤 몸만주고 헛물을 켤 때도 있고, 더 나쁠 때는 도리어 몸도 돈도 다 털릴 때도 있었다. 그리고도 더 나쁜 것은 인신매매한테 걸려 단물다 빨리고 술집에 팔리기까지 하는 여자들을 보기도 했다. 그런치들은 대부분 번듯하게 생긴 사내들이었다.

아무튼 의견 일치를 본 여자와 친구들은 의미 있는 시선을 주고받으며 다시 사람들이 몸을 흔들어대는 그 속에 섞여 들어갔다. 아니나다를까. 사내들은 여자들 앞으로 다가와 몸을 흔들어댔다.

"여기는 별론데, 우리 이 차 갈까요?"

테이블을 합석하고 맥주도 추가로 꽤나 시켜 마신 뒤였다. 사내들은 여자들이 이제 실컷 놀았다, 고 으레 하는 말을 흘리자 내심다 잡은 닭 놓쳐버릴까, 하는 조바심을 내비쳤다.

"어디로요?"

여자의 친구 하나가 상황에 따라 그럴 수도 있다는 기색으로 말했다.

"이태원, 어때요? 거기가면 완전 올나이튼데."

"그래요, 거기가면 죽여줘요."

스물한 살의 여자 파트너인 사내가 가세했다.

"갈래?"

스물한 살의 여자는 친구들의 시선을 받았다. 친구들의 시선이 말하는 뜻을 여자는 알고 있었다. 우리들은 갈 테니 파트너가 마음에 들지 않으면 더 이상 초치지 말고 적당히 빠져나가라는 것이었다. 그것은 여자들끼리 묵계된 약속이기도 했다. 파트너가 마음에 들지 않을 땐 마지막까지의 분위기를 위해 일찍 자리를 피해준다, 그것이었다. 그렇지 않으면 다된 밥에 재 떨어뜨리는 꼴이 된다는 것을 여자들은 그 동안의 경험으로 터득한 것이다.

나이트클럽을 나와 스물한 살의 여자는 사내들에게 말했다. 더 놀고는 싶지만 오늘만큼은 절대로 집에 늦게 들어갈 수가 없다고, 그랬다가는 아버지한테 다리몽뎅이가 부러지고 말 것이라고, 있지도 않은 아버지까지 팔아가며 둘러댔다. 그러자 여자의 친구들이 거들었다. 맞아요, 얘 아버지가 워낙 무서워서 안 된다고, 그러니 우리끼리 가자고. 그런데 뜻하지 않은 사고가 발생했다. 스물한 살의 여자 파트너였던 사내가 그럼 자기도 가지 않겠다는 것이었다. 그러면서 스물한 살의 여자를 집에까지 바래다주겠다는 것이었다. 다른 사내들은 당연히 그러라고 했다. 그러나 스물한 살의 여자는 난감했다. 마음에 들지 않는 이 남자가 분명히 술김에라도 치근덕거릴 것이기 때문이었다. 그것은 불을 보듯 뻔한 일이었다.

"그래요, 그럼."

스물한 살의 여자 친구 하나가 우리는 갈 테니 앞으로 닥칠 일은 네가 알아서 하라는 시선을 던지며 말했다. 스물한 살의 여자는 친구들에게 서운한 시선을 하고 돌아섰다. 그러자 사내가 따라붙었다.

"어디에요, 집이."

"상관 말고 아저씨 집이나 찾아가세요."

"나, 아저씨 아녀요."

"아저씨건 아니건 나하고는 상관없으니깐 가란 말에요."

"그러지 말고 우리 택시 타고 가죠. 내가 택시비 낼 테니까."

"왜 이래요, 정말. 싫다니까."

"아가씨야말로 왜 그래요, 정말. 좋다고 같이 놀 때는 언제고, 말여."

"내가 언제 아저씨가 좋다고 그랬어요."

"아까 그랬잖아요, 블루스 추면서. 그래놓고 이제 와서 오리발 내밀 거요."

사내는 하지도 않은 말까지 만들어 대거리를 했다. 스물한 살의 여자는 사내가 보기보다 질기고 이런 짓도 한두 번 한 것이 아니라는 직감이 들었다. 그래서 더 이상 말대꾸해봤자 술까지 적당히 취한 이 사내한테는 아무 소용이 없다고 생각했다. 이제부터 따라오든 말든 무시하고 내 길만 가는 것이 상책이었다.

"정말 이럴 거야. 살살 꼬리칠 때는 언제고, 술값 다 내주니까, 인자 볼일 없다 이거야."

사내는 버스 정류장에서 사람들의 시선에도 아랑곳하지 않고 소리까지 질러댔다. 스물한 살의 여자는 걸려도 진짜 찰거머리한테 걸렸구나, 싶었다. 그리고는 작정을 했다. 나중에 친구들이 뭐라 해도 어쩔 수 없었다. 독산동 버스 정류장 바로 앞에 있는 스탠드바로 가야겠다고. 그 스탠드바는 전에 일하던 곳이고, 거기가면 이런 치들을 간단하게 물리쳐주는 사내들이 얼마든지 있었다. 그렇지 않고 자취방으로 갔다가는 방에까지 쫓아 들어오고도 남을 위인 같았다.

스물한 살의 여자는 번호를 확인하고 버스에 올라탔다. 사내도 따라 탔다. 그런데 버스에 올라탄 순간 눈에 확 들어오는 얼굴이 있었다. 그 사람이었다. 여자는 그 순간 멈칫했지만 버스가 이미 출발을 했으니 뒤돌아 내릴 수도 없었다. 고등학교 일 학년 때 늘 술에 취해 들어와 꽥꽥거리는 어머니의 잔소리가 듣기 싫어 책가방을 집어던지고 무작정 집을 나와 모집광고를 보고 들어갔던 가방공장에서 같이 있었던 재단사이고, 늘 오빠같이 다감했던 사람이었다. 그리고 미싱을 처음 배울 때 조깃대(일정한 간격으로 봉제를 하기 위하여 노루발에 대는 나무)를 깎다가 검지손가락을 배어 열두 바늘이나 꿰매고도 싱긋 미소를 지어 보인 사람이고, 매일을 하루같이 하는 야근과 툭하면 철야작업을 시키는 공장 생활이 지긋지긋하기도 했고, 오야미싱사였던 남자에게 마음도 몸도 다 주었다가 보기 좋게 차이는 바람에 그 공장을 그만두고 들어간 조그만 술집에 틈만 나면 찾아와 이런 식으로 아무렇게나 살면 안 된다며 다시 공장으로 가자고 말해준 사람이었다. 그런 그에게 고마운 생각이 들어 언젠가 하룻밤 같이 잔적도 있었다. 하지만 그것은 고마운 마음도 다소는 있었지만, 남자들의 속성을 어느 정도 안다 자부한 스물한 살의 여자가 이 남자도 하룻밤 같이 자고 나면 그만 찾아오겠지 해서 그랬던 것이었다. 그런데 그는 찾아오기를 그만 두지 않았다. 결국 스물한 살의 여자는 그 사람이 찾아오는 게 부담스러워 다른 술집으로 옮겨갔다. 그러나 그 사람은 옮겨 간 그 술집을 알아내 다시 찾아왔다. 전에 있던 술집 주인은 하루 종일 매달리며 알려달라는 통해 장사를 제대로 할 수가 없어서 알려줬다는 것이었다. 그래서 다시 스탠드바로 옮겨갔다. 그런데 그 사람이 지금 같은 버스 안에 있는 것이었다.

스물한 살의 여자는 그를 피할 수 있었다. 그 사람은 창밖으로 시선을 던져놓고 있었기 때문이었다. 여자는 그 사람 옆을 지나 맨 뒷자리에 앉았다.

스물한 살의 여자는 사내의 존재를 잊어버리고 오직 그 사람이 혹시나 자신을 발견할까봐 더욱 불안했다. 그런데 여자 앞에 떡 버티고 서 있는 다고 섰지만 술 탓인지 몸을 반듯하게 가누지 못하는 그 사내가 결국에는 문제였다.

"너, 정말 이럴 거야."

스물한 살의 여자는 깜짝 놀랐다. 눈을 동그랗게 치켜뜨고 사내를 바라보았다. 사내는 술도 취했지만 정말 화가 났는지, 아니면 버스 안에 사람이 많으니 그렇게 큰소리를 치면 여자가 창피해서라도 두 손을 들 것이란 수법을 쓰는 것인지, 여자로서는 분별하기보다 제발 조용히만 있어주었으면 하는 바램이었다. 그러나 그건 그저 바람일 뿐이었다.

"야, 이년아. 내가 술값을 바가지 쓰고 순순히 물러날 바보 멍텅구린 줄 알았냐. 천만에 말씀여. 여기 있는 사람한테 다 물어봐라. 니년이 나쁜 년인지 내가 나쁜 놈인지."

그때였다. 떠들어대는 사내의 말에 뒤돌아보던 그 사람과 눈이 마주친 것은. 스물한 살의 여자는 순간 고개를 떨구었지만 이미 늦은 일이었다.

"혜란아!"

"……"

스물한 살의 여자는 대답할 수가 없었다. 그리고 왜 하필이면 이런 때 마주친다는 것인가, 그것도 사람들이 재미있는 구경거리라도 생겼다는 듯이 쳐다보는 버스 안에서. 여자는 오직 그게 죽도록 싫었다. 그런데 그 사람이 다가서자 사내는 한술 더 떠 이건 또 뭐야, 하며 그 사람의 어깨를 툭 쳤다.

"이 사람, 너한테 이러는 거냐?"

"……"

"그래, 이년한테 그런다. 왜. 꼽냐."

"이유가 뭐요?"

"이유, 그건 니가 알아서 뭐 할라고."

"이 아가씨를 아는 사람이니까 그런 거요."

"뭐, 아는 사람? 좆까고 있네. 그래 이년이 나한테 바가지를 옴팍 씌우고 이렇게 오리발을 내민다. 어쩔래?"

"아니야, 오빠."

스물한 살의 여자는 끼어들지 않을 수가 없었다.

"너는 가만히 있어. 그리고 형씨, 다른 손님들도 많으니 우리 여기서 이러지 말고 다음 정류장에서 내려 얘기합시다."

"그래 좋아…… 니가 한 번 붙자 이건데…… 새끼 오늘 죽어봐라."

사내는 다른 손님들의 시선 같은 건 관심 없다는 듯이 연신 욕설을 토해냈다. 그리고는 버스에서 내리기가 무섭게 그 사람의 멱살을 움켜잡았다. 스물한 살의 여자가 왜 이러느냐고 대들어 보았지만 눈도 깜빡 안했다. 그저 갑자기 나타나 왜 남의 일에 끼어드냐며 주먹을 날렸다. 사내의 주먹은 그 사람 턱을 때렸다. 그 순간 순하기만 하던 그 사람이 갑자기 돌변했다. 어떻게 했는지 사내가 금방 고꾸라졌다. 그리고는 어렸을 적부터 재단을 하여 여느 사람들의 팔뚝보다 훨씬 굵고 단단한 그 사람의 손아귀에 사내는 멱살을 잡혀 일으켜 세워지더니 또 다시 고꾸라졌다. 사내의 입에서 피가 흘렀다. 스물한 살의 여자가 그 사람의 팔에 매달려 이제 그만하고 빨리 도망가자고 했지만 허사였다. 지나가던 사람들이 금세 몰려들었다. 그러자 그 사람은 사내의 멱살을 움켜잡고 말했다.

"파출소로 데려다 줄 테니 가서 고소해, 알았어."

그는 스물한 살의 여자의 만류에도 불구하고 정말로 사내의 멱살을 잡고 파출소를 자기 발로 찾아가서 자신이 때렸다는 것을 밝혔다. 그게 일 년 전 있었던 일이었다. 사내는 이빨이 네 개가 부러진 진단을 떼어 고소했고, 합의금으로 사백만 원을 요구했다. 그러나 그 사람에게는 사백만 원이란 돈도 없었을 뿐더러, 자기는 마땅히 맞아야 할 사람을 때렸으니 돈이 있어도 합의를 할 생각이 전혀 없다면서 재판장에 섰다.

스물한 살의 여자는 그때 그 사람이 자신이 일하던 스탠드바를 찾아가는 길이었음을 나중에 알았다. 그리고 자신의 마음을 끝끝내 외면하며 방탕한 생활을 하는 여자에게 분개한 것을 그는 그렇게 터뜨렸던 것이다.

스물두 살의 여자는 잠든 그를 내버려두고 백오호실을 나왔다. 마음이 아팠다. 그러나 여자는 자신의 몸뚱이를 돈을 주고 산 그 남자에게 가서 알몸을 보여주어야 했다.

"그 새끼 몇 호실에 있어요?"

"이백 삼 호, 그런데 누구야? 전화 왔던데."

"알거 없잖아요. 그리고 방 값은 내가 줄 테니까, 달라고 하지 마요. ……누가 도망가나."

스물두 살의 여자는 이 층 이백삼호실의 문을 두드렸다.

차는 막막궁산을 헤치며 기를 쓰고 달리지만 어쩌면 이 어둠 속을 영영 빠져나가지 못할 것만 같다고 여자는 생각한다. 오고가는 차라고는 잊을만하면 느닷없이 나타났다 사라지는 이 캄캄한 길을 그는 얼마나 많이 지나다녔을까? 그리고 얼마나 깊은 외로움을 느꼈을까?

"그런데, 여기가 어디예요?"

"조금만 더 가면 인제예요."

"그럼 얼마나 남았어요?"

남자는 얼른 대답하지 않는다. 여자는 그런 남자를 보고 반복되는 질문이 귀찮아서라고 생각한다. 여자는 순간 깜박 잊고 있었던 것을 떠올린다. 맞아, 이 남자는 오만하기가 하늘을 찌르고도 남을 정도로 거만한 검사님이시지! 하나밖에 없는 형이 어디서 무슨 일을 하고 무엇을 먹고사는지, 행여나 끼니라도 거르지는 않는지 전혀 관심이 없는 사람. 어쩌다 형 소식 좀 몰라요? 묻는 여자의 전화에다 대고, 잘 지내겠죠, 지금 바빠서 끊겠습니다. 하는 남자.

"이제 한계령만 넘으면 돼요. ……얘기 하나 해 드릴까요?"

"……"

여자는 남자가 예전 같지 않다는 느낌을 받는다. 어느 작은 교회에서 결혼식을 한다고 알렸는데도 나타나지 않은 남자는 그 후로도 먼저 집으로 전화 한 통 걸어오지 않았다. 결혼식에 참석한 어머니는 남자가 사법연수원에 들어갔는데 연수중이라 나올 수가 없는가보다고 두둔했다. 그런데 그 남자는 연수중에 결혼을 했다. 결혼을 하며 형인 그에게 알리지 않았다. 어머니는 남자에게 연락할 것을 종용했는데도 그렇지 않은 것을 알고는 서운한 마음이 들었던지 한숨을 토해냈다. 네가 동생이니까, 네가 형한테 연락하는 게 도리라면서, 제발 이제 사이좋게 지내라고 어머니는 신신당부를 했다는 것이다. 그런데도 이 남자는 연락을 하지 않았다. 결국 결혼식 전날 밤 어머니에게 연락을 받고 그와 여자는 결혼식에 참석했다. 그렇지만 그는 피로연을 앞두고 여자의 손목을 붙잡고 결혼식장을 빠져나왔다. 왜 그러느냐고 묻는 여자에게 그는 좋은 날에는 좋은 것만 보고 좋은 생각만 하는 게 좋은 거야, 하고 말았다.

"옛날 어느 시골 마을에 부잣집이 있었어요. 그 집에는 외동아들이 있었지요. 부잣집 외동아들이 대부분 그렇듯 그 아들도 게으르고 버르장머리가 없었다더군요. 나이 먹은 머슴들에게 욕설을 서슴지 않는가 하면 툭하면 정강이를 걷어차는 것을 밥먹듯 했다더군요. 그뿐이 아니었어요. 마을 사람들 대부분 그 부잣집 논을 붙여 먹고사는 처지였는데, 그 아들은 마을 사람들까지 마치 자기 집 머슴 대하듯 했다더군요. 결국 마을 사람들에게 인심을 잃었지요…… 그런데다 그 아들의 아버지가 쉰을 갓 넘긴 나이에 병으로 쓰러져 앓아 누웠다가 돌아가셨어요. 그 아버지는 그 아들의 든든한 울타리였는데 말이죠. 그 아버지는 마을 사람들에게 인심을 잃지 않았었거든요……"

부잣집 아들은 아버지가 죽은 뒤 더욱 악랄하게 변했다. 때문에 나이를 먹어가며 외톨이가 되었다. 마을 사람들도 어지간하면 그 부잣집 논을 붙여먹지 않으려 했다. 차라리 이것저것 다 집어던지고 도시로 나가던가, 그도 여의치 않으면 차라리 품을 팔아먹고 사는 게 나았던 것이다. 여름 내내 비지땀을 흘리며 지은 농사인데 가을걷이 때에 계산을 해보면 이자에 이자가 붙어 다 빼앗기기 일쑤였다. 그런 소문 때문인지 그 아들에게 혼처가 나타나지 않았다. 어쩌다 중매쟁이를 시켜 누구네 집 딸 좀 붙여달라고 해도 그 집에게 거절만 당했다. 싸가지라고는 눈곱만큼도 없는 그 작자에게 딸을 보내느니, 차라리 빌어먹는 한이 있어도 덕칠(당시 마을에 동냥을 다니는 사람이 있었음)이 한테 보내겠다는 것이 딸 가진 부모들의 마음이었다는 것이다. 그러다 스물네댓 살이 된 그 부잣집 아들에게 병이 들기 시작했다. 그것은 노름 병이었다. 겨우 내내 읍내 노름방에서 살다시피 하다 땅에 물이 고이기 시작하면 집에 돌아오고는 했는데, 그때마다 논이 몇 마지기씩 숭덩숭덩 잘려나가기 시작했다.

"……스물일곱이 되던 해 결혼을 했어요. 그대로 놔뒀다간 어느 틈에 재산 모두를 노름으로 다 탕진할지 모를 일이어서, 그 아들의 어머니가 궁여지책으로 논 몇 마지기 떼어주고 신붓감을 구한 것이지요. 그것도 그 고을 여자가 아니고 김제 땅까지 가서 구했다더군요. 하지만 결혼을 하면 나아질 거라는 그 어머니의 기대와는 달리 그 아들의 노름 병은 나아지질 않았어요. 도리어 철을 가리지 않고 더하는 것이었지요……"

새벽마다 혼자 잔 방에서 나오는 새색시는 시어머니에게 호된 질책을 받았다. 남자가 집 밖으로 도는 까닭은 다 여자가 변변치 못해서 그렇다며, 시어머니는 새색시의 치마자락을 걷어 올려보라고까지 했다. 그것은 참을 수 없는 굴욕이었다. 그렇지만 새색시는 참아야했다. 시어머니 앞에서 엉덩이를 내보이고 가랑이를 벌려 보이면서 친정 식구들을 떠올렸다. 논 다섯 마지기면 식구들이 배를 골지 않고 지낼 수 있을 것이었다.

"……새색시가 아이를 가졌지요. 시어머니는 다소 누그러졌어요. 아들을 불러놓고 얘기했죠. 이제 곧 아이 아빠가 된다고 하면서, 지금까지 잃은 논은 없어도 충분하니까, 그까짓 거 다 잊어버리고 이제 노름을 다시는 하지 말라고 말이에요. 그러나 그 아들은 어머니의 말을 들은 척도 하지 않았어요. 잃은 논을 기어코 다시 찾을 거라면서 또 다른 땅문서를 어머니에게 빼앗아 나갔어요. 그러나 그 땅문서는 며칠 가지 않았어요. 다시 빈 손으로 돌아와 미친 사람처럼 어머니가 감춰둔 땅문서를 찾아냈지요. 물론 새색시도 붙잡고 그 어머니, 누나, 동생 할 거 없이 집안 식구들이 모두 그 아들의 바짓가랑이를 붙들고 사정도 하고 애원도 했지만 다 소용없었어요. 집안을 벌집 쑤셔대듯 쑤셔놓고 나갔어요. 그리고는 사나흘이 지나 다시 돌아왔지요. 넋이 나간 사람처럼 며칠을 방구석에서 천장만 멀거니 보고 있다가, 새색시가 들어서면 매달렸어요. 어머니가 땅문서를 어디다 뒀는지 알려달라고. 그러나 새색시는 알지 못했어요. 그러면 그 아들은 자기 색시의 머리끄뎅이를 잡아챘지요. 너 때문에 재수가 없다면서 발길질까지 서슴지 않았어요. 배가 불룩한대도 말이에요. 새색시는 배를 끌어안고 기어기어 방을 겨우 빠져나왔지요……"

새색시는 아들을 낳았다. 그러나 아이의 아빠는 한 달이 넘고 두 달이 다가와도 집에 코빼기도 보이지 않았다. 그 사이 추석이란 명절이 끼어 있었는데도 그랬다. 그렇다고 찾아 나서지 않은 것도 아니었다. 시어머니도 읍내에 있는 그 노름방에 찾아갔었고, 새색시도 불룩한 배를 치켜올리며 찾아갔었다.

그러나 허사였다. 도리어 재수 없게 여자들이 어딜 찾아 다니냐면서 욕설에다 머리끄뎅이까지 흔들리고 돌아와야 했다.

그 즈음 가을걷이가 끝났다. 하지만 있는 논마저 마을 사람들이 붙여주지 않아 묵힌 게 반이나 되었다. 고작 열댓 마지기 정도만 예전부터 있던 나이 먹은 머슴 둘이서 붙여 타작을 했다. 그러나 그 나락이 채 마르기도 전에 소달구지를 몰고 온 사내들에게 몽땅 빼앗기고 말았다.

그뿐이 아니었다. 그 아들이 쓴 각서라면서 종이 서너 장을 내민 사내들은 당장 서른 마지기의 논문서를 내주지 않으면 아들을 감옥에 처넣겠다고 으름장을 놓았다. 시어머니는 네놈들 마음대로 하라며 손사래를 쳐 그 사내들을 물리쳤다.

그러나 그것으로 끝나지 않았다. 며칠 뒤 건장한 사내들이 떼거지로 몰려와 온 집안을 들쑤셨다. 논문서를 찾아야 한다는 것이었다. 그 와중에 시어머니는 마당으로 내 몰린 채 끝내 실신까지 하고 말았다. 그런데도 사내들은 논문서를 찾느라 눈에 쌍심지를 켜고 집안을 홀랑 뒤집고 있었다. 심지어 부엌에 있는 냄비 하나까지도 그냥 놔두지 않고 내팽개쳤다. 그러다 사내 하나가 실신한 시어머니에게 다가섰다. 저고리를 확 풀어헤쳤다. 그러자 시어머니가 정신을 번뜩 차리고 저고리를 추스르려고 했다. 하지만 사내의 우악스런 손을 뿌리칠 수는 없었다. 사내는 시어머니의 옷을 다 풀어 헤치고는, 야들아, 찾았다고 소리쳤다.

"……그 부잣집 아들이 집에 나타난 건 다음 해 봄이었어요. 난데없는 갓난아이를 안고 말이에요. 사내 아이였는데, 자기 아내에게 맡기며, 이제 다시는 노름도 안 하고, 속도 썩이지 않을 테니 이 아이만 잘 키워달라고 눈물까지 흘리더라는 거예요…… 그 아내는 아이를 받아 안았지요. 그러자 그 아들은 잠시 다녀올 곳이 있다며 나갔는데…… 며칠 뒤 경찰이 찾아와 말하기를 그 부잣집 아들이 죽었다는 거예요. 그것도 어느 여자의 목을 졸라 죽인 뒤 자신은 독약을 먹고 말이에요…….”

여자는 남자의 목소리가 떨리고 있다는 것을 알았다. 그러면서도 왜 이런 뚱딴지같은 말을 하는지 기분이 나쁘다. 그 시골의 부잣집 아들하고 나하고 무슨 상관이 있단 말인가. 그러나 여자는 머리를 흔든다. 상관이 있을 수도 있겠구나, 생각했기 때문이다. 남자가 집 밖으로 나도는 것은 여자가 변변치 못해서 그렇다는. 그렇지만…… 여자는 다시 머리를 흔든다. 그가 그렇게 한곳에 안주하지 못하고 떠도는 이유는 분명 따로 있을 것이라고 말하고 싶다.

“꼭 저 들으라고 한 말 같네요.”

“……”

남자의 시선이 일별하고 제자리로 돌아간다. 그러나 여자는 그 시선이 무얼 뜻하는 지 알아채지 못한다.

“민우 씨하고 처음 잔 날 어쨌는지 아세요? 이불에 오줌을 쌌어요. 그래놓고는 하는 말이 자기에게는 여자 귀신이 따라다니기 때문에 어렸을 때부터 가끔 무서운 꿈을 꾼다고 하더군요. 그때마다 오줌을 쌌고, 아침마다 할머니에게 떠밀려 소금을 얻으러 다녔대요. 그때마다 동네 아줌마들이 귀신에 씌었다며 소금을 뿌려댔다더군요. 그래서 도망 나왔는데, 그 귀신 나오는 꿈은 어디를 가나 따라다녔고, 그때마다 오줌을 싸곤 했다더군요. 그래서 공장에서도 쫓겨 다녔다더군요. 많은 사람이 자는 기숙사에서 오줌을 싸대니 어떻게 붙어 있겠어요. 어쨌든 민우 씨는 나하고 그냥 잠만 잔 날은 괜찮은데 그렇지 않은 날이면 어김없이 오줌을 쌌어요. 그리고는 집을 나갔지요. 그러니까 민우 씨가 툭하면 집을 나가는 것이 제 탓이라고만 생각 말아주세요."

여자는 다부지게 마침표를 찍듯 말을 끝낸다. 그러면서 여기가 어디죠? 물으며 차에 붙어 있는 시계를 본다. 05:11이었는데 막 05:12로 바뀐다.

"한계령예요."

남자는 시큰둥하게 대답을 하고 카세트테이프를 스테레오에 밀어 넣는다. 외국 음악인데 여자로서는 들어보지도 알아듣지도 못할 노래인가 싶은데, 좀 더 지나보니 어디선가 들어본 듯도 싶다. 텔레비전 연속극에서인가 아니면 광고에서 나오는 음악 같기도 하고, 일을 하다가 가끔 듣는 아침 음악프로에서 나왔던 노래 같기도 하다. 여자는 별 수 없이 기가 죽는다. 무슨 말인가 더 하고 싶기도 한데 왜 그런지 입안에 침만 고인다. 여자는 머리를 흔들며 달려드는 어둠을 쳐다보다가 갑자기 생각난 듯 여기는 안개가 없네, 그런다.

4

남자는 답답하다. 가슴에 있는 응어리를 털어내고 싶어서 기껏 얘기를 했는데 여자는 엉뚱하게 알아들을 뿐이다. 왜 그 말이 이 여자에게는 다른 말로 들릴까? 조그만 더 생각해보면, 아니 우리 두 형제의 어긋남을 누구보다 절실하게 느끼며 살고 있을 여자가 왜 그 말이 우리의 아버지 이야기이고 어머니 이야기라는 사실을 알아채지 못하고 고작 한다는 말이 꼭, 저 들으라고 한 말 같네요, 일까? 그럼, 이 여자는 지금까지 우리의 아버지에 관한 이야기를 전혀 들어보지 못했단 말인가.

남자는 그럴 수도 있겠다고 생각한다. 그의 무거운 입은 비록 아내라고는 하지만 그런 이야기까지 늘어놓지는 않을 것이다. 그렇다고 어머니가 제살 깎는 아픔을 들춰내지도 않았을 것이고, 결혼한 지는 몇 년이 지났지만 아내와는 그리 가깝게 지내는 편도 아닌데다, 아내 역시 그런 속속들은 아직 모르고 있기도 했다.

하지만 남자는 지금 말하고 싶다. 지금이 아니면 자신의 가슴 깊이 응어리져 있는 그것을 영영 풀어내지 못할 것이란 불길한 예감 때문이다. 내가 잘못한 게 너무 많다고. 그저 내 자리를 지키고 싶어서 그랬다고. 이제는 내 자리가 아닌 그 자리에서 물러나라면 그럴 수 있다고.

그런데 이 여자는 인내심이 없는지 말을 끝까지 들어주지 않는다. 들어만 준다면 다 얘기할 수 있을 텐데. 이제껏 그 누구에게도 말하지 못한 그 많은 일들을 말할 수 있을 것 같은데. 그가 어렸을 적부터 무서운 꿈에 시달리며 오줌을 싸는 것도, 그때마다 집을 나가 떠도는 것도 다 내 탓이라고.

남자는 또 다른 그림 하나가 펼쳐지는 것을 일부러 접으려 하지 않는다.

"애 엄마가 참 순했나봐. 민철이를 보면…… 그나저나 큰 애를 데려와야지 언제까지 할머니한테 놔둘 수는 없잖아?"

쌍둥이 엄마는 장사를 마치고 돌아올 때 가끔 안타깝다는 듯이 말했다. 그때 남자는 예닐곱 살에 불과했다. 그렇지만 어른들의 말을 나이보다 일찍 알아듣는 편이기도 했다.

"나도 그러고야 싶지만, 둘을 데리고 장사 다니기도 힘들고, 나중에 지 할아버지 할머니 제삿밥을 차려 줄 애라면서 놔줄 생각을 안 하니 어쩔 수 없지."

"이 애는 자기 손자 아닌가. 자기 아들은 아니지만 말여…… 나 같으면 이 애 데려다 주고 내 아들 데려오것다. 어떻게 내 뱃속으로 난 아들 놔두고 남 뱃속에서 나온 애를 키워…… 난 그 짓은 죽으면 죽었지 못할 거 같아."

"애가 들어. 그만 둬."

"저 쪼그만 게 들으면 무슨 얘긴 지 알기나 해…… 혹시 애 할머니 속셈이 따로 있는 거 아냐? 이를테면 나중을 생각해서 이 애하고 자기하고 정붙이라고 말여. 어차피 큰애는 자기애니 나중에라도 챙길 거 아냐."

"그만 하라니까."

그쯤에서 쌍둥이 엄마는 입을 다물었지만 어린 남자는 그 알쏭달쏭했던 두 사람의 대화를 머릿속에 담았다. 당시 쌍둥이 엄마와 어머니는 아침마다 같이 방앗간으로 가 냉면이나 떡을 받았다. 두 사람은 심각하게 오늘은 어느 동네로 가자고 결정한 뒤 그 동네 초입에서 각자 다른 길로 헤어졌고, 장사를 마치면 미리 약속된

곳에서 만나 집으로 돌아오고는 했다. 그때마다 오늘 장사 어땠느냐 서로 물으며 두런두런 이야기를 나누었다. 아마 그런 말동무가 없었으면 어머니나 쌍둥이 엄마 모두 그 힘든 장사를 십수 년이란 오랫동안 하지는 못했을 것이다.

어쨌거나 두 사람의 대화는 그날 장사를 하며 힘들었던 경험이라든지 좋았던 경험으로 시작되었다. 그러다 종내는 한숨을 섞어 서로의 고단한 삶을 넋두리처럼 들어놓다가 앞으로를 염려했다. 그때마다 쌍둥이 엄마는 능력은 없지만 그래도 남편이 있으니 지금보다야 조금씩이라도 나아질 것이라고 말했다. 그러나 어머니는 이미 죽은 남편은 어쩔 수 없는 일이기도 할뿐더러 생각하기조차 싫은데다, 시댁이고 친정에 기댈만한 사람이라고는 전혀 없었다. 그러니 어머니로서는 앞으로가 그저 캄캄하고 막연함뿐이었으리라. 그런 어머니를 쌍둥이 엄마는 위로한답시고 꺼내놓는 말이 늘 그런 이야기였다.

"자기만 보면 정말로 답답혀 죽것어. 이 죽을 고생혀 가며 괜히 남 뱃속에서 나온 애한테 헛공 드리지 말고, 내 배 아파가며 내 뱃속에서 나온 내 애가 제일여."

사실 남자가 서른이 훌쩍 넘은 지금에도 그때의 쌍둥이 엄마가 두런두런 흘린 말을 생생하게 기억할 수 있는 이유도 생각해보면 그 후부터 있었던 그와의 자잘한 아니, 절대 자잘하다고 말할 수 없는 일들이 지속되었기 때문이었다. 만약에 쌍둥이 엄마가 한 말을 어린 남자가 알아듣지 못했다면 절대 자잘하지 않은 그 일들은 일어나지 않았을 테니까. 그리고 그 일은 마치 그 때의 기억을 잊지 못하도록 징검다리 역할을 했던 것이다.

시골에서 사는 어린 그가 고모의 손에 이끌려 서울에 오는 것은 어렸을 적에도 일 년에 한두 번 꼴이었다. 그때마다 보름 정도 서울에 있다가 다시 내려가고는 했는데, 그 보름 동안 어린 그는 알게 모르게 어린 남자에게 정신적인 압박을 당했던 것이다.

아마 일곱 살 때였을 것이다. 어머니는 두 아들을 다 데리고 장사를 나갈 수 없었다. 때문에 떨어지지 않는 걸음을 하면서 두 아들을 나란히 세워두고 사이좋게 놀아야 한다고 신신당부를 하며, 점심은 쌍둥이 형들이 학교에서 오면 거기 가서 같이 먹으라고 했다. 그러나 어린 남자는 어린 그가 싫었다. 그럼에도 대답은 어린 애라고는 생각 들지 않을 정도로 영악하게 했다. 잘 알았으니까 아무 걱정 말고 다녀오라고.

"니네 엄마는 죽었대. 그러니까 여기는 니네 집이 아녀. 그거 알어, 너."

어린 남자의 영악함은 어머니나 혹은 다른 사람이 있을 때에는 어린 그에게 형아라고 부르면서도, 아무도 없을 때에는 형아라는 말을 절대 쓰지 않으므로 어린 그의 기를 꺾을 수 있다는 것까지 알고 있었다.

"아니야. 할머니가 그러는데 아빠는 죽었지만 우리 엄마는 죽지 않았대, 니네 엄마가 우리 엄마래, 고모도 그랬어."

"뭐야, 새끼야."

어린 남자의 주먹이 어린 그의 얼굴을 때렸다. 어린 남자는 그러고도 불끈 오른 성이 풀리지 않아 씩씩댔다. 하지만 주먹을 맞은 어린 그는 대들지 않았다.

"우리 엄마가 니네 엄마면 왜 너하고 같이 안사냐."

"너는 내 친동생이 아니래. 그래서 우린 같이 안산데."

어린 그와 어린 남자는 나이로는 한 살 터울이지만 생일로 치면 7개월 20여 일 차이에 불과하다. 그런데다 덩치를 보면 어린 남자가 어린 그보다 통통했고. 키도 반 뼘 정도는 더 컸다.

"그래, 나는 니 동생이 아녀. 그러니까 우리 엄마가 니네 엄마도 아니지. 알았어."

"……."

어린 그는 대꾸를 하지 못했다. 어린 남자는 기세를 잡았다는 듯이 말했다.

"그런데 너는 왜 우리 집에 자꾸 와. 그리고 내 엄마한테 왜 너도 엄마라고 해. 그러지마. 죽여 버릴 거야."

"나도 그러고 싶지 않지만, 할머니가 자꾸 엄마라면서, 엄마라고 불러야 한다고 하니까 그래. 나도 니네 엄마한테 엄마라고 부르기 싫어."

어린 그는 울먹이며 가까스로 끝까지 말을 토해냈다. 그러고는 집을 뛰쳐나갔다. 어린 남자는 집을 나가는 어린 그를 내버려두었다. 그러다 쌍둥이 형들이 학교에서 돌아와 같이 찾아 나섰다. 어린 그는 둑방에 쪼그리고 앉아 한참이 지난 그때까지도 울고 있었다. 쌍둥이 형들이 너 왜 그래, 하고 물어도 어린 그는 고개만 떨군 채 말을 하지 않았다. 점심을 차려놓고 쌍둥이 형들이 밥 먹자고 아무리 달래도 어린 그는 굳게 다문 입을 좀처럼 띠지 않았다.

어린 그는 저녁나절에 돌아온 어머니를 보자 다짜고짜 할머니에게 가고 싶다고 울먹였다. 어깨까지 들썩이며 서러움에 받치는 울음소리였다. 어머니는 낮에 무슨 일이 있었다는 것을 알아챘다는 듯이 어린 남자에게 눈을 흘겼다. 그러나 더 이상은 나무라지 않았다. 그저 어린 그를 가슴에 안고 달래느라 정신을 다 빼앗기고 있었다.

어린 남자는 불안했다. 어린 그가 낮에 있었던 일을 말해버릴지도 모른다는 생각이 들어서였다. 하지만 어린 그는 끝내 낮에 있었던 일을 말하지 않고 잠들었다. 어머니가 그래, 그럼 내일 고모한테 편지할게. 얼른 와서 우리 민우 데려가라고 엄마가 편지할게. 알았지. 그럼 이제 그만 그쳐야지, 하자 어린 그는 울음을 멈추었고, 이내 잠이 들었던 것이다. 그리고 그런 날 밤이면 어린 그는 여지없이 이불을 적셨다.

남자는 굽이치는 길을 따라 핸들을 이쪽저쪽으로 돌려대며 자신 속에 감춰져 있는 교활함을 보는 것 같아 몸이 뜨거워진다. 마치 지금 굽이진 이 길을 오르고 있는 모습이 흙탕물을 내는 미꾸라지 같다는 생각마저 든다. 왜 그토록 자기의 자리에 연연해야 했을까?

학교를 다니면서도 자기의 자리에 너무나 집착하는 성격 때문에 교우관계마저 엉망이었다. 툭하면 싸웠는데, 그 이유는 대부분 여기는 내 자리야, 하는 남자의 억지 때문이었다. 쉬는 시간에도 자기에 자리에 함부로 앉아 있는 친구들을 보면 남자는 자신도 억제하기 힘들 정도로 격한 분노가 치밀었다. 해마다 학년이 바뀌어 새로운 교우들을 만날 때마다 그랬다. 그래서 남자는 늘 외톨이로 지냈다.

"길이 정말 왜 이런데요?"

여자는 차가 급회전을 할 때마다 몸이 이리저리 쏠리는 것을 바로 잡느라 머리 위에 있는 손잡이를 잡고 있다.

"여기 처음 와 봐요?"

"나 같은 공순이가 이런 데 다닐 주제나 되나요. 잘해야 대공원이나 다닐 정도지."

"이제 공장 생활 그만 두고 어머니 말씀대로 하시지 그래요?"

남자는 생각하지도 않은 말이 자신의 입에서 불쑥 튀어나온 것에 적잖이 놀란다. 하지만 어머니가 형수에게 식당을 맡기고 싶다는 말을 꺼냈을 때부터 그렇게 되었으면 좋겠다는 생각을 했다. 그러나 형수는 어머니의 제의를 사양했다는 것이다. 그가 돌아오면 그때 상의해서 결정 하겠노라며. 그런데 그 말이 나온 지 벌써 이 년이 되어간다. 이제나저제나 돌아올 것이라며 기다리고 있는데 그가 돌아오지 않은 탓이었다.

그의 가출이 그렇게 만성이 된 까닭을 남자는 언제부턴가 자신 때문이라고 인정하지 않을 수 없었다. 중학교 일 학년이 되어 서울로 올라오자마자 가출을 하기 시작한 그는 이삼 년 만에 한 번씩 느닷없이 나타났다가 사라지고는 했다. 그 습관 때문에 그는 결혼이란 계기로 나아지리란 가족들의 기대를 저버리고 그 후에도 집에서 나간 것이리라, 남자는 그렇게밖에 달리 생각할 수가 없었다. 그래서 이번에 돌아오면 진지하게 지난 일을 사과하고 용서를 빌 작정으로 누구 못지않게 초조한 마음으로 그를 기다렸다.

"민우 씨도 없는데 어떻게 제가…… 그리고 저는 음식 솜씨도 없어서."

"음식 솜씨야 배우면 되죠. 그리고 형수님이 어머니 일을 도와주면 형도 좋아 할 텐데요."

"그걸 모르겠어요. 민우 씨는 제가 어머니한테 다니는 걸 그리 달가워하지 않는 눈치였거든요. 그리고 나한테서도 늘상 떠날 생각만 했어요. 정말 이유를 모르겠어요."

"형을 만난 지 오래되었다면서요?"

"예……그런데 저…… 그런 얘기 해도 돼요?"

남자는 그에 관한 것이라면 무엇이든 듣고 싶다. 그래서 어색했지만 일부러 한 질문이고, 다음에 그때 이야기 좀 해달라고 말할 참이었다. 그런데 남자의 의중을 알기라도 한 듯 여자가 먼저 말하겠다는 것이다. 사실 남자는 질문을 하면서도 반신반의했다. 결혼식 때에도 오지 않고, 형 생일이라고 한 번도 찾아오지 않은 사람이 이제 와서 새삼스럽게 그런 걸 왜 물어요, 하면 남자로서는 정말이지 대답이 궁색할 터였다.

"얘기 해주세요. 사실 저도 듣고 싶었어요…… 그 동안 바쁘다는 핑계로 형에게 관심을 너무 못 가져서 늘 미안했거든요. 더군다나 결혼식 때에도 못 가고…… 형제도 단 둘 뿐인데 말이에요."

남자는 자신이 말을 하면서도 그 말에 가슴이 뭉클해지는 것을 느낀다. 그리고 이런 이야기는 형수와 시동생 사이에서 이물 없이 오고가야 하는 것이었는데 생각한다.

"열일곱 살 때였어요. 그때 나는 성수동에 있는 가방을 만드는 공장에 들어갔는데, 민우 씨가 거기서 재단을 했어요. 사람이 한 사십 명 되는 공장이었지요. 공장이라고는 처음 들어갔는데 제가 뭘 알겠어요. 그저 미싱사들이 이거 가져와라 하면 갖다 주고, 저거 따라 그러면 쪽가위로 따고는 했지요. 그런데 무지 힘들었어요. 아침 여덟 시부터 일을 시작해서 밤 열한 시까지 왔다 갔다 하는 그 일도 정말 힘들더라고요. 허리도 부러질 듯이 아프고, 바쁘기는 왜 그리 바쁜지 정신이 없었지요. 미싱 시다라는 게 일종에 조수나 마찬가지니까 미싱사들이 시키면 물까지 떠다 받쳐야 하거든요…… 그렇게 몇 달이 지났지요. 그때까지만 해도 민우 씨와는 별로 이야기도 해보지 않았어요. 그 사람은 재단실에서 일했고, 나는 미싱 시다였으니까 자주 마주칠 일도 없었고요……"

남자는 여자의 말을 들으며 한 켠으로는 다른 생각을 한다. 여자가 열일곱이었으면 그는 열아홉 살이었고, 남자는 열여덟 살이었다. 그때 남자는 학력고사 준비로 밤 열두 시가 다되도록 학교에서 교과서와 씨름을 했다. 목표한 대학이 우리나라에서 제일 들어가기 힘든 곳이었고, 선택한 전공과목도 전국에서 수재들만 모여든다는 과목이었다. 남자는 그 자리에 자신도 마땅히 끼어 있어야 한다고 생각했다. 그래서 다른 생각은 할 겨를이 없었다. 심지어 그 몇 해 전 냉면 장사를 그만두고 시작한 식당 일에 바쁜 어머니에게 공부 좀 하게 제발 내버려둘 수 없냐고, 억지도 많이 부렸다. 그런데 그 어느 날 일 년이 넘도록 소식이 없던 그가 한 밤중에 나타났다. 아마 시험을 한 달쯤 앞두고 있을 때였을 것이다. 그는 손가락을 다쳤는지 붕대로 칭칭 감싸고 있었다.

"이 웬수야. 너는 도대체 뭐가 되려고 이러는 거여. 저 민철이 좀 봐라. 저렇게 머리 싸매고 코피까지 흘리며 공부하잖여. 더도 말고 민철이 반만 닮으란 말여."

어머니는 그가 나타나자 먼산을 바라보며 어디서 무얼 하고 돌아다니는 지 소식도 없다면서 속을 끓이던 때와는 달리 부아부터 내질렀다. 그는 늘 그랬듯이 아무런 대꾸도 없이 덤덤한 표정으로 어머니 부아를 받아들였다. 그리고는 방에 들어와 남자를 본체만체하고 이불을 뒤집어썼다. 그는 학교에서 돌아올 때나 집에서 나갈 때나 똑같이 이불만 뒤집어쓰고 있다가 손가락이 웬만큼 나아졌는지 붕대를 풀어 쓰레기통에 처박아 넣고 다시 사라졌다.

"민철아, 니 형 때문에 엄마 아무래도 제 명에 죽지 못할 것이다. 오늘도 저녁 줄라고 들어와 보니까 없어졌지 않냐. 그 웬수를 어떡하면 좋을까 모르것다 야."

그는 혹시라도 어디를 갈라치면 연락이나 하고 살게 주소나 전화번호라도 좀 알려놓고 가라고 당부한 어머니의 청마저 묵살했다. 어머니는 그 얼마 전 만 18세가 되면 의무적으로 해야 하는 국민역 편입신고를 할 때에도 동사무소 직원에 굽신굽신 사정하여 겨우 마쳤다. 그러나 그는 신체검사나 주민등록증 같은 것을 발급받는 것에는 전혀 관심이 없는 듯했다. 그 후 그가 나타난 것이 그걸 증명했다. 그렇게 다시 사라진 그가 나타난 것은 주민등록증을 발급 받아야 할 시기도 한참 지났을 뿐더러 신체검사를 두 번이나 연기해 논 상태였던 스물두 살 때였던 것이다.

그 후 그는 신체검사에서 중학교를 두 달 다닌 것으로 중학교 중퇴자가 되어 보충역 편입 대상자가 되었다.

"……그러다 제가 민우 씨와 조금이나마 가까워진 것은 사고 때문이었어요. 점심시간 마다 어떤 오빠가 미싱을 가르쳐주어서, 다른 사람들은 일 년도 넘게 시다 일을 하다가 미싱사가 되는 데 나는 일찍 미싱사가 되었거든요. 그런데 어느 날 내 미싱에 조깃대가 없어졌더라고요. 그래서 재단실에 가서 민우 씨에게 조깃대 좀 깎아달라고 했지요. 그런데 그 조깃대를 깎다가 민우 씨 손가락을 다쳤어요. 그 재단 칼이 얼마나 잘 드는 지 살짝 스치는 것 같았는데, 글쎄 손가락 하나가 마치 고등어 배를 가르듯이 쫙 벌어지더라고요. 나는 깜짝 놀라 얼른 그 갈라진 손가락을 움켜잡았지요. 피가 말도 못하게 쏟아지더라고요. 그런데 민우 씨는 나를 보더니 괜찮아, 하며 씩 웃어 보이더군요. 그때 씨익 웃는 모습을 저는 지금도 잊을 수가 없어요. 그리고 저는 엉겁결에 민우 씨보다 더 빠르게 움켜 쥔 그의 손에서 제 손을 뗄 수가 없었어요. 피가 내 손에 달라붙어 손을 때면 다시 그 손가락이 배를 가른 고등어처럼 쫙 벌어지려고 했으니까요. 그래서 하는 수 없이 내가 민우 씨 손가락을 붙잡고 병원까지 갔어요. 그때 공장장 아저씨도 같이 갔는데, 가면서 민우 소원 풀었구나, 하는 거예요. 나는 그 말이 무슨 말인지 몰랐지요. 그런데 민우 씨 손을 꿰매고 있을 때 공장장 아저씨가 기다리면서 그러는 거예요. 민우가 너 좋아하는 거 알고 있냐? 그러나 그때 나는 내가 좋아하는 사람이 따로 있었지요. 내게 미싱을 가르쳐준 그 오빠였는데……"

그가 예정보다 일찍 서울로 온 것은 할머니의 갑작스런 죽음이 동기가 되었다. 어머니의 애초 생각은 그가 시골에서 중학교까지라도 마치고 올라왔으면 하는 것이었다. 그때쯤이면 살림도 좀 필 것이란 희망이 있었고, 어린 두 아들이 마치 기름과 물처럼 어울리지 못하는 것이 불안했던 것이다. 그런데 난데없이 할머니의 사망을 알리는 전보를 받았다. 어머니는 할머니의 사망 소식을 접하고도 먼저 걱정한 게 그를 서울로 데려오는 일이었다.

어머니는 방이 두 개밖에 없는 집을 얻어 이사를 하며 방이 세 칸이어야 허는데, 넋두리처럼 흘렸다. 그런 마음은 남자도 마찬가지였다. 시골에서 아주 올라와 서울에서 학교를 다닌다는 그와 같은 방에서 지낼 생각을 하면 머리카락이 곤두서는 기분이었다. 그렇지만 돈이 없어 속상해하는 어머니에게 그런 마음을 들키지는 않았다.

그는 서울에 온지 두 달도 버티지 못하고 집을 나갔다. 어느 날 아침 학교에 간다고 나갔는데 그 밤이 지나고 다음 날 밤이 지나도 나타나지 않았던 것이다. 물론 어머니는 장사도 걷어치우고 동네 만화방이란 만화방은 다 뒤지고 다녔고, 그가 갈만한 곳은 어디든 다 찾아다녔다. 파출소에 신고도 했고, 학교에 가서 담임선생도 만나보았지만 별다른 묘책이 없었다. 그저 돌아오기만 기다릴 수밖에 없다는 것이었다.

그가 돌아온 것은 몇 달이 지난 새벽이었다. 그러나 그는 집에 들어오지 않았다. 집 앞에 어슬렁거리다 옆집 아줌마와 마주치자 달아났던 것이다. 옆집 아줌마는 어머니를 안심시키려고 그랬는지 그가 옷도 깨끗이 차려 입고 머리도 깔끔하게 깎고 있더라고 말했다. 그러나 어머니는 아줌마의 말을 곧이곧대로 믿으려 하지 않았다. 그러면 왜 새벽에 집 앞에 어슬렁거렸겠는가, 하는 의문을 품었다. 그리고는 주변머리 없는 것이 어디서 밥도 못 얻어먹어 굶고 다니지나 않는지 그게 걱정이 된다며 도통 밥을 떠먹으려 하지 않았다.

"⋯⋯그런데 내가 좋아했던 그 오빠가 도망을 가버렸어요. 하지만 이상하게도 마음이 아무렇지 않았어요. 아마 민우 씨가 곁에 있어서 그랬던 거 같아요. 그렇다고 민우 씨하고 사이좋게 지낸 건 아니에요.

사실 그때 공장에서 민우 씨를 좋아하는 사람이 남자건 여자건 하나도 없었거든요. 왜냐면, 가끔 오줌을 쌌으니까요. 그래서 잠도 재단실에서 혼자 잤죠. 다른 사람들은 다락에서 잤는데 말이에요. 그리고 민우 씨가 덮는 이불도 언제나 따로 놓아야 했어요. 그러면서도 공장에서 예전같이 쫓겨나지 않은 건 툭하면 성질부터 부리는 다른 재단사들보다 재단도 더 잘하고 부지런해서 아침마다 공장 화장실 청소부터 골목까지 다 쓸고는 했었지요.

그 전에 일을 배울 때는 오줌을 쌀 때마다 창피해서 도망도 나왔지만 쫓겨난 적도 많았다고 하더군요. 아무튼 내가 좋아했던 그 오빠가 없자 나도 처음하고는 달리 일하기가 차츰 싫어지더라고요. 맨날 하는 야근도 지긋지긋했고 말이에요.

그래서 다른 직장으로 옮겼지요. 그랬는데 민우 씨가 찾아왔어요. 그것도 야근을 하지 않는 날마다 말이에요. 처음에는 그러려니 했는데, 나중에는 부담스럽더라고요. 다시 다른 곳으로 옮겼어요. 그랬는데 거기까지 찾아오더라고요.

그러다보니 나중에는 이상하게 정이 들더라고요. 사실 민우 씨만큼 착한 사람이 흔하지 않잖아요. 그래서 하룻밤 같이 잤지요…… 그랬는데 어쨌는지 아세요. 새벽에 이부자리가 축축해서 보니까, 세상에 오줌을 쌌지 뭐예요. 정이 뚝 떨어지더라고요. 그래서 다시 도망쳐버렸지요.

그랬는데 인연이란 게 참 우습더라고요. 어떤 남자 놈이 하도 치근덕거려 죽겠는데 버스 안에서 다시 만난 거예요. 결국 그 남자놈 이빨을 네 개나 부러뜨려 감옥에 갔다 나왔지만 말이에요. 그래서 그때부터 같이 살기 시작한 거예요.

그랬는데…… 나 좋다고 쫓아다닐 때는 언제고 툭하면 집을 나가는 거예요. 그래서 더 이상은 나도 못 참겠으니 그만 헤어지자고 그랬지요. 그랬더니 하는 말이 그럼 우리 결혼하제요. 결혼해서 아이도 낳고 남들처럼 잘 살아 보재요. 그 동안 모아 논 통장을 내놓으면서 말이에요. 그 통장을 보니까 세상에, 이천만 원도 넘는 거 있죠. 그 동안 버는 데로 저금을 다 한 거죠. 결국 그 돈에 내가 또 넘어갔지요. 그리고는 또 날 놀래킨 게 뭔줄 아세요…… 그때까지 천애고아라고 말하던 사람이 글쎄, 어머니도 계시고 동생도 있다는 거예요. 더군다나 그 동생이 얼마 전에 사법고시에 합격했다며 자랑까지 하더라고요. 참말로 기가 막히더군요. 그래서 결혼을 하기는 했는데 어쩌면 그럴 수가 있어요? ……동생이라고 찾아오기를 하나. 그렇다고 동생 집이라고 찾아가기를 하나.

그래서 한 번은 내가 왜 그러느냐고 따지듯 물어봤죠. 그랬더니 고작 하는 말이 동생하고 나는 어머니가 달라, 그러는 거예요. 그 래서 내가 물어봤죠. 아버지는? 하고요. 아버지는 같지, 그러더라 고요…… 어머니가 다르다고 형제 아녀요?"

여자가 말하는 그 시간 사이사이에 그는 집에 두 번 들렀다. 대 학 2학년 여름방학 때였다. 남자는 무언가를 알아내야겠다는 마음 으로 어느 날 고향마을에 찾아갔다가 예전에 쌍둥이 엄마가 한 말 들이 모두 사실이라는 것을 어느 나이 먹은 아줌마에게 확인하고 돌아와 보니 그가 방에 누워 있었다. 그러나 그는 남자가 들어오 는 것을 보고 다시 휑하니 나가버렸다. 남자는 그렇게 나가는 그도 자신이 알고 온 모든 사실을 다 알고 있을 것이란 생각이 들었다.

남자는 학교에 휴학계를 내고 어머니와 한마디 상의도 하지 않 고 군대를 지원했다. 그리고 그해 가을 군대에 입대할 때까지 어 머니에게 아무런 말도 하지 않다가 입대하기 하루 전날 어머니에 게 말했다. 그 동안 바르게 키워주셔서 감사하다고. 이제 내 힘으 로도 남은 공부 다 할 수 있으니 어머니의 진짜 아들인 형에게 잘 해주라고. 그러자 어머니는 언젠가는 이런 날이 올 줄 알았다며 너도 내 젖 물려 키운 자식이니 그런 생각하면 서운하다고 말했 다. 사람은 다 제 팔자대로 사는 것이라며 형이 그러는 것은 팔자 를 그렇게 타고 낳기 때문이라고 자위하는 듯싶었다. 그러면서도 어차피 한 번은 가야할 군대이니 아무쪼록 건강하게 잘 다녀오라 며 이성을 잃지 않았다.

그리고 그가 또 한 번 집에 온 것은 남자가 제대를 얼마 남기지 않고 마지막 휴가를 온 때였다. 남자는 그를 붙잡아 근처 포장마차로 갔다. 그리고는 말했다. 이제부터라도 어머니를 생각해서 제발 집에서 같이 살자고. 그게 마음에 내키지 않으면 어머니의 아들 자리를 내주고 자신이 집을 나가겠다고. 그러자 그가 분개했다.

"또 한 번 그런 소리 내 앞에서 지껄이면 입을 짝 찢어버릴 거야."

그는 포장마차를 걷어차듯 나가버렸다. 그 후 결혼한다고 알려올 때까지 그는 나타나지 않았다.

"그런데 왜 아이를 갖지 않죠?"

"애요. 하늘을 봐야 별을 딴다면서요."

"그게 무슨……."

"걸핏하면 집을 나가는 데 무슨 수로 아이를 가져요…… 하지만 그게 아니고요. 결혼해서 남들처럼 애를 낳고 잘 살아보자고 하던 민우 씨가 어느 날 그러대요. 애를 낳지 말자고요. 자기는 아버지가 될 자격에 미달이 된다나 뭐라나, 아무튼 제법 고상한 말을 하면서, 하는 말이 우리끼리 그럭저럭 살다가 죽재요. 그리고는 어느 날 수술 받았다고 말하데요. 그나저나 날이 밝아오는데 얼마나 남았어요?"

"그러고 보니 다 왔네요. 저기 보이는 곳이 양양 읍내예요."

"정말 죽었을까요?"

"……"

"정말 죽었으면 어떡하죠?"

"……"

남자는 검은 그림자가 서서히 걷히면서 드러나는 양양 읍내를 보자 지난여름 휴가 때 가족 모두와 함께 왔던 기억이 자맥질한다. 딸아이와 아내는 유별나게 눈에 띄는 원색의 옷에 하얀 모자까지 쓰고 있었다. 아내는 아이스크림을 사달라는 딸아이의 손을 붙잡고 저기 있는 '설악' 슈퍼마켓으로 들어갔었다. 딸아이는 한 손을 제 엄마한테 맡기고 슈퍼에서 나오면서부터 한 손으로만 아이스크림을 먹느라고 입 주위에 크림이 범벅이었다. 차 안에서 그 모습을 보며 남자는 마음이 뿌듯했다. 그러다 순간 룸미러 한 켠에 붙박여 있는 듯한 어머니를 보았다. 첫돌이 막 지난 손자를 안고 있으면서도 시선의 끝이 어디에 있는지 얼른 알아볼 수 없었다.

"어머니, 덥죠? 이거 드세요."

아내가 내미는 아이스크림을 받아든 어머니는 이내 표정을 수습했다. 그 모습을 보자 남자는 아내에게 고마웠다. 청혼할 때 어머니가 생모가 아니라는 사실을 밝히고, 그래서 더욱 편안하게 모시고 싶다는 의사를 전했을 때, 흔쾌히 그러겠다고 대답한 것이 마음에 들어 서둘러 결혼했는데, 그러기를 참 잘했다는 생각이 늘 마음에 담겨 있었다.

그리고 남자는 아내에게 또 한 가지 사실을 분명하게 말했다. 어머니의 젖을 내게 빼앗긴 형이 있다고. 그 형은 내게 어머니의 젖을 빼앗긴 후 어머니를 한 번도 차지해보지 못했다고. 그래서 그런지 그 형은 자신으로부터 늘 저만치 떨어져 있다고. 하지만 언젠가는 돌아올 것이고. 그 날이 오면 내가 하지 못한 동생의 역할을 대신해 우리 가족 모두가 화목하게 지낼 수 있도록 도와달라고 말했다. 그리고는 덧붙이기를 왜 그런지 마음은 형한테 가는데 몸도 의식도 자꾸 다가서지 못하는지 모르겠다며, 그 이유가 어머니를 형에게서 빼앗아 온 죄책감 때문인 것 같다고 말했다. 아내가 고개를 끄덕였다.

남자는 절실한 마음을 내보이며 다소 힘이 들더라도 노력해보자고 했다. 그러나 타고난 성격이 명랑한 아내로서도 그 일만큼은 마음처럼 쉽지 않다며 가끔 답답하다는 마음을 보여주었다. 시아주버니와 형님을 막상 보면 마치 자신이 죄지은 사람처럼 몸도 마음도 왜 그렇게 떨리는지 모르겠다며 마음속에 있는 말을 한 마디도 꺼내지 못할 정도로 얼굴의 근육이 석고처럼 굳어버린 다는 것이었다. 그러면서 아내는 시아주버니의 우울한 눈빛이 너무 처절해 보여서 덤성덤성 말을 붙이기가 어줍다며, 말끝을 흐렸다.

그런데 그가 정말 죽었단 말인가? 남자는 도리어 여자에게 묻고 싶은 심정이다. 당신은 그의 아내가 아니냐고, 아내인 당신이 모르면 누가 아느냐고, 억지라도 부리고 싶다.

5

여자는 남자가 잠깐만 기다리세요, 하며 차에서 내리는 모습을 물끄러미 바라본다. 바로 앞에 있는 택시 안에서 담배를 피우고 있는 기사에게 다가간다. 기사는 창문을 내리고 검지손가락을 펴 저 만치를 가리키다가 오른쪽으로 한 번 움직이더니 다시 왼쪽으로 움직여 보인다. 남자는 허리를 구부려 보이고 다시 차로 다가오고 있다. 시계를 본다. 06:52. 여자는 그 굽이진 길을, 그것도 안개와 어둠뿐인 그 길을 아무런 사고도 없이 잘 지나왔다는 생각을 한다.

"오 분 정도만 가면 되겠어요."

여자는 남자의 이 몇 마디에 가슴에서 무엇인가 떠올라 뭉클해 진다. 그 캄캄한 어둠과 안개 속에 감추어진 굽이진 고갯길을 넘 어오면서도 다소나마 긴장을 덜 수 있었던 것을 생각해보면 서로 에게 관심을 보인 대화 때문이었다. 그래서 여자는 좀 더 들떠 있 었고, 들뜬 만큼 말도 생각도 자유로웠다. 그러나 더 솔직해질 수 없었던 것은 어둠만큼이나 두터운 벽이 남자와의 사이에 아직은 그대로 있었던 것이다.

사실 여자가 아이를 낳을 수 없었던 이유는 그가 수술을 해서 가 아니라, 열일곱 살 때 만난 그 남자의 아이를 병원 수술실에서 죽인 후, 술집을 전전하며 두 번이나 더 그런 몹쓸 짓을 한 대가 였다. 그런 사실을 눈치 챈 그가 정말로 수술을 했는지 그건 모르 겠지만, 그렇게 말을 하므로 여자는 그 죄책감에서 조금은 벗어날 수 있었다. 하지만 완전히 그 죄책감에서 헤어나지 못하는 까닭은 그가 수술을 받았다는 그 말을 한 시기가 같이 살기 시작한 지 두 해가 넘었을 무렵이라는 사실 때문이었다. 만약에 그 두 해, 그러 니까 그가 감옥에서 나오고, 여자가 술집을 그만두고 다시 가방공 장에 나란히 다시 들어가 새로운 각오로 동거를 시작한 그 때 아이를 가질 수만 있었다면, 절대로 그가 집을 나가지 않았을 거라는 생각이 틀린 게 아닐 것이기 때문이었다.

"여기군요."

여자는 남자의 말을 듣고 앞을 보니 커다란 돌이 세워져 있는데, 그 돌에 '오산리'라고 새겨 놓은 것이 보인다. 남자가 핸들을 좌측으로 돌린다. 차가 좌측으로 돌아 바로 서자 오른편에 소나무가 껑충하게 서 있는 야트막한 산이 있고, 산을 지나자 '바다횟집', '민박' 이란 간판이 다가온다. 그리고 조금 더 들어가자 좁은 길이 양쪽으로 갈라지는 지점에 '영동상회'라는 간판이 빨간 벽돌로 지은 집 이마에 붙박여 있다. 그 영동상회에서 나이가 웬만큼 들어 보이는 여자 한 사람이 붉은색 고무다라를 한 손에 들고 나온다. 그리고 보니 오른쪽으로 난 좁은 길에서 아낙네 두 사람이 머리에 무언가는 인 채 다가오고 있는 모습이 뿌옇게 밝아오는 미명 속에 보인다. 남자는 영동상회 간판을 정면으로 비추고 있는 라이트를 끄고 창문을 내린다. 그제야 어촌마을 특유의 비릿한 냄새가 스며든다.

"아주머니, 말씀 좀 묻겠습니다."

"먼일이래요?"

고무대야를 한쪽 옆구리에 치켜올리며 나이 먹은 여자가 차 가까이 다가온다.

"여기에 해양경찰청 초소가 있다던데요?"

"아, 저긴 데요. 혹시 서울사람 때문에 오시는 거래요?"

"예. 그렇습니다."

"그럼, 날 따라 오시래요. 그 서울사람 우리 집에 있었더래요."

가까이 얼굴을 들이밀었던 아줌마는 생각보다 젊어 보였다. 펑퍼짐한 엉덩이를 뒤뚱거리며 걷는 모습은 환갑을 넘었을 법한데 얼굴은 아직 전 같아 보였다.

"서울사람 찾아온 거래요?"

"그렇다네."

머리에 무언가를 이고 오던 아낙네들과 맞닥뜨리며 주고받은 말이 차창을 내려놓고 조용조용 따라가는 차 안까지 들린다.

"다행이네, 형님. 아무도 안 오면 어쩌나 싶더만."

"그러게. 이때껏 암도 안 찾아 왔잖녀."

"그나저나 오늘은 찾아야 할 건데…… 가만 나도 배 금방 나갔으니 가봐야것구만."

"참말로 부지런도 혀. 이 판국에도 두 번씩이나 다니게."

"그럼 어떡해, 미까(미끼)를 다 껴놨는데."

"오늘도 아홉 시부터 찾아 나선다지?"

"오늘은 정말 찾아야 할 텐데. 봄에 미화아빠도 이틀 만에 찾았잖어."

"오늘 못 찾으면 찾기 어려울 걸, 몇 해 전에 죽은 귀찬이 아빠도 끝내 못 찾은 거 봐."

"그때야 바로 주의보가 내려서 그랬지."

"주의보가 아니더라도 이틀 넘으면 멀리 떠내려갔던가, 돌에 끼어서 찾기 힘들다더만."

여자는 아낙네들의 걸음이 왜 그리 더딘지 답답하다. 몸의 무

게가 아래로 푹 주저앉은 듯싶다. 그가 죽었다는 것을 아낙네들은
단정하고 있었다. 그러면서도 저렇게 덤덤할 수 있을까. 아낙네들
은 흠칫 뒤를 돌아보며 차 안의 사람을 일별 한다. 여자는 갑자기
목이 메인다. 금방이라도 눈물이 쏟아질 것만 같다. 눈을 감는다.
아무 것도 볼 수가 없다.

"어떡하죠, 예?"

여자는 머리를 숙여 무릎에 묻어버린다.

"침착하세요. 아직은 아무 것도 모르니까."

"침착하라고요. 어떡해요."

"형수님, 벌써부터 이러면 안 돼요. 절대로 이렇게 죽을 형이 아
니니까. 제발 침착하세요. 네, 형수님."

남자의 손이 여자의 어깨에 놓인다. 그 손이 떨리고 있다.

"형수님, 형은 절대 죽지 않았어요. 이렇게 죽을 형이 아니에요.
바다가 아니라 더한 곳이라도 형은 살아 있을 거예요. 그러니 마
음 약해지지 말고 기다려요. 내가 꼭 찾아 낼 테니까요."

차창을 올리고 차의 시동을 켜놓은 채, 남자가 추우니까 나오지
말라며 차에서 내리지만 여자는 그렇지 않아도 옴짝도 할 수가 없
다. 그러나 다소 위안이 되는 것은 남자의 다감한 마음을 느껴서
다. 하지만 마음 한 켠에서 또아리를 틀고 있는 불길한 생각이 떠
나지 않는다. 내가 왜 이러지, 그는 죽지 않았어. 느닷없이 사라
지고 불쑥 나타나는 그가 아니었던가. 차라리 죽어버리지 뭐 하러
왔어, 언젠가 불쑥 나타난 그를 보자 치밀어 오르는 화를 가누지
못하고 버럭버럭 소리를 쳐댔을 때도 그는 죽기는 내가 왜 죽냐.

그러면서 히죽 웃어 보이는 그의 얼굴이 아른거린다.

회색 페인트를 칠한 콘테이너박스는 길 끄트머리에 있었다. '속초해양경찰청 오산초소'라는 글씨가 널빤지 위에 씌어져 출입문 옆에 매달려 있었다. 아낙네 한 사람이 문을 열고 뭐라 했는지 검은 제복을 입은 경찰 두 사람이 금방 그곳에서 나왔다. 그들은 나오자마자 남자에게 손을 내밀며 허리까지 굽신거린다. 남자의 넥타이가 바람에 나풀거린다. 그러고 보니 남자는 얇은 검은색에 줄이 간 모직 양복을 입고 있다. 풍채도 단단해 보인다. 만약에 그가 그렇게 서 있었다면 저렇게 단단해 보이지는 않았을 것이다. 아니, 그는 저런 양복이 잘 어울리지도 않을 뿐더러, 결혼식 때 말고는 입어 본 적도 없다.

아낙네들이 그 사람들 주위로 몰려든다. 세 사람이 아니라 저기 아래에서 뱃머리를 준비하던 아낙네들까지 합세하여 다섯, 여섯, 일곱이나 된다. 그 아낙네들의 시선을 여자는 따갑게 느낀다. 그리고 저기에서 사내 한 사람이 장화를 신고 가슴까지 올라오는 가빠가 짐스러운지 털벅털벅 올라오며 까만 차를 보는 것인지 그 안의 여자를 보는 것인지 알 수 없는 시선을 이쪽으로 던져놓고 손에서 장갑을 벗겨내고 있다. 벌써 일을 다녀오는 모양이었다. 그걸 보자 바닷가 사람들의 아침은 여느 도시 사람들보다 훨씬 빠르다는 말을 텔레비전에서 주어들은 기억이 난다. 그 사내는 모자를 쓰고 얼굴에 복면 같은 것을 하고 있다. 털실로 짠 것인데 눈과 코만 빠끔히 나와 있다. 사내 뒤를 따라 빨간 고무다라를 이고 오는 아낙네는 언제 저기에 가 있었던지 아까 영동상회에서 나온 그 여자다. 사내가 사람들이 모여 있는 곳에 다가서자 경찰관이 몇 걸음 옮겨 사내의 어깨에 손을 얹고 남자를 소개시킨다. 남자가 손을 내밀자 사내는 어색하게 그 손을 잡는다. 아낙네는 이고 온 고무다라를 가슴 밑으로 내리더니 사람들이 모여 있는 옆에 쏟아버린다. 고기를 담아두는 수족관이 거기에 묻혀 있었던 것이다. 아낙네가 쏟아버린 것은 분명 고기인 듯싶은데 무슨 고기인지 얼른 식별하기가 용이하지 않다.

"문길아, 고기부터 건져내고 하자?"

아낙네는 고무대야를 옆구리에 끼고 사람들 속에 있는 사내에게 시선을 던져놓고 있다.

"엄니가 좀 퍼라. 얼마 되지도 않는다."

아낙네는 체념한 듯 다시 내려간다. 아낙네를 따라 시선을 옮기니 콘크리트를 깔아 논 것으로 보아 그곳이 포구인 듯하다. 그리 넓지 않은 집 마당처럼 좁은 곳이다. 거기에 모터보트 같은 조그만 배 한 척이 묶여 있다. 아낙네는 고무대야를 들고 그 배로 올라간다. 아니, 콘크리트 바닥에서 배로 내려섰다. 몸을 한 번 뒤뚱한다. 그러더니 이내 중심을 잡고 고무대야를 내려놓고 커다란 뜰채를 든다. 그 뜰채를 배 밑으로 내리고는 무릎을 굽히고 허리까지 깊숙이 처박더니 몸을 일으킨다. 고기가 가득 담겨 나온다. 그것을 고무대야에 쏟아낸다. 가자미라고도 하는 도다리이다. 가자미 잡이를 했대요, 서울에서 출발하며 남자가 한 말이 생각난다. 그럼, 그도 저렇게 조그만 배를 타고 바다에 나가 저걸 잡았단 말인가. 아낙네는 뜰채를 한 번 더 배 속으로 처박는다. 저렇게 많은 고기를 낚시로 잡는단 말인가?

여자는 시선으로 뒤져 사내를 찾는다. 아까 서울사람 우리 집에 있었데요, 하던 저 아낙네의 아들이라면 그와 같이 일을 했을 거란 생각이 들어서이다. 사내는 모자도 벗고 복면 같은 것도 벗고 있다. 그리고는 무슨 말인가를 남자에게 하고 있다. 남자는 팔짱을 끼고 고개만 까딱거린다. 버릇인 듯싶다. 그러더니 가만히 지켜만 보고 있던 아낙네들 중에 한 사람도 한 몫 하겠다는 듯이 손을 들어 저 포구 쪽을 가리킨다.

사람들의 시선이 그 아낙네의 손끝을 찾아간다. 그러자 기다렸다는 듯이 배 한 척이 모터소리와 함께 나타난다. 배는 작은 포물선을 그리며 속도를 줄이고 포구에 앞머리를 댄다. 동시에 손짓을 하던 아낙네는 펑퍼짐한 엉덩이를 뒤뚱거리며 뛰어가고, 배를 몰고 온 사내는 역시 복면 같은 것으로 얼굴을 감추고 사람들이 모여 있는 쪽으로 시선을 던지고 서 있다.

아낙네가 무슨 말인가를 하자 사내는 알겠다는 듯이 고개를 끄덕거리더니 밧줄을 아낙네에게 집어던진다. 아낙네는 밧줄을 집어들어 콘크리트 바닥에서 마치 젖꼭지처럼 솟아 있는 곳에 동여맨다. 사내는 뜰채를 집어 들어 배 속에 있는 고기를 집어 올리고 아낙네는 바닥에 미리 갖다 놓았던지 고무대야를 배에 옮겨 놓는다. 그들의 행동은 늘 그렇게 해 온 것처럼 익숙하다.

어디에서든 사람들은 저렇게 익숙해지며 잘들 살아가는데…… 여자는 저미는 가슴을 쓸어안는다. 그는 왜 세상사는 일에 그토록 익숙해지기를 한사코 마다했을까?

모여 있던 사람들이 배가 있는 포구로 옮겨간다. 지금 막 바다에서 들어 온 사람에게 가고 있다. 여자는 사람들이 비워둔 자리 너머에 마땅히 있을 거라 고 생각했던 바다를 찾아보지만 정면으로 보이는 것은 삼각대처럼 생긴 콘크리트 덩어리가 제멋대로 엉켜져 쌓여 있는 것뿐이다. 그것이 파도로부터 포구에 매달아 두는 배와 마을을 보호하는 방파제고, 그 너머에 바다가 있는 듯싶다.

그러고 보니 방파제 위로 붉은 빛이 올라오고 있다. 해가 뜨는 모양인데 차 안에서는 아직 그 해가 보이지 않는다. 여자는 나가 볼까 생각하다가 이내 머리를 흔든다. 바다를 보면 가까스로 움켜쥐고 있는 울음보가 터지고 말 것만 같다. 그가 저 바다에 나가서 아직도 돌아오지 않았다는 데 어떻게 그걸 바로 바라볼 수 있겠는가. 여자는 자신이 없다.

다른 배 한 척이 또 들어온다. 그러자 다른 아낙네 한 사람이 그 배에 다가서 먼저 고무대야부터 배에 올려놓고 배를 몰고 온 사내가 던진 밧줄을 잡아 동여맨다. 먼저 들어 온 배의 아낙네가 고기를 떠 담은 고무대야를 이고 차 옆을 지나치며 여자를 본다. 저렇게 남자들이 바다에 나가 고기를 잡아오면 여자들은 무사히 돌아와 감사하다는 듯이 이렇게 이른 새벽인데도 불구하고 마중을 나와 기다리다 힘든 노동을 감내하는구나.

여자는 그런 광경을 눈으로 보자 가슴이 쏴아하게 아려온다. 혼자서 얼마나 힘들었을까, 하는 생각이 들었기 때문이다. 기어코 붙잡고 있던 눈물이 쏟아진다. 간신히 막고 있던 눈물보가 터지자 주르르 흘러내린다. 여자는 얼굴을 다시 무릎에 묻어버린다. 손수건 같은 건 애초부터 가지고 다녀본 적도 없다. 휴지를 찾아 부르르 떨리는 입을 틀어막는다.

얼마나 지났을까. 차문이 열리고 남자의 손길이 느껴진다.

"형수님, 진정하세요."

그러나 남자의 목소리가 들려오자 틀어막고 있던 입에서 거품이 튀어나온다.

"어떡해요…… 예, 어떡해요…… 정말 죽었대요? ……정말 죽은 거냐고요……"

"아니에요. 아직은 몰라요."

"그렇죠? 안 죽은 거죠. 예, 서방님!"

"예, 죽지 않았어요. 그러니, 진정하시고 나오세요."

여자는 차에서 나오자 다리에 힘이 다 달아나 몸을 지탱하지 못한다. 쓰러지듯 남자의 몸에 기댄다. 모여 있던 사람들이 혀를 차는 소리가 들린다. 에구, 저런 색시를 두고 어쩔거나…… 부지런허구 착한 사람이었는디 말여…… 내년 봄엔 색시를 데려와 같이 산다고 혔는디…….

"이 집이 형이 살던 집이래요. 주인아주머니가 불을 넣어 놨다니까 따뜻할 거예요. ……자, 가세요."

남자는 차를 세워둔 바로 옆집을 가리켰다. 낡은 슬레이트집이었다. 대문이고 담도 없다.

"머리 조심 혀요. 집이 낮아서…… 커피 끓여드릴 테니까 잠깐만 기다려요. 김 순경도 커피 마실 거여?"

열려 있던 부엌문으로 고개를 내미는 아낙네는 아까 영동상회에서 나온 그 여자이다. 남자가 방문을 연다.

"김 경사님도 잠깐 들어가시죠?"

"아닙니다. 저는 전화도 받아야 하고, 스쿠버들을 수배해 보겠습니다. 좀 쉬시다가 여덟 시 반쯤에 나오십시요. 대기 시켜놓겠습니다…… 참, 경황이 없어 깜박 잊고 있었는데요. 최 검사님이 도착하는 대로 전화해달라고 했습니다."

"예, 고맙습니다."

"전화는 초소에서 하시면 됩니다."

"아니에요. 핸드폰 가져왔어요. 형수님 들어가 계세요. 차에서 전화 좀 가져 올게요."

"……"

방은 좁고 낮았다. 서너 사람이 들어와 앉으면 좁을 정도였다. 천장도 큰 사람이 서면 머리가 닿을 것 같았다. 여자는 벽에 걸려 있는 그의 옷을 본다. 이 년 전 집에서 나갈 때 가져온 옷도 있다. 늦은 가을이었는데, 예전과는 달리 여름옷에다 그리 많은 돈이 들어 있지는 않았지만 통장까지 챙겨 사라진 것을 알고는 이번에도 좀 오래 걸리겠구나, 생각했었다. 그리고는 그가 태어났다는 가을만 되면 늘 떠나거나 돌아왔던 기억을 되살려 다음 해 가을쯤에나, 갈 데가 없어서 왔어, 하며 나타나겠지 했었다.

하지만 그는 다음해 가을이 다 가도록 돌아오지 않았다. 여자는 그 전하고는 달리 마음이 불안했다. 정식으로 결혼식을 하고는 불과 1년이었지만 집을 나가지 않았었기 때문이었다. 그렇다고 자신이 싫어져서 아주 떠난 것이라고는 '전혀 생각이 들지 않았다. 결혼

전, 그가 그렇게 떠났다 돌아오면 내가 싫어져서 그러느냐고, 만약에 그렇다면 언제든지 헤어져 줄 마음이 있으니까 부담 갖지 말고 말하라고 할 때마다 그는 아니라고 고개까지 저어대며 말했다. 그저 그렇게 떠나지 않으면 머리가 돌아버릴 것 같아서 그런다고. 그러고는 그런 자신을 이해해 달라며, 자신은 어떤 여자 귀신에 씌어 그렇게 떠돌아다녀야 할 팔자인가 보다고. 그걸 증명이라도 해보이듯이 어느 날은 악몽을 꾸었다며 오줌까지 싸버리기도 했다.

도대체 그 여자 귀신이 누구야? 답답한 마음에 여자가 물으면 그는 자신도 모른다면서 꿈에 나타나 자신을 죽일 라고 목을 조였다느니, 벼랑에서 떠밀었다느니, 주절주절 흘렸다. 그때 그는 마치 몽유병자 같이 흐릿한 눈빛을 하고는 금방이라도 까무러칠 듯했다. 그때마다 여자는 말로만 들었던 간질병자가 아닐까, 의심도 해봤지만 그런 증세는 한 번도 보지 못했기 때문에 더 이상 의심은 하지 않았다.

"커피 마셔요, 색시."

부엌과 방 사이의 미닫이문을 열고 몸을 숙여 쟁반을 밀어놓으며 아낙네가 말했다.

"……"

"여기 아랫목은 따듯할 거요. 서울사람이 혹시나 물에서 나오면 몸부터 녹여야 하니까 내가 그제 밤부터 지펴놨데요."

"그렇죠, 아줌마? 바다에 빠졌다고 다 죽는 것은 아니죠?"

여자는 아낙네의 혹시나, 하는 말에 지푸라기라도 잡은 심정이었다.

"그래요, 색시. 여기 사람들도 눈으로 보지 않은 이상 죽었다고 믿는 사람이 하나도 없어요. 나만해도 내 영감 바다에 나가 돌아오지 않은지 벌써 몇 해가 되었지만 죽었다는 생각이 들지 않는다오. 그리고 가끔은 기적처럼 살아오는 사람도 있고 말이래요. 작년에 여기 이장도 폭풍주의보가 내려 다 죽은 줄 알았는디 다음날 살아왔던 일도 있은 게 말이래요. 그러니까 미리부터 나쁜 생각하지 말고 여기서 기다려요. 찾을 때까지 말이래요…… 나는 집에 가서 아들 밥 좀 챙겨주고 손님들 상도 봐둘 테니까, 이따가 부르면 집으로 오래요."

"……"

아랫목은 장판이 노글거릴 정도로 끓고 있다. 여자는 너무 뜨거워 깔아 논 이불 위로 앉는다. 윗목에 있는 교자상 위에 조그만 라디오와 일곱 시 사십 분을 가리키며 뚜닥뚜닥 소리를 내며 아직도 돌고 있는 시계, 그리고 머그잔과 면도기를 비롯하여 자잘한 일용품들이 아무렇게나 널브러져 있다. 그 중에 여자의 시선을 잡고 얼른 놓지 않는 것이 있다. 펼쳐 있는 노트다. 그것을 누가 보았는지 아니면 그가 그렇게 펼쳐놓고 나갔는지 볼펜이 사이에 놓여 있다. 여자는 노트를 집어 온다.

바람처럼 살고 싶다. 자유롭게 여기저기에 그냥 있고 싶다. 아무 것에도 속해 있지 않은 나가 좋다. 그러므로 나는 내가 누구인지 굳이 생각하지 않아도 된다. 욕심도 없고, 미움도 없고, 나도 없고, 너도 없는……

"형수님, 시간이 좀 있으니까, 저기 가서 식사부터 하시죠? 그런데 그건 뭐예요?"

남자가 열고 있는 문으로 아침이 좀더 밝아져 들어온다.

"형 껀가 봐요. 그리고 저는 생각 없어요."

"입맛은 없겠지만 억지로라도 좀 드셔봐야죠?"

"아니에요. 저는 괜찮아요."

"그럼 마실 거라도 좀 사다드릴까요? 저는 여기 근무자들에게 식사를 대접해야 할 것 같아서요."

"그렇게 하세요."

남자는 이 판국에 밥을 먹겠다고 하는 것이 미안한 짓이라고 생각한 모양이다. 그런 남자의 마음을 읽을 수 있어서인지 여자는 다소 마음이 진정된다. 저런 사람이 왜 지금까지 그랬을까?

여자는 다시 노트에 시선을 떨군다. 펼쳐 있던 그 쪽에는 더 이상 글씨가 없다. 뒤로 넘겨보았지만 마찬가지로 흰 여백뿐이다. 여자는 다시 맨 앞장으로 넘긴다.

어디까지 가야 내가 있을 곳이 나타날까 생각했는데 여기까지 왔다.

바람에 떠밀리듯이 온 여기는 남쪽 끝의 작은 섬이다. 기차를 타고 버스를 타고 다시 배를 타고 온 이곳. 이제 더 갈 곳이 없다.

아무 것도 생각하지 말자, 그렇게 마음먹고 떠나온 집인데 첫날부터 생각난다. 그녀, 지금쯤 보잘 것 없는 나를 기다리는 일에서 포기하고 있을까? 그랬으면 좋겠는데, 그녀는 상처가 많은 탓인지 얼른 그러질 못한다. 그러므로 나도 그녀에게 상처를 남기는 가해자가 된다. 그래서는 안 되는데……

난 그녀를 사랑하지 않는다. 처음부터 그랬다. 그저 그녀의 상처를 만져주고 싶었을 뿐이다. 내 상처의 아픔을 알기에 외면할 수 없었다. 그런데 그게 사랑으로 다가갔다. 아마 내 상처를 그녀가 보았기 때문일 것이다. 그녀도 나처럼 상처의 아픔을 알기에 내 아픔을 외면할 수 없었을 것이고, 결국에는 그것이 사랑일 거라고 믿었을 것이다.

하지만 난 아무도 사랑할 수가 없다. 그것은 또 다른 상처만 남기는 일일 테니까. 나는 그래서 모두 다를 포기하고 싶은 것이다. 내 가슴에 있는 작은 앙금 모두를 다 버리고 싶은 것이다. 그러면 아주 홀가분해질 것이란 생각에서이다.

그러나 난 늘 그것들을 버려보지 못했다. 어머니도 그녀도…… 그리고 민철이까지도 다 내 가슴에 그냥 담아두고 있는 것이다. 그것이 불행의 시작임을 번히 알면서도……

맨 앞 쪽은 이렇게 끝났다. 여자는 그가 쓴 글이라고 얼른 믿을 수가 없다. 그가 이런 글을 쓰는 것을 본 기억이 없기 때문이다. 그가 쓰는 것이라고는 재단할 때 노트에다 사이즈와 재단을 한 수량을 기록하는 것이 전부였다. 가방마다 주문 받는 사이즈와 수량이 다르기 때문에 그 기록은 일 년이면 노트 한 권을 다 채운다. 그것은 거개가 아라비아 숫자들 뿐이다.

예를 들어, 원판= 134　120　2=334　3=1002+1. 이런 것인데, 134는 일본식 자로 잰 가방의 높이고, 120은 넓이를 말하는 것이다. 그리고 2는 가방 하나에 두 개가 들어간다는 뜻이고 334는 길게 말아진 채 들어오는 원단을 134로 도막을 낼 수량이고, 3은 134로 도막을 낸 원단의 폭에서 120으로 3장이 나온다는 뜻이다. 그리고 1002+1은 가방 500개분의 원단에서 여유분으로 1개가 들어갔다는 것이다. 그런 숫자들은 가방에 들어가는 쪼가리에 따라 수가 다르지만 보통 한 쪽을 다 쓴다.

　멜방부터 작은 꼬다리까지 가방에 들어가는 쪼가리는 30개에서 많게는 50여개가 되기 때문이다. 그것을 그는 여느 재단사들보다 아주 정확하고 어느 누가 보아도 쉽게 알아볼 수 있도록 깔끔하게 정리하는 버릇이 있다. 때문에 그를 고용하고 있는 사장은 그를 대단히 신뢰했다. 그가 다닌 거개의 가방공장이 임가공 하청업체이다 보니 여차해서 재단을 실수하면 추가로 원단을 더 받아와야 하고, 그 추가된 원단 값을 임가공에서 제외 당하면 배보다 배꼽이 더 커 적자를 보기 때문이었다. 어쨌거나 그런 이유로 그의 옆에는 늘 노트가 있었다. 하지만 그가 일기라든지 그런 비슷한 내용의 글을 노트에다 쓴 것을 여자는 본 적이 한 번도 없었다.

　그래서일까?

　여자는 그의 글씨가 분명하다는 것을 알면서도 왠지 낯이 설다. 게다가 글의 내용도 얼른 머릿속에서 정리되지 않는다. 다만 '상처'라는 단어만이 가슴에 와 닿는다. 그것은 사실이었기 때문이었다. 그가 아파하는 상처를 여자는 처음부터 알았고, 자신의 상처를 그에게 들키기도 했으니까.

열일곱에 무작정 들어갔던 그 공장에서 어느 날인가 그가 물었었다. 아마 이삼 일쯤 지나서였는데 무슨 일론가 정전되어 미싱사들까지 내려와 시다일을 하고 있을 때 재단실장이 야, 재단방 청소 좀 해라, 그래서 빗자루를 들고 재단실에 갔을 때였다. 학교 다니다 온 것 같은 데 왜 그랬어? 하고. 여자는 생경한 환경 탓이었겠지만 순진하게도 사실대로 말했다.

"아빠가 바람이 나서 집을 나갔어요. 그래서 엄마하고만 살았는데, 허구한 날 술에 취해 들어와요. 아마 술집에 다니나 봐요. 그래서 도망 나왔어요."

"다음에 누가 또 물어보면 그렇게 말하지 말고, 형편이 어려워서 기술 배우러 왔다고 해. 그게 너한테도 좋고 듣는 사람한테도 좋으니까."

여자는 그가 말하는 더 깊은 뜻은 알지 못했지만, 좀 더 시간이 지나서 공장 사람들과 낯이 익자 묻는 사람도 많았고, 그때마다 그가 가르쳐 준대로 말했다. 그러면 모두가 한결같이 고개를 끄덕이며 동정하는 듯한 시선으로 대해주었다.

여자는 다음 쪽으로 넘겨본다. 역시 날짜 같은 건 적혀 있지 않다.

늘 떠나오면서 돌아가지 말아야지 생각했지만 나는 돌아가 있었다. 땅 위로 한 번도 올라서지 못했으면서도 지치지 않고 덤벼드는 파도처럼 나도 그랬다. 왜 그랬을까?

그리운 것이 내게 있다면 그것은 무엇일까? 내 어머니의 가슴? 아니면 그녀의 가슴…… 하지만 그것들은 모두 내 것이 아니다. 내 것일 수가 없는 그것들을 난 왜 그리워할까?

밤이 오기 전에 잠들고 싶다. 그래서 다시 깨어난다면 다시 밤이었으면 좋겠다. 캄캄한 밤! 아무 것도 꿈꾸지 못할 까만 어둠만이 내 것이니까.

여자는 가슴에서 치밀어 오르는 한숨을 토해내며 흰 여백으로 그냥 있는 한 쪽을 넘긴다.

바다를 내려다보며 허망하다는 것만 머릿속에 있었다. 그러면서도 나는 내가 살아 있어야 할 이유를 굳이 찾아보았다. 하지만 없었다. 그저 표시 나지 않는 것들뿐이었다. 저 바다처럼 파랗게 멍든 가슴…… 오열하는 듯한 하얀 거품으로 살아지고 마는 바다의 몸부림……

갈매기 떼가 웅크리고 있는 저 백사장에 난 가만히 누워있고 싶었다.

평화롭게.

그럴 수 없는 나는 이제 여기를 떠날 것이란 예감이 든다. 내일, 아니면 오늘 밤에라도 갈 수만 있다면 난 갈 것만 같다. 내 의사와는 상관없이……

그 다음에 나는 어디에 있을까?

저 조그만 하늘에서 날 위해 따스한 볕을 주고 있다. 그러나 나는 그것이 부담스럽다. 나를 더 초라하게 하기 때문이다. 아니, 나를 끝까지 지켜보고 있겠다는 듯한 기분이 든다. 그 기분은 아주 나쁜 것이다. 백색 사금파리에서 번쩍 스치는 그 기분 나쁜 빛…… 저 하늘이 보지 못하는 곳으로 숨어버리고 싶다.

저 조그만 하늘만 아니라면 난 여기서 오래오래 있을 수 있을 텐데…… 겹겹이 에워 싼 산허리의 두께가 좋으니까.

적막! 정말 지독하게 적막하다. 그러나 그 적막이 나는 좋다.

오늘따라 바람소리도 없다. 그래서였나보다. 집주인이 시내에서 결코 가깝지 않은 이곳까지 일부러 왔다 갔다. 내가 죽었나 살았나 궁금했다며…… 혹시나도 죽고 싶으면 우리 집에서는 절대 안된다고 말했다. 마누라가 그러드라는 것이다. 꼭 자살할 사람 같다며, 집 내준 거 이제라도 취소하라고 했다고. 그러면서 정말 내년까지 있을 거냐고 물었다. 나는 언제라도 비워달라면 그렇게 하겠다고 말했다. 주인은 집이 너무 외딴곳에 있어 여기서 죽어도 어느 누가 송장을 치워주지 않을 거라고 그냥 하는 말투로 흘렸다. 그러면서도 못내 마음이 놓이지 않는다는 투로, 마누라가 통잠을 못 자네, 그러는 것이었다.

그래서 나는 내일이라도 비워주겠다고 그랬다. 그러자 주인은 받은 돈이 있어서 그런지 아니라고, 그럴 필요는 없다며 손사래를 쳤다. 다만 신분증만 보자는 것이었다.

나는 솔직히 죽고 싶지는 않다. 다만 살아 있어야 할 이유가 없다고 생각할 따름이다. 그래서 나는 여기서 일 년 동안 살며 내가 살아 있어야 할 이유를 만들던가 찾아야 할 것만 같다.

그래, 그렇게 하루하루 살다보면 내가 살아 있어야 할 그 이유가 있을 거야!

애초부터 내 시작은 출구가 없는 미로에서 시작되었다. 그 미로 속에서 허든거리기만 한 나. 벌써 서른다섯 해나 그 미로 속에 있었다. 이유가 없는 아픔에 견디다, 다시 생각해보면 아물지 않은 상처가 있었다. 그 상처…… 그렇다. 그 상처 때문에 나는 미로 속에서도 내가 살아 있다는 것을 문득문득 깨달았다.

긴 겨울이 시작될 모양이다. 이 깊은 산중에까지 바람이 찾아온다. 겨울바람은 차다. 무섭도록 냉혹하다. 내 시린 가슴에 마구 달겨든다. 내 아픔 따위는 아랑곳하지 않는다. 이것이 살아 있는 거라면 나는 그만 포기하고 싶다. 아프니까.

정말 이 바람의 끝은 어디에 있는가?

그곳이 있다면 지금 나는 그곳으로 가고 싶은 마음뿐이다.

여자는 숨을 쉴 수가 없다. 그러고 보니 밖에서 사람들이 웅성거리는 소리가 들린다. 그러나 너무 많은 사람들의 목소리가 섞여 또렷하게 알아들을 수가 없다. 그러다 유별나게 큰 목소리가 불쑥 나타난다.

"먼 소리여, 그게. 내가 그날 분명히 하조대 앞에다 낚시 푸는 거 두 눈으로 똑똑히 봤는디, 왜 여기를 뒤져. 거기서 여기가 어디 간디."

"......"

"이봐, 김 경사. 책임자면 책임자답게 하라고. 질질 끌려가지 말고 말여. 사람이 지 아무리 많다고 아무데나 들어가면 찾을 수 있을 것 같어. 다 해본 수작들이 있는 사람들 말 들어. 여기 사람들 송장 한두 번 찾아다녔는 줄 알어."

"......"

"아, 그렇게 내 말 들으라니까. 고기밥 되기 전에 한시라도 빨리 찾을라면 말여."

"......"

"이봐요, 서울양반. 여기서 백날 떠들어봤자 다 헛소린 게 일단 나갑시다."

머리가 어지럽다. 무엇이 어떻게 되어 간단 말인지 여자는 도무지 알아들을 수가 없다. 그렇다고 나서자니 무얼 어떻게 한단 말인가. 그저 가슴만 미어질 뿐이다. 소리라도 내 통곡이라도 하고 싶지만 마음뿐이다. 도리어 마음이 푹 가라앉은 이 증세는 무엇 때문인가.

6

비는 느닷없이 시커먼 먹구름이 잔뜩 달겨들더니 뿌려대기 시작했다. 남자는 그 비를 망연히 바라보고 있다. 이른 겨울이지만 빗방울은 여름 소나기처럼 굵고 빠른 속도로 떨어진다. 다행히 아직 바람은 그리 심하지 않다. 하지만 이렇게 계속 내리면 오후에는 바다에 나가지 못할 것이다.

죽은 사람은 죽은 거고 산 사람은 살아야 한다며, 밥이나 먹고 합시다. 아까 바다에서 어촌계장이 한 그 말이 남자의 귀에 자꾸 들리는 것은 왜인가? 그렇다고 틀린 말을 한 것도 아니지 않은가. 살아 있는 사람은 당연히 때가 되면 먹어야 한다. 그것은 생리적인 현상이다. 그런데 남자는 게걸스럽게 먹어대는 저 사람들이 왜 사람 같아 보이지 않는단 말인가.

뱃멀미 탓인지 남자는 어제 낮부터 음료수나 뱃사람들이 내미는 소주 말고는 아무 것도 먹지 못했다. 어제 오전에 배를 타고 난 간 지 한 시간도 체 지나지 않아 뱃속에 있는 것을 다 토해냈던 것이다. 그런데 용케도 소주를 몇 잔 받아 마신 후 처음에는 참을 수 없을 정도로 거북하더니 시간이 지날수록 속이 가뿐했다.

해양경찰청에서 파견된 배 3척과 인원 15명, 그리고 일당을 주고 산 전문 스쿠버 9명, 이곳 주민 8명과 배 8척을 동원하여 어제부터 그를 찾아보았지만 아직도 아무런 흔적을 찾지 못했다. 배를 발견했다는 곳과, 그가 낚시를 했다는 곳의 거리는 그리 멀지 않았다. 그래서 그 일대를 중심으로 스쿠버들이 물속으로 들어갔지만 매번 아무것도 건져오지 않았다.

"저 주태배기 그렇게 주정을 해대도 얼굴 한 번 찡그리지 않고 그 주정을 다 받아주니 저것도 사람인디 정신 안 차리고 배기것

소. 덕택에 문길이 엄니 속병도 다 낫고 말여.”

무슨 이야기 끝에 목소리가 큰 어촌계장이 한 말이었다. 그리고는 덧붙이기를 이렇게 출세한 동생이 있었으면서도 그 동안 그런 내색을 한 번도 안 내비쳤는지 모르겠다며, 나 같으면 자랑하고 싶어서라도 입이 간지러워 못 참았을 거라고 했다. 그 말이 남자는 이상하게도 자신을 비난하는 것처럼 들려 고개를 돌렸다. 아무튼 이곳 사람들과 하루 종일 바다에 나가 달리 하는 일도 없이 담배만 연신 피워대며 남자는 가시방석에 앉아 있는 기분이었다.

“이 말은 아무에게도 하지 않았는데요…… 죽었을 지도 모르지만 죽지 않았을 지도 모르것네요. 내 생각은 죽지 않았을 것 같기는 헌데…….”

어젯밤, 김문길이란 사내가 소주병을 들고 찾아와 한 말이다. 사내는 그가 세를 얻어 사던 집의 주인 아들이었다. 사내는 그와 동갑내기라서 이곳에 처음 왔을 때부터 친구처럼 말을 트고 지냈을 뿐더러, 그물 일은 혼자 할 수 있는 일이 아니라서 6대4의 비율로 나눠먹기로 하고 뱃일을 같이했다는 것이다. 때문에 두 사람은 죽이 잘 맞는 친구였다고 했다.

“……지난 봄에 미화아빠가 사고를 당했을 때 그러데요. 배를 타는 사람들도 보험에 가입이 되냐고. 그래서 내가 배타는 사람은 인간이 아니냐고 했지요. 그랬는데, 그날 속초에 가서 보험에 들고 오더라고요. 그래서 내가 죽을라고 환장했느냐며, 그런 거 들으면 재수 없어서라도 나지 않을 사고가 난다고 했지요. 그랬더니 그애가 웃으면서 그러데요. 배를 탄다고 하니까 보험료는 많고 보험금도 적다고. 그 말을 하는 데 꼭 죽을라고 작정한 놈 같아서 내가 당장 해약하라고 했지요. 그랬더니 한다는 소리가…… 나 여기 올 때 죽을라고 왔어…… 그런데 죽기가 싫어지더라. ……그런데 죽고는 싶은 거 있지. 그때까지만 해도 나는 장남삼아 얘기하는 것이라고 생각했어요.

그런데, 언젠가 문어 낚시를 좀 가르쳐 달라며 같이 나가자고 하더라고요. 그 날은 파도가 좀 있어서 쉴라고 하던 참이었는데 나갔지요. 그애가 지난 초가을에 배를 샀다는 말은 들었죠? …… 그때가 배를 산지 얼마 되지 않았으니까, 어차피 배워야 할 일이었지요. 나가보니 파도가 생각보다 거칠더라고요. 그래서 몇 바퀴 돌고 그만 나오려는데 그러는 거예요. 여기서 배가 가라앉으면 어떻게 살아나갈 수 있느냐고요.

그래서 내가 그랬지요. 여기서 무슨 수로 살아 나가냐고요. 거리가 이삼백 미터만 돼도 어떻게든 해보겠지만 일 킬로도 넘는데 어떻게 살아나겠어요. 사실 그렇게 사고를 당하면 조오련 같은 수영선수도 살아나기 힘들 거요. 다행이 지나가는 배나 있으면 모를까. 그런데 그애가 그러는 거예요. 스티로폼으로 만든 떼를 들고는 이거만 있으면 자기는 살아나갈 수 있을 것 같대요. 수영을 지가 잘한다면서요.

그런데 지난 여름에 보니까 수영은 진짜 잘하더만요. 그리고 나서 그애는 배 아래에 둥그런 떼를 감춰두고 다녔어요…… 그걸 아는 사람은 나밖에 없을 거요. 뱃사람들은 남에 배를 잘 안 타거든요. 그런데 어제 배를 찾았을 때도 봤는데 그 떼가 없었고, 오늘도 일부러 바다 가에로만 다니면서 암만 찾아봐도 그 둥근 떼가 보이지 않았어요. 원래 그 떼는 물에서 뜨기 때문에 파도에 쓸려 나오기 마련이거든요. 그런데도 내가 그 얘기를 아무한테도 안하는 이유가 있어요…… 얼마 전부터 여기에 연어가 올라왔는데, 그 연어를 잡으면서 그애가 그러더라고요. 이 멍청한 연어들은 지가 알을 날 곳이 자기가 태어난 여기밖에 세상에 없는 줄 알고 그 먼 곳에서 온다는 거예요. 그러면서 값도 안 되는 연어를 죽기살기로 잡더라고요. 값이나 나가면 그러려니 하겠지만 요즘은 연어 값이 완전히 똥값이거든요. 한 마리에 오백 원 받으면 잘 받는 건데, 그걸로는 그물 값도 안 되거든요. 그래서 내가 우리 연어는 그만 잡고 광어 쓸이(낚시)나 다니자 그래도 막무가내더라고요…… 연어를 다 잡아 죽이고 자기도 죽겠데요.

그때는 무심히 들었는데, 얼마 전이었어요. 십일월부터는 연어를 잡지 못하게 하거든요. 그런데도 혼자 그물을 새려 저녁 늦게 그물을 몰래 놓고 돌아와서 새벽 일찍 혼자 나가서 걷어오는 거예요. 그물 일은 혼자하기 힘들거든요. 그래서 너 죽을라고 환장했냐 그랬더니 연어를 다 잡아 죽이고 자기도 죽겠다고 또 그러는 거예요. 그 말이 이상하게 가슴에 남더라고요. 그래서 그 날 밤 양양으로 술을 마시러 가자고 나갔지요……"

그는 사내에게 말했다는 것이다. 자기가 태어난 가을만 되면 죽고 싶어 미쳐버릴 지경이라고. 사내는 이유가 있을 거 아니냐고 물었다. 그는 말했다.

"나 때문에 불행한 사람들이 많아. 어머니도 동생도, 그리고 마

누라도 나 때문에 다 힘들어하거든. 내가 죽어줘야 돼. 내가 죽어
서 그 사람들 기억에서 사라져야 그 사람들이 편하게 살 수 있거
든. 너는 내가 아무리 말해줘도 잘 모를 거야. 내가 왜 연어를 잡
아 죽이는 줄 아니? 그 새끼들이 자라서 다시 여기밖에 내가 갈 곳
이 없구나, 하고 그 먼 길을 찾아오느라 고생할 것을 생각하면 차
라리 태어나지 말았으면 해서 그런 거야. 아무튼 내가 죽어야 돼.
알겠니 내 맘.”

사내는 그의 말을 다 이해하지 못했으면서도 평소에도 무슨 사
연이 참 많은 친구구나 생각했던 터라, 그쯤에서 실랑이를 끝내고
싶어 말했다는 것이다. 그럼 진짜로 죽지 말고 죽은 척만 하면 되
지 않느냐고. 어머니도 동생도, 그리고 마누라도 네가 죽은 걸로
만 알면 되지 않느냐고. 그러자 그가 어떻게 그럴 수 있냐고, 그
방법이 있으면 제발 좀 가르쳐 달라고 하더라는 것이다. 그때의
그 눈빛이 하도 간절하여 사내가 말했다는 것이다.

바다에서 실종되는 사람들은 몇 달 후 자연히 사망처리 된다고.
사내의 아버지도 바다에서 실종되었는데 아직까지 죽었는지 살았
는지 눈으로 확인을 하지 못했지만, 사망한 것으로 되어 버렸다
고. 그러니까 정말 죽고 싶으면 그렇게 하면 된다고 말하자, 그가
어떤 방법으로 죽어야 죽지 않고도 죽을 수 있느냐고 따지듯 물었
다는 것이다. 그래서 사내는 말했다고 했다. 배를 타고 적당한 곳
까지 나가서 배 뒷머리 쪽부터 물에 담그라고. 그 다음 헤엄쳐서
나오면 된다고. 다만 군인들이 초소 근무를 하기 바로 전에 배를
가라앉히고 나와야 된다는 점을 강조해주었다는 것이다.

그것은 지금 이 계절에는 군인들이 여섯 시부터 근무에 들어가는 데 날은 다섯 시 사십 분이면 어두워지니까 마음만 먹으면 얼마든지 가능하다고 했다. 그 시간이면 여기 사람들도 다 집에 들어가 저녁을 먹을 시간이라는 것도 빠뜨리지 않고 말해주었다고 했다. 그리고 하조대 옆에는 인가도 없고, 모래사장에서만 군인들에게 발각되지 않으면 바로 솔밭인데, 그 솔밭만 나오면 길이니까 얼마든지 가능하다며, 정말로 죽어야 한다면 그렇게 하라고 했다는 것이다.

그렇지만 그가 사내의 말대로 그렇게 했다는 증거는 아무 것도 없었다. 그리고 사내도 꼭 그랬을 거라는 확신은 없다면서 굳이 그 말을 남자에게 실토한 이유는 스스로도 잘 모르겠다고, 그저 동생을 보니 그렇게 알고 있는 것이 좋을 듯싶어서였다는 것이었다. 그러더니 사내는 나쁜 놈, 정만 잔뜩 주고 가면 나는 어떻게 하라고, 하며 소주병의 주둥이를 입 안으로 쑤셔 박았다.

남자는 마음이 복잡하다. 어제 낮부터 내리기 시작한 비는 밤새도록 멈추지 않고 주룩주룩 쏟아지고 있다. 남자는 이 비 때문에 마음이 복잡한 것이라고 억지로라도 달래보지만 사실은 갑자기 세상이 너무 고요해진 탓이었다. 이른 아침이니 소란스럽지 않은 것은 당연한 것이다. 하지만 그 당연함이 당연한 것이어야 한다는 생각이 들지 않는 것이다. 적어도 지금은 좀더 격앙된 자신의 모습을 보고 싶다.

그러나 그것은 마음뿐이다. 생각해보면 남자는 처음부터 스스로도 느껴질 정도로 이성을 잃지 않았고, 너무 침착했다. 남자는 바다에 나가 하는 일 없이 담배만 피워대면서 그가 스쿠버들의 손에 끌려나오기를 기다리면서도 그랬다. 그는 당연히 죽었을 것이고, 그것을 눈으로 확인하고 싶은 비정함을 감추고 있었다. 단 한 순간도 그를 찾아서 바다 속으로 뛰어 들어가겠다는 생각을 해보지 않았다. 그것이 비록 생각만 일지언정 그런 생각조차 하지 않는 것이 지극히 정상적인 것이라고 믿고 있었다.

비오는 바다만이 처얼썩거리고 있을 뿐 모든 것이 너무 고요하다. 어제보다 좀 더 거칠어진 바람에 떠밀려오는 파도소리도 이른 아침의 고요 속에 묻혀버린다. 수없이 쏟아지는 빗방울 소리가 바다 속으로 삼켜지듯 파도 소리도 이른 아침에 삼켜지고 있다.

지금 여자는 이 고요함을 가슴에 안고 잠에서 아직 깨어나지 않고 있을 것이다. 여자는 처음과는 달리 어제 아침부터 죽은 남편의 시체를 찾으러 온 여자라고는 도저히 믿을 수 없을 정도로 왕성한 식욕으로 밥그릇을 비웠다. 그리고는 그의 방을 쓸고 닦아댔다. 비와 바람 때문에 수색을 나가지 못하게 되었는데도 아무렇지 않아 했다. 마치 그의 시체를 찾지 못하는 것이 당연하다는 듯싶었다.

"바쁠 텐데, 이제 그만 찾고 돌아가세요. 저는 여기서 기다릴 거예요. 기다리면 그는 분명히 돌아오니까요."

여자는 아주 평온한 모습으로 말했다. 그렇다고 김문길이란 사내가 죽었을지도 모르지만 죽지 않았을 수도 있다고 한 말을 해준 것도 아닌데 그랬다. 김문길이란 사내도 그런 말을 여자에게 하지 않았을 것이었다. 그가 죽어야 했던 이유를 번히 알고 있는 사내가 왜 그 이야기를 여자에게 하겠는가.

남자는 차 키를 꽂아 비틀었다. 시동이 걸렸다. 모르긴 해도 아마, 사흘은 가야 할 거요. 어촌계장은 주의보가 해제될 시점을 사흘로 예견했다. 그때까지는 어쩔 수 없이 바다만 쳐다보고 있어야 하는 것이다. 해양경찰청에서는 아예 실종으로 처리하겠다면서 수색을 종료했다. 시체를 찾지 못해 아쉽지만 고작 조그만 낚싯배 한 척의 사고에 그렇게 많은 인원과 시간을 허비한 적도 없을 뿐더러 예산도 없다면서, 이제껏 그래왔다는 것이었다. 남자는 그래왔다는 말에 기분이 다소 언짢았지만 습관적으로 고개를 끄덕였다. 모르긴 해도 한 사람의 시체를 찾을 수 있다는 보장도 없는데 며칠씩이나 인원과 경비를 지원하기에는 우리나라의 경제사정이 아직은 부족할 것이었다. 아니, 경제 능력은 있다고 하더라도 그것을 상급자로부터 결재 받는 일이 만만하지 않을 것이었다.

"오지 않아도 상관없어요. 그는 죽지 않았으니까, 꼭 살아서 돌아올 거예요."

어젯밤 서울에 잠깐 다녀오겠다는 남자에게 여자는 또박또박 말했다. 정말로 그가 돌아올 때까지 기다리겠다는 표정이었다. 남자는 그런 여자에게 달리 할 말이 없었다. 다시 와서 그의 시체를 꼭 찾아내겠다고도 못했고, 그는 죽지 않았을 수도 있다고도 말하지 못했다.

남자는 와이퍼를 작동시킨다. 와이퍼가 흐릿한 유리창에서 빗방울을 씻어 내린다. 시야가 환해진다. 그러나 빗방울은 두두둑 다시 떨어진다. 하지만 와이퍼도 그 빗방울을 씻어내는 일을 멈추지 않는다.

남자는 핸들을 잡고 가속 페달에 올려놓은 발에 힘을 준다.

옥이

1

새까만 아스팔트 위에 그어진 황색 선을 따라 정우는 걷고 있다. 헐렁한 티셔츠를 입고, 작은 배낭을 왼쪽 어깨에 멨다. 휘청휘청거리며, 옥이라는 여자 이름을 단물 빠진 껌을 씹듯 질경질경 씹는다.

"내 이름은 알아서 뭐해. 난 그냥 옥이야…… 옥이, 알았어?"

세 번째인가 물어볼 때였다. 그녀는 귀찮다는 듯 개골을 부렸다. 정우는 다시 물었다. 부모가 지어준 진짜 이름이 무엇이냐고.

"옥이라고 했잖아…… 한 번만 더 물어보면, 여기서 내쫓아버릴 거니까 알아서 해."

그녀는 끝끝내 자신은 옥이라고 했다. 옥이는 지난밤을 정우와 같이 보낸 여자다. 그 대가로 그는 그녀에게 두 차례에 걸쳐 55만 원을 지불했다. 처음에 5만 원을 주었고, 다시 50만 원을 주었다. 그런데 새벽녘에 잠에서 깨어보니 그녀는 온데간데없었다. 게다가 그녀에게 지불하고 남은 돈 20여만 원과 어제 예매한 열차 승차권이 지갑 속에서 사라졌다. 그뿐이 아니다. 그녀가 사라진 것을 직감하고 골방을 나오려는 데 낯선 남자 둘이 들이닥쳤다.

그는 수모를 당했다. 그렇다고 엄청난 것은 아니다. 자존심이 조금 상한 거니까. 하지만, 그녀가 사라진 이유를 알고부터는 머릿속이 어지럽기만 하다. 왜, 그녀는 사람의 똥구멍에 칼을 꽂고 사라졌단 말인가?

어젯밤 그녀가 한 말이 생각난다.

"……한때는 오빠 같이 부모 잘 만나 호강하는 사람이 부럽기도 했지만 지금은 아니야. 이제 내 손에 닿는 것만 보며 살기로 했으니까."

두 번째 섹스를 마치고도 잠이 오지 않아 멀뚱히 천장을 응시하며 이런저런 이야기를 나누던 끝이 나온 말이었다. 그 말을 듣고 정우는 세상을 참 많이 산 사람처럼 말을 한다, 라고 비아냥거렸다. 그도 그럴 것이 그때까지 정우는 그녀를 다시 볼일이 없다, 라는 생각에 자신의 따분한 신세를 조금은 과장해서 늘어놓았던 것이다.

"참말로 한심하다."

그의 사타구니에서 그녀가 콘돔을 벗겨 쓰레기통에 버리는 모습을 보며 그가 혼잣말로 뱉어냈다.

"나한테 하는 말이야?"

그녀가 정색을 했다.

"아니, 나한테 한 말이야."

그가 말했다.

"나 같은 여자랑 자서?"

그녀가 말했다. 이번에는 그가 정색을 하며 그래서가 아니라는 사실을 입증해야만 했다.

"면접시험을 볼 때마다 왜 그런지 글쎄요, 소리가 말머리마다 달라붙어 나오는 탓에 여덟 번의 입사 시험을 보았는데 단 한군데에서도 합격을 하지 못했어. 여행을 하겠다고 집을 나선 놈이 좌석권이 없다는 이유만으로 지금도 서울을 떠나지 못하고 여기 있잖아. 그런 한심한 놈이다 보니 같이 여행 갈 여자 친구 하나 없거든. 운전면허증 말고는 그 흔한 자격증 하나 없으니, 내가 한심하지."

"오빠 몇 살이야?"

그녀가 물었다.

"스물아홉."

"집에 돈이 많은가 보지?"

"돈? 몰라. 그렇지만 내 주머니 정도는 항상 채워줄 수 있겠지 뭐."

"좋겠다. 그렇지만, 한때는 오빠 같이 부모 잘 만나 호강하는 사람이 부럽기도 했지만 지금은 아니야. 이제 내 손에 닿는 것만 보며 살기로 했으니까"

그녀는 한숨을 섞어 앞에서 말한 말을 천연덕스럽게 깔아놓았다. 그래서 그도 맞장구를 쳤던 것이다. 세상살이에 달관한 사람처럼 말한다, 라고.

"오빠, 대학 졸업했어?"

정우는 말문이 순간 막혔다.

"……글쎄, 아직은 졸업 못했지. 지금은 먹고 대학생이니까."

"으응, 그래서 동해바다로 죽으러 가려고 하는 구나."

"뭐?"

"거 있잖아, 비관자살이라는 거……."

그녀는 말끝을 흐리며 농담이라는 것을 알리기라도 하는 듯 깔깔거리며 웃었다. 그러더니 말했다.

"동해바닷물이 왜 짠 줄 알아. 내가 눈물을 하도 많이 쏟아 부어서 그렇다고."

"왜 그랬는데?"

그녀의 말이 농담이라든가, 그냥 한 번 해본 것이 아니라는 것을 정우는 그렇게 말하는 그녀의 표정에서 읽을 수 있었다.

"죽고 싶을 정도로 마음이 아팠으니까."

"누구한테 실연이라도 당했었나 보지?"

"실연, 그래 맞아…… 이제 그만 자자."

그녀는 더 이상 자신의 과거를 들춰 보이고 싶지 않다는 의사를 그만 자자, 라는 말로 매듭을 지었으리라. 그녀가 등을 보이고 돌아눕자 갑자기 정적이 끼어드는 가 싶더니, 옆방에서인지 건넌방에서인지 알 수 없는 곳에서 남자가 정액을 쏟아내기 위하여 헐헐거리는 소리가 그칠 줄 모르고 있었다.

정우는 돌아누운 그녀의 젖가슴을 움켜잡았다. 물컹했다.

"또 하려고? 아프단 말이야."

그러나 정우는 참을 수가 없었다. 그녀의 몸을 바로 눕히고 입술을 찾았다. 그녀는 그건 안 돼, 하면서 고개를 돌렸다. 정우는 물컹한 그녀의 젖가슴에 얼굴을 묻었다. 그녀도 더 이상 밀어내지 않았다. 그의 머리를 쓰다듬으며 무엇이든 다 주겠다는 어머니처럼 가슴을 내밀었다. 그러더니 어느 순간 아주 적극적으로 그의 몸을 탐했다. 그녀의 입에서 연신 뜨거운 입김이 새나왔다. 그녀의 몸이 활활 타올랐다. 이마와 가슴에 맺힌 땀이 그것을 증명했다.

그 순간 그녀는 창녀가 아니었다. 정우는 자신의 배 위에 엎드린 채 숨을 가누고 있는 그녀의 등을 잡아당겼다. 땀이 흠뻑 밴 몸에서 뜨거운 무언가를 느낄 수 있었다. 그것이 무엇인지는 자세히 분별해낼 수 없었지만 흔하디흔한 감정은 아니었다.

아무튼 그녀의 심장이 빠르게 뛰고 있었고, 그의 심장도 그 속도에 뒤지지 않았다. 그는 무슨 말인가를 하지 않고는 견딜 수 없었다.

"이 순간을 오래도록 잊지 못할 거야."

"정말?"

그녀가 커다란 눈을 깜박이며 물었다.

"정말이야, 지금까지 경험 중에서 가장 좋았어."

"난 창년데?"

"아니야, 넌 창녀가 아니야. 넌 천사야. 천사! 알았니?"

그녀는 기어 들어가는 작은 소리로 고마워 오빠, 그랬다. 그리고는 사실 오늘이 내 생일인데, 오빠 같은 사람을 만나 다행이야, 하는 것이었다. 정우는 생일이라는 말이 거짓이 아닐 것이라고 확신을 했다. 그러나 어쩌겠나. 겨우 하룻밤 같이 자는 여자인걸. 그는 축하한다고 말하고 그녀의 몸을 다시 잡아당겼다. 그녀는 그의 한쪽 어깨에 머리를 묻고 그의 가슴에 글씨를 쓰고 또 써서 높이 높이 쌓았다. 난 창녀야. 아니야. 난 천사야. 난 창녀야. 아니야. 난 천사야…… 그 높이가 얼마나 올라갔을까. 그녀는 잠이 들었다.

2

아스팔트는 따가운 햇살에 달구어졌다. 커다란 가마솥 안에 팥죽처럼 후물거린다. 더위 먹은 개처럼 숨을 헉헉 내쉬고 있다. 폭삭 삭아버린 고무줄처럼 까맣고 단단한 아스팔트가 제멋대로 늘어져 있는 것이다. 그러니 누런 황색선인들 온전할 리 있겠는가. 쉼 없이 꼬리를 물고 이어지는 자동차 행렬에서 뿜어내는 시커먼 가스에 제색마저 잃고 배배 꼬인 새끼줄 마냥 게접스레 납작 달라붙어 있다.

정우는 여전히 그런 아스팔트 위를 걷고 있다. 달려오고, 달려가는 차들 사이로 외줄을 타는 곡예사처럼. 아슬아슬하다. 자동차가 지나칠 때마다 먼지바람이 획획 달려든다. 바람에는 먼지만이 묻어 있지 않다. 무거운 습기마저 덩달아 불뚝불뚝 일어난다. 그는 끈적끈적한 습기가 몸에 달라붙을 때마다 전율한다.

그를 알고 있는 사람들이 지금 그를 본다면 필시 말할 것이다. 배추가 무슨 똥배짱으로 팔월의 뙤약볕 아래에서 그러느냐고. 그까짓 창녀 때문에 아니, 그까짓 돈 몇 푼 때문에 저명하신 병원장 아드님께서 죽을 라고 환장을 했느냐며 비아냥거릴 게 분명하다.

그의 머리는 곱슬이다. 그래서 친구들은 이름보다 배추라고 부르기를 좋아한다. 그에게 그런 별명이 붙여진 까닭은 두루뭉실한 그의 성격 탓이다. 이래도 좋고, 저래도 좋다는 그가 소금에 절여진 배추와 같다는 것이다. 그래서인지 친구들은 가끔 장난스럽게 소금을 찾는다. 그가 조금이라도 튀어 보일라치면 배추가 너무 팔팔하다며 고습머리에 소금을 뿌리는 시늉을 하는 것이다.

정우는 자기의 주장을 끝까지 고집한 적이 없다. 다시 말해 자기의 생각이 없었다. 살아가는 것 자체가 물 흐르듯 했다. 어머니의 극성스러움이 다소는 싫었지만 그럭저럭 참아냈다. 그렇게 대학까지 졸업했다. 억지로 무언가를 해보겠다고 고집한 적이 없었다. 심지어 친구들과 섞여서 술안주를 시키더라도 다른 의견이 나오면 그는 자기 의견을 쉽게 접었다. 그저 좋은 게 좋은 거 아니냐는 마음에서였다. 그런 그를 두고 친구들은 배추가 너무 싱겁다고 또 소금을 찾았다.

그는 여전히 왕복 8차선의 도로에서 아슬아슬한 곡예를 하고 있다. 이마에서 땀방울이 주르륵 흘러내린다. 허기 때문인지 눈앞이 어지럽다. 걸음을 멈추고 이마에 땀을 훔쳐낸다. 이건 정말이지 엄청난 수모이다. 저명하신 병원장 아들 박정우가 주머니에 동전 몇 개만 가지고 배고픔을 참아내는 일은 여직 한 번도 없던 일이다. 더군다나 중앙선을 따라 걷는다는 게 얼마나 쪽팔리는 짓인가.

그가 중앙선에 갇힌 것은 괴물 같은 버스가 횡단보도에서 눈앞을 가로막았기 때문이었다. 물론 횡단을 알리는 신호가 다 끝나갈 즈음에 도로에 뛰어든 것은 그의 잘못이다. 그래도 그 버스만 아니었다면 그는 무사히 횡단을 했을 것이었다. 그런데 그 버스가 사라지고 시야가 트였을 때는 이미 빨간 불로 바뀌어 있었다. 그는 하는 수 없이 엉거주춤 서 있다가 빵빵거리는 소리에 몇 걸음을 뒤로 물러섰고, 다시 뒤에서 빵빵거리기에 우뚝 서니 그곳이 중앙선부근이었다.

그는 어줍게나마 시선을 둘 곳을 찾았지만 마땅한 곳이 없었다. 생각다 못해 중앙선을 따라 걷기로 작정했다. 한곳에 서서 이러지도 저러지도 못한 채 본의 아니게 사람들의 웃음거리가 되느니, 비록 객기로 보이겠지만 당당하게 중앙선을 따라 걷는 편이 조금은 나을 듯싶었던 것이다.

정우는 내 것이 아닌 것만 같은 몸뚱이와 어깨에 멘 작은 배낭의 무게를 천근처럼 실감하며 아직도 어쩔 수 없이 걸어가고 있다. 멈출 수 없기에, 그저 그렇게 걷고 있는 것이다. 자신이 어디서 왔는지, 정우는 지금 생각하지 못한다. 어디로 갈 것인지도 굳이 생각하지 않는다. 그저 스물일곱 해를 살아온 삶이 모두 거짓인 것만 같다.

옥이 그년 때문이야. 그는 아까부터 씹어 삼키던 말을 기어코 토해내고 만다. 그녀가 당장 나타난다면 모가지를 확 비틀어버릴 것이다. 아니다. 사람의 똥구멍에 칼을 꽂았으니 머리끄덩이를 잡아 경찰서로 끌고 갈 것이다. 그러고는 말할 것이다. 내 지갑에서 돈과 열차 승차권도 가져갔다고. 그런데 그는 자신도 모르게 도리질한다. 그녀의 천진한 모습이 떠오른다. 사람의 똥구멍에 칼을 꽂을 수 있는 얼굴이 아니었다.

"오빠, 동해에 가?"

정우는 어젯밤 한 번의 섹스를 덜덜거리다 푸우, 하고 꺼져버리는 자동차 엔진처럼 기력 없이 끝내고, 온밤을 그녀와 같이 보내기 위하여 지갑에서 수표와 현금을 합쳐 50만 원을 꺼내 주었다. 그때 누우런 승차권이 십만 원 권 수표와 섞여 있어서 같이 꺼낸 것을 그녀가 그게 뭐야? 하며 낚아채 들여다 본 것이었다.

"응, 나하고 동해바다에 갈까?"

정우는 아무 생각 없이 그냥 툭 내뱉었다.

"정말?"

그런데 그녀는 정말 따라 나서겠다는 듯한 표정으로 말했다.

"그래, 같이 가서 나쁠 거 뭐 있겠어?"

"내가 미쳤어. 왜 오빠하고 동해바다에 가."

팬티도 입지 않은 채 짧은 스커트만 입은 그녀가, 젖가슴만 가리는 티셔츠를 목에서 잡아당기며 말했다. 그리고는 그가 준 돈을 가지고 횡하니 돌아서며 금방 올 거야, 그랬다. 생각해 보니 그녀는 당연한 말을 했다. 미치지 않고서야 처음 본 남자하고 어느 여자가 먼 여행길에 동행하겠는가. 비록 만난 지 5분도 지나지 않아 서로의 속살을 보았지만, 그것은 어디까지나 거래로 이루어진 것이었다. 정우는 습관처럼 괜히 말대꾸를 했구나, 후회했다.

막막궁산이 산간지대에만 있으랴. 지금의 정우에게는 아무 곳이 막막궁산이나 다름없다. 가도 가도 끝없이 이어지는 자동차 행렬이 그의 명치를 툭툭치는 것만 같아 숨이 막힌다. 빨간 색 스포츠카가 노랫소리를 주절주절 흘려놓고 뒤꽁무니를 흔들어댄다. 그러나 정우는 그 노랫소리를 알아듣지 못한다. 심지어 가요인지 팝송인지도 분별하지 못한 채 노랫소리를 삼켜버린 허공을 잠깐 응시한다. 말복 더위의 따가움이 하늘에 가득하다.

정우는 도로에서 무사히 나와 횡단보도 앞에 서 있다. 도로를 건너기 위해서다. 그는 옆에 서 있는 두 사람을 일별 한다. 한 사람의 시선은 어디론지 바쁜 듯 달려가는 자동차에 매달려 있다. 이마에 맺은 땀방울을 보아서였을까. 부럽다는 시선이다. 그 사람은 그보다 두세 살쯤 더 들어 보이는 사내다. 아이보리색 양복을 입은 사내는 각이 뾰족하게 세워져 있는 서류가방을 왼손으로 들고 있다. 더위 탓인지 일그러져 있는 얼굴이 무척 지쳐 보인다. 바지도 축 내려져서 엉덩이에 걸쳐있다.

정우는 가로등을 이고 있는 철기둥에 몸을 기댄다. 무심히 던지 시선에 시커먼 물체가 잡힌다. 그 위를 수없이 지나가고 또 지나가는 자동차 바퀴. 그건 까만 고양이 시체다. 아니, 본래는 까맣지 않았을 지도 모른다. 시체 주위 여기저기에 고양이 몸뚱이에서 쏟아져 나온 내장이 허물을 벗은 뱀 껍데기 마냥 널브러져 있다. 그것들도 자동차 바퀴에 짓이겨져 까맣게 변해 있다. 순간 머리카락이 쭈뼛쭈뼛 일어선다. 그는 시선을 잡아당긴다. 그러나 새벽잠을 설치게 하는 고양이의 울음소리가 귓속에서 우엥우엥 울어댄다.

그 울음소리는 흡사 갓난아이의 울음소리처럼 들린다. 너무 애절하다 못해 섬뜩하기까지 한 그 울음소리. 엄마 젖을 찾는 갓난아이의 울음소리가 그럴 것이었다.

정우는 그 소리에 오랫동안 시달렸다. 항상 그 시간만 되면 담벼락 모서리 위에 웅크리고 앉아 울어대던 고양이. 그는 그 고양이를 향해 손에 잡히는 것이면 무엇이든 집어 던졌다. 화장품이든 병, 커피 잔, 심지어 책상에 있던 탁상시계까지. 그러다 마당에서 팔매질을 하기에 적당한 돌멩이를 주워 모았다. 그리고는 고양이보다 먼저 창문을 열어놓고 숨어 있었다. 그런데 그 고양이는 그것을 알기라도 한 듯 나타나지 않았다.

건너편 신호등에 빨간 불이 아직도 꺼지지 않고 있다. 정우는 그 빨간 색의 불을 직시한다. 흡사 거대한 도시를 태울 작은 불씨 같다.

정우는 서울의 한복판에 내버려진 자신을 다시 본다. 입고 있는 청바지가 생경하고, 통가죽 신발이 무겁기만 하다. 네모난 보도블록이 금방이라도 벌떡 일어나 이마를 툭 칠 듯한 기세이다. 현기증인가, 할 정도 눈앞이 어지럽다. 그는 무거운 고개를 들어 하늘을 본다. 팔월의 하늘은 여전히 따가움만이 가득하다.

고양이처럼 아무렇게나 내버려져도 좋은 사람. 정우는 따가움을 쏟아 붙고 있는 뿌연 하늘을 보다 뜬금없이 떠오른 단어지만, 그런 사람이 바로 자신임을 인정하고 만다. 대학을 졸업하고 일년이 훨씬 지나도록 방구석에서 하릴없이 담배만 축내며 비디오를 보며 지냈다. 어디 그뿐이겠는가. 부모 잘 만나 호강 하는 남자가 할 수 있는 일은 다 했다. 그러다 어제는 정말이지 마음을 다잡고 배낭을 챙겨 집을 나섰던 것이다. 이대로는 안 된다는 앞뒤 없는 생각이 들어서였다. 그런데 집을 나선지 하루 만에 창녀의 몸이나 더듬다가 빈털터리가 되어 배를 곯고 있으니 왜 안 그렇겠는가.

어머니는 여행을 떠나겠다고 하자, 어디로 갈 것인지, 아니면 며칠이나 있다가 돌아올 것인지를 근심 가득한 얼굴을 하고서 물었다. 정우는 어디로 갈 것인지는 잘 모르겠으나, 빨리 돌아오지는 않을 것이니 기다리지 말라고만 대답했다. 어머니는 으레 그랬듯, 어제도 그가 여행 경비를 요구하자, 낯선 곳에 갈 때는 항상 비상금이 있어야 한다며, 그가 요구한 금액보다 더 많은 돈과 은행 현금카드까지 내밀며 비밀번호를 가르쳐주었다. 아무튼 대학을 졸업하고 여덟 번째로 치른 이번 입사시험에서도 또 떨어진 그는 아무도 모르는 곳에서 지겨울 만큼 고생을 해보고 싶다는 제법 그럴싸한 생각을 순간 한 것이었다.

정우는 집에서 나와 한참을 생각 끝에 목적지를 동해바다로 정했다. 고기잡이 배라도 탈 수 있을 거란 생각에서였다.

정우는 습관적으로 몰고 나오던 승용차를 다시 주차장에 넣었다. 기차를 이용하여 여행을 해야겠다는 생각 때문이었다. 그런데 승차권을 두 장이 아닌 한 장을 매표구에서 집어 든 순간 빈 옆자리가 뜬금없이 떠올랐다. 아니 옆자리의 주인은 나타날 것이다. 그러나 그 사람은 완전한 타인인 것이다. 정우는 외로움을 느꼈다. 누군가와 같이 갈 수 있으면 좋겠다는 생각이 들었다. 그렇다고 부잣집 아들이 호강스런 여행을 생각한 것은 결코 아니다. 껍데기뿐인 자신의 존재를 확인 받고 싶은 욕구였다. 그것만이 지금의 정우에게 절실한 것이었다.

저명하신 병원장 외동아들 박정우. 언제부터였던가? 고등학교 1학년 때 아버지는 병원장이 되었다. 그때부터였다. 담임선생은 물론이고 동네 슈퍼아저씨도 그렇게 불렀다. 정우는 갑갑했다. 두꺼운 솜이불에 곱게 싸여 있는 자신이 싫었다. 아침저녁으로 어머니가 커다란 자동차로 실어 나르는 학교와 집에서 벗어나고 싶은 충동을 억제하느라 여간 힘들지 않았다. 대학을 빌미로 그는 탈출을 시도했다. 아버지와 어머니의 그림자가 없는 곳으로 갔다. 그는 숲에 놓여졌다. 하지만 날지 못했다. 정우는 새장 속에서 먹이를 받아먹고 자란 새였다. 먹이를 스스로 찾아먹지 못했다. 그것이 스물일곱 살이나 먹은 정우의 삶이었다.

3

정우는 아침에 아니, 새벽에 잠에서 깨어보니 낯선 곳에 혼자 덩그러니 있었다. 게다가 실오라기 하나 걸치지 않은 알몸이 벽에 붙박여 있는 커다란 거울에 비쳐지고 있었다. 아직 멀었어, 빨리 해. 어디서 흘러들어 오는지 모를 여자의 목소리가 들렸다. 살과

살이 부딪히는 소리가 아주 생생하게 들렸다.

그는 그제야 자신이 있는 곳이 어디인지 실감할 수 있었다. 갈증이 났다. 핑크색 불빛을 뒤적이며 방안을 휘둘러보았다. 침대 머리맡에 작은 서랍장이 있고, 그 옆에 지팡이 모습 같은 옷걸이가 있었다. 그리고 작은 옷장이 있는데 그것만으로도 방에 꽉 찼다는 느낌이 들었다. 그나마 커다란 거울이 벽에 걸려 있어 비좁은 방을 배로 늘려주고 있었다. 정우는 물을 마시는 것을 쉽게 포기했다. 조그만 서랍장 위에 있는 담배를 뽑아 물었다. 담배 연기를 뿜어내며 벽에 붙어 있는 시계에 시선을 던졌다. 시계 바늘은 9시 15분을 가리키며 반듯하게 누워 있었다.

빨리 싸, 아파 죽겠단 말이야…….

살과 살이 부딪히는 소리를 따라 침대가 삐그덕거리고 있었다. 정우는 자신이 왜 여기에 있나, 어제 마신 술 탓으로 지끈거리는 머릿속을 애써 뒤져보았다.

정우는 어제 집을 나선 후 오후 네 시경에 청량리역에 도착했다. 열차를 탄지도 퍽 오래 전이었다. 군대시절 경원선 열차를 타고 서울로 외박이나 휴가를 나왔던 것이 마지막이었다. 게다가 군대 제대 후 어머니에게 생일 선물로 받은 승용차가 항상 그의 발 역할을 충실히 했기 때문에 기차를 타볼 기회가 더더욱 없었던 것이다. 그런데 막상 청량리역 매표구에 서니 동해 쪽으로는 당일 좌석이 모두 매진되었다는 것이었다. 아직은 피서 철이 완전히 끝나지 않은 탓인지 임시열차를 운행하는 데도 불구하고 그랬다.

그는 잠시 생각했다. 짧지 않은 시간 동안의 좌석권이 없어 좌

불안석한 상태로 여행을 하고 싶지 않았다. 그는 하루를 더 서울에서 머물기로 작정을 하고 승차권을 샀다. 매표원이 프린터에서 나온 것을 찢어 내민 누우런 승차권을 집어 들었다. 그러자 허전함이 마음을 흔들었다. 승차권이 두 장이 아닌 한 장이라는 사실 때문이었다. 그러고 보니 그가 혼자 여행을 떠나본 기억이 전혀 없었다.

그러나 어쩌겠는가. 정우는 맥없는 시선으로 승차권을 확인했다. 청량리에서 동해까지를 알리는 글씨가 푸른색 잉크로 인쇄되어 있었으며, 날짜는 분명 8월13일이었고, 시간은 15시 40분이었다. 그리고 3호차였는데 좌석 번호는 기억나지 않는다.

정우는 널따란 역 광장에서 하릴없는 사람처럼 서성이고 싶지 않았다. 대학을 졸업하고 취업을 하지 못한 후 생긴 습관 중에 하나가 거리에서는 될 수 있는 데로 바쁜 모습으로 다니는 것이었다. 그러나 역 광장을 벗어났지만 막상 갈 곳이 떠오르지 않았다. 그런 그의 눈에 얼른 들어온 것은 영화 포스터였다. 3프로 동시 상영, 이라는 글씨가 선명하게 찍힌 포스터에는 세 명의 여자가 비키니 수영복 같은 옷만 걸치고 쉽게 이해할 수 없는 표정을 하고 있었다.

사실 정우는 가끔 동네 비디오 대여점에서 그런 종류의 비디오를 빌어 집에서 혼자 보았던 적이 있던 터라 별로 주저하지 않았다. 하지만 그런 영화관까지 들어가기는 처음이었다. 비록 실업자 신세지만 그런 극장까지 찾아다니며 시간을 죽인다는 것은 스스로도 절대로 용납할 수 없었다. 그러나 어제는 주저 없이 들어갔고,

거기에서 저녁 대용으로 컵라면까지 사 먹으며 세 프로를 다 보았다.

정우가 영화관에서 나오자 11시가 다 되어 있었다. 그는 다시 좁은 골목으로 찾아 들어갔다. 감자탕집이 쭉 늘어서 있었다. 감자탕을 안주 삼아 소주를 입에 털어 넣었다.

얼마나 지났을까. 빈 소주병 두 개가 그의 테이블에 올려 있었다. 감자탕집을 나와 한동안 털벅털벅 걸었다. 갈 곳이 없었다. 셔터문이 굳게 걸어 잠긴 경동시장 안을 두 바퀴나 돌았다. 을씨년스러웠다. 그는 다시 걸었다. 유리 상자 같은 것이 나란히 줄을 잇고 있었다. 그 유리 상자 안에는 예쁘게 치장한 여자들이 있었다. 짙게 화장을 한 모습들이 사람을 복제한 인형 같았다. 그 인형 같은 여자들이 그에게 오빠, 오빠, 하고 불렀다. 놀다가라는 말이었다. 심지어 어느 여자는 팔소매를 잡고 매달렸다. 정우는 손사래를 쳤다. 하지만 어느 순간 정우는 걸음을 멈추었다. 커다랗고 맑은 눈빛을 가진 여자를 보았기 때문이었다.

그 여자는 어느 여자들처럼 오빠, 오빠, 하며 불러 세우지도 않았다. 의자에 앉아 망연한 시선으로 정우를 바라만 보고 있었다. 눈에서 금방이라도 눈물이 왈칵 쏟아질 것만 같았다. 그 모습이 왜 그랬는지 정우의 마음에 닿았다.

그는 그녀의 손을 잡고 말았다. 그리고 그 여자에게 55만 원을 지불했다. 그런데 그 여자가 사라진 것이었다. 정우는 하룻밤 몸을 팔은 여자의 역할을 다 끝내고 간 것이라 생각했다.

그런데 이상했다. 벽에 걸려 있는 시계를 다시 보니 여전히 9시

15분을 가리키며 누워 있었다. 10여 분이 지났음에도 불구하고 시계 바늘이 가리키고 있는 시간은 아까 그대로 인 것이었다. 정우는 그래도 시간이 꽤 되었을 것이라고 생각하며 자리에서 일어나 옷을 챙겨 입으려다 바지 뒷주머니에 있어야 할 지갑이 서랍장 위에 있는 것을 보았다.

지갑을 들어서 안을 확인해 보았다. 있어야 할 돈과 승차권이 없었다. 그런데도 도둑을 맞았다는 기분이 전혀 들지 않았다. 헛웃음만 흘러 나왔다. 돈을 가져갔다는 것을 알리기라도 하듯 지갑을 바지 주머니에 다시 넣어두지 않은 것도 그렇지만, 몇 개의 은행 신용카드를 하나도 가져가지 않았다는 것과 간밤에 여자가 활화산처럼 타오르는 불 속에 뛰어들어 자신을 주저 없이 태우던 모습이 떠올랐기 때문이었다.

온몸으로 땀방울을 쏟아내던 여자의 모습 때문에 정우는 오랜만에 강렬한 흥분 속에 빠져들 수 있었다. 처음이었다. 그렇게 격렬한 섹스를 경험한 것은. 그래서 아침녘에 나가며 팁으로 적당한 액수를 줄 참이기도 했다. 그 밤이 그녀의 생일이기도 했다니까.

그리고는 간밤에 그녀가 이런 거 할 때는 시계를 풀어놓는 거야, 하며 손에서 벗겨낸 시계를 찾았다. 시계는 침대 베개 밑에 있었다. 그는 시계를 손목에 차며 시간을 확인했다. 6시 35분이었다. 생각보다 이른 시간이었다. 그러나 주인이 없는 방에 혼자 있기가 머쓱했다. 마치 돈 때문에 가지 못하고 있는 꼴로 보일 것 같아 막 나서려는데 사내 두 명이 먼저 방문을 주의 없이 확 열었다.

"이 년, 어디 갔어?"

정우는 뒷걸음쳤다. 신발도 벗지 않은 채 방으로 성큼 들어선 사내 두 명. 순간 정우는 재수 없으면 트집을 잡혀 주머니를 다 털려버린다고, 누군가에게 들은 말이 생각났다.

"왜, 그러는 거요?"

"어디로 빼돌렸어. 새끼야."

정우는 한 사내에게 떠밀려 침대에 엉덩방아를 찧었다. 그리고 다른 사내는 뒤질 것도 없는 방을 뒤지기 시작했다. 작은 서랍장에서 여자의 속옷들이 쏟아져 나오고, 구석에 있는 옷장에서 가을 옷 몇 벌이 쓰레기처럼 버려졌다.

"나도 몰라요. 지금 잠에서 깨어보니 없었어요."

"정말여?"

옷장을 뒤지던 사내가 물었다. 그리고 보니 그 사내는 정우 앞에 버티고 서 있는 사내보다 나이가 훨씬 위로 보였다.

"나도 지금 여자가 없기에, 나가면서 따지려던 참이오. 돈을 줬으면 아침까지 같이 있어야 하는 거 아니오?"

"얼마 줬는데?"

"오십오만 원요."

"맞네."

나이가 어린 사내가 말했다. 순간 정우는 그 여자가 도망갔구나, 생각했다. 그것은 앞뒤 생각할 거 없이 잘한 것이었다.

"그럼, 지갑 확인해봤어?"

나이가 위인 사내가 물었다. 정우는 침을 삼키며 마음을 진정시켰다.

"있는 돈 어제 다 털어 줬어요. 이거밖에 없어요."

정우는 바지 주머니에서 꾸겨진 천 원짜리 몇 장을 꺼내 보여주었다.

"그럼 옷도 갈아입지 않고 돈도 없이 튀었으니…… 형님, 혹시 정숙이년한테 간 거 아닐까요?"

"이, 멍청한 새끼야. 사람한테 칼질하고, 나 잡아가라고 광고 낼 가시내냐. 뭘 보고 있어, 새끼야. 빨리 사라져."

정우는 배낭을 가슴에 끌어안고 골방에서 나왔다. 나오는데 뒷덜미를 잡아끄는 것 같은 느낌이 자꾸 들었다. 그래서 방문 앞에 잠시 서 있었다.

"막대기형한테 뭐라고 하지요?"

"뭘마."

"옥이 그년이 토꼈다고 하면, 가만있지 않을 텐데요?"

"가만 안 있으면 똥구멍에 칼침 맞았는데 어쩔 거여."

"잡아오라고 하지 않을 까요?"

"잡기는 어서 잡어 인마, 지금이 육십 년대 인줄 아냐."

"그래도 막대기형이 잡아오라면……"

"주민등록도 없이 온 년인데, 어디에 있는 줄 알고 잡아 새끼야."

"그래도 막대기형 성질에 가만있지 않을 텐데요?"

"지랄 말고 서랍이나 다 쏟아봐. 쪽지나 전화번호만 있어도 찾아보겠지만, 없으면 말짱 도루묵이니까."

"형님, 막대기형 살 수 있을까요?"

"내가 그걸 어떻게 알어 새끼야, 그건 의사한테 물어보고 빨리 찾기나 해……"

"이 씨발년이 도망치려고 작정을 했었나 봐요, 쪽지 한 장이 없잖아요."

"너도 조심해 인마. 그년한테 막대기처럼 똥구멍에 칼침 맞지 말고."

"혹시 전에 있던 데 가면 고향이 어딘지 알 수 없을까요?"

"막대기가 모르는데 누가 알어, 인마……"

옆방에서 껌을 질겅질겅 씹으며 여자가 문을 확 열며 나왔다. 손에는 물이 담긴 조그만 바가지가들려 있었다.

정우는 여자와 눈을 마주치기 싫어서 얼른 나섰다. 유리문을 열고 나와서야 빨리 그 자리를 피해야겠다는 생각에 마음이 바빠졌다. 하지만 똥구멍에 칼침을 맞았다는 말이 생생하게 귀청을 울렸다.

그것은 옥이라는 여자가 간밤에 살인을 할 목적으로 막대기란 남자의 거기에 칼을 꽂고 도망쳤다는 것인데, 얼른 믿어지지 않았다. 비록 창녀지만, 순해 보였기 때문이었다. 그리고 고작 스물한 살의 여자가 세상에 무슨 큰 원한이 있다고 사람의 몸에 칼질을 한단 말인가. 아무리 독한 사람이라도 살아 있는 것에 칼질을 한다는 것은 여간 독하지 않고서는 가능하지 않은 것이다.

정우는 그것을 여러 번 경험했다. 친구들과 어울려 야영을 하다가 마을에서 토종닭을 사서 죽이는 일 때문에 다섯 명의 남자가 모두 절절맸다. 그러다 가위 바위 보를 했고, 정우가 걸렸었다. 그러나 죽일 수 없었다. 목을 비틀어도 보고, 발로 짓밟기도 했지만 닭은 죽지 않았다. 오히려 닭이 고통스러워하는 것을 보는 것만으로도 도리려 고문이었다. 친구들은 그 고문이 빨리 끝나기를 바라는 마음으로 칼로 목을 베어버리기를 원했지만, 차마 그럴 수 없었다. 그리고 다른 친구들도 그런 짓은 못하겠다고 뒷걸음쳤다. 결국 닭을 죽이지 못하고 고통만 잔뜩 주다가 닭을 산 집에 다시 가져갔다.

그러나 닭은 죽어야 했다. 주인 남자는 자기가 키운 것을 어떻게 내 손으로 죽이냐고 하던 그 전과는 달리 얼른 죽여 버렸다. 그리고도 군대에서 비슷한 경험을 두 번 더 했다. 시름시름 앓던 토끼를 죽이는 일하고, 어느 일요일, 그때도 말복 날이었다. 주임상사의 특별배려로 하사관들 모임에 참여했는데, 끌고 간 개를 야구방망이로 때려죽이는 일이었다.

정우는 그 좁은 골목을 벗어나면서 여자의 일을 잊고 싶었다. 그런데 생각처럼 쉽지가 않았다. 자꾸 뒷덜미를 누가 끌어당기는 기분이었다. 그래서 목욕탕으로 얼른 들어갔다. 씻어내고 싶었다. 옥이의 짙은 화장품 냄새를 씻어내면 악몽 같은 어젯밤 일이 머릿속에서 지워질 것이라고 생각했다.

4

정우는 아침마저 목욕탕에서 우유만으로 때울 수밖에 없었다. 목욕 값을 주고 나니 천 원짜리 한 장만 달랑 남았기 때문이었다.

목욕을 마치고 나서도 은행의 문을 열 시간은 한 시간 가량이나 더 기다려야 했다. 정우는 목욕탕 한켠에 있는 수면실에 들어가 누웠다. 잠이 오지 않았다. 눈을 감으면 도리어 선명하게 떠오르는 그림은 옥이 그녀였다.

그녀가 살인을 하다니? 그런 생각을 수없이 반복하다가 깜박 잠이 들었다. 깨어보니 11시가 다 되어 있었다.

정우는 청량리에서 빨리 벗어나고 싶었다. 무작정 전철을 탔다.

얼마쯤 가다가 전철에서 내렸다. 내리고 보니 종로3가역이었고, 유난히 계단이 많은 지하에서 나오느라 다리가 휘청거렸다. 잠을 자고 일어난 탓에 느끼지 못했던 허기가 한꺼번에 밀려들어 푹하고 땅이 꺼지는 듯싶었다. 그러나 그가 찾는 은행은 좀처럼 나타나지 않았다. 고개를 쑥 빼고 걷고, 또 한 번의 횡단보도를 건넜다. 그러다 다시 한 번 횡단보도를 건너려다 버스에 가로막혀 비록 객기였지만 중앙선을 따라 걷기까지 했던 것이다. 그런데 왜 옥이, 그녀가 자꾸 눈앞을 어지럽게 하는지 미칠 지경이었다.

정우는 지금도 걷고 있다. 허기 때문에 허리를 바로 펼 수가 없다. 팔을 올려 시계를 본다. 12시 20분이었다.

동대문 신설동 로터리에 와서야 은행을 발견한다. 그는 현금 자동인출기에서 돈을 빼내 다시 지갑을 채운다. 은행을 나온 정우는 눈에 보이는 아무 식당이나 들어간다. 점심시간이어서 그런지 좁은 홀 안에는 빈 테이블이 없다.

그는 늘 그렇듯 엉거주춤 서서 망설인다. 그냥 되돌아 나가야 되나, 하고. 그러자 주인인 듯싶은 사내가 혼자 앉아 있는 손님의 테이블에 앉기를 권한다. 정우는 김치볶음밥을 시킨다. 밥은 생각보다 빨리 나왔고, 밥을 떠 입에 넣고 삼키려니 어머니의 극성이 새삼 떠오른다.

"밥은 먹고 가야지?"

어제도 정우가 몇 가지의 옷과 세면도구를 챙겨 현관문을 나서려는데 어머니는 목덜미를 잡았다. 그가 여행을 떠나겠다는 말을 듣고 어머니는 주방에서 부리나케 상을 차리고 있던 중이었다.

"별로 생각이 없는데……."

"그래도 먹고 가야 엄마 마음이 놓이지."

어머니는 으레 그랬다. 정우가 아주 어렸을 적에 밥그릇을 해작거리다 수저를 놓고 튀쳐나가면 밥그릇을 들고 놀이터까지 쫓아와 밥을 떠 먹여야 직성이 풀리는 사람이었다.

"엄마는 아직도 내가 앤줄 알아. 일일이 끼니까지 챙겨줘야 마음이 놓이게……."

정우는 내 일은 내가 다 알아서 한다고, 하려다 말끝을 얼버무렸다. 대학을 졸업할 때까지는 그런 말이 어머니에게만은 그런 데로 통용되었지만 지금은 아니었다. 남들은 쉽게도 들어가는 직장에 번번이 미끄러지기만 하니 입이 열이라도 할 말이 없었던 것이다.

"그럼 네가 애지, 어른이니."

어머니가 불안해하는 것을 정우는 보았다. 그것은 외아들의 돌연한 여행에 마음이 썩 내키지 않았을 것이었다. 혹 사고라도 당하면 어쩌나 싶은 것이리라. 그러면서 어머니는 당장 급한 마음부터 내비쳤다.

"그나저나 아버지한테는 뭐라고 말하니?"

아버지! 정우는 아버지란 단어가 불쑥 튀어나오자 그만 입맛을 잃고 만다. 아버지는 그가 여행을 갔다고 하면 분명 그럴 것이다. 여행 좋아하네, 머릿속에 든 것이라고는 똥밖에 없는 놈이 여행을 가. 나가서 계집질이나 하다 오겠지……

그리고는 어머니에게 얀정 없는 시선을 던질 것이다. 아들 하나 있는 거 풀솜에 싸고돌더니 잘 됐다고. 아버지는 빈농의 아들로 태어나 고학으로 의대를 마치고 모교의 대학병원에서 30년 째 근무하며 지금은 그 병원의 최고 우두머리가 되었다. 정우는 그런 아버지만 생각하면 절로 숨이 막힌다.

"나는 내가 목적하고 시작한 일에는 한 번도 좌절해본 적이 없다."

대학 입시 때 아버지의 억지에 하는 수 없이 원서를 냈던 의대에서 떨어지자 아버지는 말했다. 그리고는 지방대학에 들어가겠다는 정우에게 재수를 강력하게 주장했다. 최선을 다하자는 말을 앞세우는 바람에 정우는 바이없이 입시학원을 다녀야했다.

하지만 호박에 줄을 긋는다고 수박이 되지 않듯 정우는 의대에 갈 제목이 못되었다. 아니다. 정우는 아버지가 원하는 의대에는 절대로 가고 싶지 않았다. 이유는 그저 아버지가 원하는 것이었기 때문이었다.

다음해 시험을 봤지만 의대에 갈 점수에 턱없이 모자랐다. 아버지는 그래도 포기하지 않고 다시 공부하여 꼭 의대에를 들어가기를 원했다. 사내는 자고로 한 번 뜻을 품었으면 이룰 때까지 전진해야 한다면서. 그러자 이번에는 어머니도 지지 않겠다는 듯이 맞섰다.

"모든 것을 당신의 눈에 맞추지 마세요. 정우는 정우 나름대로의 인생이 있는 거라고요."

어머니가 아버지의 의견에 정면으로 대응하는 것을 본 적이 없었다. 그것을 다시 말하면 아버지의 면면에 허술한 점이 없다는 것이다. 직장이나 가정에서 자신이 할 일에 빈틈을 보이지 않았기 때문이었다.

아버지의 마음은 움직이지 않았다. 그러자 어머니는 자리를 펴고 누워 식음을 전폐했다. 순전히 아들을 위하여 남편에게 시위를 했던 것이다. 아니, 어머니는 흐트러진 모습을 한순간도 용납하려 들지 않는 아버지에게 그런 빌미로 반항을 했을지도 모른다. 어쨌거나 그렇게 나흘 동안 어머니가 물 한 모금 입에 대지 않자 아버지는 그제야 포기했다.

"잘한다, 엄마라는 사람이 잘해…… 그래, 그럼 당신 맘대로 하라고. 그렇지만 아들 하나 있는 거 그렇게 치마폭에 싸고 있으면 결국에는 아무 짝에도 쓸데없다는 것만 아시라고."

정우는 지방에 있는 대학에 가까스로 발을 넣었다. 그러나 그 지방 대학에서 졸업한 지금의 그는 아버지 말대로 짜발량이나 다를 바 없는 사람이 되어 있다. 삼 년이 결코 짧은 시간이 아니다. 그 짧지 않은 시간을 정우는 늘 방구석에서 하릴없이 비디오나 보다가 밤 마실을 다녔다. 어머니가 아버지 몰래 주는 용돈은 항상 넉넉했다. 락카페에서 부킹한 여자들을 차에 태우고 동해안 바닷가를 다니며 회를 먹고, 모터보트를 타고, 친구들과 어울려 호텔방에서 카드로 밤을 새며 여자의 몸을 더듬어도 부족하지 않았다. 어머니는 그때마다 아버지의 눈을 속이느라 전전긍긍했다. 어느 때는 정우에게 사정했다. 제발 아버지가 집에 있는 시간만이라도 집에서 책 좀 보라고.

정우는 그런 어머니가 싫었다. 때로는 모든 것을 아버지에게 맞추어 살아가는 어머니가 아버지보다 더욱 지독한 사람처럼 여겨지기도 했다.

어머니는 아버지의 그림자도 밟지 않는 분이다. 그렇다고 아버지에 비해 어머니의 조건이 특별히 나쁜 것도 없다. 어머니도 우리나라에서 알아주는 여자대학을 나왔다. 미모도 빠지지 않는다. 잠깐이지만 방송국에서 아나운서로 있었으니 평범한 여자들 보단 나을 것이었다. 그런데도 불구하고 어머니는 아버지 앞에서는 지나치다 싶은 정도로 조신했다. 마당에 떨어져 있는 조간신문을 주어다가 서재로 갖다 주는 일부터 어머니의 하루는 시작된다. 고춧가루가 들어가지 않은 맑고 담백한 국을 너무 뜨겁지 않게 아침상에 올려야 한다. 출근하기 전에 까만 구두를 반짝거리게 닦아놓고, 주차장까지 따라 나가 다녀오라고 인사를 하는 어머니.

어머니는 아버지 옷을 세탁기에 넣지 않는다. 세탁소에 갈 옷이 아니면 모두 손으로 빤다. 하얀 속옷은 매일 삶는다. 아버지의 귀가 시간에 언제나 단정한 차림으로 기다린다. 어쩌다 세 사람이 커피라도 같이 마실 때 보면 어머니의 조신하는 모습 때문에 숨이 다 막힐 지경이다. 그래서 집안은 늘 쥐죽은 듯 고요하다. 아버지가 책을 읽는 시간을 방해해서도 안 되고, 즉흥적인 감정을 발설하는 것은 경박하다고 여기는 아버지 때문이다. 모든 것을 한 번 더 생각하고, 참아내라고 하는 아버지.

집안이 조용한 것은 아버지의 침묵 때문이었다. 아버지는 모든 것에 침묵으로 대응한다. 화를 낼 때도 그렇고, 기쁨을 표시 낼 때도 그렇다. 아버지는 침묵으로 세상을 살아가는 방법을 택한 것이고, 침묵으로 세상을 이겨나가는 것을 터득한 것이다. 그런 침묵에 어머니는 길들여졌다. 그러나 정우는 그런 아버지의 침묵에 동의할 수 없었다. 침묵은 이기적인 사람이 택하는 일종의 무기인 것이다. 폭력인 것이다. 우리나라의 정서가 그렇다는 것도 집단적 합리화이다. 말을 가볍게 여기는 양반문화가 바로 그런 것이라고 정우는 생각하고 있는 것이었다.

정우는 식당을 나와 하늘을 올려다본다.

어디로 가지?

5

정우는 고속터미널로 버스를 타고 가다가 중간에서 내렸다. 어느 순간 기차의 규칙적인 소리가 귓가에 너무 생생하게 들렸기 때문이었다. 지나가는 택시를 세워 청량리로 향했다.

청량리역에 와서도 정우는 곁눈질을 하지 않았다. 빠른 걸음으로 매표구 앞에 섰고, 당장 출발하는 기차의 입석표를 샀다. 그리고 뛰어서 개찰구를 통과해 기차에 올랐다. 그제야 까맣게 잊고 있던 것이 생각났다. 어제 예매를 했던 그 기차, 15시 40분 청량리 출발 동해 행 무궁화호 열차였다. 그리고 떠오른 아라비아 숫자는 3이었다. 어제 예매한 승차권의 좌석은 3호차에 있었다. 그러나 좌석번호는 기억나지 않는다. 정우는 그래도 무언가 끌려가듯 3호차를 향해 걷는다.

정우는 3호차를 향해 사람들을 비켜가며 걸었다. 5호차를 지나서 식당 칸이었다. 식당 칸 중간쯤을 지나는데 덜컹하고 기차가 움직인다. 곧이어 안내방송이 나온다.

오늘도 저희 철도를 이용해주셔서 감사합니다. 여러분이 승차하고 있는 열차는 십오 시 사십 분에 청량리역을 출발……

다시 4호차에 들어서자 서 있는 사람들은 그리 많지 않았다.

"오빠!"

4호차와 3호차 사이에서였다. 정우는 화들짝 놀라 우뚝 멈춰 섰다. 긴 머리와 반듯하게 내려앉은 오뚝한 콧날과 계란형의 갸름한

얼굴에 얇게 파인 보조개를 보니 옥이, 그녀가 틀림없다. 그러나
어제의 길고 짙은 눈썹에 우수가 짙게 드리워진 눈매는 아니다.
물론 화장을 전혀 하지 않은 데다 조명 빛이 없는 탓이겠지만 어
제와는 전혀 다른 눈이다. 그녀가 어느 사람 똥구멍에 칼질을 하
고 남의 지갑을 뒤져 돈을 가져갔다는 선입견 때문이 아니다.

옷매무새도 퍽 단정한 모습이다. 어제 입었던 아주 짧은 미니
스커트와 배꼽이 보이는 티셔츠가 아니었다. 그런 데로 보기 좋은
스커트의 길이와 하늘색 바탕에 노랑과 빨간 색의 줄무늬가 있는
남방 같은 티셔츠를 입고 있다.

그녀가 이 기차에 탈 것이란 생각을 왜 못했을까? 정우는 사실
승차권은 돈과 함께 있었으니 그냥 따라간 것이라고 생각했던 것
이다.

"오빠 놀랬지? 얼마나 기다렸는데……."

이건 또 무슨 소리인가. 기차가 출발할 시간은 정해져 있는 것
이고, 개찰은 10여 분 전에 하는 거 아닌가?

그리고 기다릴 사람이 왜 일언반구도 없이 사라졌던 말인가. 정
우는 여자가 거짓말을 하고 있다고 단정한다. 나타나지 않았으면
싶었던 사람이 나타나자 얼른 꾸며내는 이야기라고 생각한다. 지
은 죄가 있으니 당연한 것이었다.

"목욕 갔다 오니까 없데…… 내가 그럴 줄 알고 이걸 가져갔지
만."

그녀가 등에 메고 있던 작은 배낭 주머니에서 꺼내 내민 것은
그의 지갑 속에 있던 돈과 승차권이다. 정우는 혼란에 빠진다. 그

럼 이 여자가 왜 이걸 가져갔단 말인가?

그녀는 역시 거짓말을 하고 있는 것이다. 정우가 나타나지 말았어야 했는데, 나타났으니 선수를 치는 것이다. 정우는 잠시 생각한다. 이 일을 어떻게 처리해야 하나를.

그 골방에서 도망친 것은 잘한 것인데, 막대기란 남자의 똥구멍에 칼을 꽂은 것은 살인 행위에 해당하는 것이다. 이유야 어떻든 그것은 엄연한 범죄행위이다. 하지만 동기부여를 그 막대기란 남자가 했다면, 정당방위에 해당할 수도 있다. 그렇다면…….

"뭐해, 빨리 받아…… 그리고 오빠, 새벽에 나 목욕간 사이 어떤 남자들이 나 안 찾아왔어?"

그녀가 정우의 한쪽 팔에 매달리며 바지 주머니에 쑤셔 넣으려는 것을 받아든다. 돈을 승차권과 따로 구분하여 바지주머니에 넣고 승차권을 펼쳐본다. 어제 그 승차권이 분명하다.

"어떤 남자들이 나 안 찾아왔냐고?"

정우는 엉겁결에 고개를 끄덕인다. 그러자 그녀는 그럼 됐어, 하더니 등을 떠민다.

"그럼, 됐어. 빨리 자리로 가자."

그런데 이게 무슨 소린가? 빨리 가자니. 그녀에게 떠밀리어 두 다리를 털벅털벅 내딛으면서도 머릿속은 혼란스럽기만 하다. 내가 미쳤어, 왜 오빠하고 동해바다에 가. 어젯밤 그녀가 한 말이 생생하게 되살아난다. 그리고 똥구멍에 칼침을 맞았는데 어쩔 거여……

사내들의 목소리도 생생하게 들린다. 그렇다면 그녀는 지금 정우를 보는 동시에 도망갈 구실을 만들어야 하지 않은가. 아니다. 이 여자는 정우가 그 사실을 모르고 있는 것으로 알고 있다. 충분히 그럴 수 있는 것이다. 정우가 그 사건을 목격한 것이 아니니까. 그리고 조금만 빨리 그 골방에서 나왔다면 그런 일이 있었다는 것을 알 수 없었으니까.

3호차에 들어섰다. 사람들이 띄엄띄엄 서 있는 모습이 보였다. 정우는 자신의 팔을 꼭 붙들고 있는 그녀를 본다.

"정말, 나하고 같이 갈 건가?"

"같이 가자고 그렇게 졸라놓고 지금 와서 왜 딴소리야."

졸라댔다고? 정우는 생각해보지만 그렇지는 않았다. 분명 누가 먼저 말을 꺼냈는지는 또렷하게 기억해낼 수는 없지만 지나가는 말로 딱 한 번 같이 동해바다에 가지 않을래, 하고 물었다가, 내가 미쳤어…… 하는 말에, 정우는 다음 말을 이내 삼키지 않았던가.

정말이지 이 여자의 속내를 짐작할 수가 없다. 하지만 지금 이 상황에서 어쩌겠는가. 남자의 똥구멍에 칼을 꽂은 여자라도 달리는 기차에서 뛰어내리지는 못할 것이었다.

정우는 어차피 이렇게 된 일인데, 하는 심정으로 모든 일을 뒤로 미루기로 작정한다. 어디서든 헤어지면 이름도 모르는 타인이지 않은가. 그리고 기차에서 내려 신고를 해도 늦지는 않을 것이었다. 그러고 보니 차에서 깜박 잊고 핸드폰을 가지고 나오지 않은 것이 후회스럽기도 하다. 아니다. 식당 칸 옆에 공중전화가 있는 것을 언뜻 본 것이 기억난다.

승차권을 보니 좌석은 37번이었다. 그런데 좌석은 이미 다른 남

자가 차지하고 있다. 정우가 난감한 표정을 짓자 그녀가 정우를
비켜내고 다가선다.

"우리 자린데요?"

그러나 한 남자는 자신과는 무관한 일이어서 눈을 감고 있다.
그녀가 말한다.

"죄송한데요, 우리 오빠거든요. 그런데 차표를 같이 구하지 못
했어요. 제 자리하고 좀 바꾸어 앉으면 안 될까요?"

남자는 그녀가 내민 또 하나의 승차권을 받아 살펴보더니 자신
의 승차권을 그녀에게 주고 자리에서 일어난다. 정우는 차창 쪽인
37번에 앉는다. 그녀가 정우를 향해 씰룩 미소를 흘린다. 남자들
은 저쪽으로 멀어져간다. 정우는 자리에 앉으며 어쨌거나 자리를
차지하게 되어 다행이라고 생각한다.

"새벽에 오빠 자고 있을 때 지갑에서 돈을 빼 이거 사러왔었
어……"

옆 자리에 앉은 그녀가 남자에게서 받은 승차권을 자세히 보라
는 듯 흔들어 보인다. 정우는 순간 무언가 잘못되었나 싶다.

새벽에 들이닥친 그 사내들이 착각을 한 것인가?

그러나 아니었다. 옥이, 그년이 토꼈다고…… 말하던 것을 분명
히 듣지 않았던가. 그런데도 그녀는 시치미를 뚝 떼고 있는 것이
다.

"……사실 기차표 살 돈만 가지고 나오려다, 그새 오빠가 잠에
서 깨면 그냥 갈지도 모른다는 생각이 들어서 돈을 다 가지고 나
온 거라고. 돈하고 기차표가 없어진 것을 알고는 나를 찾을 거 아

냐? 그런데 생각해보니 내가 잘못했어. 말을 했어야 했는데 말이야. 사과할게. 오빠 나 욕 많이 했지? 하지만 이건 알아 둬. 내깐에는 오빠를 놀라게 해주고 싶었다는 거 말이야."

어제도 느꼈지만 천진한 면이 있다. 그러나 맑은 정신에 다시 보니 딱히 이유를 말할 수는 없지만 편안하지만은 않다. 똥구멍에 칼을 꽂았다는 말이 자꾸만 생생하게 들려서이다.

그녀는 잠깐만, 하더니 화장실 쪽으로 뒤뚱거리며 사라졌다. 8월 중순인데도 아직은 피서객들이 일반 손님들보다 더 많은 듯싶다. 시렁에 빈자리 없이 얹혀 있는 물건 거개가 색색으로 만들어진 배낭인 것이 그걸 증명하고 있다. 게다가 정우의 시야에 어른 잡히는 저만치의 한 무리는 모두 등산복차림이다.

정우는 통로 가운데까지 넘겨보고 있는 햇살을 차단하기 위하여 차창에 매달려 있는 커튼을 잡아당긴다. 그러자 변변치 못한 그를 직시하고 있던 햇살만이 아니라 세상, 아니 서울의 그 복잡한 그림도 그의 시야에서 사라진다. 정우는 등받이에 몸을 묻으며, 이대로 아무 것도 보지 않고 동해바다가 있는 곳에 툭 떨어졌으면 좋겠다 싶다. 그는 눈을 감는다. 부디 동해바다가 나타날 때까지 눈이 떠지지 않기만을 바라며.

"오빠, 자?"

그녀가 옆자리에 앉는 것을 정우는 느낌으로 안다. 그러나 대답은 하지 않는다.

"잘 거야?"

"응."

"내가 재미있는 얘기 해줄게 자지 마라."

정우는 피곤해, 귀찮게 하지마, 목구멍까지 올라온 말을 도로 삼켜버린다.

"그럼, 눈감고 들어봐. 경상도 남자와 서울 여자가 결혼을 했는데, 남자가 여자에게 전혀 관심을 보이지 않자, 하루는 곱게 화장을 하고 남편을 기다렸데, 그리고 잠자리에 들어 아내가 물었데, 여보, 제 몸에서 좋은 냄새가 안 나요? 하고 말이야. 그러자 남편이 뭐라고 했는지 알아?"

정우는 알고 있다. 니 방귀 뀐나, 했다는 것을. 그러나 그는 다 귀찮다는 표정만 흘린다.

"와, 니 방귀 뀐나. 그러더래. 안 웃겨? 오빠, 정말 잘 거야?"

정우는 그녀의 말을 삼켜주는 열차의 진동소리가 마음에 든다. 열차는 규칙적으로 울리는 진동소리를 따라 흔들리고 있다. 그 흔들림에 그의 몸도 덩달아 설렁 설렁 흔들린다.

나는 지금 어디론가 가고 있는 것이다. 어머니의 손길이 닿지 않고 아버지의 경멸하는 시선이 닿지 않는 곳으로. 정우는 생각하며 아버지의 말을 떠올린다.

"사내놈이 얼마나 변변치 못하면 스물일곱이나 먹었는데도 어머니의 치마폭을 벗어나지 못하니. 자고로……"

사내 나이 스물일곱이면 홀로서기를 해야 한다, 라며 아버지는 그렇지 못한 그를 경멸한다는 시선으로 바라봤다. 정우는 고스란히 그 시선을 받을 수밖에 없었다.

레일의 매듭을 지날 때마다 들썩거리는 열차의 미세한 떨림이 좋다. 덜컥 덜컥. 그 떨림은 어디론가 가고 있음을 확인시켜주는 작용을 한다. 아주 먼 곳으로 가서 돌아오지 못한다 해도 지금은 가고 있다는 것만으로 그는 충분히 만족한다. 거기에는 푸른 바닷물이 있고, 하얀 물보라가 있고, 잿빛 털옷을 입은 갈매기가 있으면 좋으리라. 높은 빌딩과 끝이 있을 것 같지 않은 자동차 행렬이 없는 곳. 그런 곳에서 그 누구와도 경쟁하지 않고 가슴을 부비며 살 수 있으면 더욱 좋을 것이다. 하지만 그것은 젊은 사내놈이 하릴없이 방구석에서 한 몽상에 불과하다. 그런 곳이 세상천지에 과연 있겠는가.

정우는 절망 섞인 한숨을 내쉰다. 그러자 옆자리의 그녀가 의식된다. 자신도 모르게 흘려버린 한숨이 너무 크지나 않았을까 염려가 되어서이다. 그는 눈을 떠 그녀를 살펴본다. 그녀도 무슨 생각엔가 잠긴 듯 멀뚱한 시선이 한곳에 고정되어 있다. 표정도 자못 진지하다. 방금까지의 천진스런 모습과 전혀 다른 얼굴이다. 정우는 자신의 입장만 생각하고 그녀에게 대꾸해주지 않은 것에 좀 미안하다.

분명 새벽에 지갑을 뒤진 것은 사과하지 않았던가. 그것도 이렇게 같이 동행하기 위하여 그랬다지 않았던가. 그걸 증명하고 있기도 한 것이다. 기차 좌석 표를 구해 나란히 앉아 있는 것만으로도 증거는 충분한 것이었다. 게다가 지금 그녀는 과장된 너스레로 미안함을 표시 내고 있지 않은가 말이다. 정우는 그녀에게 같이 여행을 하게 되어서 기쁘다고 말해주고 싶다. 그런데 왠지 입이 떨어지지 않는다. 남자의 똥구멍에 칼이 꽂혀 있는 그림이 그녀의 얼굴과 자꾸 포개진다. 왜 그랬을까?

분명히 그만한 이유가 있을 것이었다. 정우는 그 이유를 알고 싶어진다. 정우는 눈은 감은 채 묻는다.

"무슨 생각하니?"

그의 말이 체 끝나기도 전에 그녀가 엉덩이를 들썩이며 몸을 돌려 앉는 것을 느낀다.

"오빠 안 잤구나, 난 또 어제 무리해서 잠든 줄 알았지."

"무슨 생각했냐니까?"

"생각은 뭐. 오빠가 날 귀찮아 하는가보다, 그거 생각했지."

"아니야. 고맙게 생각하고 있어. 이렇게 같이 가 줘서."

"정말?"

그녀는 그의 팔을 가슴에 잡아당긴다.

"그래, 정말이야."

"그럼, 안심해도 되겠네?"

"뭘?"

"오빠가 날 동해바다다 풍덩 빠뜨리거나, 길거리에다 내팽개치지 않겠구나, 하고."

순간 정우는 알고 싶은 게 또 생각난다. 정말 같이 여행을 할 것인가? 아니면 갈 곳이 있어 동해에 내리면 헤어져야 하는가를. 그리고 여행을 할 것이면 언제까지 같이 있을 수 있는가. 그도 아니면 그녀가 가는 곳이 어디인가를. 그러나 그녀가 먼저 말머리를 잡아챈다.

"그런데 참, 아까 내 얘기 재미없었어?"

"재미있었어."

"그런데 왜 안 웃었어?"

"알고 있던 얘기였으니까."

"그랬구나, 나는 오빠 얼굴이 왠지 쓸쓸해 보여서 기껏 한 말이었는데."

눈을 뜨니 저만치에서 도시락을 한쪽 팔에 얹고 오는 판매원이 듬성듬성 서 있는 사람들을 비켜가며 다가서고 있다.

"너, 점심 먹었니?"

정우는 자신이 정말 오빠나 애인이라도 되는 듯 말하고 있는 게 새삼스럽다. 그러고는 정말 어디를 가는 길인지 묻고 싶은 것을, 굳이 그런 것을 알 이유가 있을까 생각되어 삼켜버린다. 가다보면 그녀가 갈 곳으로 당연히 가겠지. 그때 잘 가라고 하면 그만이지 않은가. 아니다. 왜 그 남자의 똥구멍에 칼을 꽂았는지 알아내고 싶다.

"참, 나 점심 안 먹었다. 아침도 우유하고 빵으로 때웠는데…… 오빠는 먹었어?"

정우는 막 다가서는 판매원을 보고 주머니에서 돈을 꺼낸다.

"오빠도 먹어라?"

"됐어, 나는. 아저씨 하나만 주세요."

"아뇨, 아저씨 두 개 주세요. 혼자 먹기 창피하잖아."

판매원이 그를 바라본다. 정우는 두 개 달라고 말한다. 판매원은 거스름돈을 주고 또 도시락 왔습니다, 하며 사라진다.

"창피하다고?"

정우는 창피하다는 그녀의 말을 붙든다. 사실 지금까지 정우는 길거리의 포장마차에서 무엇을 먹든 혹은 어느 식당에서 혼자 밥을 먹는다는 것에 창피하다는 생각은 해본 적도 느낀 적도 없었다. 배고프면 먹어야 되지 않는가. 먹고자 하는 욕구는 인간들의 심리 상태에서 가장 원초적인 것이라고 정우는 알고 있다. 아이가 배고프면 엄마의 젖을 달라고 울음으로 자기의 의사를 밝히듯이 그것은 자연스런 것이라고 여겨왔다.

"그럼 얼마나 창피한데. 그래서 나는 혼자서 식당 같은 데도 가본 적이 별로 없어. 아예 굶고 말지."

그녀는 하얀 일회용 도시락을 펼치며 무슨 뜻인지 눈을 실긋거린다. 도시락 안에는 김밥이 가지런히 놓인 채 도막도막 잘라져 있다. 그녀는 일부러 그러기라도 하는 듯이 열차가 흔들리는 데로 몸을 흔들며 김밥을 꾸역꾸역 삼킨다. 정우는 도시락과 같이 받은 조그만 물병을 그녀에게 내민다.

"물도 마시면서 천천히 먹어. 안 뺏어 먹을 테니까."

그녀가 정말 창피한지 계면쩍은 미소를 내밀며 오빠도 먹어, 한다. 정우는 창피하다는 그녀의 말을 생각하며 굳이 생각은 없지만 도시락을 펼쳐 무릎 위에 올린다. 그가 김밥을 하나 집어 입 안에 넣자 그녀가 얼굴을 돌리고 헤픈 미소를 보인다. 필경 저 미소 속에는 열차에서 김밥을 혼자 먹는 것에 창피함을 느껴야 하는 사연이 있을 것이라고 정우는 생각한다.

열차는 제천역에서 한참을 머물렀다가 영월을 향하고 있다. 간간이 빈자리도 눈에 띄는 것이 어느 틈에 사람들이 많이 내렸다. 정우는 옆자리에서 아까부터 입을 꼭 다물고 있는 그녀는 본다. 천진스럽던 모습은 이미 사라지고, 무언가 중요한 생각을 하고 있는 모습이다. 그는 자신이 딴 생각을 하는 것을 방해하지 않으려고 그러는가라고 여겼는데 꼭 그렇지만은 않은 것 같다. 여행이란 사람의 마음을 동요시키는 이상한 무언가가 있다. 더군다나 열차 여행은 더욱 그렇다고 정우는 생각한다.

기실 그녀에게도 생각할 게 만만치 않을 것이리라. 어떤 이유에서인지는 모르지만 스물 한 살의 나이에 서울 한복판에서 몸을 팔며 산다는 것만으로도 첩첩이 싸인 게 기구한 사연일 터이다.

정우는 시선을 잡아당겨 커튼 사이로 창밖을 본다. 햇살도 이제 기력이 딸리는지 많이 누그러져 있었다. 정우는 커튼을 걷는다. 짙푸른 잎사귀들도 따가운 햇살이 누그러들자 고개를 든 모습이다. 높은 산은 녹음이 울창하다. 비켜 가는 작은 마을에는 평상에 다리를 펴고 앉아 있는 농부가 모자를 벗고 있다. 마을이 사라지자 작은 개울이 나타난다. 예닐곱 명의 아이들이 물놀이에 신이 났다. 그 아이들 저만치에는 투망을 들고 강가를 걸어가는 반바지 차림의 사내와 고기 망태를 들고 있는 여자가 있다. 사람이 산다는 게 바로 저런 것이리라. 네가 잘났느니 내가 잘났느니 아옹다옹 싸우는 모습은 사람다움이 아닐 것이다. 아니, 그것은 사람다움이지만 인공위성을 만들고, 최첨단이라고 표현하는 전투기를 만들고, 높은 빌딩을 올리는 것에 긍지를 갖는 사람들의 삶이 사람다움이 아닐 것이다. 조금은 부족한 상황에서도 부족한 줄 모르고 사는 것이 사람다움이 아닐까…….

"오빠."

그녀의 목소리도 왠지 저녁녘의 햇살처럼 누그러져 들린다.

"왜?"

"맥주 마시고 싶은데."

"맥주도 혼자 마시면 창피하니?"

"그게 아니고, 사실은 돈이 없거든."

돈이 없다니? 그러면 이 여자는 돈도 없이 지금 어디를 가는 것인가. 정우는 생각하다 그제야 고개를 끄덕인다. 분명 새벽에 어떤 사연인지는 몰라도 남자의 똥구멍에 칼을 꽂고 나서 그의 지갑 속에 돈을 가지고 도망치는 중에 승차권이 없어졌으니 나타나지 않을 것이라 생각했던 남자가 나타나자 먼저 선수를 친 것이 아닐까.

그러나 도리질한다. 그건 분명히 아니었다. 그렇다면 열차 표를 왜 한 장 더 샀겠는가. 그것은 그녀가 처음에 말한 대로 같이 여행을 할 목적인 것이었다.

"알았어."

정우는 습관적으로 뒷주머니에 있는 지갑에 손을 대다가 바지 앞주머니에 있던 돈을 모두 꺼내 그녀에게 내민다.

"이걸 다 줘?"

"가지고 있다가 쓰고 싶을 때 써."

"싫어, 내가 거지야."

"뭐……"

정우는 말끝을 잡아당긴다.

"난 돈 같은 거 필요 없어. 내가 비록 몸을 파는 창녀이지만 남에게 동정 같은 건 받기 싫다고."

"그게 아니고……"

"아니긴 뭐가 아니야. 지금 속으로는 날 귀찮아하면서. 그래서 이 돈 먹고 떨어지란 거 아니야?"

"정말 아니라니까. 단지 네가 돈이 없다고 했으니까 가지고 있다 필요할 때 쓰라고 준거야."

때마침 홍익회 유니폼을 입은 판매원이 손수레를 끌고 다가온다.

"좋아, 그러면 오빠가 가지고 있다가 내가 필요할 때 줘."

그녀는 말싸움을 이제 끝내겠다는 듯 손수레를 세우고 맥주 세 병과 오징어를 집어 들었다. 그러고는 얼마죠? 목소리에 다소 생기가 돈다. 정우는 그런 그녀를 보자 뜻 모를 한숨을 절로 흘린다. 그녀는 맥주 값을 치르고 남은 돈을 다시 내민다. 그는 그것을 받아 다시 바지 주머니에 넣는다.

정우는 그녀가 내민 하얀 종이컵을 받아든다. 하얀 거품이 꽃송이처럼 피어올라 잔을 뛰어넘는다. 정우는 단숨에 마시고 그녀가 들고 있는 잔에 술을 따라준다. 열차가 흔들린다. 정우는 몇 방울을 열차에 쏟아 부었다. 그렇게 주거니 받거니 하여 두 병을 비웠을 때였다. 그녀의 목소리가 무겁게 가라앉아 다가왔다.

"오빠, 사실은 어려운 부탁이 있는데……"

"부탁?"

그녀가 커다란 눈을 치켜뜨고 고개를 끄덕인다. 사실 어젯밤 같았으면 그녀의 부탁은 뭐든지 다 들어준다고 말했을 것이다. 생일이 아니었다고 해도 그랬을 것이었다. 포주에게 진 빚이 있어 그것을 갚아달라면 갚아 준다고 말했을 것이고, 제아무리 큰 주먹을 가진 건달들에게 발목을 잡혀 어쩔 수 없이 창녀 생활을 하고 있다면서, 그 건달들에게서 구해달라고 하면 목숨을 걸고라도 그러겠다고 약속했을 것이다.

그러나 지금은 아니다. 그러고 싶은 마음이 냉큼 들지 않는 것이다. 그러나 정우는 냉정하게 거절하지 못하고 일단 무슨 부탁인지 들어보자고 한다.

그녀는 들고 있던 맥주를 마시고 자기 손으로 잔을 채워 마신다. 그러고는 다시 따라 거푸 마신다. 그의 다리위에 놓여 있는 오징어는 쳐다보지도 않는다. 그도 들고 있던 잔에 술을 따른다. 열차는 아직도 흔들리고 있다. 심장이 뛰듯 아주 규칙적인 소리를 내면서.

"사실은 오빠가 동해에 간다고 했을 때, 가슴이 철렁하더라고. 혹시 나를 알고 있는 사람이 아닌가 생각이 들었던 거야…… 사실은 내 고향이 그쪽이거든…… 참, 아니구나. 다섯 살 때부터 그 지방에서 살기 시작했어. 그 전에는 충청북도 어디에서 살았는데 잘 모르겠고, 아무튼 내 엄마의 고향은 충청남도 논산이라는 말은 들었는데 한 번도 가보지 못했지. 아버지는…… 잘 모르겠어. 어쨌거나, 내가 거기서 살기 시작한 건……"

정우는 그녀의 음정이 아주 고르게 시작되고 있음이 무료함이
나 달래기 위한 이야기가 아니라는 것을 감지한다. 그녀의 말은
달리는 기차처럼 이어졌다.

6

일곱 살의 여자 아이가 경상북도 울진의 바닷가 마을에 살고 있
었다. 열두 가구가 모여 사는 작은 마을이었다. 낮은 슬레이트 지
붕이 오종종한 모습으로 바닷바람과 슬몃슬몃 입맞춤을 하곤 하
였다. 그 입맞춤에 시샘이라도 하듯 하얀 물보라가 나비 떼처럼
날개를 펄럭이며 밀려들었다.

마을 사람들은 바람이 없는 날이면 작은 배를 바다에 띄우고 고
기잡이를 나갔다. 갈고랑이 같은 낚시에 돼지비계를 묶어 문어를
잡고, 갯지렁이를 미끼로 가자미 잡고, 미꾸라지를 미끼로 광어를
잡았다. 그렇게 잡아들인 고기들은 인근에 있는 횟집 주인들이 사
갔다.

그런데 마을에서 고기잡이를 생업으로 하지 않는 집이 하나 있
었다. 여자 아이네 집이었다. 여자 아이 아버지는 시외버스 기사
였다. 때문에 마을 사람들은 여자 아이 어머니에게는 김기사 댁이
라고 불렀다. 여자 아이는 김기사 딸내미라고 불렀다. 여자 아이

는 그렇게 불리는 것이 왜 그런지 마뜩잖았다. 다른 아이들을 부를 때처럼 이름을 불러주면 좋겠는데 이름조차 알려고 하는 사람이 없었다. 그것은 이방인을 배척하는 그 마을 사람들의 특성 때문이기도 했지만, 품행이 좋지 않아 마을 사람들에게 신용을 잃은 부모 탓이었다.

여자 아이 부모가 그 마을에 집을 사가지고 들어가 살기 시작한 것은 여자 아이가 다섯 살 때부터였다. 여자 아이 부모들이 쓰는 말투도 그 마을 사람들과는 사뭇 달랐다. 아버지는 서울 말씨를 쓰고, 어머니는 충청도 사투리가 조금 섞인 서울 말씨를 썼던 것이다. 어쨌든 여자 아이 아버지는 술만 취하면 아무 사람한테나 반말을 지껄이며 시비를 거는가 하면, 종내에는 집에 들어가 마누라에게 주먹을 휘둘러댔다.

여자 아이 어머니는 늘 화장을 한 얼굴에 제법 모양을 부린 차림으로 돌아다니다가 어느 날은 남편에게 얻어맞아 시퍼렇게 멍든 얼굴로 다녔다. 동네 어른들을 봐도 횡하니 지나치는 바람처럼 그냥 비켜 다녔다. 그러니 바닷바람과 따가운 햇볕을 항상 이고 사는 그 마을 사람들이 곱지 않은 시선을 보내는 것도 당연한 것이었다.

여자 아이 아버지는 일주일에 삼사 일은 집에 들어오지 않았다. 그런데도 여자 아이 어머니는 아무렇지 않아했다. 대신 여자 아이 아버지가 돌아오지 않는 날에는 여자 아이 어머니도 낮에 나갔다가 밤늦게 집에 들어왔다. 그래서 여자 아이는 늘 심심했다. 심심했기 때문에 여자 아이는 바닷가 모래 위에서 혼자 소꿉놀이도 하

고, 두껍이 집도 지으며 시간을 보냈다. 두껍아, 두껍아, 헌집 줄
께 새집 다오……. 늘 똑 같은 노래를 두런두런 흘리며.

그러던 어느 날이었다. 여자 아이 아버지는 이틀 째 집에 들어
오지 않았고, 여자 아이 어머니는 아침에 나갔다가 밤이 깊어서야
돌아왔다. 여자 아이는 늘 그랬듯이 아침에 먹은 밥상에다 전기밥
통에 있는 밥을 덜어 먹고 텔레비전을 켜 놓은 채 잠들어 있었다.

"이 기지배야. 일어나."

여자 아이는 눈을 비비며 밀려드는 잠을 물리쳤다. 아니, 그럴
필요도 없었다. 술독에 빠졌다가 나온 듯한 어머니의 입에서 쏟아
지는 지독한 술 냄새에 잠이 확 달아났다. 아침에 제법 모양을 내
고 나간 모습이 아니었다. 어설프게 지워진 화장 때문이 아니라
누군가에게 얻어맞았는지 한쪽 볼이 시퍼렇게 멍든 채 부어 오른
데다, 봉두난발이 되어버린 머리 모양새도 그렇지만 블라우스 단
추도 도망가고 없었다. 그것을 어디서 구했는지 핀으로 붙들어 매
놓고 있었는데 듬성듬성 매져 있는 사이로 풍만한 젖가슴이 들여
다보일 정도였다.

"너 나중에 딴 소리 허지 말고, 두 눈으로 똑똑히 봐둬 이년아.
그 씨부랄놈 하고는 죽어도 못사니까 똑똑히 봐두란 말이야……
니 잘난 에비가 날 이 모양을 만들었단 말이야. 알았어. 계집질하
다 들키니까 맨마든 게 홍어좆이라고 날 개패드끼 팼단 말이다,
이년아…… 그 씨부랄 년이 보는 앞에서 복날 개패드끼 팼단 말이
야…… 인자는 죽어도 니 에비하고는 안 산단 말이다. 알았어, 이
년아."

여자 아이는 입에서 거품을 토해내며 오열을 하는 어머니가 무섭기도 했고, 아버지가 어머니를 때리는 것을 한두 번 본 것도 아니었기 때문에 고개만 끄덕였다. 여자 아이 어머니는 한참 동안 분하고 원통하다는 듯이 씩씩거렸다.

그렇게 며칠이 지났다. 그 사이 여자 아이 어머니는 아침마다 외출을 했다. 외출을 하면서 쌀 씻어 놨으니까, 전기밥솥 스위치 켜서 밥 챙겨 먹어 이년아, 그랬다. 그러나 여자 아이는 밥맛이 없었다. 다만 아버지가 빨리 돌아왔으면 하고 바랐다. 비록 어머니에게 난폭하게 굴기는 하지만 아버지가 계실 때에는 어머니가 외출도 하지 않을 뿐더러, 밥도 꼬박꼬박 챙겨주었기 때문이었다.

하지만 여자 아이의 아버지는 좀처럼 돌아오지 않았다. 일주일이 지나고 이 주일이 지나도 여자 아이 아버지는 돌아오지 않았다. 그렇게 한 달쯤 지났을 때였다. 여자 아이 어머니가 외출했다가 돌아와 느닷없이 이삿짐을 챙겼다. 그런데 이상했다. 여자 아이 어머니는 이삿짐을 챙기면서 여자 아이 아버지 옷이나 신발 같은 것은 한쪽으로 아무렇게나 내던지는 것이었다.

"아빠는 왜 안 와?"

여자 아이가 기어 들어가는 목소리를 간신히 끄집어 내 물었다. 그 전에 아빠 어디 갔어? 하고 물을 때마다 여자 아이 어머니는 썩을 년, 내가 그 종자가 어디 갔는지 어떻게 알아 이년아, 하면서 윽박질러댔기 때문이었다.

"왜, 그것도 에비라고 기다렸냐? 감옥에서 콩밥 먹고 있다."

"감옥에 왜 갔는데?"

"왜는 무슨 놈의 왜여, 이년아. 인자 니 에비 아니니까, 잔말 말고 짐이나 빨리 챙겨."

여자 아이는 어머니의 이글거리는 눈빛에 그만 질리고 말았다. 그러나 생각은 할 수 있었다. 아버지가 교통사고를 냈구나, 하고. 그러나 이해가 되지 않는 부분이 있었다. 그러면 왜 어머니가 그때 미친년 같은 몰골을 하고 돌아와 입에 게거품을 물고 알아듣지도 못할 말들을 굳이 했을까?

울진에서 이삿짐을 챙겨 여자 아이와 어머니가 간 곳은 동해의 변두리였다. 동해에서 강릉으로 들어가는 길목 어귀에 있는 마을이었다. 예닐곱 가구가 띄엄띄엄 떨어져 있는 마을 초입에는 서너 아름은 될 것 같은 감나무가 서 있었고, 마을 뒤로는 높은 산이 긴 수염을 늘어뜨리고 서 있는 장군처럼 떡 버티고 있었다. 그리고 집 앞에는 논이 있었는데 울진에서 본 바다만 했다. 그 논을 가로질러 강릉으로 가는 신작로가 있는 것이다. 그곳에 방 두 칸을 얻은 것이었다. 그렇지만 엄밀히 말하면 한 칸이나 다름없었다. 아주 큰방에 벽을 세우고 여자 아이가 들랑거리기에도 고개를 숙여할 정도로 작은 쪽문을 만들어 두 칸이 된 것이었다. 그것도 예전에는 헛간이나 광으로 쓰던 곳을 관광객들에게 민박을 내줄 요량으로 개조하여 방을 드린 것이었다.

아무튼 안채와 바깥채가 큰 마당을 사이에 두고 떨어져 있는 그 양옥집에는 노인 부부만 살고 있었다. 그러나 그 노인들과 마주치는 일은 별로 없었다. 노인 부부는 햇볕이 없는 아침저녁으로 산기슭에 있는 밭이나 마을 앞에 있는 논에 나가 일을 했고, 한낮에는 주로 잠을 잤기 때문이기도 했지만, 그 집으로 이사 간 첫날 여자 아이의 어머니는 여자 아이에게 단단히 주의를 주었기 때문이었다.

"너, 주인집에 들랑거리면 죽어. 그리고 누구든지 아빠 어디 갔느냐고 물어보면 죽었다고 해. 알았지, 이년아?"

여자 아이는 어머니의 부라린 눈에 기가 질려 아빠가 참말로 죽었어? 묻고 싶었지만 침만 꿀꺽 삼키며 고개를 끄덕였다. 여자 아이 어머니는 그래도 안심이 되지 않는 듯 다시 못 박았다.

"너, 만약에 아빠가 죽었다고 안하면 저 산속에다 내다버릴 테니까, 알아서 해."

"응."

여자 아이는 목구멍에서 나오지 않는 소리를 억지로 잡아당겨 대답했다.

"크게 대답 못해."

"네."

"어휴, 자식이 원수라더니……"

여자 아이는 골방에서 여간한 일로는 나오지 않았다. 세수도 이틀이나 사흘 걸러 한 번씩 하고, 화장실에 갈 때도 마당을 살핀 후 주인집 노인들이 없을 때에만 나다녔다. 그런데 이상한 것은 어머니가 외출을 하지 않는다는 것이었다. 온종일 큰방에 누워서 오이나 계란으로 마사지를 하던지, 여성지를 들여다보다 저녁나절이 되어서나 잠깐 나갔다오고는 했다. 그것도 들어올 때마다 손에 반찬거리나 군것질 거리가 들려 있었다. 게다가 더욱 변한 것은 걸핏하면 여자 아이에게 내뱉는 이년아, 소리도 하지 않았고, 밥도 꼬박꼬박 챙겨주었던 것이다.

그런데 낯선 방문객이 나타났다. 그 집에 이사 간 지 보름쯤 지났을 때였다. 작은 화물차에 커다란 물통을 싣고 다니는 남자였다. 그 물통에는 어부들이 바다에 나가 잡은 산 물고기를 넣기 위한 수족관이었다. 여자 아이는 울진에서 그곳에 산 물고기를 넣는 것을 자주 보았다. 그러나 그게 중요한 게 아니었다. 그 남자, 그러니까 여자 아이 어머니가 인자 오면 어떻게 해, 눈 빠지게 기다렸잖아, 하며 반기는 그 사람이 중요한 문제였다.

남자는 방에 들어서자마자 대뜸 여자 아이가 있는 골방 문을 홱 잡아당기더니 허리를 구부린 채 고개만 내밀었다. 여자 아이는 그림 동화책을 보다가 느닷없는 방문객에 휘둥그스름한 눈으로 남자를 보았다. 짙은 눈썹과 시커먼 구레나룻이 동화책에서 나오는 산적 두목 같았다. 남자는 단추 구멍 같은 눈으로 방 안을 훑어보았다.

"이 애가 그때 그 애야?"

남자는 뒤에 있는 여자 아이 어머니에게 물었다. 여자 아이는 어머니가 응, 하고 대답하는 것을 들으며 남자를 어디선가 본 적이 있는 것만 같았다. 어디서 봤더라? 생각하려는데 여자 아이 어머니 특유의 카랑한 목소리가 들렸다.

"야, 나가 놀다 와."

"왜, 내비 둬."

남자가 방문을 닫으며 말했다. 그러더니 여자 아이 어머니에게 하는 말이 넘어 들었다.

"누구 닮아서 이쁜데. 크면 사내놈들 꽤 죽이겠구먼."

"애한테 한다는 소리라고는……. 야 이년아, 안 나가."

"내비두라니까."

"내비두긴, 그럼, 저 애를 저 방에다 두고 그걸 하잖말야."

여자 아이는 어머니가 하는 말에 어른들이 무슨 볼일이 있구나, 생각했다. 그런데 남자가 어때, 자기 입만 좀 막으면 되지, 그렇게 말했기 때문에 자기가 방에 있어도 괜찮은 줄 알았다. 하지만 아니었다. 여자 아이는 어머니가 너, 빨리 안 나가, 하는 소리를 듣고 엉덩이를 일으키지 않을 수 없었다. 남자는 여자 아이가 큰방을 지나 나올 때 깜박 잊고 있었다는 듯이 잠깐만, 불러 세우더니 바지 뒷주머니에서 지갑을 꺼내 천 원짜리 종이돈을 빼주며 과자 사먹어라, 그랬다. 여자 아이는 무심코 남자가 펼친 지갑을 들여다보았다. 빼곡하게 들어 있는 만 원짜리 돈 때문에 지갑이 터질 것 같았다.

"들어올 때, 아저씨 차가 있으면 들어오지 마."

부엌문을 밀고 나오려는데 여자 아이 어머니는 말했다. 남자가 타고 온 트럭은 큰방 담벼락에 붙어 있었다. 여자 아이는 가겟집으로 조촘조촘 향하며 생각했다.

어디서 봤더라?

분명 친척은 아닐 것이었다. 그때까지 여자 아이는 어머니의 친척을 단 한 번도 본 적이 없었다. 다만 앨범 속에서 사진으로 할아버지와 할머니, 그리고 외삼촌 두 사람을 보았을 뿐이다. 그 사진에 여자 아이 어머니도 있었는데 단발머리를 양쪽으로 따 내린 고등학생이었다. 그 사진을 여자 아이에게 보여주면서 여자 아이 어머니는 눈물을 글썽인 적이 있었다. 그러더니 참지 못하겠는지 여자 아이를 가슴에 끌어안고 주룩주룩 흐르는 눈물을 여자 아이 얼굴에 뚝뚝 떨어뜨렸다.

그때 여자 아이는 생각했다. 엄마가 엄마네 아빠랑 엄마가 보고 싶어서 그렇게 운다고. 하지만 돈이 없어서 가지 못한다고. 나중에 돈을 많이 벌면 가겠다고 여자 아이 어머니가 들려준 말을 기억한 것이었다. 그렇다고 아버지의 친척은 더더욱 아니었다. 아버지 친척은 큰아버지와 작은아버지 두 분, 그리고 고모가 한 분 있는데 모두 서울에서 살았다. 그래서인지 그때까지 두 번밖에 본 적이 없었다.

"너네 집에 온 사람 누구냐?"

가겟집 아줌마는 초코파이 하나를 사고, 천 원짜리 돈을 내는 여자 아이에게 물었다. 여자 아이는 거스름돈을 받아 쥐면서 고개가 흔들리는 것을 붙잡고 아저씨요, 그랬다.

"글쎄, 어떤 아저씨냐고?"

"아저씨가 아저씨지 누구예요. 아줌마도 참."

"아니, 그러니까, 엄마하고 어떻게 되는 아저씨냐고?"

"참나, 그냥 아저씨라니까요."

여자 아이는 가겟집 아줌마가 붙잡고 있는 손을 털어내고 나왔다. 그제야 머릿속에 떠오르는 장면이 있었다.

충청북도에서 울진으로 이사 온 지 한 달쯤 되었을 때였다. 여

자 아이와 여자 아이 어머니가 같이 버스를 타고 시장을 보러갔다
가 돌아올 때였다. 버스정류장에서 버스를 기다리고 있는데 남자
가 트럭을 앞에 세우고 기성면에 사시죠, 물었다. 그러자 여자 어
머니는 그걸 어떻게 아느냐고 물었다. 남자는 그곳으로 고기를 사
러 자주 다닌다며, 오다가다 보았다는 것이었다. 그리고선 모셔다
들릴 테니까 타세요, 그랬다. 여자 아이와 여자 아이 어머니는 트
럭에 탔다. 그때 여자 아이는 다섯 살이었다. 그러니 여자 아이는
어른들이 주고받으며 웃는 이유를 잘 이해하지 못했다. 그리고는
그 이후로 남자를 본 적이 없었다.

　남자는 일주일에 한 번 꼴로 찾아왔다. 그때마다 여자 아이는
나가서 놀다와, 하는 여자 아이 어머니에게 떠밀려 골방에서 나왔
다. 그렇지만 싫지만은 않았다. 그렇게 골방에서 나올 때마다 남
자에게 받는 천 원짜리 종이 돈이면 한 시간이 아니라 두 시간도
좋이 보낼 수 있었다. 그러나 겨울이 짙어진 때부터는 사정이 그렇
지 않았다. 어느 날 여자 아이는 어머니에게 이상한 신문을 받은
후부터 그랬다.
　"너, 동네 아줌마들에게 뭐라고 했어?"
　"뭘?"
　"아저씨가 올 때마다 돈을 줘서 나가서 놀다 오라고 한다고 했
다면서?"
　"응."
　"뭐야, 아저씨가 언제 너한테 나가 놀라고 했어? 말해봐."

여자 아이는 대답하지 못했다. 돈을 준 것은 사실이었지만 나가 놀다가 오라고 한 것은 어머니였기 때문이었다. 여자 아이는 머리를 긁적였다. 왜 그게 문제가 되는지 도통 이해가 되지 않았다. 누가 나가 놀라고 했든 그게 동네 아줌마들에게 무슨 상관이냐 말이다.

"누가 그런 거 물어보데?"

"가겟집 아줌마하고, 저 끝집 아줌마."

"썩을 년들, 밥 먹고 할 짓이 그렇게 없나…… 너 다음부턴 나가지 마."

그 즈음 첫눈이 왔다. 그리고 남자는 사나흘에 한 번 꼴로 찾아왔다. 여자 아이는 그때마다 이상한 소리를 들어야했다. 하지만 언제부턴가 매번 그렇지만은 않았다. 간혹 남자가 술에 취해 왔었는데 그날은 그런 소리가 나지 않았다. 그리고 더러는 말다툼을 하는 소리도 들렸다. 싸움은 대부분 여자 아이 어머니가 우리 언제까지 이렇게 살 거야, 이렇게는 더 이상 못 살겠어…… 그렇게 내뱉으며 시작하는 것이었다.

여자 아이와 여자 아이 어머니는 그 겨울이 다가기 전에 해수욕장이 가까이에 있는 작은 어촌 마을로 이사를 했다. 여자 아이 어머니가 남자에게 시집을 간 것이었다. 시집을 가기 전에 여자 아이 어머니는 몇 차례 외출을 했었다. 물론 남자와 같이 갔었다. 그리고 한 번은 여자 아이도 남자가 사준 새 옷을 입고 따라나섰다. 가서보니 울진이었다. 그렇지만 전에 살던 곳하고는 많이 떨어진 곳이었다. 아무튼 그 집에서 여자 아이는 어느 할머니에게 인사를 했다. 그 전에 여자 아이 어머니가 가르쳐준 대로 다소곳하게. 그러자 그 할머니는 여자 아이에게 엄마를 꼭 빼 닮아서 참 예쁘구나, 그랬다.

여자 아이 어머니와 남자는 결혼식을 생략했다. 신혼여행도 봄에 가자고 의견을 모았다. 하지만 여자 아이의 진학문제로 혼인신고는 서둘렀다. 그러면서 여자 아이 어머니는 여자 아이에게 말했다.

"이제 아저씨라고 부르지 말고, 아버지라고 불러. 그래야 너 학교도 보내주고, 옷도 사주고, 예뻐한단 말이다. 알았지?"

여자 아이는 고개를 끄덕였지만 아버지란 말이 불쑥 나올 것 같지는 않았다. 진짜 아버지의 모습이 아직도 선연한데다, 이 추운 겨울에 교통사고를 내고 감옥에 갇혀 있지 않은가.

"그리고, 엄마 말 잘 들어 봐."

여자 아이는 다시 무슨 말을 하려는지 궁금해 눈을 커다랗게 치켜뜨고 고개를 끄덕였다.

"그 아저씨, 아니 아빠에게는 아들하고 딸이 있어. 그러니까, 오빠하고 언니가 되지. 오빠는 너보다 네 살 더 먹었고, 언니는 한 살 더 먹었어. 하지만 언니는 당분간 할머니 집에서 살 거야. 그러니까 우선은 오빠하고만 친해지면 돼. 알았어?"

세월이지나 중학교에 들어간 여자 아이는 더 이상 어린아이가 아니었다. 막 부풀어오는 젖가슴도 또래 여자 애들보다 종지 하나는 더 넣은 듯싶었다. 엉덩이 살도 제법 포동포동해져 초등학교 때 입은 바지를 입을 수가 없을 정도였다.

"야, 너도 멘스 하냐?"

고등학교 일학년에 다니던 남자의 아들은 걸핏하면 그랬다. 그리고는 네 엄마 젖퉁이를 닮아서 네 것도 꽤 크겠다, 그러면서 ㅎㅎㅎ 이상한 웃음소리를 흘렸다. 그러다 여자 아이가 중학교 상급생이 되자 노골적으로 덤벼들었다.

"한 번만 만져보자, 네 엄마나 너나 몸뚱이 하나만 가지고 우리집에 들어온 거 너 몰라…… 여시 같은 네 엄마 때문에 우리 엄마가 집을 나갔단 말이다."

남자의 아들은 해반닥거리는 눈빛을 하고 여자 아이와 단 둘이 마주칠 때마다 그랬다. 이 층에서 남자의 아들과 욕실에 딸린 화장실까지 같이 쓰다 보니 그렇게 마주칠 기회는 많았다. 여자 아이가 아무리 피하려 해도 남자의 아들이 욕실에 들어가는 여자 아이를 밖에서 기다리고 있기 때문에 피할 수 있는 방법은 없었다. 그때마다 남자의 아들 손이 여자 아이의 엉덩이를 아프게 쓸고 지나갔다. 여자 아이는 유난히 큰 젖가슴과 엉덩이가 원망스러웠다.

여자 아이는 중학교 졸업을 앞둔 겨울 방학 때 보따리를 꾸려 울진으로 아버지를 찾아 나섰다. 그러나 흐릿한 기억을 더듬으며 찾아간 아버지는 이미 집을 팔고 이사 간 지 퍽 오래되었으며, 예전에 여자 아이 어머니가 남편을 간통죄로 고소해서 6개월 동안 감옥살이를 했다는 말만 이웃 아주머니에게 들었다. 여자 아이는 그대로 서울로 달아날까 고민하며 이틀을 보냈다. 그때 집에서 가지고 나온 여비가 다 떨어졌다. 여자 아이는 쭈볏쭈볏 남자의 집으로 다시 들어갔다.

여자 아이가 고등학교에 입학하기 바로 전에 남자의 아들은 서울로 갔다. 전문대학 시험에도 떨어지자 식당 금고를 털어 달아난 것이었다. 그러나 그것으로 여자 아이의 고통이 끝난 것이 아니었다. 이제 처녀가 되어버린 여자 아이의 몸을 탐내며 아침저녁으로 남자가 일 층에서 일부러 올라와 넘성넘성 거리기 시작했던 것이다. 심지어 뱃일을 나갔다 올 때마다 이층의 욕실에서 목욕을 하며 수건을 가져오라는 둥, 면도날을 사오라는 둥, 심부름을 시키며 자신의 알몸을 은근히 보이기도 했다.

그러던 어느 날이었다. 여름 방학 중이었는데, 여자 아이 어머니가 강릉 시내로 볼일을 보러 간 날이었다. 역시 수건을 가져오라기에 가지고 가서 문을 조금만 열고 수건을 내밀었는데 우악스런 남자의 손이 잡아당겼다.

"들어와 등 좀 밀어줘라."

여자 아이는 앞으로 고꾸라지듯 욕실로 들어섰다. 남자의 알몸이 한눈에 들어왔다. 여자 아이는 고개를 돌리고 눈을 감았다. 그러나 그리 넓지 않은 욕실에서 바동거릴 수도 없었다. 이미 남자가 문을 가로막고 서 있었고, 벽에서는 물줄기가 쏟아지고 있었다.

"내가 좀 피곤해서 그러니까, 자 등에 비누칠 좀 해줘라."

남자는 비누를 든 손으로 여자 아이의 어깨를 툭툭 쳤다. 여자 아이는 남자의 손에서 비누를 받아들 수밖에 없었다. 남자가 등을 보였다. 여자 아이는 일부러 시선을 어깨에 고정시키고 그 부분만 비누칠을 하고 있었다.

그 후 남자는 식당에 손님이 많아 여자 아이 어머니가 꼼짝할 수 없을 때만 시간을 잡아 이층으로 샤워를 하러 올라왔다. 때문에 여자 아이는 일부러 아래층에 내려가 식당을 일을 거들었다. 그러나 허사였다. 인터폰으로 담배를 가져오라는 둥, 면도날을 사오라는 둥, 별의별 심부름을 다시키며 여자 아이를 불러 올렸다. 그러고는 여자 아이를 욕실로 잡아당겼다. 그때마다 여자 아이는 남자의 알몸을 보아야했고, 때로는 남자의 우악스런 손에 젖가슴과 엉덩이를 잡히기도 했다. 남자는 이제 너도 다 커서 처녀구나, 하면서 능글맞게 웃었다.

여자 아이는 견딜 수가 없었다. 그해 겨울방학이 끝나갈 즈음부터 남자는 등에 비누칠을 다하고 나면 몸을 돌려 앞가슴을 내밀며 피곤해서 그러니까 여기도 좀 해라, 그러는 것이었다. 여자 아이는 뒷걸음쳤다. 남자의 성기가 불끈 일어서서 여자 아이의 사타구니 앞에 있었기 때문이었다. 그러나 욕실은 그리 넓은 편이 아니었다. 여자 아이는 주저앉아 버렸다. 울고 싶었지만 왜 그런지 눈물도 나오지 않을 뿐더러 목구멍도 뭔가에 꽉 틀어 막혀 있는 것만 같았다. 여자 아이가 그렇게 잔뜩 웅크리고 있자 남자가 괜찮아, 괜찮아, 하면서 다가왔다.

여자 아이는 어느 날 아침에 겨울바다를 등지고 서울행 버스를 탔다.

"그때, 내 나이 열일곱 살이었어……"

7

열차는 여섯 시간 가량을 줄기차게 달려와 동해역에 닿았다. 정우는 승강구에서 내려서며 달려드는 바람을 한껏 껴안는다. 그러나 가슴 속은 여전히 꽉 막힌 듯 답답하다. 그녀의 잔잔한 목소리가 아직도 귓가에 남아 있는 탓이다.

정우는 그녀의 손을 잡아준다. 손마디가 왠지 억세다고 느낀다. 스물 한 살의 여자 손마디가 이렇게 뻣뻣하지는 않을 듯싶다. 대학 때 부모 몰래 동거를 했던 혜영이의 손도 정미의 손도 보드란 솜처럼 기억난다. 그니들은 그 보드란 손이 상한다고 설거지도 잘하지 않았다. 어디 그뿐인가. 무슨 크림인가를 아침저녁으로 덕지덕지 발라 문지르고 비벼대고 난리를 떨었다.

플랫폼에서 바라보는 동해시는 어둠에 포위당한 모습을 하고 있다. 정우는 출구를 빠져나오며 그녀의 어깨를 감싸 안는다. 이 어둠에서 보호해주겠다는 듯이.

그녀는 아무런 표정도 없이 그의 어깨에 얼굴을 기댄다. 지친 모습이다. 열차 여행에서 오는 피로감 때문이 아니었다. 그녀는 세 시간 만에 무려 10여 년 동안의 긴 세월을 여행한 것이었다. 그녀는 긴 이야기를 하면서 가슴 속 깊이에 엉겨 있던 응어리를 풀어내려는 듯 열중했다. 그러다 열차가 동해에 도착한다는 안내 방송을 듣고는 벌써 다 왔네, 하며 지금 몇 시야? 묻는 것이었다.

그는 그녀의 팔목에 있는 시계를 바라보며 9시20분임을 말해줬다. 그러자 그녀는 표정 없는 얼굴을 하고 고개를 끄덕였다. 그 표정에서 정우는 읽을 수 있었다. 아직도 할 이야기가 많다는 것을. 그리고 이야기의 끝을, 아니 그녀가 자신의 지난 과거를 굳이 그에게 말하는 목적을 이야기하지 못한 것이다.

분명 그녀는 그 이야기를 마저 할 시간이 있는지 무의식적으로 확인한 것이리라. 그녀는 이야기를 꺼내기 전에 말 하지 않았던가. 어려운 부탁이 있다고. 그리고 왜 막대기란 남자의 똥구멍에 칼을 꽂았는지 말하지 않았다. 그것은 정우가 그 사실을 모르고 있다고 그녀가 믿고 있으니, 정우가 먼저 물을 수도 없는 노릇이었다. 얘기를 듣다보면 왜 그랬는지를 알 것 같기도 하다. 그리고 더 중요한 것은 그녀가 왜 그랬는지를 정우는 굳이 먼저 묻고 싶은 마음이 사라졌다는 것이었다. 이유 없이 그런 짓을 할 그녀가 아니라는 심증이 굳어졌기 때문이었다.

"배고프지?"

그녀의 고개가 힘없이 흔들린다. 배고픔도 느끼지 못한단 말인가. 정우는 그런 그녀가 안쓰러워 가슴이 쏴아, 울렁인다.

"그래도 뭐든 먹어야지?"

"먹는 거 보다 먼저 눕고 싶어, 오빠."

정우는 그녀의 어깨를 바싹 끌어당기며 택시 앞으로 다가선다. 택시의 문을 열며 그는 생각한다. 능력만 된다면 단 하루라도 그녀에게 편안한 기억을 남겨주고 싶다.

이 세상에 완전 범죄란 없다. 아니, 이미 범인이 누군지 피해자가 알고 있지 않은가. 그러니 붙잡히는 것도 시간문제이다. 결국

에는 살인죄로 사형을 당하지 않으면 교도소에서 평생을 지내게
될 것이다. 생각이 거기까지 미치자 그녀가 더욱 안스럽다.

"아저씨, 처음 온 곳이라 길을 모르는데요. 여기서 제일 크고 깨
끗한 호텔로 좀 가주세요."

정우가 말했다. 그러자 그녀가 고개를 돌린다.

"호텔?"

뜻밖이라는 듯 그녀의 눈이 커진다. 정우는 대답대신 그녀의 어
깨를 다시 잡아당기며 그 동안 깜박 잊고 있던 생각이 불쑥 뛰어
오른다.

"왜, 싫어?"

"아니, 호텔은 비싸잖아?"

정우는 미소와 함께 고개를 흔들어 보인다. 왜 일까? 그는 그녀
가 원하는 거라면 뭐든지 다 해주고 싶은 마음이 든다. 한때나마
사랑했던 혜영이와 정미에게 주지 않았던 마음까지도 다 주고 싶
다. 사실 혜영이와 정미는 그의 마음까지 원하지는 않았다.

혜영이는 군복무를 마치고 복학한 3학년 때 같이 지냈고, 정미
는 4학년 때 같이 지낸 여자였다. 두 사람도 다른 지방에서 온 학
생들이었다. 그니들은 그의 아파트가 조그만 자취방보다 편하다
는 것을 계산했고, 그의 승용차를 언제든지 탈 수 있다는 것을 그
좋은 머리로 계산을 했던 것이다.

그니들은 자기의 자취방에서 그의 아파트로 짐을 옮기면서 똑
같은 말을 했다. 서로의 사생활은 간섭하지 않는다. 누구든지 마
음이 돌아서면 그만둘 수 있다. 부모가 방문할 때에는 자리를 피

해준다. 절대로 사랑한다는 말을 하지 않는다. 등등.

그니들은 그저 같이 지내면서 그의 풍족한 용돈만 나누어주면 그만이었다. 그 대가로 그니들은 그가 원하면 언제든지 옷을 벗었다. 정우는 그니들의 벗은 알몸 위에 허무한 배설을 했다. 그니들은 지금도 그 지방 어느 아파트나 오피스텔에서 또 다른 남자와 그런 계약을 체결하고 동거를 할 것이다. 그리고 때가 되면 졸업장을 받아 집으로 돌아갈 것이다. 아주 요염한 모습으로.

택시는 시내를 벗어나 관광호텔 앞에 선다. 신축한지 얼마 되지 않은 듯 베이지색 페인트가 칠해진 5층 건물이 까만 어둠 속에 둥둥 떠 있는 듯하다. 정우는 택시에서 내리는 그녀에게 다시 손을 내민다. 그녀는 호텔에 들어서며 이런 데는 처음이야, 그런다.

정우는 프론트에 다가서 방을 하나 주문한다. 프론트 담당자는 예약이 되었느냐고 묻는다. 정우는 아니라고 말한다. 그러자 방이 없는데 하면서 서류뭉치를 뒤적인다.

"피서 철이라 일반 실은 없고, 특실 하나가 비었는데 쓰시겠습니까?"

정우는 주저 없이 그러겠다고 말한다. 그러자 프론트 담당자의 눈이 그의 행색을 훑고 지나간다. 정우는 그 시선의 의미를 알고 있다. 젊은 놈이 부모 잘 만나 여자나 데리고 놀러 다니는 한심한 놈이란 것을. 그러고는 그의 뒤통수에다 대고 덧붙일 것이다. 저런 놈들 때문에 우리나라가 이 모양 이 꼴이라고.

"오빠, 특실은 더 비싸잖아?"

그녀의 큰 눈이 그에게 와 있다.

"괜찮아. 오늘이 네 생일이잖아?"

"아니야, 어제였어."

"그럼, 올 해는 오늘로 해."

정우는 프론트 담당자가 내민 숙박인 명부에 기록을 한다. 서울시 서초구 방배1동……. 그는 자기 집 주소를 적은 다음 주민등록번호를 적어 넣고, 조정우란 이름을 쓴다. 그리고 아래의 빈 칸에 정혜영이라고 쓰려다가 옥이라고 쓴다.

특실은 5층에 있었다. 그러나 서울에 있는 관광호텔의 일반실과 크게 다른 점은 없었다. 작은 옷장과 거울이 달린 화장대, 텔레비전과 작은 냉장고가 꼭 그 자리에 있어야 할 것처럼 멀뚱한 모습으로 있다. 그리고 창가 한켠에 둥그런 탁자가 놓여 있고, 빨간색의 의자 두 개가 마주보고 있다.

정우는 안내에게 요리가 되느냐고 묻는다. 안내는 서울의 큰 호텔처럼 많은 요리는 안 되지만 어지간한 것은 된다며 차림표를 내민다. 정우는 차림표를 살피며 스테이크와 샴페인, 그리고 와인을 주문한다. 안내는 스테이크는 어떻게 해드릴까요, 한다. 그는 미디엄, 하고 대답한다. 안내는 허리를 깊숙이 구부린다. 정우는 지갑에서 만 원짜리 지폐 두 장을 꺼내 내민다. 그러자 안내는 다시한 번 더 허리를 구부리고 불편한 것이 있으면 언제든지 룸서비스를 불러달라며 편히 쉬십시오, 그런다.

안내가 문을 닫고 나가자 창가에 서 있던 그녀가 다가선다.

"나 때문에 돈 많이 쓰는 거 아니야?"

정우는 그녀를 가슴에 안는다.

"오늘 밤 만큼은 네가 행복하다고 생각했으면 좋겠다."

정우는 그녀의 긴 머리를 쓸어 모은다.

"오빠 같은 사람을 만날 줄은 꿈에 생각하지 못했어. 나 행복해, 지금. 이런 기분 처음이야."

그녀의 목소리가 떨리고 있다. 아까 열차 안에서도 잠깐 그런 목소리를 흘린 적이 있었다. 어머니 집에서 살다가 보따리를 들고 아버지 집으로 가는 열여섯 살 때의 이야기를 말 할 때였다. 그녀는 잠시 말문을 닫고는 고개를 숙였다. 그렇게 얼마가 지나도 진정이 되지 않는지 화장실로 달려갔다.

"그래, 그럼 됐어. 지금부터는 아무것도 생각하지 마. 이 세상에 오직 너하고 나만 있다고 생각해. 오늘이 네 생일이잖아!"

"오빠, 나아 조옴 노아주울래, 샤워하고 싶어."

그녀의 목소리가 방금 전보다 더 갈라져 들린다. 정우는 그녀가 또 울고 싶은가 라고 생각한다.

샤워기에서 쏟아지는 물소리보다 더 크게 들리는 그녀의 흐느낌이 정우의 가슴에 스며든다.

안내가 스테이크와 샴페인, 그리고 포도주를 가져다 놓고 갔는데도 그녀는 욕실에서 나오지 않고 있다. 흐느끼던 소리는 이제 사라지고 정말 샤워를 하는 중이었다. 아까 시계와 옷을 벗어 욕실의 문을 열고 밖으로 내놓았던 것이다. 그것을 그가 받아 옷은 옷장 속에 걸어두었다. 그리고 시계를 탁자에 올려놓으면서 무심코 본 시간이 9시 15분이었다.

그는 이상하다는 생각이 들었다. 분명 기차에서 내릴 때 그 시간이 지나 있지 않았던가. 그래서 자신이 차고 있는 시계를 보았다. 10시 25분이었다. 그는 그녀의 시계를 들어 귀에 밀착시켰다. 아무 소리도 들리지 않았다. 죽어 있는 것이었다. 그는 미처 건전지를 갈아주지 못했겠지 생각하며 탁자 위에 놓았다.

정우는 술을 따라 마시며 생각한다. 그녀에게 이제껏 들은 한 가정의 파괴된 모습을. 그러자 가정에서 가장의 역할이 새삼스레 중요하다는 결론으로 줄달음치더니 다른 생각의 끄나풀을 잡아당긴다. 그는 아버지를 떠올린다.

아버지는 외과 전문의답게 냉정을 잃은 적이 없었다. 자칫하면 지저분해 보이기 십상인 곱슬머리를 언제나 정갈하게 빗어 단정한 모습이었다. 늘 그 시간에 일어나 맨손체조를 하고, 신문을 보았다. 또한 늘 똑같은 시간에 아침상을 받고, 언제나 바른 모습으로 출근을 했다. 그리고 한결같은 모습으로 서재에서 글을 쓰고 책을 보았다.

그뿐이 아니다. 아버지는 커피에 설탕이 반 스푼만 더 들어가도 금세 알아챘다. 김치에 소금이 조금만 더 들어가도 어머니를 향해 눈을 흘겼다. 그런 아버지를 정우는 한 걸음 뒤로 물러서서 바라보았다. 어렸을 적부터 그랬다. 반가움이 마음에 겨워도 냉큼 달려들지 않았다. 쭈볏쭈볏 다가가 사내답게 호들갑을 떨지 않고 인사를 해야만 했다. 아버지는 사내다움을 늘 강조했고, 그 사내다움은 경망스럽지 않고, 늘 완벽한 모습에서 비롯된다고 덧붙였기 때문이었다. 하지만 정우는 왜 그런지 집에만 들어서면 숨이 막혔다.

그런 아버지의 완강함을 이길 방법을 그는 모색하게 되었다. 그것은 시험 성적이 나쁘게 나오는 것이었으며, 아버지가 그렇게 원하는 의대에 들어가지 않는 것이었다. 그는 공부할 시간에 딴 생각을 많이 했다. 노트에 만화 그림을 그리면서.

그녀는 큰 타월로 몸을 가리고 욕실에서 나왔다. 군살 없는 허벅지가 매끄럽다. 긴 머리까지 감아 물기가 촉촉하다. 얼굴에도 화장기가 전혀 없다. 욕실에 있는 스킨로션만 바르고 나온 듯 맨살이 그대로 드러나 있다. 퍽 이지적으로 보인다.

정우는 카멜레온을 떠올린다. 어젯밤의 그녀, 오늘 낮에 본 그녀, 그리고 지금 눈앞에 있는 그녀가 모두 다른 모습이다. 그것을 굳이 설명한다면 이런 모습이다.

어젯밤의 그녀는 기계적인 면이 있었다. 다시 말하면 죽은 나무, 아니 인조나무 같은 분위기였다. 그러다 어느 순간 인간의 뜨거운 심장을 찾은 듯 그의 몸을 탐했다. 그래서 더욱 슬퍼 보였다. 그리고 오늘 낮에 기차 안에서 본 그녀는 가녀린 소녀였다. 그 소녀는 가슴에 상처를 안고 있어 늘 우울한 모습이었다. 그리고 지금의 그녀는 지극히 도발적이다. 살아 있는 생화인 것이다. 싱싱한 것이다. 그러나 그녀는 지금 말이 없다. 이제 감정이 정리되었는지 덤덤한 표정으로 술만 마시고 있다. 앞에 있는 스테이크에는 관심이 없다.

"아까 열차 안에서 나에게 부탁이 있다고 했지?"

정우는 그녀 앞에 있던 스테이크 접시를 잡아당기며 갑자기 생각난 듯 말한다. 그래도 그녀는 말이 없다. 정우는 스테이크를 적당한 크기로 잘라 그녀 앞에 밀어 놓는다.

"술만 마시지 말고, 이것도 먹어."

"……"

그녀는 대답 없이 시선만 내민다. 절대 스물 한 살의 처녀 같지만은 않다. 정우는 스물 한 살의 처녀가 어떤 모습인지 잘 알고 있다고 자신한다. 혜영이와 정미가 그 나이였기 때문이다. 그렇지만 그니들에게서는 지금의 이 여자 같은 모습을 단 한 번도 보지 못했다. 그니들은 그저 철부지였다. 좋으면 웃고, 싫으면 투정부리고, 갖고 싶은 게 있으면 사달라고 떼를 쓰고, 먹고 싶은 게 있으면 꼭 먹어야 한다고 고집만 부렸다. 그게 스물 한 살의 여자라고 정우는 생각한다. 그런데 지금 이 여자는 세상살이에 알 거 모를 거 다 알아버린 서른 줄기의 여자 같은 모습을 하고 있다. 진지하게 무언가를 생각하는 눈빛에도 감당할 수 없는 외로움이 짙게 고여 있다.

"잘못한 거 같아 오빠, 오빠를 따라나서는 게 아닌데…… 내 주제도 모르고 따라나선 거야. 창녀 주제에 어떡해……"

말끝을 잡아당기는 그녀를 정우는 본다. 아, 이게 무슨 뚱딴지 같은 소리인가. 분명 그녀는 말했었다. 어젯밤 그가 동해에 가자고 했을 때, 사실 마음은 얼른 그러고 싶었는데도 딴청을 부렸다고. 그러나 새벽녘이 되어서는 도저히 견딜 수 없었다고. 몇 년 동안 벼르고 있었던 대로 어머니에게 찾아가 그 동안 아파했던 마음을 곱절로 갚아주고 싶었다고. 그래서 그의 지갑에서 돈을 꺼내 승차권을 샀다고 하지 않았던가.

"왜 그렇게 생각하니. 내 눈에는 넌 창녀가 아니야. 네가 창녀면 이 세상 여자들 중 창녀가 아닌 여자가 몇이나 되겠니…… 우리나라에 술집이 얼마나 많은 줄 아니. 또 여관은 얼마나 많고. 그리고 거기서만 여자들이 몸을 파는 줄 아니. 돈 좀 있는 남자들한테 빌붙어 사는 여자들이 얼마나 많은 줄 너 알기나 하니. 그런 여자들에 비해 너는……"

"웃기는 소리 마. 난 창녀야, 창녀! ……그리고 난 살인도 했어, 살인. 칼로 사람을 찔러 죽였단 말여."

그녀는 그의 말을 도막내고 외쳤다. 그리고는 술잔을 들어 삼키더니 침대로 다가가 코방아를 찧고 만다. 그렇다. 그녀는 자신의 지난 상처에 이제야 아픔을 느끼는 것이다. 칼에 베인 상처도 시간이 좀 지나야 통증이 온몸으로 퍼지지 않는가. 하물며 뼛속 깊이에서 난 상처이니 더하지 않겠는가. 그 상처는 지금 누렇게 곪아 있을 것이었다. 아, 사람 마음에 난 상처는 곪기 전에 치료를 해야 하는 것인데…….

정우는 엉덩이에서 의자를 털어버리고 창가로 다가간다. 커튼을 걷어내자 아래로 세상의 고요가 깔려 있다. 오가는 자동차의 불빛들도 참 태평스럽다. 한 여자의 흐느낌 소리에는 아랑곳하지 않은 채.

"오빠는 죽어다 깨어나도 모를 거야. 내 이름을 떳떳하게 밝히지 못하고 사는 사람 마음 알기나 해…… 난 내 이름이 기억나지 않을 때가 있어. 그래, 난 정영숙이야. 하지만 난 내가 정영숙이란 사실을 한 번도 말해본 적이 없어…… 나도 사람답게 살아보려고 공장에도 다녔어…… 하지만 세상에 있는 사람들은 내게 사람이 아니었어. 다 똥마려운 개새끼들이었단 말여…… 어떻게 하면 나를 한 번 더 따먹을 수 있을까 노려보는 눈들만 있었어. 나라고 왜 그 눈들을 경계하지 않았겠어…… 하지만, 나 혼자 내 몸을 지키기에는 세상 사람들이 너무 교활했단 말이야. 공장 사장 놈이 날 따먹고 뭐라고 했는지 알어…… 너 처녀가 아니니까. 공장 그만 두고 나가래…… 내가 갈 데가 어딨어…… 그리고 얼굴 반반한 게 죄야. 왜 나만 보면 남자들은 잡아먹으려고 그래. 직업소개소에 가니까, 삼일 동안 여관방에 가두어 두고 코피까지 쏟아가며 날 따먹더니 다방에다 팔아먹데…… 여기저기 팔려 다니다가 막대기란 좆같은 놈 만났지. 다방에 진 빚 갚아 주고 데려다가 살림을 차렸어. 한 달 동안은 사람답게 살았지. 그랬는데, 그 새끼도 단물 다 빠지니까, 술집에다 날 팔아치우더니, 이 년째 내 피를 빨아먹고 살어. 그러면서 밤마다 지 똥구멍을 핥으라고 하지. 그 개새끼는 변태야. 내가 영업을 안 하면 안한다고 패고, 영업 나가면 남자하고 어떻게 했냐며, 자기한테 똑 같이 하라고…… 그래, 세상 남자들은 다 똑 같아. 똥을 싸기 위해서 처먹고, 처먹기 위해서 똥을 싸고…… 그 개새끼 똥구멍을 핥을 때마다, 언젠가는 그 똥구멍에 칼을 쑤셔버리겠다고 마음먹었지…… 그런데 오늘 그랬어. 내 생일이어서가 아니라, 오빠를 만나서 용기가 생겼던 거야…… 오빠가 어저께 내 진짜 이름을 자꾸 물어봐서…… 그래, 내 진짜 이름은 정영숙이야, 정영숙…….”

그녀는 침대에 얼굴을 묻고 가슴 속에 있던 말을 띄엄띄엄 토해냈다. 그러더니 커억커억 흐느낀다.

정우는 한 가정이 파괴된 모습을 다시 떠올린다. 전쟁 후의 폐허처럼 그 파괴된 가정의 잔해가 지금 침대에 엎어진 채 흐느낌마저 입술을 깨물며 삼키고 있다. 그랬을 것이다. 그녀는 지금까지 마음 놓고 울어보지도 못했을 것이다.

8

그녀가 깊은 잠에서 깨어난 듯 침대에서 몸을 벌떡 일으키더니 말한다.

"오빠, 부탁이 있어."

정우는 그녀를 향해 몸을 돌린다. 하얀 바스타월은 엉성하게 풀려진 채 아랫도리만 가리고 있다. 정우는 침대로 가 앉는다.

"말해 봐."

정우는 자신도 모르게 그녀의 가슴을 만지고 있는 손을 본다. 남자들도 이렇게 만졌을까?

"의붓아버지의 손은 거칠고 솥뚜껑처럼 컸지만 이상하게도 아프지는 않았어. 그러나 그 아들의 손은 작았지만 억세고 아팠어. 하지만 나는 아프다는 말을 하지 못했어. 그 새끼의 눈이 무서웠거든……"

그녀가 날카롭게 내뱉은 말이 떠오른다. 정우는 뜨거운 것에 멋모르고 손을 댔다가 잡아당기듯이 손을 끌어들인다.

"복수를 하고 싶어."

"복수……?"

"응. 그 개새끼들에게, 아니 엄마에게 복수를 하고 싶어."

그녀가 몸을 바로 눕힌다. 풍만한 젖가슴이 출렁하며 일어선다. 정우는 그 젖가슴에 묻히고 싶은 것은 참아낸다. 가느다란 허리의 곡선을 따라 시선을 내린다. 하지만 소복하게 이루고 있는 숲에서는 어쩔 수 없이 시선이 멈춘다. 정우는 여태껏 복수라는 단어를 흔하게 접하지 않고 살아왔다. 가끔 홍콩영화에서나 흘러나오는 것을 들은 것이 전부였을 것이다. 그러나 이 여자에게는 그 단어를 늘 가슴에 품고 살았을 수도 있겠구나 생각된다. 정우는 왜, 하고 묻지 않는다.

"어떻게?"

"다 생각해 놨어. 오빠, 이리 와봐……"

그녀가 상체를 일으켜 세우더니 두 팔로 정우의 목을 끌어안고 다시 넘어진다. 정우는 힘없이 그녀의 몸 위로 넘어진다고 생각했는데, 어느 틈에 그녀가 자신의 배를 깔고 앉아 있다. 그녀의 입술이 다가온다. 어젯밤에 그건 안 돼, 하며 돌려대기만 하던 그 입술이 다가오더니 정우의 혀를 끌어간다. 머리카락에서 진한 향기가 나고 있다. 정우는 그 향기에 취하듯 눈을 감는다.

티셔츠를 벗겨낸 그녀의 손에 의해 바지 지퍼가 내려진다. 스르륵, 내려가는 소리가 꿈속에서 듣는 것만 같다.

"내 부탁 들어줄 거지?"

정우는 그래, 하고 만다.

"꼭이야?"

정우는 알았다고 말한다. 그러자 그녀는 입술에 진한 향기를 물고 그의 몸에 향기를 뿌린다. 발끝에서부터 시작하여 혹시 빠진 곳이 없나 싶은지 천천히 살펴가며 올라온다. 아, 이 여자는 세상을 이렇게만 사는 것을 배웠을까. 꼭 몸으로 그 대가를 지불해야만 하는 것인가? 하지만 정우는 뿌리치고 싶은 생각과는 달리 그녀의 입술을 느끼고 만다. 그리고는 아침이면 아무런 이해관계가 없을 낯선 타인이 되겠지. 지금 그녀도 그걸 생각하고 있는 것인가?

"오빠, 사흘 동안만 내 애인 해줘?"

"……."

순간 정우는 몸이 뻣뻣해졌다. 애인과 사흘이란 단어가 한 문장으로 묶어지지 않는다. 하지만 얼른 냉정을 찾는다. 대답 대신 말을 감춤으로 왜 그래야 하는가 말해보라고 의사를 표시한다.

"사흘이면 돼, 그 사흘 동안만 나하고 우리 집에 가서 내 엄마한테 결혼할 애인 노릇 해줘. 그럼 내가 서비스를 최고로 해줄게."

정우는 그녀의 입에서 흘러나온 최고의 서비스란 말을 버리고 생각을 빠르게 해 본다. 그녀는 17살에 집을 나와서 아직 한 번도 가지 않았다고 열차 안에서 말했다. 그러나 언젠가는 딱 한 번 갈 것이라고 강한 어조로 못 박았다. 그때가 엄마와 딸이라는 인연이 끝나는 날이라고 말했다. 그러고 나면 세상에 홀가분하게 날아다닐 수 있을 것이라고도 덧붙였다. 이제껏은 언제나 그 어머니 모습이 따라다녀 마음이 무거웠다는 것이었다.

정우는 마음의 결정을 한다. 아마도 그 어머니에게 불쑥 나타나, 당신의 도움 없이 이만큼 살아냈다고 시위를 하고 싶은 것이리라. 게다가 남자들에게도.

그녀는 가족들에 관한 이야기를 짧막하게 끝냈다. 하지만 그 짧막한 몇 마디로도 그녀의 가족들을 충분히 떠올릴 수가 있었다. 정우는 남자들을 하는 수 없이 떠올린다. 기차가 태백을 지나가고 있을 때 그녀가 한 말이었다.

"오빠라고 부르지 말랬잖아, 넌 내 동생이 아니야."

초등학교에 들어간 여자 아이는 상급생이었던 남자의 아들에게 달리 부를 방법이 없었다. 어머니가 오빠라고 부르라고 했기 때문이기도 했지만, 그 호칭 말고는 떠오르는 게 없었던 것이다. 그런데 남자의 아들은 여자 아이가 어른들의 심부름으로 어쩔 수 없이 그렇게 부를 때마다 눈에 쌍심지를 켜고 오빠라고 부르지 말라고 윽박질렀다. 여자 아이는 금방이라도 쏟아질 것 같은 눈물을 참으며, 어머니가 싸준 도시락을 남자의 아들이 가져가지 않은 것을 학교까지 가져가 내밀기도 했고, 친구들과 어울려 놀고 있는 남자의 아들에게 밥 먹으래, 그래야 했다. 그리고는 방에 들어가 이불을 뒤집어쓰고 애성이 복받치는 눈물을 흘려야했다. 여자 아이는 늘 그런 날들을 하루처럼 유년 시절을 보냈다. 그런 여자 아이에게 여자 아이 어머니는 가시내가 남자들에게 답작답작 굴지 못한다고 머리를 쥐어박기 일쑤였다.

"남자와 그 아들은 나를 단 한 번도 가족으로 받아준 적이 없
어……"

그 대목을 말하며 그녀는 열차가 흔들리는 대로 몸뚱이를 떠맡
기고 있었다. 정우는 그때의 그녀 모습을 보지 않았다면 이렇게까
지 마음을 써주지 않았을 것이다. 하지만 그녀의 커다란 눈에 그
렁그렁 매달려 있는 눈물방울이 금방이라도 주르륵 흘러내릴 것
같아 손수건을 내밀었다. 가슴에서 쏴아, 하게 물결치는 것을 느
꼈다.

"그런데, 그 개새끼들은 내가 중학교에 들어가니까 어땠는지 알
아……"

그녀는 기어코 흐르는 눈물을 막아내지 못했다. 그저 줄줄줄 흐
르는 눈물을 손수건으로 눌러댈 뿐이었다. 그렇게 얼마가 지나자
그녀의 입에서 흘러나오는 그 새끼들, 이란 격한 말들에 그도 마
음속으로 외쳤다. 남자와 남자의 아들은 별 수 없이 그 새끼들, 아
니 개새끼들이었다. 그녀의 눈두덩은 어느새 발갛게 변해 있었다.
정우는 여전히 태평스럽게 달려가고 있는 열차의 진동소리에 삼켜
질 만한 목소리로 개새끼들, 이라고 흘려버렸다.

그때였다. 다음 정차 역은 동해입니다, 란 열차의 안내 방송이
흘러나온 것은. 그녀는 거기까지 말하고 더 할 말이 있다는 표정
으로 벌써 다 왔네, 그랬다.

정우는 마음의 결정을 마친다.

"좋아, 하지만 그 다음은 어떻게 할 거지?"

정우는 아까 열차 안에서 그녀가 한 말을 생각해낸다.

"나 이제 그렇게 살기 싫어."

그녀는 진지하게 말했었다. 정말로 이참에 새로운 길을 찾아 나설 것인지. 만약에 그렇게 한다면 순간의 동정이겠지만 도움이 되고 싶다는 마음이 속에서 꿈틀거리고 있다.

"오빠는 오빠네 집으로 가고, 나는 내가 갈 길로 가야지 뭐."

"또, 그 생활하려고?"

"그 짓은 이제 안한다고 했잖아, 진절머리가 나."

"알았어. 그럼 너도 나하고 약속해. 그 후부터는 무조건 나하고 서울에 가는 걸로? "

"서울에 가서 날 어떻게 할 라고?"

"몰라, 그건. 아무튼 내가 널 도와주고 싶어. 동정이 아니고……."

"동정이든 뭐든 난 상관없어…… 약속한 거다. 내일 다른 말 하면 안 돼?"

정우가 다시 한 번 더 꼭 그러마 하자, 그녀는 다시 그의 몸에 입술로 향기를 뿌리기 시작한다. 정우는 그녀의 긴 머리카락을 쓸어 모은다. 그녀의 입술이 다시 다가온다. 정우는 그녀의 혀를 잡아당긴다. 지금 이 여자는 나를 간절히 필요로 하고 있다. 정우는 스스로에게 최면을 걸듯 마음속으로 웅얼거린다.

9

그녀는 집에 있는 사흘 동안 별로 말이 없었다. 두 차례 뱃놀이를 나갔고, 몇 차례 정우와 나란히 바닷가를 걸었다. 어머니가 끓여준 뒤늦은 미역국을 앞에 놓고도 시큰둥한 표정이었고, 과장되게 너스레를 떠는 남자를 보아도 그랬다. 그리고 동해 시내에서 비디오 방을 하는 남자의 아들이 반갑다며 그 동안 어떻게 지냈느냐는 인사말에 잘 먹고 잘 살았어, 그리고 말았다. 감정도 표정도 흐트러지지 않은 채 덤덤하게.

그런 그녀를 대신하여 정우는 그녀의 어머니와 남자를 앞에 두고 말을 아끼지 않았다. 그녀와 만난 지는 벌써 일 년이나 되어 버렸고, 그가 다닌 대학교 부근의 레스토랑에서 근무하는 그녀를 보는 순간, 마음속에 그리던 이상형의 여자를 발견했다는 환희에 가슴이 설레었다고 말했다. 다음 날부터 강의도 빼먹고 그녀의 마음에 들려고 노력했던 것을 자랑스레 떠들어댔다. 게다가 지금은 그의 부모님들께서도 그녀를 대단히 흡족해 한다고 덧붙였다.

"우리 영숙이는 배우질 못했는데……"

배움이야, 지금부터라도 다시 시작하면 되는 것이니 문제가 되지 않는다고, 정우는 그녀 어머니의 불안한 마음을 달래주었다. 그녀처럼 예쁜 여자도 드물지만, 마음 씀씀이가 고운 여자를 요즘에는 찾아보기 힘들다고 선심까지 썼다. 그리고는 요즘에는 좀 배웠다고 세상일에 참견하려고 덤벼드는 여자가 많아 나라의 장래가

걱정된다고도 했다. 한 나라의 미래와 한 가정의 장래는 어린이에 게 달렸는데, 그 어린이에게 가정교육을 제대로 시키지 않고 자신의 욕구를 채우려고 사회생활만 고집 하는 여자들을 그의 부모는 탐탁하게 여기지 않는다고도 주절주절 흘렸다.

"그 말을 들으니 내가 부끄럽네. 엄마가 되어 가지고…… 제대로 가리킨 게 없으니까."

그녀의 어머니는 정말 부끄럽다는 듯 이제 다 식어버린 커피 잔을 만지작거렸다. 그 모습을 보자 의도하고 그렇게 말한 것이 아니었는데도, 한편으로는 통쾌했다.

"왜 그런 말씀을 하세요. 이렇게 예쁘게 키워주셨는데요. 더군다나 마음씨를 곱게 키워주신 것은 두고두고 보답하겠습니다."

정말이지 거짓말도 처음에 시작하기가 어렵지 일단 시작하고 나니 실에 구슬을 꿰듯 술술 잘 맞혀졌다.

"이제 그만하고, 당신은 나가서 술상 좀 봐와. 이 친구하고 술 좀 마셔야겠구만…… 뭐해, 나가서 광어도 큰 것으로 썰어와. 예쁜 딸 덕분에 대학 나온 사위를 보게 되었으니, 한 잔 해야지. 안 그런가?"

남자는 처음과는 달리 의심하는 눈빛을 지웠다. 처음에는 날카로운 시선으로 청바지와 티셔츠를 입고 있는 그를 훑어보았던 것이다. 아무리 보아도 이해가 되지 않는 다는 표정이었다. 그래서 정우는 말했다. 이런 차림으로 인사를 오게 되어 정말 죄송하다고, 사실은 두 사람이 인사를 마치고 여행을 갈 목적이어서 복장이 이러니 너그럽게 용서해달라고. 그러자 남자는 물었다. 어느 대학 무슨 과를 언제 들어갔다가 언제 졸업을 했는지, 군대는 어디에서 근무했으며, 주특기가 무엇이냐고 꼬치꼬치.

정우는 아주 구체적으로 설명했다. 그가 다닌 대학은 비록 지방에 있는 캠퍼스였지만 본가는 서울에 있는 명문대학이며, 전공한 것은 응용미술이며, 응용미술은 작품 활동을 하는 화가들과는 달리 실용성을 위주로 공부하며, 졸업생들은 대부분 기업에 취업하여서 상품 디자인 같은 것을 하게 되지만, 자신은 공부를 더하고 싶어 아직 취직을 하지 않았다고 속내가 뜨끔한 것을 감추고 말했다.

그리고 군대 이야기도 부대가 위치해 있던 곳까지 상세히 말했다. 남자는 고개를 끄덕이더니 부모님은 다 계신가? 물었다. 정우는 먼저 아버지의 이력을 말했다. 빈농의 아들로 태어나 명문대학을 졸업하고 지금은 모교의 대학병원에서 최고 우두머리 자리에 있고, 책도 수월찮이 냈다며, 그 책의 제목을 더듬어 나열하기도 했다. 그리고 어머니 역시 명문대학을 졸업하였고, 아버지와 결혼한 후 전업주부가 되었지만 결혼하기 전에는 방송국에서 아나운서로 근무하였던 것까지 끄집어 내 떠들어댔다.

그제야 남자는 더 이상 물어볼 말이 없다는 듯 입을 다물었다. 그렇게 해서 뜻하지 않게 그녀의 애인, 그것도 결혼을 승낙 받으러 온 애인답게 예의바른 모습으로 절차를 마쳤다.

"참, 우스워."

그녀와 약속한 사흘째 되는 날이었다. 저녁녘에 그녀와 정우는 바닷가 모래사장에 앉아 내일이면 이곳을 떠나야 하는 마음에서인지 무거움 마음만큼이나 입도 좀체 떨어지지 않았다. 그저 멀건히 먼 바다에 시선을 턱 얹혀 놓고 있었다. 피서객들도 이제 눈으로 헤아릴 수 있을 정도로 뜸했고, 가까운 바다에서는 어부들이 탄 배가 하얀 물보라를 치켜 올리며 나타났다가 사라지고 있었다. 그 것들을 마치 액자 속 그림처럼 말없이 바라보고 있다가 느닷없이 그녀가 말했다.

"뭐가?"

"사람 마음이."

"갑자기 무슨 뚱딴지같은 소리냐?"

"누군가를 죽이고 싶을 정도로 미워했는데, 왜 그런지 갑자기 미워할 수가 없어. 그 사람이 도리어 불쌍하다는 생각까지 드는 거 있지?"

"누구, 엄마 말이냐?"

"엄마도 그렇고, 그 늑대들까지 다 그래."

"그럼 다행이지. 언제까지 미워할 수만은 없는 게 가족이니까."

"가족? 흥, 웃기는 소리지."

"웃기는 게 아니고, 네 집에 와서 나도 곰곰이 생각해보니까, 가족이란 것은 계산속에 들어가서도 안 되는 인연이고, 버리고 싶다고 버릴 수 없는 관계이고, 내 것이 아니라고 생각하지만 결국에는 내 것인 인연이 가족이란 관계일 거야."

"난 그렇게 어려운 말 몰라. 단지 언젠가 어렸을 적에 내가 아버지라고 믿고 있었던 사람을 어렵게 찾아갔더니, 하는 말이 자기는 내 아버지가 아니니까 엄마한테 가서 내 진짜 아버지를 찾아가래. 진짜 코미디 같은 말이어서 웃음이 나오더라고. 그때부터 술집 생활을 시작했는데…… 밤마다 남자들을 대하며 그때그때 죽이고 싶은 마음이 들더라고. 나도 그렇게 해서 태어나지 않았나 하는 생각이 들어서……"

그녀는 눈물을 삼키는지 말을 더듬거리며 이어나갔다. 매일 밤 어머니를 죽이고 싶었다고. 그러나 막상 어머니를 대하고 보니, 아니 어머니가 그런 데로 사람답게 살고 있는 모습을 보니 그런 생각들이 봄날에 얼음이 녹듯이 스르르 녹아버리는 자신의 마음을 정말이지 알다가도 모르겠다고……

"오빠…… 미안해…… 나는 이다음에 다시 태어난다면 감정이 없는 것으로 태어나고 싶어, 미움도 느끼지 못하고, 외로움도 느끼지 못하는 그런 거 말이야…… 그런데 그게 뭐지…… 아무튼 그런 거 있기는 있지?"

아, 왜 그때 알아 체지 못했을까. 그녀가 그렇게 말한 그 밤이 다 물러가기도 전에 그녀가 바다로 갔는데. 그랬는데, 정우는 정말 돼지처럼 쿨쿨 잠만 잤으니.

그날 아침, 그러니까 그녀와 약속한 사흘이 지나고 떠나기로 한 그날이었다. 그랬기 때문에 그 전날 그녀의 어머니와 남자에게 아침에 떠나겠다고 말했었다. 그리고 그녀와는 며칠 더 같이 여행을 하고 서울로 가기로 말을 마친 상태였다.

아무튼 밤새 그녀의 격렬한 애무를 받느라 알몸이었던 정우를 깨운 것은 그녀의 어머니였다. 문 밖에서 다급한 목소리로 옆에 그녀가 있느냐고 물었다. 그녀는 없었다. 다만 그녀가 차고 있던 손목시계와 편지 한 장만이 그녀가 베고 잤던 베개 위에 놓여 있었다. 그러고 보니 그녀가 메고 온 작은 배낭도 보이지 않았다. 그가 없다고 대답하자 그녀의 어머니는 설마, 설마, 하면서 목소리보다 더 다급하게 발소리를 흘리며 내려갔다.

그는 옷을 바쁘게 주섬주섬 꿰입고 아래층으로 내려갔다. 그를 보자 그녀의 어머니가 들고 있던 전화기를 한 손으로 막고 이일을 어떻게 하느냐며 두서없이 말을 흘렸다.

말인즉슨, 새벽에 일을 나가려고 남자가 포구에 갔는데 배가 없어졌더라는 것이었다. 그래서 입출항을 체크하는 해양경찰청 초소에 연락을 했더니 한 시간 전에 나가지 않았느냐고 되묻더라는 것이었다. 자신들도 초소에 들려 출항을 한다고 알리지 않아 이상하게 생각은 했지만 바쁜 일 때문에 그런가 생각하고 배 이름만 적어놨다며, 그제야 수배를 하겠다고 하더라는 것이었다. 그런데 사내가 집에 전화를 걸어 혹시 비상키가 있는지 확인해 보라고 해 찾아보니 배의 비상키가 없어졌던 것이다.

남자의 배가 발견된 것은 그로부터 삼십 분 후였다. 그리 먼 바다는 아니었지만 삼십 분은 달려 나간 거리였다. 그곳에서 배가 시동이 꺼진 채 물살에 둥둥 떠밀려오고 있었다고 해양경찰관은 말했다. 그런데 누가 거기까지 배를 몰고 간 것인지는 아무도 본 사람이 없었다.

남자와 그녀의 어머니, 그리고 정우까지 경찰서에 가서 조사를 받았다. 정우는 형사 앞에서 몹시 떨었다. 그녀가 막대기란 남자의 똥구멍에 칼을 꽂았다는 것을 형사가 알고 있을까 그랬다.

그런데 형사는 모르는 눈치였다. 그녀의 실제 이름인 정영숙이란 이름을 그녀의 어머니가 또렷하게 말해주었는데도 그랬다. 정우는 그녀의 실체가 누구인지 막대기란 남자 일당이 모르는 것이라고 단정했다. 주민등록도 만들지 않은 나이에 서울로 가출을 해서 자신의 이름을 한 번도 밝히지 않았다는 그녀의 말이 그제야 실감되었다.

형사는 권태로운 표정으로 아주 상투적인 것들을 물었다. 그녀와의 관계를 묻고, 자살을 할 동기가 있었느냐는 게 조사의 전부였다. 정우는 끝끝내 그녀가 창녀 생활을 했다는 사실을 실토하지 않았다. 그러다 그녀의 현재 거주지를 말하는 대목에서 잠깐 막혔지만 순간 머릿속에 떠오른 게 있어 무사히 넘어갈 수 있었다. 그것은 그가 대학 다닐 때 전세로 얻어 놓은 아파트였다. 그것을 아직 빼지 않은 탓으로 비어 있었던 것이다.

그는 그 아파트 주소를 대며 현재는 직장을 그만두고 그곳에서 혼자 산다고 말했다. 그렇게 그녀의 자살은 기정사실이 되었다. 시체 인양 작업도 잠수부를 동원하여 이틀 동안 진행되었다. 하지만 찾지 못했다. 그녀가 어느 지점에서 바다로 뛰어 들었는지를 전혀 알 수 없기 때문에 어렵다는 말이었다. 그러다 폭풍주의보를 맞았다. 바다에 나갈 수가 없었다. 그렇기 때문에 하얀 파도만 망연히 바라보며 이틀을 다시 보내야 했다.

10

모래 위에 정우는 서 있다. 먹구름이 두툼하다. 바다가 출렁거린다. 바람이 무겁게 얼굴에 닿는다. 숨이 막힌다. 출렁거리는 배에 타고 있는 것만 같다. 어지럽다. 돌아보니 빈 모래사장에 소나무 몇 그루만 덩그러니 있다. 사람들은 보이지 않는다. 다들 어디 갔지?

하얀 거품을 앞세우고 달려드는 바다. 아니, 무엇인가에 쫓기듯 숨 가쁘게 밀려오는 바다를 정우는 바로 본다. 파릇하다. 그 속으로 성큼성큼 걸어가고 싶다. 하지만 그럴 명분도 용기도 없다.

그렇다. 트랙을 돌던 육상 선수가 멈추는 데는 그만한 까닭이 있을 것이다. 올림픽의 영웅이라던 마라톤 선수가 중간에 달리기를 포기하는 모습이 눈앞에 그려진다. 더는 뛸 수 없었기 때문이었을 것이다. 다리를 절룩거리며 길옆으로 비켜 앉은 그 선수는 지나치는 또 다른 선수들을 똑바로 보지 않았다. 그리고는 손목에 찬 시계를 정지시키는 모습이 지금 보는 것처럼 선명하다.

정우는 손을 들어 시계를 본다. 시계 바늘은 여전히 돌고 있다. 기력 없이 돌고 있다. 금방이라도 멈춰버릴 것만 같다. 하지만 멈추지 않는다. 찰,칵,찰,칵……

정우는 털벅털벅 걷는다. 모래 속으로 발이 푹푹 잠긴다.

사람들은 하늘을 보고 돈다. 똑같은 자리에서 늘 똑같은 모습으로. 때로는 어지럼증에 시달리면서도 돌아야 한다.

바다도 지금 돌아가는 하늘을 바라보고 있다. 바람에 떠밀려 하얀 거품을 토해낸다. 사나운 모습이다. 그러나 바다는 이내 평정을 찾을 것이다. 평정을 찾은 푸른 바다는 널따란 가슴을 내민다. 포근하고 따듯할 것만 같은 가슴을. 그 가슴에 안겨 살고 있는 그 많은 생물체들. 사람들도 그 포근하고 따듯할 것만 같은 가슴에 안기고 싶은 때가 더러는 있다.

정우는 여자가 남긴 시계를 주머니에서 꺼내본다. 금색으로 도금된 시계 줄은 적당한 굵기의 철사로 되어 있다. 언뜻 보면 팔지 같다. 시계는 반지에 커다란 보석이 박혀 있는 것처럼 작은 모양이다.

"어떤 여자가 이런 시계를 차고 있는 걸 보았는데, 너무 부럽더라고…… 그래서 샀어. 이쁘지 않아?"

나이에 어울리지도 않는데 왜 차고 다니느냐고 그가 묻자, 그녀는 어색한 미소를 지어 보이며 말했다.

"그런데 왜 죽였지?"

"응, 난 시간이 가고 있다고 생각이 들면 머리가 돌아버리거든."

"그래도 시간은 알아야 할 게 아니야?"

"싫어, 나는. 시간이 가는 게 싫단 말이야."

시계는 여전히 반듯하게 누워서 미동도 하지 않는다. 왜 일까? 정우는 그 여자의 방에 걸려 있던 시계 바늘도 9시 15분에 맞추어져 있었던 것을 또 다시 기억해본다. 벌써 여드레나 지났다. 그녀의 골방 벽에 걸린 채 멈춰 있던 그 벽시계를 본 것이.

그랬다. 그녀는 자신이 원한대로 나중에야 어찌되건 지금은 병원장 외동아들의 결혼하는 것으로 되어 있었다. 그런데 사라진 것이다. 그것도 유서가 되어버린 편지 한 장과 죽은 손목시계 하나만 달랑 남긴 채.

정우는 청바지 뒷주머니에 있는 편지를 꺼내든다.

오빠, 며칠 동안이지만 너무 고마웠어요!

오빠를 만났기 때문에 태어나 처음으로 사랑이란 느낌을 가슴에 안을 수 있었어요. 나에게 그렇게 따듯한 사랑이 다가올 줄은 몰랐어요. 진작에 포기하고 있었거든요. 그런데 오빠가 이게 사랑이야 하고…… 정말 눈물이 나요.

그 사랑을 가슴 깊이 안고 저는 갑니다. 하지만 미안하다거나 잘못했다는 말은 하지 않을게요. 그런 말을 하면 지금의 제 자신이 너무 초라해질 것만 같아요. 그래도 이해해 달라고는 말하고 싶네요. 오빠에게 애인이 되어달라고 억지를 부렸던 점 말이에요. 그리고 이것 또한 억지일 테니까요. 오빠에게는 말이에요. 하지만 저에게는 절대로 억지가 아니에요. 운명 같은 선택이지요.

오빠!

그 동안 내가 머물 곳이 없는 이 땅이 너무 싫었어요. 정말 지긋지긋할 정도로 싫었어요. 아침이 오는 것이 싫었고, 밤이 되는 것이 싫었어요. 내게는 가도 가도 물 한 모금 없는 황막한 사막뿐인 세상이었어요. 그러니 제가 부리는 이 억지도 이해해 주서야 해요.

아무튼 아침에 일어나 너무 황당해 할 오빠 모습이 눈앞에 그려져요. 하지만 오빠는 그 황당함마저 따듯한 가슴으로 안아줄 것이라고 생각해요. 다만 내 억지가 오빠의 기억에 남을까 염려되어요. 그래서 소망하건대, 여기를 떠나며 이 수첩도 바다 속에 던져주세요. 아니, 오빠의 기억 속에 있을 제 모습을 몽땅 다 던져주세요.

그런데 왜 그런지 아쉬워요. 오빠의 가슴에 남고 싶어요…… 그러나 그럴 수 없다는 것을 잘 알기에 욕심 부리지 않을 거예요. 다만 제가 제일 아끼는 시계를 두고 가겠어요. 이 시계는 제가 예전에 잠바공장에서 일하며 번 돈으로 산거에요. 하지만 이것을 꼭 간직해 달라고 말하지는 않겠어요.

그리고 한 가지는 말씀드려야겠어요. 사실 제가 오빠와 같이 이곳에 올 때는 이렇게 끝낼 생각이 아니었어요. 혼자 죽기가 너무 억울해서 다 같이 죽을 라고 했지요. 창고 속에 있는 휘발유를 이 집에 쏟아 붓고 불을 지르고 싶었어요. 모두 잠든 밤에 오빠도 끌어안고 죽고 싶었어요. 사실 이제까지 오빠 같이 부모 잘 만나 호강하며 사는 사람들을 보면 정말 죽이고 싶었거든요. 그러나 그럴 수가 없었어요. 그래서 저 혼자 이렇게 억지를 부리는 것이에요.

부디 아름다운 여자 분을 만나 좋은 모습으로 행복하기를 간절히 소망합니다. 분명 그럴 것이라 믿음이 가기 때문에 걱정은 하지 않을 거에요.

그럼 안녕~

오빠에게서 처음으로 사랑을 느낀 한 여자가

이틀 전부터 불기 시작한 태풍에 피서객들 모두 사라졌다. 텅 빈 모래사장에 짙은 회색구름과 지치지도 않고 이틀 동안 달려드

는 바람에 떠밀리는 하얀 파도가 사람들의 흔적을 지워낸다. 정우
는 그 지워지는 흔적에 가슴이 시리다. 고개를 들어본다. 두툼하
고 짙은 구름이 우울한 얼굴을 내밀고 이만치에 내려와 있다. 펄
쩍 뛰어오르면 손에 잡힐 듯하다. 바다 끝도 푹 내려앉은 구름 때
문에 한결 가까이 보인다. 그 모습은 커다랗고 포근한 우산 같다.
정우는 그 우산을 쓰고 바다 위에 혼자 덩그러니 떠 있는 듯싶다.
습기가 가득 고인 소녀의 눈빛 같이 우울기가 잔득한 바다는 멍든
가슴마냥 푸르퉁퉁하다. 정우는 배낭을 어깨에서 벗겨내고 방파
제 끄트머리에 엉덩이를 걸치고 앉는다. 짙은 회색빛 구름으로 변
한 하늘을 다시 올려다본다. 이제 슬퍼서 울다 지쳤는가라고 그는
생각한다.

스물 한 살의 여자가 이 땅에서 한 줌의 흔적을 남기기조차 마
다하고 바다로 사뿐사뿐 걸어 들어간 것에. 정우는 저만치 있는
수평선에 시선을 던진다. 파도는 이틀 전보다 많이 누그러졌지만
아직도 만만치 않게 덤벼들고 있다. 하얀 거품을 앞세우고 저 만
치에 있던 것이 어느 틈에 다가서서 커다란 입을 벌렸다가 풀썩 주
저앉고 만다. 이 땅덩어리를 삼키려는 듯이. 그는 파도를 보며 날
개를 펄럭이며 날아오는 하얀 나비 떼를 연상한다. 마치 그녀가
나비로 환생한 것만 같다.

무엇 때문에 여기에서 훌쩍 떠나지 못하고 있는 것인가?

이곳에 온 지도 벌써 칠 일이나 되었다. 그러니 집에서 나온 지
는 구 일째 인 셈이다. 정우는 먼 바다에 시선을 놓고 생각한다.
그녀의 모습이 출렁이는 물살 위에서 보인다. 하늘 끝이 있는 저

만치에서 우뚝 서 있다.

"아직 안 갔구먼."

여인은 목소리를 던져놓고 정우 옆에 몸을 내린다. 그는 순간
착각을 한다. 나이를 한꺼번에 다 먹어버린 그녀가 나타난 것만
같다.

"가지 않고 자꾸 이러고 있으면 내 마음이 더 아픈데……."

그녀의 어머니이다. 바닷바람과 햇볕에 그을린 얼굴인데도 아
직은 살날이 더 많을 것 같은 모습이다. 그 모습에 알 수 없는 배
신감이 끼어든다. 죽어야 할 사람은 그녀가 아니라 당신이라며 바
다에 밀어 넣고 싶다.

"여쭈어보고 싶은 게 있어요."

"……?"

말없는 시선이 무엇이냐고 묻는다.

"영숙이 아버지와 이혼을 했어야 했나요?"

여인의 시선이 달아난다. 정우는 여인의 눈가에서 주름을 본다.
아직 쉰이란 나이에 한참 못 미치는데도 잔주름이 헐겁게 엉켜 있
다. 까닭 모를 연민이 끼어든다.

"나도 참고 살아보려고 했지. 근본이 나쁜 사람은 아니었으니
까. 그러나 안 되는 건 어쩔 수 없었어. 사실은 그 사람에게 문제
가 있었던 게 아니고 처음부터 나에게 있었으니까…… 그 사람도
나 때문에 가족들에게 외면당했었지. 그 사람과 결혼을 할 당시에
나에게 두 살 된 딸이 하나 있었거든…… 나에게는 은인이나 다름
없는 사람이기도 하지…… 딸 우유 값도 없어 쩔쩔맬 때 그 사람

이 도와주었고, 출생 신고도 하지 못하고 있었는데 나에게 청혼을 했던 거야…… 자기 딸처럼 여기며 살겠다면서…… 그러나 현실은 꼭 그렇게 되지 않았지, 그 사람도 많이 힘들었어. 무엇보다 내가 아이를 낳지 못하는 이유가 컸어…… 그 사람도 사람인데 자기 아이를 갖고 싶지 않았겠어? 그러나 나는 이미 그 딸을 낳으면서 다시는 아이를 낳지 않겠다는 다짐으로 수술을 받았었지. 영숙이만 키우며 살 수 있을 것 같았으니까…… 하지만 그 아이의 아버지에게 배신을 당하고, 현실로 돌아오자 내 마음대로 되는 일이 없었어…… 그래, 그랬던 거야."

정우는 바다 위에 차곡차곡 쌓이는 여인의 말을 본다. 마음에서 자꾸 밀어내는 탓에 들을 수가 없다. 때로는 파도소리가 여인의 말을 삼키기도 한다. 아니, 정영숙 그녀가 어머니의 말을 삼키는 것이리라.

"가겠어요."

정우는 몸을 일으킨다. 여인도 잠겨 있는 목을 헛기침을 푼다. 그러고는 코를 풀어내며 일어선다.

"그래요. 이제 뒤돌아보지 말고 곧장 가요. 절대 돌아보지 말아요."

배낭을 어깨에 메니 무거운 돌덩이라도 들어 있는 듯싶다. 정우는 여인의 말대로 돌아보지 않기로 작정한다. 편지를 바다에 던진다. 그녀가 있는 물속에 잠기겠지, 생각만 할 뿐 걸음은 멈추지 않는다. 그는 다시 그녀가 남긴 손목시계를 주머니에서 끄집어 내 바다에 던진다. 바람이 등을 떠민다. 배낭의 무게가 실감되지 않는다. 가뿐하다.

아버지!

정우는 자신도 모르게 입에서 내보낸다. 가슴이 뭉클해진다. 그
는 소리 내어 불러본다.

아버지!

안개 소리

1.
내 키가 2센티만 더 컸다면
나는 지금 침묵하고 있지 않을 것이다.

지금 막 텔레비전 정규방송이 끝났다. 쉼 없이 등장하는 사람들과 폭포수처럼 쏟아지던 말들이 일순간에 사라졌다. 나는 아무 것도 없는 화면을, 그것도 입을 꾹 다물어버린 화면을 멍하니 쳐다보고 있다. 이제껏 꿈을 꾸고 있었는가 싶다. 그것이 아니라면 23평의 아늑해야 할 이 공간이 왜 이토록 한기로만 가득 채워져 있는 것인가. 왜 까만 어둠 속에 숨어 있는 황량한 벌판처럼 잠들어 있는가 말이다. 정말이지 캄캄한 동굴 속에 내가 있는 것만 같다.

집안의 모든 집기들이 촉촉하게 젖은 내 시선에서 비켜간다. 덩그러니 놓여 있는 식탁, 내장이 하나도 없을 것 같은 오디오세트, 심지어 벽에 걸려 있는 커다란 사진틀 속에 인물까지 낯설기만 하다. 그 모든 것이 얼음 덩어리처럼 차갑게 내 시선을 아니, 내 가슴 속까지 시리게 한다.

"미쳐버릴 거 같아! 이럴 줄 알면서도 내가 결혼을 한 것은…… 나 혼자서는 미쳐버릴 거 같은 나를 어떻게 할 수 없었기 때문이었어."

금방이라도 무슨 일을 저질러버릴 것만 같은 남편이 흘려놓은 말이 가시가 되어 내 가슴에 다시 꽂힌다. 남편이 그렇게 말할 때마다 나는 그의 시선을 바로 볼 수 없었다. 발갛게 충혈 된 채 이글거리고 있었기 때문이었다. 보름 전, 시골에서 한량처럼 지내고 있는 시아버지가 다녀간 뒤 남편의 그런 증세가 예전보다 훨씬 강도 높게 나타났다.

나는 무리 진 사람들을 넋 놓고 따라가다 어둠 속에 혼자 덩그러니 남아 있는 기분이다. 눈을 감아버린다. 그러자 관객들이 무대 위에서 아직도 춤을 추고 있는 작은 나를 외면하고 한꺼번에 출구로 밀려나가는 모습이 불쑥 연상됐다. 그 사람들 속에는 남편도 있다. 출구를 향하던 수많은 사람들의 뒷모습 속에서 고개를 돌려보던 그 사람은 분명한 남편이었다. 허망하다. 내 몸이 뻣뻣하다. 활동이 가능한 모든 기능이 멈춘 것만 같다. 갑자기 찾아온 조용함에…… 그렇다, 그 조용함에 나는 지금 숨 쉬는 것조차 인식하지 못하고 있다. 그저 두 무릎을 가만히 당겨 안고 작은 내 몸을 둥글게 말아보는 일에 최선을 다 해본다.

만약에 내 키가 2센티만 더 컸어도 나는 내 마음에 파랗게 멍이 들 때마다 내 몸을 공벌레처럼 말아 죽은 듯이 누워있는 이 짓을 하지 않았을 것이다. 내 키가 적어도 150센티만 되었어도 나는 억울하고 아픈 마음을 당당하게 내보이면서 왜 나를 아프게 하느냐고 따지고 덤벼들었을 테니까. 그러나 나는 키가 작은 여자라는 이유만으로 억울한 일에도, 아픈 일에도 침묵하는 것에 익숙해 있다.

초등학교에 입학할 그 당시만 해도 내 키는 지극히 정상인 줄 알았다. 대개는 나보다 키가 컸지만, 맨 앞줄에 서 있는 내 짝도 내 눈높이에 있었고, 그 옆줄에 서 있는 친구도 그랬다. 그러나 시간이 갈수록 내 키는 이상하게 줄어들기만 하는 것이었다. 어느 날 나는 내 눈높이에 내 짝의 어깨가 올라와 있는 것을 알고는 어머니에게 투정을 부렸었다. 내 키는 왜 줄어들기만 하느냐고.

나는 학교 다니기 싫다며 아침마다 가방을 집어던지고 아무데서나 뒹굴었던 날들이 더 많아졌다. 그러다 이 학년 겨울방학 때 어머니는 급기야 처방을 내렸다. 나는 키가 커지는 약이라며 어머니가 병에 있는 것을 쏟아 놓은 알약을 두세 알씩 주어 삼켰다. 내가 평소에 먹던 영양제하고는 전혀 다른 그 알약을 나는 하나라도 더 먹으려고 서둘렀다.

어머니도 키가 작았기 때문에 그 약을 주어 삼켰다. 그때 어머니는 눈물을 흘리고 있었다. 그래서 나도 덩달아 눈물을 흘렸다. 눈물을 흘리면서 그 알약을 주워 삼키는 나에게 어머니는 말했다. 나를 닮아 가는 너를 보는 게 너무 힘들다고. 엄마랑 함께 자고 일어나면 키가 커져 있을 거라고.

나는 깊은 잠을 잤다. 잠에서 깨어나 보니 병원이었다. 나는 내키가 얼마나 커졌는지를 가장 먼저 알고 싶었다. 아버지는 그런 나를 내려다보면서 울고 있었다. 어머니가 잠에서 깨어나지 못했던 것이다. 그리고 나는 잠에서 깨어나지 못했다는 어머니를 그 후로 다시 보지 못했다. 그때 어머니는 서른일곱 살이었다.

나는 학년이 올라가면서 자꾸만 줄어드는 내 키를 더욱 심각하게 의식하기 시작했다. 그것은 불안이었다. 무리 속에서 자꾸만

밀려나가는 것에 대한 초조함이 나를 불안하게 했던 것이다. 그때부터 나는 내 몸을 둥글게 말기 시작했다.

나는 내 몸을 공벌레처럼 말아 키가 큰 여자를 애인으로 둔 아버지가 찾지 못하는 곳에 숨어 있는 것을 좋아했다. 쌀통 속에도 들어가 있었고, 선풍기 박스 안에도 들어가 있었고, 아버지의 앉은뱅이책상 아래에 들어가 있기도 했다. 한번은 냉장고 안에 있던 것을 모두 꺼내버리고, 그 안에 숨었는데 오빠가 냉장고 문을 열지 않았다면 아마도 나는 그때 얼어 죽었을 지도 모른다.

차라리 그때 그랬으면 좋았을 것을…… 키 작은 여자가 살아가기에 너무 힘든 세상이란 것을 그때 알았더라면 나는…… 그렇다, 나는 어떤 방법으로든 죽음을 선택했을 것이다. 하지만 지금은 아니다. 지금까지 살아오면서 다칠 만큼 다쳐버린 나는 절대로 내 어머니처럼 그렇게 죽고 싶지는 않다. 적어도 어머니가 살아보지 못한 마흔 살의 여자로도 살아보고 싶고, 쉰 살의 여자로도 살아보고 싶다. 그것도 될 수 있으면 행복하게 말이다.

- 고등학생이었던 내가 학교를 그만두고 가출한 것은 아버지에게 살의를 느꼈기 때문이었어. 그때 내가 만약에 집에서 뛰쳐나가지 않았다면 나는 술에 취해 잠들어 있는 아버지를 죽였을 지도 몰라. 아니, 정말 죽였을 거야. 나는 더 많이 어렸을 적부터 아버지보다 힘이 강해지면 꼭 죽이겠다고 벼르고 있었으니까…… 어머니가 고통스러워 할 때마다 나는 아버지에게 꼭 복수하겠다고 생각했어. 그랬어! 아버지는 표독스럽고 이기적인 수사자의 표본이야. 커다란 먹이

를 앞에 두고도 아내와 자식들의 배고픔은 아랑곳하지 않은 채 자신의 배만 채우려고 으르렁거리는 수사자. 아버지는 시도 때도 없이 어머니에게 호령을 했어. 밥상 차려오라고. 우리 삼 남매는 게걸스럽게 먹어치우는 아버지를 쳐다만 보았어. 아니, 형은 예외였어. 형은 그런 아버지를 좋아했지. 아버지가 형에게만은 남모르게 사랑 비슷한 감정을 내보였기 때문이었어. 자고로 사내자식은 배짱이 있어야 한다면서 적지 않은 돈을 지갑에서 쑥쑥 빼서 내밀기도 했고…… 그래, 나는 늘 비실비실했고, 우울했어. 나는 어두운 지하실에 누워 있으면 마음에 편해. 그림자가 아니, 햇볕이 없기 때문일 거야. 그래. 난, 늘 그림자 속에 누워서 수음을 했어…… 나는, 그랬어. 그림자 속에 있는 것에 너무 익숙해…… 아버지는 악마야! 솔직히 말하면 나는 오래 전부터 수십 번도 넘게 아버지를 죽이는 상상을 했어. 그래, 맞아! 나는 아버지를 죽이는 상상을 하면서 수음을 했던 거야. 내가 주제넘게 사진을 공부한 것도 그래서였어. 아버지를 죽이는 나를 찍고 싶었고, 시름시름 앓으면서 죽어가고 있는 어머니를 찍고 싶었고, 눈물을 흘리면서 수음을 하는 나를 찍고 싶었어. 정말이지 윤아 씨에게 너무 미안해…….

그러고 보니 나는 초저녁부터 불도 켜지 않은 채 텔레비전을 보고 있었다. 남편이 언젠가 술에 취해 들어와 두런두런 흘려놓았던 말이 머릿속에서 생생하게 재생되어서겠지만, 아무튼 이런 적은 처음이다. 바보상자라는 텔레비전을, 그것도 나보다 키가 두 뼘 세 뼘 정도씩 큰 여자들이 나와서 늘씬한 다리를 내놓고 여자들도 이제 당당하게 이혼을 요구할 권리가 있다고, 남편에게 순종하며 사는 시대가 아니라면서, 그렇지 않아도 키가 작다는 이유만으로 늘 잔뜩 움츠리고 사는 나를 더욱 주눅 들게 하는 텔레비전을 이렇게 오랜 시간 마주보고 있었던 적도 없었지만, 내가 지금 텔레비전을 보는 일 말고는 할 수 있는 게 아무 것도 없다고, 실제로 경험하기는 처음인 것이다.

예전에 나는 하는 일 없이 시간을 이겨나가야 할 때면 만화책을 보든지 오락실에 가서 한동안 정신을 놓고 있다가 어느 순간 키작은 내가 왜 이러나 싶어 얼른 내 자리로 돌아갈 수 있었다. 그렇지만 지금의 나로서는 텔레비전을 보는 일 말고 딱히 할 만한 것을 생각해내기에는 심리적으로 매우 불안정한 상태이다. 그래서일 것이다. 내가 희망에 부풀어 입주한 23평 아파트에 먼지가 차곡차곡 쌓여 가는 데도 그것을 마른 걸레나 청소기로 닦아낼 생각조차 못하고 있는 것은.

나는 지금 무언가를…… 그렇다. 내 인생에 가장 중요한 그 무언가를 생각해 내야 하는 시점에 와 있다. 그것은 다른 무엇이 아니라, 남편이 왜 시아버지에게 분노하면서 나에게 미안해하는 지를 알아내는 것이다. 아니다. 다시 생각해 보니 그것은 아니다. 남편이 왜 시아버지에게 분노하고 나에게 미안해하는 지를 나는 알고 있다. 그러나 나는 그 이유를 내가 먼저 생각하기 싫은 것이다.

솔직히 그것을 생각한들 아무런 대안이 나에게 없다. 그저 남편이 스스로를 다스려서 모든 상황을 받아드리는 것만이 해결될 수 있는 것이란 결론을 나는 이미 내리고 있었다.

사실 나는 남편에 관하여 아는 게 별로 없다. 알고 있는 거라고는 모두 쓸데없는 것들뿐이다. 어디 학교를 다니다가 왜 그만 두었는지, 사진 찍는 것에 미쳐 있다는 것, 이제껏 여자에게 먼저 다가가서 사랑을 고백한 적이 없었다는 것…… 하지만 그런 것들이 지금 무슨 소용이 있겠는가 말이다. 그리고 나는 사람이란 동물은 자기 자신조차도 다 알 수 없는 거라고 믿고 있는 편이기도 하다. 그러니 나 아닌 타인을 어떻게 다 알 수 있겠는가. 그렇지만 분명한 것은 지금의 나에게 가장 소중한 것이 있다면 당연하게도 남편이다. 남편이 있으므로 키가 작은 내가 여자로서 인정받는 것이고, 내 가정이 존재하기 때문이다. 그러므로 남편의 가족 역시 나에게는 매우 소중한 사람들이다. 그런데 남편의 가족, 즉 내 가족들은 지금 서로를 불신하고 있다. 나는 내 가족들을 존중하면서 살고 싶은데 말이다.

남편은 매우 진지하면서도 꿈을 가지고 있다. 나는 결혼식장에서 진지한 시선으로 꿈을 꾸고 있는 그를 내 목숨만큼 소중하게 여기고, 내가 가진 모든 것을 아낌없이 주기로 마음먹었다. 시대가 바뀌어서 혼자 사는 여자들이 많아지고, 여자로서의 행복이 한 남자의 아내로서 가정에 충실 하는 것만이 능사가 아니라고 주장하는 페미니스트들의 목소리가 커져도 나는 한 남자의 사랑을 받는 것만으로 행복해질 수 있기 때문이다. 설령 내가 더 많은 능력이 있다고 해도 여자로서 한 남자의 사랑을 차지하지 못한 다면 다른 모든 것은 거품이나 다름없다는 게 내 생각이다. 키가 큰 여자들이 많은 세상에서 키가 작은 내게는 절대로 그렇다. 그러므로 나는 내 남편이 원하는 것이라면 능력이 닿는 한 모든 것을 해주고 싶다. 그런데, 내게 그렇게 소중한 남편은 요즘 주기 적으로 나타나는 치질 때문이 아닌 또 다른 이유로 살기 싫은 얼굴을 하고서 나만 보면 미쳐버릴 거 같다며 미안하다고 말한다. 금방이라도 내가 원하지 않는 일을 저질러버릴 것만 같은 분위기로 말이다. 왜 그럴까?

남편은 신혼여행에 가서도 치질 때문에 제대로 걸어 다니지도 못하다가 일찌감치 숙소로 돌아와 침대에 혼자 누워서 뒤척댔다. 나는 피곤해서 그런 다는 남편의 말을 곧이곧대로 믿었다. 그러나 모두가 잠든 깊은 밤 통증을 참지 못한 남편은 술병을 들어 삼켰다. 그러고는 도대체 왜 그러느냐고 묻는 나에게 남편은 겨우 실토했다. 오래 전부터 치질로 고생했다고. 그 말을 듣고 나는 웃으면서 말했었다. 돌아가서 수술을 받자고. 그러나 남편은 그러고 싶지 않다고 말했다. 창피해서 그러느냐는 내 말에 고개를 흔들면서, 그렇게라도 아파하면서 살고 싶다며, 쉬고 나면 괜찮아 지니까 더 이상 아무 것도 묻지 말라고, 내가 이해하기 힘든 말을 했다.

어쨌거나 지금은 치질 때문이 아니었다. 내가 지어다준 약을 복용하면서 증세가 좋아졌고, 며칠 전에는 그렇게 아프면 수술을 받자는 나에게 남편은 분명하게 말했었다. 치질 때문이 아니라고. 그때부터 나는 무언가 잘못되어가고 있다는 불길한 예감을 놓을 수가 없다. 몸을 움츠리고 있는 개구리는 언제 펄쩍 뛰어나갈지 모른다는 생각도 내 머릿속에서 떠나지 않는다.

어제도 그랬다. 회사에서 휴가를 받았으니까 여행이라도 다녀오자는 내 제안에 남편은 또 미안해, 나를 좀 내버려둬, 제발. 미쳐버릴 거 같단 말이야. 그러면서 먹던 밥도 남겨둔 채 등을 보이더니 이내 현관문을 밀고 나갔다. 나는 그때 치밀어 오른 화를 억제하느라고 오늘 아침에는 변비와 치질로 고생하는 남편에게 매일 강요하는 사과와 냉수 한 잔도 갖다 주지 않았다. 그래서인지 남편은 내 아침잠을 방해하지 않고 조용히 집에서 나갔다.

남편은 결혼을 하고부터 입버릇처럼 나에게 미안하고 말했다. 아버지의 이기적인 삶을 도저히 용서할 수 없다는 남편은 경제적 능력이 전혀 없는 서른 살의 자신이 미안하다는 것이었다. 자신이 이기적인 아버지를 닮아가고 있다면서.

나는 남편의 그 말을 믿을 수 없다. 내가 시어머니의 병원비를 감당하고, 우리들의 생활비를 책임지고 있는 것은 결혼 전에 이미 내가 선택한 것이다. 어디 그것뿐이겠는가. 나는 남편이 원하기만 한다면 그에게 좋은 환경의 작업실은 물론이고 비싼 카메라와 깊은 산 속도 탱크처럼 밀고 들어갈 수 있는 성능 좋은 지프차도 선물하고 싶다. 때문에 나는 결혼 선물로 나의 아버지가 마련해준 아파트에서 살고 있는 것까지 지금에 와서 미안해 하는 남편의 마음을 의심하고 있는 것이다. 여느 신혼부부들처럼 밤이 오기를 기다렸다는 듯이 '사랑행위'를 하지도 않는데다가, 그 행위의 마지막 절차마저 내 몸 밖에다가 치르는 남편을 내가 어떻게 이해를 한단 말인가. 밋밋한 감정으로 '사랑행위'를 끝내고, 아직 열기가 식지 않은 내 몸에서 얼른 돌아누워 담배를 피우는 남편. 그렇지만 나는 그런 남편에게 인내심을 갖고 속삭였다. 내가 있으니까 아무 걱정 말라고. 그런데도 아직은 아버지가 될 자신이 없다고

말하는 남편의 말을 내가 한 치의 의심도 없이 이해해야 한단 말
인가. 나는 사실 그의 아이를 잉태하여 내 아이를 낳고 싶은데 말
이다.

2.
현명한 사람은
지금에 있으면서 내일을 생각한다.

보름 전이었다. 시아버지에게서 전화가 왔다. 시골에서 고속버
스를 탄다면서 짐이 좀 있으니까 차를 가지고 도착할 시간에 터미
널로 나왔으면 한다는 것이었다.

시아버지가 우리 집을 방문하는 것은 우리가 결혼하고 처음이
었다. 그런데 하필이면 그때 나는 피할 수 없는 일로 눈 코 뜰 새
없이 바빴다. 눈도 크고 키도 커서 같은 여자가 보아도 정말 예
쁘다고 입을 버릴 정도로 미인인 디자인 실장에게 당장 올려야 할
시제품에 대한 기획 안을 정리하고 있을 때였다.

나는 남편에게 전화를 했다. 고속터미널에 가서 아버님을 모시
고 오라며, 지금 자리를 비울 수 없는 사정을 설명하려는 데 남편
이 버럭 소리를 질렀다. 알아서 할 테니까 신경 쓰지 말라고. 그러
고는 전화를 끊었다. 나는 잠시 동안 멍한 상태로 있었지만 이내
내 일에 몰입할 수 있었다. 그 일이 매우 중요한 것이기도 했고,

내가 보기에도 부정할 수 없을 정도로 키도 크고 예쁜 디자인 실장에게만은 그 어떤 것으로도 약점을 보이고 싶지 않은 나였기 때문이었다.

그런데, 그 날 나는 자정이 넘어서야 퇴근할 수 있었다. 퇴근 전에 기획 안을 정리해 디자인 실장에게 올렸다가 빠뜨린 게 발견되어서 다음 날 아침 간부 회의에서 브리핑하는데 차질 없도록 해놓으라는 지시를 받았기 때문이었다. 나는 그것을 다시 보충해야 했다. 그 일로 나는 시아버지가 시골에서 올라와 우리 집에 있다는 사실조차 깜박 잊고 있었다. 나는 그 사실이 상기되는 순간 내 머리를 두들겨대며 누군지 모르는 대상을 향해 두런거리면서 부리나케 집으로 돌아왔다.

그러나 시아버지뿐만이 아니라 남편도 집에 없었다. 그저 쌀가마니 하나와 참기름하고 들기름이 가득 담긴 사 홉 드리 병과, 단감 한 박스가 식탁 옆에 있을 뿐이었다. 나는 그제야 정신을 수습하고 남편의 작업실에 전화를 걸었다가, 멈추지 않는 신호음을 내가 자르고, 시누이한테 전화를 걸었다. 잠결에 전화를 받은 시누이는 시아버지가 서울에 상경했던 사실조차 모르고 있었다. 그러니 시누이가 모시고 있는 시어머니도 마찬가지일 것이었다. 나는 건강이 많이 나빠 병원에 다니면서 약을 복용하는 시어머니의 안부를 묻고 전화를 끊었다.

그 동안 시집 식구가 우리 집을 방문한 것은 두 번이었다. 결혼 초에 시누이가 다녀간 것이었다. 돈 문제로 시아버지와 사이가 나빠진 고모나 작은 아버지 댁에서는 전화 한 통 걸려오지 않았다.

그리고 하나뿐인 시숙은 어디에 있는지 연락처도 모르고 지낸다. 그러고 보니 나도 시아버지에게 전화는 가끔 해드렸지만 직접 다녀온 것은 두 번뿐이다. 한 번은 신혼 여행을 갔다가 돌아와서 갔었고, 두 달 전에 시할머니의 기일이어서 산소에 갔을 때였다. 그때의 기억이 새삼 확연하게 떠오른다.

　햇살이 따스하게 내려앉는 곳에 시할머니의 산소가 있었다. 하지만 높고 맑은 가을 하늘 아래에 있으면서도 쓸쓸한 분위기를 떨쳐내지는 못했다. 남편과 시아버지 사이에서 느껴지는 어색함 때문에 더욱 그랬다. 게다가 시아버지의 형제들이 보이지 않아서였을 것이다. 해마다 오후 3시에 형제들이 모여 앉아 추모예배를 보았다는데, 4시가 되어 가는 데도 나타나는 사람이 하나도 없었다. 나는 여전히 아무 말 없이 산소에서 잡풀을 뽑아내던 시아버지 곁에 다가앉아 어줍게 잡풀을 골라냈다.

　"시골에 혼자 계시기 힘들지 않으세요?"

　"아니다. 맘이 편하다."

　"어머님이 많이 편찮으신데……."

　나는 말끝을 감추고는 시아버지에게서 무슨 말이 나올까 귀를 기울였다.

　"미안하다. 너희들에게 짐이 되지 말아야 할 텐데."

　"짐이라니요. 아버님이 어머님 곁에 계셨으면 좋겠어요."

　"글쎄다……."

　"아버님께서 그래만 주시면 다른 것은 제가 준비해드릴게요."

　"아니다. 너한테 그럴 염치도 없고, 네 어머니도 나하고 있으면 더 아파질 거여."

　그때 시어머니는 가난한 시누이 집에서 편두통을 호소하면서 지내고 있었다. 그런데도 시아버지는 한 번도 시어머니를 찾아가지 않았고, 우리 부부를 보고서도 시어머니에 관한 어떤 것도 묻지 않았다. 남편은 그래서 지금 시아버지에게 등만 보이고 있는 것이리라. 나는 화제를 바꾸어야겠다는 생각이 들었다. 시어머니의 얘기가 길어지면 부자지간의 어색함은 더할 것이기 때문이었다.

　"할머니는 어떤 분이셨어요?"

　시아버지의 시선이 나를 스쳐 지나갔다. 그러고는 먼 곳에 고정시키더니 말했다.

　"마음씨가 고운 분이었다. 무엇보다 참을 줄 알고, 가족을 아끼시던 분이셨다……"

　남편은 아까부터 그 자리에서 여전히 시아버지에게 등을 보이고 있었다. 나는 남편의 더딘 손놀림을 안타까운 마음으로 바라보다가 시아버지에게 시선을 맞추었다.

　"……다른 사람들은 아버지가 되면서 정신을 차린다는 데, 나는…… 나는 말이다. 너를 내 식구로 맞이하고 나서야 부끄러움을 알았다. 내가 지금까지 너무나 잘못 살았다는 것을, 내일모레면 환갑이 되는 내가 어머니 앞에서 며느리인 너에게 말하게 되는구나…… 그래, 너무 늦었다. 나는 그 동안 뜬구름 잡는 식으로 살았단다. 그래서 모두 힘들었을 것이다. 네 시어머니도 그렇고, 네 남편도…… 네 시어머니는 정말 착한 사람이다. 나를 만나서 한 번도 사람답게 살아보지 못했단다. 잘나지도 못한 나에게 늘 무시만 당했으니까…… 이제부터는 내가 어떤 모습으로 죽느냐만 남았다. 내게 남은 시간이 있다면 자식들이나 나를 알고 있는 사람들에게 좋은 기억을 남겨주고 싶은데…… 그래서 요즘은 네 시할머니가 살아 계셨을 때 열심히 다녔던 교회에도 나가 기도를 하는데, 그럴 수 있을지 모르겠다."

나는 뭉클한 마음으로 시아버지가 두런두런 흘리는 말을 들었다. 4시가 되어서야 시아버지는 안 올라는가, 하더니 산소 앞에 무릎을 꿇고 앉았다. 이제껏 교회에 한 번도 가보지 않은 나는 어색하게 남편 곁에 앉았다. 시아버지는 시할머니가 살아 계시는 동안 즐겨 불렀다는 찬송가를 불렀다.

이 세상 허하고 나 비록 약하나 늘 기도 힘쓰면 큰 권능 얻겠네, 주의 은혜로 대속하여서 피와 같은 붉은 죄 눈 같이 희겠네……

4절로 된 찬송가를 부르는 동안 시아버지의 목소리는 차츰 차츰 고조되더니, 아멘, 하는 목소리는 너무 촉촉하게 젖어 있었다. 그러더니 한 곡 더 하자고 그랬다. 나는 시아버지의 경건함에 침을 삼키고 찬송가를 넘기는 손을 바라다보았다. 시아버지의 굵은 손가락이 떨리고 있었다.

시아버지가 다녀간 뒤 남편은 내 시선을 피하기 시작했다. 시아버지는 아무런 용건 없이 그냥 다녀갔다는 것이었다. 그게 아닐 거란 생각이 내 머릿속을 떠나지 않았지만 나에게 앞뒤 없이 미안하다고만 말하는 남편에게 꼬치꼬치 캐물을 수 없었다.

나는 둥글게 말고 있던 몸을 폈다. 지남철처럼 내 몸을 붙잡고 있던 소파에서 몸을 일으킨다. 주방 쪽으로 시선이 간다. 물기 없는 주방을 보자 내 마음이 더욱 스산해진다. 12월을 바로 앞에 두고 있는 가을과 겨울 사이의 세상 모습 그대로가 내 주방에도 있다. 느린 샹송이 어울리는 계절. 그 계절에 나는 앙리꼬마샤스의 굵은 목소리에 묻어 나오는 노래를 들으며 외로움 때문에 늘 아파했다. 억새가 바람에 흔들리는 한적한 시골 풍경을 바라보면서 세상의 끝에 내가 있는 것만 같아서 눈물도 흘리고는 했는데…… 눈 덮은 강원도를 굳이 찾아다녀야 했던 시간들. 겨울이 오면 나는 그 겨울에 떠난 어머니를 그리워했다. 키가 작아서 아버지를 다 차지하지 못한 채 눈을 영영 감아버린 어머니. 아버지의 키 큰 여자를 만나고 돌아와서 당신의 키보다 더 클 수 없을 것 같은 내게도 알약을 내민 어머니.

어머니는 아버지를 사랑했다고, 그래도 행복했다고, 이해한다고, 미워하지 않는다고 일기장에 써 놓고 떠났다. 아버지는 그 일기장을 보면서 눈물을 흘렸다. 눈 덮인 벽제 공동묘지에 어머니를 묻으면서 눈물 대신 눈 내리는 하늘만 올려다보던 아버지는 키 큰 여자와도 헤어졌다.

아내를 보내놓고 나서야 키 작은 아내를 사랑하기 시작한 아버지. 그 아버지는 어머니 대신 결혼하는 나를 데리고 다니며 주방용품을 골라주었다. 그런데 환하게 웃으시며 아버지가 손수 골라준 주방용품 중에서 아직도 사용하지 않은 것들이 더 많은 내 주방. 나는 아버지를 따라다니며 주방용품을 사면서 남편을 위해 내가 해줄 수 있는 음식이 그리 많지 않다는 것에 속상해했다. 그런 나에게 남편이 뭐라고 했던가. 자취 경력이 십년이라고, 내가 맛있는 거 많이 해줄 테니 아무 걱정 말라고 그랬었다. 그러나 결혼 후 남편도 나도 주방에서 요리를 해본 기억이 거의 없다. 포장지만 뜯어 끓는 물에 담갔다가 먹는 인스턴트식품이 전부였다.

내년 봄에 출시할 신상품 개발의 팀장을 맡아 자정을 전후해서 퇴근하는 나 때문이었다. 나는 토요일도 팀 동료들과 저녁을 먹고 퇴근하는 날이 더 많았다. 게다가 일요일은 부족한 잠을 보충하는 내 오래된 습관도 문제였다. 어쨌거나 나는 남편이 나를 위해서 요리를 할 기회를 전혀 주지 못했다. 그러니 근본적인 문제는 나에게 있는 것이었다.

나는 무언가 단단히 각오한 마음으로 밤색 스웨터를 걸치고 아침에 남편이 그랬던 것처럼 조용히 현관문을 밀고 나선다. 그러나 15층 아파트 문 앞에는 까만 어둠이 무겁게 버티고 있었다. 나는 휘청하면서 어지럼증을 느낀다. 난간을 붙잡고 겨우 몸을 지탱하자 어둠 속에 내가 둥둥 떠 있는 것만 같다. 나는 지금 왜 이 어둠 속에 끼어들었을까. 세상에서 내가 찾아갈 곳은 남편이 있는 곳뿐인데…… 이 두터운 어둠 속에서 내가 편안해질 수 있는 것도 오직 남편이 있는 곳인데……

남편이 지금 있는 곳은 차로 가면 5분 거리에 있다. 걸어서는 30분은 족히 걸리는 곳이다. 그는 지금 그 캄캄한 지하 작업실에서 무슨 생각을 하고 있을까?

나는 남편이 그 캄캄한 암실에서 작품을 만드느라고 자신과 싸우고 있다면 맹세코 그 일을 방해하지 않을 것이다. 그는 예술가

이기 때문이다. 그리고 그는 내가 사랑하는 사람이기 때문이다.

하지만 그는 지금 자신의 예술적 영감을 얻기에는 세속 적인 일로 하여 지쳐 있다. 그는 지금 모든 것을 버리고 도망치고 싶을 것이다. 어머니와 아버지는 물론이고 키가 작은 나에게서도……

그렇다. 남편은 지금 다른 누구보다 키가 작고 볼품없는 나에게서 도망치고 싶은 심정일 지도 모른다. 나는 한 걸음도 더 나가지 못한 채 또 머릿속을 어지럽게 하는 것들에 마음을 빼앗긴 채 우뚝하니 서 있다. 한 걸음만 앞으로 내딛으면 허공으로 떨어질 것 같은 공포감이 두터운 어둠 속에서 나를 그렇게 멈춰 서게 하고 있는 것이었다.

나는 고개를 흔든다. 남편을 에워싸고 있는 가족들의 얼굴이 떠오른다. 결혼식장에서 우리 부부의 절을 받으면서도 웃음을 보이지 못했던 시어머니는 얼마 전, 그러니까 시할머니의 기일을 막 보내고 나서 자살을 기도했다가 위세척을 하고 살아난 뒤, 밤마다 편두통을 호소하며 약 기운으로 잠을 청한다. 가난한 시누이는 서른세 살의 여자라고는 믿을 수 없을 만큼 세상의 그늘이 얼굴 가득 배어 있다. 그런 시누이에게 시어머니를 맡겨두고 안부 전화 한 통 해주지 않는다는 시아버지와 시숙.

나는 지금 내 앞을 가로막고 있는 어둠을, 두꺼운 이 어둠을 이겨낼 자신이 없다. 눈을 감아버린다. 미안해, 이럴 줄 알았으면 결혼을 하지 않았을 거야. 내 시선을 피하는 남편이 긴 침묵 끝에 힘들게 말하는 목소리가 어둠 속에 더욱 생생하게 들린다.

– 내가 아버지에게 분노하는 것은 우리 가족이 아닌 사람들에게는 한없이 좋은 사람이라는 거야. 심지어 이웃집 아이한테마저도 정말 너그러운 아저씨가 되어서 꾸벅꾸벅 인사를 받을 때마다 나는 당장 달려들어 죽이고 싶었어. 우리 가족에게는 한 번도 보여주지 않는 그 환한 미소와 다감하고 유머 넘치는 말들이 우리 가족이 아닌 다른 사람들 앞에서는 너무나 자연스러웠어. 그래, 우리 가족이 아닌 다른 사람들은 우리 삼 남매한테 말했지. 자상한 아버지를 두어서 좋겠다고. 그렇게 놀지만 말고 열심히 공부해서 그 아버지에게 보답하라고. 나는 그때마다 아니라고, 우리 아버지는 양의 탈을 쓴 악마라고 말해주고 싶었어. 그러나 내 말을 믿어줄 사람은 없었을 거야. 그렇게 말하면 나를 호래자식으로 여겼겠지. 우리 삼 남매, 아니야. 형은 아니야. 누나와 나, 그리고 어머니에게는 한 없이 뚝뚝하기만 했고, 무섭도록 권위적이기만 한 아버지이고 남편인데 말이야. 어머니가 차려다 준 밥상을 걷어차기를 밥 먹듯 한 아버지는 늘 바쁘다는 핑계로 며칠에 한번 꼴로 집에 들어왔어. 아버지의 말에 한 번도 고개를 흔들어보지 못한 채 살아야 했던 어머니와 우리 삼 남매, 아니, 누나와 나…… 나는 나이를 먹어가면서 아버지에게 무조건 당하고만 사는 어머니에게 마저 분노를 느끼기 시작했어. 그래서 집에서 뛰쳐나갔던 거야. 그렇지 않으면 내가 미쳐버릴 거 같았거든…… 솔직하게 말하면 나 지금 결혼한 거 후회하고 있어. 윤아 씨 때문이 아니야…… 그래, 나는 윤아 씨에게 계획적으로 접근했어. 나 혼자서는 나를 어떻게 할 수 없었기 때문에 그랬어. 사랑한다고 말했던 것도 다 거짓말이었어. 하지만, 지금은, 아니야…… 그때의, 내가, 아니란, 말이야. 당신에게, 사랑한다고, 말해주고, 싶어져.

지금은. 자꾸. 그래. 그렇지만 나는 그럴 수 없어. 미안해.

3.
지금 내가 생각하고 있는 것이,
내게는 가장 소중한 것이다.

오늘도 텔레비전 정규방송이 끝났다. 남편은 어제 내 아침잠을
방해하지 않고 조용히 나가서 아직까지 돌아오지 않고 있다. 나는
긴 저녁 시간을 또 텔레비전 앞에서 지루하게 허비했다. 전염병에
감염되어 시력을 잃은 캥거루가 무리에서 낙오되어 인간들이 쳐놓
은 철조망에 머리를 들이미는 장면을 아린 마음으로 보았고, 전국
여기저기를 연결해서 고향 소식을 전해주는 프로그램을 덤덤하게
보았다. 그리고 채널을 바꿔 시트콤을 보면서 나는 웃지 않았다.
출연자들이 과장된 몸짓으로 웃음을 강요하는 데도 나는 웃지 않
았다. 웃을 수가 없었다.
나는 채널을 바꿨다. 한 사람의 삶을 함축해 보여주는 이것이
인생이다, 라는 프로를 시작하고 있었다. 40대 여자가 남편을 교
통사고를 잃은 충격으로 정신 적인 장애에 시달리면서도 두 아들
과 힘겹게 살아온 이야기를 무거운 표정으로 말하는 장면이 나왔
다. 그래서 나도 무거운 그 여자의 마음으로 보았다. 그 프로가 끝
나갈 쯤 나는 남편에게 전화를 했다. 남편은 오늘도 나더러 혼자

저녁을 먹고 먼저 자라고 말했다. 너무 오래된 부부들처럼 덤덤하게.

나는 저녁을 먹지 않고 다시 텔레비전에 시선을 고정시키고 국정감사를 하면서 목소리만 높이는 국회의원들을 뉴스에서 보았고, 여고 동창생 세 사람이 주인공으로 나오는 드라마를 보았다. 그 드라마가 끝나고 CF가 나올 때 텔레비전 소리를 죽이고 남편에게 또 전화를 걸어서 물었다. 아직 멀었느냐고. 남편은 먼저 자라니까 왜 자꾸 미안하게 전화를 하느냐고, 짜증 섞인 목소리로 따지듯이 말했다.

어제도 남편은 똑 같은 억양으로 똑 같은 말을 했었다. 아니, 어제뿐만이 아니었다. 남편이 예전과는 달리 짜증 섞인 목소리로 미안하다고 말하기 시작한 것은 벌써 보름쯤 되었다. 그러니까 시아버지가 쌀가마니와 단감을 갖다 놓고 간 뒤, 미안하다면서도 살기 싫은 얼굴을 하고 새벽녘에 들어오는 아니, 어제는 아예 외박을 해버린 남편을 나는 지금 기다리는 것이다. 그것도 결혼한 지 120일밖에 되지 않은 새신부인데 아주 오래된 아줌마처럼 말이다.

나는 사흘 전 이래서는 안 된다는 생각만으로 직장에 휴가 신청을 냈다. 내게는 아주 대단한 결정이었다. 늘 키 큰 여자들과 경쟁하느라 월차 휴가마저 받아본 적이 없던 나였다. 그러니 열흘 동안이나 내 자리를 비운다는 것은 내게 있어서 대단한 결정인 것이다.

근래에 나는 회사 일에 필사적으로 매달렸다. 회사에서 디자인실에 근무하는 사람들을 세 팀으로 나누어 시제품 PT 경쟁을 시켰기 때문이었다. 그 중에서 내가 맡고 있는 팀의 멤버들이 경력 면에서 가장 부족했다. 어쩌면 나를 비롯한 두 사람을 디자인실에서 제외시키는 방법으로 우리 팀을 만들어 주었을 것이다. 나는 디자인 실장의 의도대로 우리 팀이 신제품 경쟁에서 낙오되어 자연스럽게 퇴출당하는 사람이 되고 싶지는 않았다. 그러나 지금은 그까짓 회사는 문제가 아니었다. 여차하면 가정을 잃을 위기감을 느꼈기 때문이다.

나는 대학을 졸업하고도 148센티의 키로는 입사 원서조차 낼만한 곳을 찾지 못했다. 그러다 나는 운이 좋았던지 디자인 공모에서 당당히 입상을 했다. 하지만 그 시상식장에서 내 귀를 비켜가던 말을 나는 지금도 잊지 못하고 있다.

- 앞으로는 입상자를 뽑을 때 먼저 면접을 해야 한다니까.

나는 순간 그 목소리의 주인을 찾아 고개를 돌렸다. 심사를 담당했던 회사 간부였다. 그 나이 많은 간부는 내 시선과 마주치고도 당당했다. 도리어 키 작은 내가 그 공모에 응모한 것이 미안해졌다. 어찌됐건 나는 그 디자인 공모를 주최한 회사에서 약속한대로 특채되었다. 그렇다고 정식 직원이 된 것은 아니었다. 일종에 계약직이었다. 디자인실에는 그렇게 고용된 사람들이 반수가 넘는 것도 회사의 관례라는 것이었다. 디자이너의 정년을 삼십 세로 보고 그 후까지 살아남으려면 일에 대한 남다른 열정과 추진력을 검증 받아야 한다는 것이었다.

그런 이유로 스물여덟 살인 나는 회사에서도 위기감을 느끼고 있다. 키가 작은 내가 팀장을 거쳐 과장이 되고 실장이 되기에는 아주 특별한 재능을 보여줘야 하기 때문이었다. 그렇다고 가정을 순순히 포기할 수는 없지 않은가.

현재 지구에 살고 있는 인구가 얼마 전에 60억 명을 넘어섰다고 각종 언론에서 발표했다. 나는 그때 생각해보았다.

60억 명이 넘는 사람들 중에 내가 한 평생을 살아가면서 꼭 알아야 할 사람은 몇 명이나 될까?

그 많은 사람 중에 나하고 잠깐이라도 비켜 가는 사람은 얼마나 될까?

사실 지금의 나에게도 그렇지만 내 인생의 앞으로도 내게 가장 중요한 사람은 오직 한 사람뿐일 것이다. 나는 지금의 남편과 죽을 때까지 같이 있을 수 있다면 그보다 행복해지는 일은 없을 것이라고 단언한다. 그런데도 지금 각종 언론매체에서는 21세기는 세계화 시대라느니, 디지털 정보화 시대라느니 하면서 더 많은 것을 보고 배워서 그 60억 명을 상대로 경쟁해서 이기는 자만이 살아남는다고, 행복해질 수 있다고 주장한다. 나는 그들의 주장을 상업적인 전략이라고 믿는다. 갖가지 정보를 제공하는 수 많은 통신 매체는 한 사람의 회원이라도 더 끌어안아야 살아남기 때문에 그런 전략이 필요한 것이다. 사람이 한 평생을 살면서 많은 것을 알고, 많은 것을 가졌다고 행복해질 수는 없을 테니까.

나의 어머니만 해도 그랬다. 공부는 잘했지만 키 작은 여자로서 도저히 살아낼 수 없을 것 같아 중학교에 다니다가 고모가 살던 미국으로 유학을 갔다. 어머니는 미국에서 국제변호사를 하다가 외할아버지가 돌아가시면서 적지 않은 재산을 물려받았다. 어머니는 스물여덟 살의 나이로 우리나라에 다시 돌아왔고, 다음해에 결혼을 했다. 어머니는 여성단체에서 무료 법률 상담을 하고, 간간이 대학에 출강도 했다.

아버지는 결혼할 당시 대학원에 다니면서 논문 준비를 하는 늙은 학생이었다. 아버지의 꿈은 대학 교수였고, 그 길을 가기에는 집이 너무 가난해서 띄엄띄엄 공부를 하다 보니 33살이 되어서도 결혼할 엄두도 내지 못하고, 공부만 하고 있었던 것이다.

결국 아버지는 결혼 후 대학 교수가 되었다. 학위를 받고 곧바로 강의을 맡을 수 있었던 것도 어머니의 돈이 많이 필요했다는 말도 있었지만 당시에 나는 두세 살의 어린아이였기 때문에 그것까지는 알지 못했다.

어찌됐건 어머니는 부와 명예에 남부럽지 않은 가정까지 갖게 된 것이다. 그런데도 어머니는 내가 키가 작아서 울고불고하니까, 그걸 보는 아픔 때문에 스스로 죽음을 선택한 것이다. 그렇다고 내가 아버지의 어머니에 대한 사랑을 의심하는 것은 아니다. 키가 작은 여자를 돈이 많다는 이유만으로 사랑한 것이 아니라고 아버지는 나에게 말했었다. 비록 어머니가 살아 계실 때 키 큰 여자를 애인으로 두고 있었고, 어머니가 죽은 다음에 한 말이지만 나는 아버지의 그 말을 지금도 믿고 있다. 사실 어머니가 돌아가신지 20년이 된 지금까지 재혼을 하지 않은 아버지를 어떻게 의심하겠는가.

그런데 내게 단 한사람이 되어버린 남편은 지금 내게 모든 것이 다 미안하다면서 나를 피하기만 한다. 그런데도 나는 지금 작은 몸을 공벌레처럼 둥글게 말고 전화기를 멍하니 바라보는 일을 어제부터 줄곧 그만두지 못하고 있다. 정말이지 가슴이 너무 답답하다.

─ 나는 똥을 쌀 때마다 고통스러웠어. 하지만 이를 악물었지. 참아야 했기 때문이야. 나에게 그 아픔이 없었다면 나는 아버지를 저주하는 일을 포기했을 거야. 똥구멍이 찢어지는 것 같은 아픔을 견뎌내면서 내 어머니도 이렇게 아파하겠지,실감했던 거야. 그래서 나는 치료를 받지 않았지. 어머니만큼 나도 더욱 생생하게 아파하고, 철저하게 아버지를 배신하고 싶었어. 그런데 지금 나는 나를 속이면서 살아가고 있어. 갈기갈기 찢겨 상처뿐인 내 속내를 감추고 싶어해. 어머니의 아픈 삶을 내가 어떻게 배신할 수 있겠어. 내가 무슨 이유로 어머니의 아픈 삶을 윤아 씨에게 강요할 수 있겠는가 말이야. 더 늦기 전에 당신에게서 떠나고 싶어. 그것만이 지금 내가 당신에게 해줄 수 있는 유일한 것이야. 이제 윤아 씨에게 할 말도 없어.

4.
내가 진정으로 나이기를 원한다면
나는 누구에게든 속에 있어야 한다.

남편은 아마추어이긴 하지만 사진을 공부한 사람이다. 그렇다고 대학이나 전문 학원에서 이론을 공부한 것은 아니었다. 그는 고등학교도 졸업하지 못한 사람이다. 하지만 그는 그 방면으로 재능이 있었다. 이런 저런 공모전에 출품해서 가작이나 장려상으로 입상한 경력이 그걸 증명했다.

그는 말했었다. 언제부턴가 무언가를 찍고 싶어서 미칠 것 같았다고. 그렇지만 아무 것도 할 수 없는 자신을 볼 때마다 가슴이 터지는 것만 같았다고. 그는 사진을 찍기 위해서 할 수 있는 일을 다했다고 그랬다. 새벽 인력시장에 나가서 자신을 원하는 봉고차에 무조건 올라탔다는 것이다. 그렇게 번 돈으로 사진을 찍기 위해 카메라를 사고, 필름도 사고, 여행도 다녔다고 했다.

그의 작업실에는 많은 사진이 걸려 있다. 눈 덮인 소백산과 단풍이 고운 설악산, 그리고 짙푸른 잎사귀가 무성한 지리산을 찍은 것도 있었고, 이른 새벽에 첫 지하철을 기다리는 뚱뚱한 아주머니, 버스를 기다리는 할머니, 서울역에서 신문지로 얼굴을 덮고 잠든 젊은 여자도 있었고, 여자아이가 쭈그리고 앉아 길바닥에 〈엄마〉라고 쓴 사진도 있었다. 작업실에 걸려 있는 그 많은 사진들이 내 눈에는 대단한 작품으로 보였다. 알고 보니 이런저런 공모전에 출품을 했다가 낙선한 작품들이었다. 나는 그를 위로했다. 열심히 하다보면 기회가 올 거라고. 늘 같이 있어 주겠다고.

남편은 사진을 보면서 그렇게 말하는 나에게 끝내는 미안하다고 말했다. 그때마다 나는 알 수 없는 불안을 느꼈다. 작은 내 키 때문이기도 하지만, 만져지지 않는 그 무엇이 내 가슴 속에 덩어리로 나타났다가 사라지고는 하는 것이다. 처음부터 그랬던 것은 아니다. 그가 작가로서 자기의 자리를 찾지 못할 지도 모른다는 생각 같은 건 해본 적도 없다. 그가 불안해하고 미안해하는 원인은 다른 것이었다.

나는 결혼 예물을 제대로 받지 못할 때만 해도 남편이 미안해하는 마음을 순수하게 받아드렸다. 가난하다는 그 사람에게 결혼하자고 먼저 제안한 것이 나였기 때문이다. 그러나 남편은 결혼을 며칠 앞두고 극도로 예민해졌다. 시아버지가 주겠다고 약속한 결혼 비용을 보내주지 않았기 때문이었다. 남자가 돈 한 푼 없이 결혼을 한다는 게 그리 쉬운 일이 아닐 거란 생각만으로 나는 남편의 예민한 마음을 이해하고 싶었다.

나는 고민 끝에 남편 모르게 고향에 계시는 시아버님을 찾아갔다. 시아버지는 환갑을 바로 앞에 둔 분이라고는 생각하기 어려울 정도로 혈색이 좋은 편이었다. 풍채도 여느 젊은 남자들 보다 크고 단단해 보였다. 오래된 시골집에서 여자 없이 혼자 지내는 것이 어색할 정도였다. 마음만 먹으면 젊은 과부댁의 마음을 사로잡을 수 있을 정도의 외모였다.

시아버지는 처음 뵈었을 때처럼 세상에서 더 없이 편안한 모습으로 낮잠을 자다가 나를 싫지 않은 기색으로 맞이했다. 그러고는 내가 따라주는 소주를 마시면서 그 전에도 했던 말을 또 반복했다. 자식들에게 해준 게 하나도 없는 아버지라면서, 자식들에게 아무런 기대를 하지 않으니까 이렇게 찾아다니지 말고 우리들끼리 잘 살라고. 나에게 그렇게 말할 수밖에 없어서 미안하다는 듯이 어색하게 웃음을 보이는 시아버지에게서 나는 알 수 없는 정을 느꼈다. 30대 중반의 나이로 고향에 있는 과수원을 팔아 서울로 상경한 시아버지는 연탄보일러 시공업자부터 시작하여 80년대에는 석유 보일러, 90년대에 들어서서는 도시가스 시공업자로 적지 않은 돈을 벌었다는 것이다. 그러나 그 돈 중에서 가족을 위해서 쓴 것은 극히 적었다는 것이다. 알뜰하게 살아갈 수 있는 생활비와 시숙이 중,고등학교 다니면서 사이클 선수 생활을 할 때 비싼 외제 자전거를 사줬다는 게 전부라는 것이다. 그러다 90년 대 중반부터 뛰어든 건설업에서 시아버지는 모든 것을 잃었다. 심지어 대출 보증을 서준 고모 두 분에게 적지 않은 피해를 입히고, 남편에게는 신용불량자로 낙인 찍혀놓은 채 가족이 살고 있는 집까지 빚잔치로 내놓게 된 것이다.

나는 시아버지에게 준비해간 봉투를 내밀었다. 그리고는 내가 찾아왔었다는 것도 시아버지와 나만의 비밀이라고 애교 섞인 목소리로 말했다. 나는 당장 아버지의 역할을 기대한 것이었다. 나는 서울로 돌아와서 남편의 예민해진 마음이 풀리기를 기다렸다. 내 생각대로라면 시아버지가 남편에게 보내준 돈이라면 내가 원하는 결혼반지는 물론이고 목걸이나, 시계 따위를 사고도 우리가 입주하기로 되어 있는 아파트 잔금에 보태라고 적지 않은 돈을 내놓기에 충분한 금액이었다. 그러나 남편의 예민한 마음은 결혼식을 마치고 신혼여행에 갔다가 돌아올 때까지도 풀리지 않았다. 그때 나는 치질 때문이라는 남편의 말을 의심할 수 없었다.

그런데 신혼여행에서 돌아와 보니 문제가 벌어져 있었다. 시아버지의 형제가 모두 6남매였는데, 그 형제들 중에 네 명의 고모들이 몰려와서 예단을 해주지 않았다고 시어머니한테 한바탕 쏟아

붙고 갔다는 것이었다. 그것도 집안에서 처음 맞이한 조카며느리인데 어떻게 그럴 수 있느냐고 했다는 것이었다. 그 일로 시어머니는 늘 앓고 있던 편두통이 더욱 심해져서 시도 때도 없이 약을 삼키고 있었다. 병원에 가서 검사를 받아보자는 내 제안에 무슨 염치로 병원 신세를 지느냐고 막무가내였다. 그러다 만다고, 시아버지가 속을 뒤집어 놓을 때마다 늘 그래왔다며, 시누이는 또 다시 시아버지를 원망했다.

시아버지가 남편에게 준 돈은 결혼식 축의금을 받아 음식 값을 지불하고 신혼여행에 보태 쓰라고 준 150만 원이 전부라는 것이었다. 다시 말해 아들 결혼식 준비를 하라고 동전 한 잎 내놓지 않은 것에 시어머니의 증세가 더욱 심해진 것이었다. 그렇다고 내가 시아버지에게 적지 않은 돈을 넣은 봉투를 전해줬다는 사실을 남편에게 말할 수 없었다.

나는 그제야 남편이나 시어머니의 말을 곧이곧대로 받아드렸던 것을 후회했다. 우리가 해준 것도 없는데 예단은 무슨 예단, 그랬을 때 나는 시집 식구들이 너무 미안해하는 것 같아 예단을 준비하지 않았던 것이다. 나는 급하게 고급으로 예단을 주문해서 네 명의 고모와 한 분의 작은아버지 댁을 찾아다녔다. 그때 내가 느꼈던 것은 시아버지가 형제들을 피해 다닌 다는 것이었다. 결국 예단 문제로 큰 소리를 낸 것도 결혼식을 끝내고 다른 하객들은 어쩔 수 없다지만 형제들이라도 우리가 입주한 아파트로 초대할 줄 알았는데 시아버지가 일언반구도 없이 시골에서 올라온 관광버스를 타고 내려갔다는 것에 분노한 것이었다. 그러니 가난한 사위한테 얹혀

사는 시어머니가, 그것도 늘 편두통 때문에 고통스럽게 하루하루를 이겨나가는 시어머니가 무슨 수로 예단을 준비하겠는가.

　- 내가 일곱 살 때였어. 어머니와 의논 한마디 없이 과수원을 처분하고 집을 나간 아버지가, 일 년여 동안 연락 한번 하지 않았던 아버지가, 느닷없이 돌아와서는 우리 형제들을 모아놓고 말했어. 내일 서울로 이사 간다는 거야. 서울에 집도 장만해 놓았으니까, 구차한 살림살이 다 버리고 꼭 필요한 것만 가지고 가면 된다면서.

　형은 좋아했지. 하지만 어머니는 아니었어. 시집을 와서 십 수 년 동안 허허벌판에다가 과수나무를 심느라고 손바닥이 판자떼기처럼 굳어지도록 일을 한 어머니가 어떻게 그 과수원을 포기할 수 있었겠어……

　그러나 과수원은 한 해 전에 이미 넘어간 뒤였고, 목소리 큰 아버지는 일 년 만에 나타나서 울고불고하는 어머니에게 윽박질렀지. 남자가 하는 일에 코물 빠뜨리지 말라고. 그날 밤 어머니는 커다란 가위로 당신의 머리카락을 싹둑싹둑 자르면서 울었어.

　어머니는 애원했어. 허파에 바람이 잔뜩 들은 당신을 어떻게 믿고 따라갈 수 있느냐고 하면서 쓰고 남은 돈만이라도 돌려주고 다시 과수원을 찾자고 가슴을 치며 애원했지. 어머니는 그런 분이었어. 내게 있는 것만 가지고 부지런하고 정직하게 살아가는 것이 복 받는 일이라고 믿는 어머니. 그래, 아버지는 아니었어. 십 원짜리 동전을 손에 감추고 백 원짜리라고 거짓말을 하는 사람이었거든. 돌아서면 들어날 거짓말을 아무런 대책도 없이 흘려놓는 아버지를 동네 사람들은 부앙쟁이라고도 하고, 대포라고 그랬지.

아무튼 아버지는 병신이 육갑을 떤다며 봉두난발이 된 어머니의 머리채를 흔들어 패대기를 쳤어. 그러고는 꼴도 보기 싫은 여자라고 침을 뱉어내면서 그 날 밤 서울로 왔지. 아버지가 무서워서 눈물도 흘리지 못하고 있는 우리 삼 남매만 데리고 말이야.

그런데 보름도 지나지 않아서야. 어머니가 아무도 없는 집에서 농약을 마셔버렸어. 다행히 과수원 주인이 그때 집에 들렀다가 입으로 하얀 거품을 토해내면서 방바닥에 뒹굴며 고통스러워하는 어머니를 발견했지……　어머니는 다행히 살아났어. 그런데 아버지는 병원으로 찾아가서 죽으려고 마음을 먹었으면 제대로 죽어버리지 뭐 하러 살아났느냐고 또 윽박질렀어. 남자 망신을 골고루 시킨다면서.

그래, 아버지는 어머니에게 늘 그렇게 말했지. 남자 망신을 골고루 시킨다고. 그래, 어머니가 아버지의 폭언과 폭력을 무조건 참아내야 하는 것도 바로 그거야. 천성이 거짓말을 하지 못하는 어머니가 곧이곧대로 하는 말은 모두가 다 아버지에게는 망신거리였던 거야. 밖에서 하고 다니는 아버지의 거짓말이 어머니의 입을 통해서 다 들통 났으니까. 그래서 아버지는 고향에서 더 살지 못했고, 서울에 와서는 철저하게 어머니의 입을 가로막았지. 나는 그런 아버지를 용서할 수 없는 거야.

5.
나는 단 한 사람의 사랑만으로
행복해질 수 있다.

사흘 째 남편은 전화 한 통 없이 집에 들어오지 않고 있다. 내가 휴가를 받아 집에 있는 줄 번히 알면서도 그렇고 있는 것이다. 나는 좌불안석한 상태를 다스리느라 전화기를 애써 외면한 채 오늘도 텔레비전만 뚫어져라 쳐다보았다. 낮에 친구가 다녀갔지만 내 상태는 더욱 나빠졌다. 다른 무엇인가를 해야 한다는 생각만 불쑥불쑥 지나갔다.

나는 리모컨을 들고 있으면서도 냉큼 텔레비전 화면을 끄지 못하고 있다. 방송 심의 규정을 준수한다는 여자 아나운서의 의연한 목소리가 아직도 귓가에 남아 있어서일까. 아니면 낮에 본 우리들의 결혼식 비디오에서 주례를 서준 목사님 특유의 낭랑한 목소리가 여전히 생생해서일까. 그것도 아니면 텔레비전 화면을 죽인 다음에 오는 적막이 두려워서일까. 나는 리모컨을 내가 앉아 있던 소파에 떨어뜨리고 일어난다. 싱크대 앞으로 간다. 오늘도 벌써 다섯 잔이나 마신 커피를 또 마셔야 하나 생각하면서 친구가 결혼 선물로 사준 커피포트에 물을 받아 가스레인지에 올린다.

"시방이 어떤 세상인데, 너는 일편단심 민들레냐…… 우리는 이제 완전히 끝났어."

일 년 전에 결혼한 친구가, 나보다 키가 18센티나 더 큰 친구가 낮에 찾아와서 신혼 재미가 좋아 보인다고, 집에 들어오니 고소한 냄새가 진동을 한다고, 상투적인 인사로 시작하더니, 내가 남편 때문에 속상해 죽겠다고 말하자, 결국에는 자기 넋두리를 시작했다.

"왜, 또?"

나는 친구의 입술 꼬리가 실룩거리는 것을 바라보면서 늘 그랬듯이 아무렇지 않게 물었다.

"매일 생활비를 받아 쓸 때마다 내가 얼마나 한심해지는지……시방이 어떤 세상인데, 나를 완전히 걸레 취급하는 거 있지."

그 친구가 말머리에다 시방이 어떤 세상인데, 라고 붙여온 것은 오래된 습관이었다. 몇 해 전까지 같이 살다 돌아가신 외할머니가 시방, 이란 단어를 즐겨 썼던 것을 어렸을 적부터 듣고 자란 탓이었다.

"걸레라니?"

"너는 걸레도 모르니…… 차라리 잘됐어. 시방이 어떤 세상인데, 나도 빨리 끝내버리고 싶어."

나는 친구에게 독하게 한 마디 해주고 싶은 것을 삼켰다. 시방이 어떤 세상인지는 몰라도 걸레는 빨아도 걸레가 아니냐고.

"그 너구리같은 인간을 믿고 더 따라가다가는 영원히 길을 잃어버릴 거 같아 불안해. 지금은 돌아보면 내가 뛰쳐나갈 출구가 보이는 데, 더 가면 그 출구도 내게서 그만큼 멀어질 거고, 나중에는 내 뒤에 있는 그 출구도 찾지 못할 거 같아서 그래…… 시방이 어떤 세상인데, 내가 왜 걸레 취급을 받아가며 살아야 하니?"

친구는 내 결혼식 비디오와 신혼여행에서 찍은 사진들을 보면서 내게 김빠지는 소리를 계속해서 널널널거렸다. 늘 그랬던 친구라고 내 마음을 다독여보았지만 내 마음은 예전처럼 마냥 너그러워 지지 않았다. 나는 밀감 몇 개를 내놓으며 이거나 먹어라, 하고 그녀의 입을 막아보려고 했다. 그러나 허사였다.

"너는 모를 거야. 시방이 어떤 세상인데, 맨날 골골하는 남자하고, 그것도 마누라를 자기가 하고 싶을 때만 찾는 전속 창녀로 취급하는 남자하고 사니. 난 죽어도 못해."

"그건 또 무슨 소리야?"

"자존심 상해서 말도 못하겠어…… 아니다. 시방이 어떤 세상인데, 하고 싶은 말도 못하냐. 요즘에는 내가 하고 싶어서 덤벼들면 아예 돌아눕는 거 있지. 내가 만져도 그 남자 물건은 서지 않아."

"네가 너무 밝히니까 그렇겠지."

"모르면 잠자코 있어. 얼마 전부터 허구한 날 인터넷 채팅방에서 죽을 치고 있는 거 있지. 그것도 유부녀들만 상대로 번개하고, 포르노 사이트만 찾아다니면서 하는 짓이란 게, 혼자 자기 물건 흔들어서 물 빼내는 일이다. 그러면서 하는 말이 뭔 지 아니. 내가 고물이라서 그런다는 거야. 막말로 내가 처녀가 아니었다는 거지. 시팔, 요즘 처녀로 시집가는 여자가 어딨냐, 그리고 저는 결혼할 때 수총각이었어…… 아무튼 아무리 생각해봐도 이건 아니야. 시방이 어떤 세상인데."

"아니면?"

"갈라서야지. 자존심 때문에 너에게 말 안했지만 그 남자는 완전한 변태야. 나더러 포르노 배우처럼 꽥꽥거리라며 엉덩이를 때리고, 뒤를 대라는 거야. 거기는 고물이 안됐을 거라면서…… 미치겠어 정말. 어제는 술이 꼭지까지 취해 들어와서는 내 컴퓨터를 박살내는 거 있지. 나한테 인터넷을 하면 죽여 버리겠데. 저는 맨날 채팅방에 들어가 번개 할 여자를 찾아다니면서 왜 나는 못하게 해. 난 컴퓨터 없이는 죽어도 못살아…… 오늘은 내가 때려 부수고 말겠어. 그래서 나 오늘 병원에 갈 생각이야."

"병원에?"

"응, 나 또 임신했거든. 시방이 어떤 세상인데…… 하고 싶은 대로 시원하게 해보지 못했는데, 임신은 잘도 되더라. 정말 미치겠어."

나는 할 말을 잃었다. 세상이 바뀌었으니까 여자도 남자를 강간을 할 수 있다고, 여자도 남자에게 성적 만족을 강력하게 요구할 수 있어야 한다고 주장하는 친구였다. 그래서 그녀는 섹스를 할 때에도 남자 위에서 한다는 것이다. 그때의 기분을 남자를 강간하는 느낌이라고 그녀는 자랑스럽게 말했었다.

스물여덟이란 나이보다 세상을 너무 많이 보아버린 친구는 중학교 3학년이었을 때부터 결혼하지 않은 남자 스타들의 사진을 보면서 자위를 했다. 그 친구는 남자 스타들을 사랑하느라고 언제나 가슴이 풍선처럼 부풀어 있었다. 월드컵이 우리나라에서 진행될 때에도 친구는 시방이 어떤 세상인데, 하면서 학교 교실에 있는 것을 억울해 했다. 이런저런 경기장을 찾아다니면서 얼굴만 잘생겼으면 아무 선수나 응원하고, 농구 경기장에서 소리를 지르고, 선수들에게 사인을 받아내려다 떠밀려 무릎이 깨지기도 했다.

그 친구가 이십대가 되어서도 한 남자를 이해하고 사랑하는 일을 오래도록 지속하지 못하는 이유도 그때부터 비롯된 것일 게다. 친구의 방에 걸려 있는 남자 스타의 사진을 보면서 자신의 이상형 이라고 말했는데, 문제는 그 스타 사진들이 두세 달에 한 번씩 바 뀌었던 것이다. 농구 선수, 가수, 영화배우, 심지어 외국 가수도 있었다. 그 수가 하도 많아서 일일이 열거하기에는 내 기억력이 모 자란다.

한 번은 이런 일도 있었다. 고등학교 2학년 교실에서였다. 늘 사랑의 회초리를 들고 다니는 국사 선생님이 들어오기 바로 전이 었다. 화장실에 같이 간 친구가 치마 속에 손을 넣어 팬티를 내려 주머니 속에 넣었다. 국사 교과서에 나오는 그 많은 인물들을 암 기하는 것보다 유명 연예인이나 스포츠 스타들의 신상명세를 더 해박하게 외우고 있는 친구는 언제나 국사 선생님의 표적이었다. 친구도 그랬지만 학생 대부분이 걸핏하면 앞으로 불러내서 엎드려 뻗쳐를 시키고 엉덩이에다가 사랑의 매질을 하는 그 국사 선생님 을 바퀴벌레만큼이나 징그럽게 여겼다. 때문에 친구는 국사책 속 에 연예인 사진을 숨겨놓고 그것을 보는 재미로 버티고는 했다. 그러다가 걸려서 사랑의 매질을 당한 적이 한두 번이 아닌데도 그 랬다.

그런데 그날은 친구가 벼르고 있었던 것이다. 그 전날 똑 같은 일로 엉덩이에 사랑의 매질을 당한 자국이 파랗게 남아 있는 것을 꼭 보여주겠다는 것이었다. 결국 수업 시간에 일부러 더욱 표시 나게 딴청을 피운 친구는 앞으로 불러나가 엎드려뻗쳐를 명령받았 다. 그 순간 치마를 훌렁 걷어 올리며 엎드려뻗쳐를 한 친구. 남녀

공학이었다면 그렇게까지는 못했을 것이다.

하지만 국사 선생님은 남자였다. 비록 나이가 오십대였지만 그래도 남자는 남자 아닌가. 선생님이 친구의 엉덩이를 바로 보지 못하고 고개를 돌리는 순간 교실에 있는 교우들은 환호성을 질렀다. 친구는 그 환호성 소리에 의기양양해져서 엉덩이까지 흔들며 빨리 때려달라고, 선생님한테 하루라도 안 맞으면 살맛이 안 난다고, 말했다.

교실은 변태, 변태를 외쳐대는 여자애들의 목소리로 팡팡 울렸다. 그 당시 학생들 사이에서 국사 선생님이 여자들 엉덩이를 때리면서 성적 욕구를 만족시키는 변태 성욕자일 거라는 말이 떠돌았던 것이다. 결국 국사 선생님은 친구의 엉덩이를 때리지 못하고 교실에서 도망치듯 나갔다. 그 일로 국사 선생님은 학교를 그만두었고, 그 후로 체육 선생님도 학생들 엉덩이를 때리는 짓은 다시 하지 않았다.

밀감을 조각조각 떼어내서 입안에 넣고 우물거리던 친구가 손을 털면서 병원에 갈 거라고 또 한 번 말했다. 그러고 보니 한 동안 잊고 있던 것이 생각났다. 우리가 스무 살을 막 넘어 섰을 때 이런저런 매체에서 포스트모더니즘을 논하는 것을 귀동냥한 그 친구는 포스트모더니티한 도시 속에 살고 있어서 좋다며, 그 도시 여기저기를 천방지축 돌아 다녔다. 그러면서 오는 남자 마다하지 않고, 가는 남자 붙잡지 않은 그녀는 나를 동반하고 산부인과 병원 문을 몇 번이나 들랑거렸다. 그러나 그런 친구도 이십대 중반을 넘어서면서 한 남자를 찾기 시작했다. 예전처럼 락카페나 나이

트도 다니지 않고, 조신한 요조숙녀가 되어 컴퓨터에서 일명 번개
녀가 되었다. 친구가 인터넷에서 번개로 만난 남자들은 정확하지
는 않지만 수십 명은 될 것이다. 그 중에 한 남자가 지금의 남편이
었다. 그것을 신혼 시절에는 대단히 자랑스러워하던 친구가 아니
었던가. 자기들이 21세기를 지향하는 사이버부부라고.

"오늘은 내가 그 새끼 컴퓨터를 박살내고 말 거야. 시방이 어떤
세상인데, 나만 억울하게 당할 수는 없잖아."

"그러지 말고 마음 고쳐먹고, 이참에 인터넷 그만둬. 다른 취미
생활을 하면 되잖아."

나는 예전부터 기회가 있을 때마다 해주었던 말을 또 다시 반
복했다. 남편하고 서로 모르는 비밀 아이디를 만들어 채팅 방에서
야한 얘기를 주고받는 상상을 하면서도 그녀는 내 말을 귀에 담아
듣지 않았다. 그러기는커녕 번개 장소에 갔다가 남편하고 마주치
면 어떡하지 하면서 웃어넘기는 그녀였다. 그녀의 말을 빌리면 실
제로 그런 일도 있었다는 것이다. 부부가 채팅을 통해 야한 번개
를 하기로 약속을 하고 장소에 나가보니 상대가 여자의 남편이고,
남자의 부인이었다고. 결국 그 부부는 이혼을 했다고 그랬다. 그
러면서도 그녀는 채팅을 그만둘 수 없다고 말했다.

"시방이 어떤 세상인데 컴퓨터 없이 사냐. 바보 같은 소리 말고,
너나 정신 차려. 시방이 어떤 세상인데 말라비틀어진 사랑 타령이
야. 안방에 앉아서 세계를 다 돌아다니며 볼 수 있는 디지털 정보
화 시대란 말이다. 시방이 어떤 세상인데, 단 하나뿐인 사랑 같은
건 이제 없는 시대라고……."

나는 그녀의 말을 더 듣고 있을 수가 없었다. 아니, 더 들어본들 번한 얘기였다. 나는 예전부터 기회만 있으면 그녀에게 강력하게 주장했던 내 생각을 또 참지 못하고 토해냈다.

"우리 인간들에게 가장 중요한 것은 감정(感情)이라고 나는 생각해. 날씨의 변화와 환경에 따라 변화하는 그 감정이 묻어 있을 때 서로를 이해하고 신뢰하게 되는 것이지. 그런데 사이버 공간에서는 그 감정이 묻어 있을 수 없어. 기계적인 조작만 있을 뿐이라고. 그러므로 서로를 불신하게 되는 것이고…… 자신을 감추고, 상대방에게 최소한의 예의와 준비도 없이 너무 쉽게 만났다 헤어지는 거, 그게 바로 사이버 공간의 불신이란 말이다."

"그만해. 시방이 어떤 세상인데, 너처럼 어렵게 사는 거 난 질색이야. 단순한 게 좋단 말이다, 나는."

친구가 다소는 짜증 섞인 표정으로 내 말을 잘랐지만 나는 내 기분에 취해서 그만둘 수는 없었다. 어쩌면 남편에 대한 복잡한 내 감정을 그렇게라도 순환시키고 싶었을 것이다.

"단순하게 살고 싶은 욕구는 인간 누구에게나 강하게 있어. 그만큼 인간의 감정이 복잡하고 어렵기 때문이겠지. 하지만 단순해지고 싶다고 해서, 복잡하고 어렵다고 해서, 피하고 싶어도 피할 수 없는 것이 바로 지금의 내 감정이야. 인간 누구나 자신의 감정을 존중받고 싶은 욕구가 있기 때문이지. 지금의 너도 마찬가지야. 너의 지금 감정을 너는 누구에겐가 존중받고 싶은 거야. 그런데 그게 사이버 공간에서는 가능하지 않아. 그렇기 때문에 너는 사이버 공간에 더욱 집착하게 되는 거고."

"아니야. 사이버 공간에서도 가능해. 아니 더 솔직하게 내 감정을 전달하고 상대방의 감정도 느낄 수 있단 말이다."

"그렇다면 너는 자가당착(自家撞着)에 빠져 있는 거야. 인간의 감정은 말로 보여줄 수 없는 무언가가 있다고 나는 생각해. 눈으로 보고 가슴으로 느끼는 그런 감정이 사람들 사이에는 절대로 필요한 거야. 그래서 인간들은 스킨십을 필요로 하는 것이고. 섹스도 그런 종류의 스킨십이지. 나를 느끼게 해주고 상대의 감정을 느껴보고 싶은 거…… 서로에 대한 느낌이 없는 인간관계는 가상에 불과해. 사이버 공간이 지금을 살고 있는 사람들에게 의식적 노동을 배가시키고, 육체적 게으름을 얼마나 많이 요구하는가 생각해봤어? 우리 인간들이 살아가면서 꼭 필요한 것이 있다면 적당한 신체적 운동도 그 중에 하나 일 거야. 그렇다고 무거운 기구를 들고, 달리기를 하라는 게 아니야. 일상생활에서 내 몸을 움직이면서 살아간다는 거, 그게 바로 적당한 운동인 것이지. 동네 앞에 있는 은행이나 시장을 다니면서 그곳에서 일을 하는 사람들을 만나고, 서로에게 감사하는 마음도 그런 운동에서 가능해지는 거라고 나는 생각해. 그게 바로 서로의 감정을 말로서 주고받는 게 아니고 눈으로 보고 가슴으로 느끼는 감정이지. 너도 그런 걸 네 주위 사람들과 느끼면서 살았으면 좋겠어."

"나는 싫어. 세상 사람들이 나를 바라보는 거 자체가 싫은데 어떻게 그럴 수 있니. 공부도 못하고, 대학도 다니지 못한 여자, 그리고 할 줄 아는 게 아무 것도 없는 여자, 인물만 반반하다고 흘겨보는 사람들, 정말 질색이야. 그러니까 공부 잘해서 대학 나오고 사회에서 인정받는 너나 그렇게 잘 살아. 시방이 어떤 세상인데, 인터넷을 하는 사람들이 얼마나 많은 세상인데 네가 그렇게 함부로 말해. 네가 얼마나 잘 낫다고. 나는 다 때려치우고 내 멋대로 살 테니까. 내 일에 참견 말아. 이제 네가 하는 그런 말도 지겨워."

친구는 얼굴이 발갛게 달아올라 있었다. 너무 빨리 뜨거워지고 너무 빨리 차가워지는 그녀. 다혈질인 친구는 자신의 성격 때문에 더 많은 것에 손해를 보는 편이었다. 나는 그런 그녀가 늘 안쓰러웠다. 악의도 없고, 누구를 먼저 미워해 본 적이 없는 친구는 언제나 자신의 솔직한 마음을 먼저 내보였다가 상처를 입는 편이다. 그렇지만 나는 그녀를 무조건 감싸주고 싶지만은 않았다. 그녀도 나도 살만큼 살아본 스물여덟 살의 여자이기 때문이다.

"나도 인터넷을 하는 그 많은 사람들을 다 매도하고 싶지는 않아. 내가 지금 말하는 것은 너같이 채팅방에서 번개 할 상대만 찾아다니는 사람들을 말하고 있어. 바로 너 같은 여자 말이다……."

나는 친구에게 너 같은 여자, 라고 지칭하면서 너무 심하게 내가 몰아붙이고 있다는 생각이 들어 말 속에 힘을 빼고 조용히 말했다.

"웬만하면 생각 고쳐먹고 아이 낳지 그래. 아이를 낳으면 네 생각도 많이 달라질 거야."

나는 진심으로 그녀가 아이를 낳기 바랐다. 그것은 결혼 생활의 과정이다. 인간이 아니, 여자가 행복해질 수 있는 하나의 길이라는 나의 믿음 때문이었다. 세상을 오직 가볍게만 바라보는 친구에게 그 일은 매우 중요한 하나의 계기로 다가갈 것이란 생각도 그 친구가 지난 번 중절수술을 했을 때 말했었다. 아이를 내 뱃속에 잉태하여 출산하는 고통을 감내하는 것만으로도 여자로서 다시 태어나는 환희를 느낄 것이라고, 그 아이를 이 세상에 태어나게 하여 보살피는 시간들이 소중해질 거라고 아직 경험이 없는 내가 주제넘게 참견했던 것이다. 친구는 그 어떤 것에도 여느 사람들보다 훨씬 앞당겨 실증을 느끼는 편이어서 그녀의 가족은 물론이고 친구인 나까지 불안하게 했기 때문이었다. 처녀 시절 직장에 나가서 한 달을 참아내지 못하고 기다리던 월급을 포기한 적도 있는 친구였으니 더 말해 무엇 하겠는가. 그러면서도 혼자 있는 것을 참아내지 못하는 친구였다.

친구가 그렇게 되어버린 이유로 나는 텔레비전과 인터넷, 그리고 연예인을 우선으로 꼽는다. 너무 빠르게 앞장서서 사회의 변화를 주도하는 그런 매체들을 따라가다 보면 자기 자신을 잃어버리게 되는 것이다. 친구가 바로 그런 증세로 본연의 자기를 잃어버린 예다. 지금 당장도 그렇다. 친구는 설거지할 것들을 개수통에 쌓아놓고 통신에 들어가 앉아 있는 시간이 하루에 예닐곱 시간이 넘는다. 그러면서도 자신만의 일과 자신만의 자리를 차지하지 못했다고 믿는 친구는 세상이 빠르게 변화하는 것에 불안해한다. 자신이 빠르게 변화해 가는 사회에 동승하지 못하고 낙오자가 되지 않을까 싶은 것이다.

그래서 나는 가끔 친구에게 말해줬다. 자신을 믿고, 자신이 할 수 있는 일을 찾아 해보라고. 그러나 친구는 자신을 믿지 못한다. 때문에 무슨 일을 시도해도 쉽게 포기한다. 그러면서도 하루 종일 인터넷에 들어가 여기저기를 돌아다니는 친구. 나는 친구가 인터넷을 통해서 자신이 감당할 수 없을 정도로 많은 것들을 보고 있다고 생각한다. 사실 지금 친구에게 필요한 것은 그리 많지 않을 것이다. 전업주부에게 필요한 것들이란 게 번하지 않은가. 그런데도 각종 언론매체에서는 인터넷을 하지 못하면 당장 어떻게 될 것처럼 떠들어댄다.

내 남편의 친구인 그녀의 남편 역시 그렇다. 결혼 전에는 하는 일 없이 하루하루를 지루하지 않게 보내기 위해서 늦잠을 자고, 밤마다 인터넷에 매달려 있었다고 했다. 그러다 결혼을 하면서 부모의 도움으로 호프집을 시작했다. 그런 사람에게 인터넷을 통해 무엇을 얻겠는가. 홈페이지라도 만들어 호프집을 홍보한다면 모를까, 친구의 남편은 홈페이지 같은 것에는 관심도 없는 사람이라는 것이다.

6.
당신으로 인하여 나는 살아 있는 것이고,
당신으로 인하여 나는 살아 갈 것이고,
당신으로 인하여 나는 죽어서도 내내 행복할 것이다.

내가 남편을 처음 만난 것은 친구의 결혼식장에서였다. 신부의 친구인 나와 신랑의 친구인 남자로 우리는 만났던 것이다. 내가 몇 명의 신랑 친구 중에서도 그에게 선뜻 경계심을 늦출 수 있었던 것은 결혼식에 어울리지 않는다 싶은 헐렁한 옷에 단정하지 않은 긴 머리 때문이기도 했지만, 전체적인 이미지가 조심스럽고 진지하게 보였다. 사실 나는 특이한 사람을 좋아하는 타입이 아니었다. 그런데도 그 사람의 특이함이 전혀 낯설지 않았다. 그 사람을 처음 보았을 때 카메라를 들고 사진을 찍고 있어서 그랬을 것이다. 그 남자가 신부 대기실에 찾아와 진지하면서도 조심스럽게 신부에 비해 키가 작은 나를 배려하면서 포즈를 부탁하던 그때 나는 그 남자의 특이함을 아무렇지 않게 받아드렸던 것이다.

"나는 늘 나 자신 때문에 불안해요……."

그 남자와 내가 처음으로 데이트했고, 같이 잠을 잔 날이었다. 그렇다고 밤새 외박을 했던 건 아니다. 국경일이어서 쉬는 날이었는데 어찌하다보니까 포천까지 가게 되었고, 점심때가 지나서야 우린 맛있다는 이동 갈비를 먹기로 합의를 보았다. 그런데 갈비를 먹으면서 술을 마시지 않는다는 게 좀 어울리지 않는다는 의견까지 합의한 상태에서 우린 소주를 두 병이나 비웠다.

물론 음주운전을 각오한 것도 아니었고, 그렇다고 입안에서 술냄새가 사라질 때까지 여관에 들어가 쉴 생각도 아니었다. 당시에는 그런 사이도 아니었다. 그저 친구의 남편 친구와 친구의 부인 친구로서 두 번 마주친 정도였다.

그 전날도 그랬다. 나는 친구가 아직은 아이 엄마가 되기 싫다며 75일 된 아이를 뱃속에서 집어내는 수술을 받아서 위로 삼아 방문했는데, 친구의 남편 친구인 그 남자도 같은 이유로 와 있었다. 결혼식장에서도 그랬고, 친구가 신혼여행에서 돌아와 집들이를 하는 날에도 카메라를 진지하게 들이대던 그 남자는 나에게 반갑다고 말했다.

그러나 우리는 이내 입을 다물었다. 친구와 친구 남편이 좋지 않은 분위기를 연출하고 있어서였다. 아마도 친구가 한 일이 좋은 일이 아니어서 그랬을 것이다. 몹시 어색한 분위기가 지속되었다. 나는 어색한 분위기가 두 당사자 때문이 아니고, 친구들 때문이라고 판단하여 친구의 남편 친구인 그 남자에게 같이 퇴장해주는 게 좋을 거 같다고 제의했다. 그렇게 친구의 집에서 퇴장을 하는 엘리베이터 안에서 나는 데이트 신청을 접수받은 것이었다.

"내일, 시간 좀 있습니까?"

나는 마땅히 거절할 이유가 없었으므로 친구의 남편 친구인 그 남자의 데이트 신청을 받아드렸다. 다음 날 그 남자는 약속 장소에서 예의 바른 모습으로 나를 맞이했다. 무엇보다 단정하게 묶은 머리가 마음에 들었다. 나는 아무런 경계심도 없이 그 남자를 내 차의 운전석 옆자리에 태웠다. 그러나 막상 어디로 갈 것인지에 대한 생각을 사전에 준비해두지 못한 나는 그냥 차를 몰았다. 올림픽대로를 달리다가 미사리에 있는 라이브카페를 생각했다. 그런데 그 남자가 말했다. 저쪽으로 가자고. 나는 그 남자가 가리킨 길로 차를 몰았다. 가다보니 포천까지 가게 되었던 것이다.

갈비 집에서 나와서야 나는 알게 되었다. 낮술이 사람에게 왜 안 좋은지를. 대낮부터 새파랗게 젊은 여자가 얼굴이 발개져서, 그것도 술 냄새 풍기며 나다닐 수는 없었다. 그리고 보면 내가 요즘 여자들처럼 영악하지 못하고 나름대로는 순진했던 것이다. 스물여덟 살이나 먹을 동안 낮 술 한 번 마셔보지 않았으니까. 결국 대낮에 여관에 들어가는 일까지 나는 동의하고 말았다. 아무 일 없을 거라고 말하는 친구의 남편 친구에게, 그것도 하나님, 부처님까지 들먹이며 아무 일 없을 거라고 맹세한 남자에게 끝까지 그럴 수는 없다고 고집을 피우기에는 내가 너무 취해있었을 것이다.

하지만 여관방에 들어서는 순간 어둑한 분위기에 나는 지레 숨이 막혔다. 내가 잘못했다 싶어 다시 나가자고 말하자마자 친구의 남편 친구는 내 어깨를 잡아당겼다. 나는 예상하지 못한 남자의 완력을 느꼈다. 그것도 순박하고, 모든 것에 조심스럽게 행동하는 남자라고 믿었는데, 술김이라고는 하지만 그렇게 난폭하게 나를 잡아당길 줄은 전혀 생각하지 못했다. 나는 신발을 신은 채로 끌려 방으로 들어갔고, 곧바로 침대에 눕혀졌다. 발버둥 쳤지만 남자의 힘을 감당해낼 재주는 나에게 없었다.

그날따라 어울리지 않는 치마를 입고 간 내 아랫도리는 쉽게 노출되었다. 그때서야 나는 생각과 몸이 따로따로 분리될 수도 있다는 것을 알았다. 다리에서 힘을 빼면 안 된다는 마음이면서도 내 몸은 젖어들었던 것이다. 나는 어느 틈엔가 두 다리를 벌리고 있었다. 두 다리에 힘을 모아 버둥거릴 때 친구의 남편 친구가 내 귓가에 대고 사랑한다고 말했을 때부터였을 것이다.

나는 그 남자가 사랑한다고, 나를 처음 보는 순간부터 사랑을 느꼈다고 말한 것을 아무런 근거도 없이 무작정 믿기로 작정했던 것이다. 아마도 그 순간에는, 그러니까 남자가 여자의 아랫도리를 공격하면서 다감하게 속삭이는 그 순간에는 어떤 여자라도 그렇게 밖에 달리 처신할 방법을 찾지 못했을 것이다.

"미안해요, 이러면 안 되는데……요. 나도 나를 어떻게 할 수가 없었어요."

엉겁결에 일을 치르고 어색하게 서로의 시선을 피하고 있을 때였다. 그때 나는 감지했다. 이 남자는 소심하지만 미안해 할 줄 아는 사람이구나, 하고. 나는 그 남자가 서툴게 내 몸에 들어왔던 것을 기억해냈다. 그러자 분명히 생전 처음으로 여자의 옷을 강제로 벗겨본 것이라는 믿음이 꿈틀거렸다. 그 믿음은 그 동안 몇 번의 내 경험으로 보아 틀림없는 것이었다. 사실 나는 스물여덟 해를 살아오면서 친구 따라 강남 간다는 식으로 친구 따라 락카페에 가서 술에 취한 몇 명의 남자와 부킹을 했었다. 그때마다 대부분의 남자들은 내 옷을 거칠게 벗기고, 일을 치른 다음에 술기운이 다소 희석되면 내가 왜 이렇게 키 작고 볼품없는 여자한테 기를 쓰고 그 짓을 했는지 모르겠다며 기분 나쁘다는 표정으로 나를 흘겨보는 것을 겪어왔다. 그것이 수컷들의 본능인지 몰라도 나는 그게 싫었다. 그러고 보면 나는 터프 하거나 다혈질인 남자보다 소심하지만 남을 배려할 줄 아는 다감한 남자를 좋아하는 편이었다. 거기에 감성까지 어느 정도 합류해 있다면 더 없이 좋은 내 상대라고 나는 믿고 있었다. 그런 남자를 키 작은 내가 차지할 수 있을 거란 생각을 해본 적은 한번 없지만 말이다.

"괜찮아요. 하지만 한 가지만 알고 싶어요. 아까 내게 한 말 진심인지?"

나는 그에게 키 작고 볼품없는 내 몸을 보여주고 싶지 않아 이불을 뒤집어쓰고 물었다. 사랑한다고 했던 말이 진심이었다고 말해주기를 기대하면서. 그때 내 심장은 아주 빠르게 움직이고 있었다.

"예……"

그 남자의 시선을 보지 않아도 나는 느낄 수 있었다. 그 남자가 말끝을 흐린 것은 나에게 너무 미안해하고 있기 때문이라고. 그 미안함은 거짓을 대답해서가 아니라, 정말 사랑하는 사람에게 그 사랑을 표현하는 방법이 잘못되었다는 것을 깨달은 미안함일 것이었다. 나는 그렇게 믿고 싶었다.

"나에 대해서 아무 것도 모르잖아요? 내 키가 몇인지 아세요?"

"……"

대답이 없는 것은 내 키가 작다는 것을 인식하지 못해서가 아니고, 그렇다고 할 말이 없어서가 아니라, 자신이 한 말을 내가 이해할 수 없으리라고 지레 짐작을 했기 때문 일 것이다. 나는 그 남자에게 어떤 종류의 말이라도 이해할 수 있다고 말해주고 싶어졌다.

"아무 것도 모르는 나를 사랑한다면 그만한 이유가 있을 거 아니에요? 말 해주세요."

"저는 자신이 없어요. 누군가에 대해서 제가 다 알고 있다면 나는 그 사람에게 다가가지 못할 겁니다…… 나는 내 자신한테 더 많이 불안해하고 있어……"

더 이어져야 당연한 그 남자의 말은 그쯤에서 끝을 감추었다. 아마도 내 키에 관하여 한 마디쯤 하고 싶은 것을 참고 있었을 것

이다. 나는 그 남자가 자신을 답답하게 여기고 있을 것이란 짐작
만으로 그 남자에게 돌아누워 그 남자를 안았다.

"사랑한다고 다시 말해줘요. 그러면 성수 씨를 믿을게요."

그 남자는 내 어깨를 힘주어 잡아당기며 말했다. 정말 사랑한다
고. 그러더니 말을 이었다.

"결혼식장에서 사진을 찍는데 렌즈 속에 들어온 윤아 씨를 보는
순간 가슴이 뛰었어요. 신부가 던진 꽃을 받아 들고 소박하게 웃
는 윤아 씨의 모습은 내가 늘 꿈꾸던 여자였어요. 나는 윤아 씨 몰
래 셔터를 눌러댔지요. 그리고 캄캄한 암실에 누워 그 사진을 보
면서 나는 윤아 씨를 사랑하게 되었어요. 그러나 솔직히 말하면
오늘 같은 일이 있을 거라고는 생각하지 않았어요. 윤아 씨와 사
랑을 시작하고 싶었지만, 나는 고등학교도 졸업하지 못한 초라한
놈이고, 내 미래에 대한 자신도 없으니까요. 그래요, 나는 윤아 씨
에 대해서 아무 것도 몰라요. 그래서 나는 윤아 씨를 사랑할 수 있
는 거구요. 미안해요."

나는 그 남자의 입술에 키스를 했다. 그것이 내가 시작한 사랑
이었다.

나는 포천에서 돌아온 일주일 뒤 그의 작업실에서 내 볼품없는
알몸을 보여주고, 아직도 나를 사랑한다면 결혼하자고 제의했다.
이유는 그가 외로워서 많이 아파하고 있는 사람이라는 것을, 세
상을 너무 진지하게 살고 있다는 것을 친구의 남편을 통해 알았기
때문이었다. 나는 지금 가난해, 라고 그가 말했을 때도 나는 그것
을 문제 삼지 않았다. 나는 디자인 공모에 당당히 입상해서 계약

직이기는 하지만 그래도 아직은 다니는 직장도 있었고, 무엇보다 우리 집은 부자였다. 내가 손을 내밀면 집 한 채 값도 주저하지 않고 내줄 아버지가 있었다.

아버지는 내가 선택한 사랑을 지지해줬다. 그렇다고 무조건 지지한 것은 아니다. 자신의 미래에 확신을 갖지 못하고 있던 표정을 다소는 애를 써서 감춘 그와 처음대면한 날 아버지는 나를 불러 앉히고 조용히 말했다.

"그 사람의 학력을 문제 삼고 싶지는 않다. 내가 다소 염려를 하는 것은 진지해 보이는 면은 있지만 왠지 우울해 보이더구나. 진지하면서도 우울한 사람은 무거운 무언가를 가슴 속에 묻고 있는 사람일 것이다. 나는 그 무거움이 불안하다. 그럼에도 불구하고 내가 반대하지 않은 이유는 너를 믿기 때문이다…… 너에게 있는 마음의 상처가 결혼한 후에는 아물 수 있기를 아버지는 늘 기도했는데…… 이런 아버지 마음에 상처를 만들어 주지 않을 믿음이 너에게 있다면 네 선택을 적극 지지하겠다."

아버지는 다른 무엇보다 내가 상처받는 일을 못견뎌한다. 초등학교 다닐 때 무릎이나 팔꿈치를 긁혀 오는 날이면 나보다 그 상처에 소독약을 발라주던 아버지가 더 아파하곤 했다. 아버지가 유별나다 싶을 정도로 나에게 그러는 것은 당신이 내게 너무 아픈 상처를 남겨줬다는 죄책감 때문이란 것을 나는 안다.

9살이었던 나에게까지 치사량에 부족하지 않을 정도로 수면제를 먹이고 죽은 키 작은 어머니, 즉 아버지의 키 작은 아내가 있었던 것이다. 아버지는 키 작은 아내가 죽자 눈물을 흘렸다. 그 눈물의 의미를 나는 알고 있었다. 키 작은 여자를 아내로 둔 아버지는 키가 큰 여자를 애인으로 두고 있었던 것을 후회라는 눈물이었다. 그 기억 하나만으로도 나는 결혼에 실패하는 여자가 되어서는 안 되는 것이다.

그러나 지금 분명한 것은 낮에 다녀간 그 친구처럼 나도 내가 선택한 결혼에 대해서 확신을 갖지 못하고 있다. 불안해한다. 그 래서 이제 겨우 스물여덟 살인데, 이혼녀라는 훈장으로도 모자라 아이 엄마까지 되어야 하겠느냐고 다부지게 말하는 친구에게 나는 아무 말도 할 수 없었다.

그 친구는 지금쯤 수술을 받은 몸으로 침대에 누워 남편의 등을 바라보고 있을 것이다. 하루라도 빨리 수술을 받고, 하루라도 빨리 몸을 회복시켜 이혼을 하고야 말겠다는 친구는 병원에 같이 가줄 수 있다는 내 제의를 거절했다. 친구는 지금부터 아무리 무서운 일이라도 혼자 감당해야 할 것이고, 자신을 그렇게 길들이고 싶다는 제법 어른스러운 말을 흘려놓고 신발을 신었다. 신발을 신고 현관문을 밀고 나가는 친구가 우뚝 서서 말했다.

"너도 정신 차려. 니네 시집 쫄딱 망한 콩가루 집안이라는 거 나 도 다 알아. 그래서 예전에 네 신랑한테 내가 말해줬어. 너네 집 부자니까, 꼬셔보라고. 너만 잡으면 봉 잡는 거라고, 내가 말해줬 단 말이야."

나는 왜 그 친구가 한 말을 애써 무시했던가!

그런데 남편은 아직도 돌아오지 않는다. 방금 전 뻐꾸기가 문을 열고 나와 세 번이나 울고 다시 들어갔는데…… 나는 아직도 남편을, 어쩌면 돌아오지 않을 지도 모르는 남편을 기다리는 일을 포기하지 않고 있다.

　－ 어머니는 서울에 와서 늘 아프다고 말했어. 하루는 머리가 아프고, 하루는 가슴이 벌렁거린다고 했어. 눈을 감고 있으면 세상이 빙빙 돈데. 그랬어. 부엌일을 하다가도 어지럽다면서 쓰러지기도 했지. 그런 어머니를 아버지는 한 번도 병원에 데려간 적이 없었어. 그러기는커녕 속 좀 그만 썩이고 빨리 죽으라고 말했지. 어머니 때문에 재수가 없어서 하는 일도 안 된다면서.
　어머니는 서울로 와서 집 안에서 사육되는 짐승이나 다를 바 없었어. 먹고, 자고, 싸고 하는 게 일과였으니까. 나는 알아. 어머니가 대문 밖에를 한번 나가지 않고 왜 그렇게 살았는지를. 형이나 누나, 그리고 내가 다니는 학교에도 가지 못하게 했던 것도 아버지였어. 형이나 누나, 그리고 내가 어머니를 모시고 가야 한다고 그랬는데도 아버지는 막무가내였어.
　선생님들에게 망신살 뻗치지 말고 방구석에 가만히 있으라고 아버지는 그랬지. 아버지는 학교에 와서 돈 봉투를 내밀고, 밤에는 선생님들을 만나 술을 마셨어. 그래서 우리 집은 엄청난 부자가 되었지. 다른 사람에게 팔아먹고 올라온 과수원은 여전히 우리 것이 되었고, 삼천여 평에 불과한 과수원이 몇 만 평으로 둔갑하고, 서울 구석구석에 빌딩도 서너 채가 생기고는 했던 거야. 물론 새빨간 거짓말이지.
　그래서 학교에서는 더욱 더 어머니를 자모회 간부로 끌어드리려고 했지. 하지만 어머니는 거짓말을 하지 못하는 분이었어. 그래서 아버지가 하고 다니는 거짓말을 모두 사실대로 밝혀주고는 했던 거야. 그래, 아버지가 사기꾼이었다면 어머니는 사기꾼 부인이 될 수 없는 천성을 갖고 있는 분이었지……

이런 말이 지금 무슨 필요가 있겠어. 결론은 아버지가 어머니를 사랑하지 않았다는 거야. 그럼에도 불구하고 결혼 생활을 한 것이 우리 가족 모두의 불행이었지.

나는 그렇게 살고 싶지 않은 거야. 내가 불행해지는 게 두려워서가 아니라, 윤아 씨가 불행해지는 걸 볼 수가 없어.

7.
물속이 투명하다 하여
그 안을 다 들여다 볼 수는 없다.

지난밤도 남편은 끝끝내 들어오지 않았다. 그러니까 남편은 사흘 째 외박을 한 것이다. 나는 밤새 불안한 마음을 가까스로 다스렸다. 그러나 내 불안한 마음은 몇 번인가 전화를 했는데도 남편이 받지 않았기 때문에 더욱 고조되었다.

나는 더 이상 내 작은 몸을 소파 위에 공벌레처럼 말아 놓고 기다릴 수만은 없었다. 집을 나섰다. 차로 가면 5분 거리에 있는 그의 작업실을 내가 걸어간 것은 깊은 밤을 막 지난 새벽녘이었다. 안개가 짙은 거리에 나서자 성경책을 든 아주머니 한 분이 그 안개 속에서 걸어 나와 내 곁을 지나쳐 저벅저벅 소리만 내면서 다시 안개 속으로 사라졌다.

그런데 이상하게도 저벅저벅 거리는 아주머니의 발자국 소리는 내 귓가에서 멀어지지 않았다. 그래서 걸음을 멈추고 돌아보았지만 아주머니의 모습은 보이지 않았다. 나는 순간 온몸에 오싹하게 돋아나는 소름 때문에 양팔을 앞가슴에 모으며 걸음을 재촉했다. 아니 정신없이 달렸다.

나는 가쁜 숨을 몰아쉬며 남편의 작업실이 있는 건물 앞에 서서야 내가 온전한 상황에 있다는 것을 인식할 수 있었다. 그렇지만 나는 남편의 지하 작업실 문을 두드리지 못했다. 출입문에 등을 기대고 한참을 우두커니 서 있다가 다시 계단을 하나하나 올라섰다. 나를 피하고 싶어 하는 그에게 내가 할 말이 생각나지 않아서기도 했지만, 나를 앞에 두고도 이게 아니라는 듯한 표정으로 긴 침묵을 지키다가 미안하다고 말할 남편에게 내가 할 말이 아무 것도 생각나지 않아서였다.

집으로 돌아오는 길에는 안개가 더욱 질퍽하게 쌓여 있었다. 나는 털벅털벅 걷다가 하늘을 올려다보기를 반복했다. 아무 것도 보이지 않는 세상에 혼자 있는 나를 확인하고 싶어서였을 것이다. 지금 나는 행복하지 않다고, 내 스스로 인정하고 싶어서였을 것이다. 그래야만이 포기해야 하는 것에 쉽게 포기할 수 있기 때문이었다. 애초부터 내 작은 키로는 어림없는 것이었다고, 나는 내 스스로를 위로하고 싶었던 것이다.

사실 스물여덟 살을 먹는 동안 나는 먼지만큼이나 많은 사람들

속에서 늘 불안한 마음이었다. 형형색색의 불빛이 명멸하는 거리에서 나는 너무 초라한 모습이었다. 배꼽티가 유행하던 그 시기에 20대 초반의 팔팔한 여자였음에도 불구하고 나는 그것을 입어보지 못했다.

아니다. 내 방 거울 앞에서는 입어보았다. 그러나 그 흔한 원피스도 내게 맞는 것이 없고, 내 다리에 맞는 청바지도 없는 세상에서 나는 지금까지 살아왔다. 중, 고등학교 시절에 나는 교복을 입지 않아도 되었던 수요일과 토요일에도 교복을 입었다. 체육복마저도 수선 집에서 잘록하게 만들어 입어야 했던 나는 내 옷을 내가 만들어 입겠다는 생각만으로 의상디자인을 전공으로 선택했던 것이다.

나는 대학에 들어가서부터 재봉틀부터 배우기 시작했다. 원피스나 청바지, 그리고 정장 옷들을 사서 내가 고쳐 입었다. 내 기술은 너무나 서툴렀다. 서툰 솜씨로 고쳐진 옷을 입은 나는 그 무엇에도 자신이 없었다. 허리 25인치의 여자 다리와 내 다리는 적어도 20센티 이상 차이가 났다.

나는 내 불룩한 가슴을 할 수만 있다면 대패로 밀어내고 싶은 심정이었다. 나는 어머니가 살아 있는 동안 그랬던 것처럼 동네 목욕탕에 가본 기억이 전혀 없다. 내 다리가 짧은 것도 이유가 되었지만 유별나게 큰 젖가슴을 같은 여자들 앞에서도 내보일 자신이 없었다. 어머니도 그런 이유로 바깥나들이를 죽어라 싫어했을 것이다.

사회적으로 유능했던 어머니는 나를 낳고 모든 사회 활동도 중단한 채 동네 슈퍼에도 나가려 하지 않았다는 것이다. 아이를 낳고도 불어나 있던 몸이 예전 같지 않았기 때문이라고 그랬다. 작은 키의 여자 허리가 33인치가 넘는다면 정말이지 살맛나지 않을 것이었다. 어머니의 허리가 죽기 전까지 그랬다. 나는 평범한 아버지를 닮은 오빠와 달리 어머니의 작은 키의 유전자를 물려받은 것이다. 어머니는 그런 이유로 내가 아홉 살 적에 그쯤에서 멈추게 하고 싶을 터이다. 차라리 그때 어머니처럼 잠에서 영영 깨어나지 않았던들 지금의 이 아픔을 감당하지 않아도 되었을 텐데……

어머니가 생각나면서 눈두덩이 뜨거워졌다. 금방이라도 눈에서 무언가가 왈칵 쏟아질 거 같아 숙였던 고개를 들어 하늘을 올려다보는 순간이었다. 안개 속에서 갑자기 눈앞에 나타난 고양이 눈빛처럼 날카로운 불빛이 내 시야를 번뜩 깨어나게 하는 순간, 삐이 익하는 괴열음이 내 청각에 파고들었다. 야, 시팔년이 죽을 라고 환장했냐. 사내의 놀란 목소리에 얼른 정신을 수습하고 보니 나는 인도가 아닌 안개 속에 삼켜 있는 차도에 서 있었다. 그렇다고 내가 택시 앞으로 뛰어든 것은 절대 아니었다. 나는 그냥 걷고 있을 뿐이었다. 아니, 내 머릿속에서 어지럽게 지나가고 있는 기억들을 애써 붙잡고 있었던 것이다.

우리 부부는 결혼을 하고 두 달 정도는 그럭저럭 잘 지냈다. 그때까지만 해도 남편은 내게 미안하다는 말을 하지 않았다. 밤마다 '사랑행위'를 하지는 않았지만 신혼부부다운 긴장감도 있었고, 서로에 대한 호기심도 있었다. 물론 미래에 대한 설계를 하면서 피임 문제로 의견도 나누었다. 남편은 자신이 자리를 잡을 때까지 아이를 갖고 싶지 않다는 의사를 분명히 했고, 나는 당장이라도 낳고 싶어 했다. 때문에 나는 피임 기구를 사용하지 않았고, 남편은 내 몸 밖에다 사정을 했다.

그러던 어느 날이었다. 회사에서 급한 업무를 막 처리하고 한숨을 돌리고 있는데 시누이에게서 전화가 왔다. 그러니까, 시할머니의 기일이어서 시골에 다녀 온 며칠 뒤였다.

"올케 미안한데, 동생하고 빨리 좀 와줘. 엄마가 너무 아파해. 나 혼자는 어떻게 해야 할지 모르겠어."

시누이의 목소리에 급한 마음이 그대로 묻어 있었다. 결혼 전 시어머니 때문에 귀찮은 일 없을 거라고 나를 안심시킨 시누이였다. 그때 나는 무어라고 말했던가. 생각난다. 그럼 우리 아이는 누가 키워줘요? 그랬다. 그러자 시누이는 웃으면서 말했다.

"아이 걱정은 말어, 내가 키워 줄게."

그때 나는 시누이가 그렇게 선심을 쓰는 이유를 얼른 알아채지 못했다. 사실 결혼 전에 나는 시어머니와 같이 살아야 하는 상황이 닥쳐도 그것을 불편하게 생각할 마음은 없었다. 어차피 내가 회사를 그만두지 않을 바에는 시어머니의 도움을 필요로 할 것이란 계산도 있었다. 그러나 막상 시어머니에 대해서 알고 난 다음에는 그런 생각이 사라졌다. 시어머니는 우울증 환자였다. 그것도 어느 날 갑자기 그런 것이 아니라 결혼과 동시에 그렇게 길들여져 35년을 살아왔던 것이다.

전화를 받고 급하게 차를 몰아 시누이 집으로 가면서도 남편은 내 옆에서 입을 꾹 다물고 있었다. 시어머니는 입으로 오물을 토하면서 두 손은 머리를 감싼 채 두통을 호소하고 있었다. 동공까지 발갛게 변해 있었다. 그런데도 시누이와 남편은 입을 다물고 멍하니 서로를 바라만 보고 있었다. 이제껏 조금 아파하다가 이내 잠잠해지고는 했다는 것이다. 결국 내가 나설 수밖에 없었다.

시어머니는 병원에서 위세척을 했다. 두통약을 50여 알이나 삼켰던 것이다. 그러고 나서 의사는 입원을 제의했다. 알고 보니 세대주가 시아버지로 되어 있는 의료보험료까지 몇 달째 연체되어 있었다. 나는 의료보험관리공단에 찾아가 연체된 것을 해결했다. 그러자 시누이까지 나에게 미안하다면서 간병은 자신이 할 테니 돌아가라고 떠밀었다. 돌아오면서 남편은 나에게 미안하다고 말했다.

"이럴 줄 알았으면 절대로 결혼하지 않았을 거야. 윤아 씨에게 너무 미안해."

날마다 어머니가 입원한 병원을 오가면서 이렇게 말하는 남편에게 어떤 방식으로 내 마음을 보여줘야 한단 말인가. 그저 답답할 뿐이었다.

남편이 찍은 사진 속에는 왜 여자만 등장하는가? 나는 생각한 적이 있었다. 어머니의 우울증과 무관하지 않을 것이라는 결론으로 나는 남편에게 그 이유를 묻지 않았다. 그런데도 남편이 말했었다.

"내 사진 속에 여자들이 많이 등장하는 것은 어머니에게 미안해서 일거야. 우리 어머니는 불쌍한 분이거든. 나이를 먹으면서 아버지를 닮아 가는 나를 확인할 때마다 더 그래. 아버지에게 사랑을 받지 못한 어머니를 생각할 때마다 세상의 많은 여자들이 다 그렇게 보여. 사실 우리 식구는 아버지를 많이 미워하는데…… 그 아버지를 내가 닮아가고 있는 거야."

결혼 전 남편하고 홍제동 산동네에 살고 있는 시누이 집으로 어머니를 찾아뵙고 돌아오는 길이었다. 남편은 그때 어머니가 나에게 아무 말도 하지 않고, 내가 묻는 건강이 좋아 보인다는 등의 인사말에 그저 고개만 끄덕였던 것이 마음에 걸린 모양이었다. 그러나 나는 커다란 눈을 껌벅이며 고개를 끄덕이는 어머니에게 무언가를 느낄 수 있었다. 그것 역시 남편이 그러는 것처럼 미안해하는 마음이 틀림없었다. 나는 그런 어머니를 마주하고 앉아서 가슴속이 쏴아, 하게 아려오는 것을 느꼈다. 왠지 모르게 안쓰러움이 가슴 속에 가득찼기 때문이기도 했지만, 스스로 목숨을 접은 내 어머니가 생각나서였다.

남편은 2남 1녀의 막내였다. 시누이는 일찌감치 결혼을 해서 가난하지만 그럭저럭 살아가고 있으니 우리 부부에게 별다른 영향을 주지 않는다. 문제는 가장이면서도 그 책임을 다 하지 않는 시아버지와 죽음의 문턱까지 다녀온 시어머니, 그리고 시숙이었다. 중학교 때부터 사이클 선수를 했다는 시숙은 고등학교 3학년 때 전국대회에 출전했다가 부상을 당해 선수 생활을 접어야 했다는 것이다. 결국 대학 진학마저 포기해야 했던 시숙은 건달 비슷하게 풀렸다가 마음잡고 건설업을 하던 아버지 일을 한동안 거들었다고 했다. 그러나 아버지의 사업은 부도났다. 경기도 양평에 고급

빌라 3동을 지어놓고 분양을 하지 못했던 것이다.

결국에는 준공 허가도 받지 못하고 구속되었다. 자제 값도 지불하지 못한데다가 몇 달을 미루기만 해서 통통하게 살이 붙은 인건비마저 감당할 수 없었던 것이다. 시숙은 다시 하는 일 없이 빈둥거리는 사람이 되었다. 그런데다 거처마저 일정치 않았다. 그러다 보니 나는 결혼식장에서 시숙의 얼굴을 처음 보았고, 그 후로는 아직 본 적이 없었다.

시어머니는 입원한 지 보름 만에 퇴원했다. 그 동안 시아버지와 시숙은 병원에 한 번도 찾아오지 않았다. 시아버지는 입원한 사실을 알면서도 오지 않았고, 시숙은 연락처가 없어 알리지도 못했다. 담당 의사가 갖가지 검사를 마치고 내린 결과는 심한 우울증으로 인한 대인기피증이 언어 장애로까지 발전하고, 뇌혈관 한 부분에 응어리져 있는 혈액으로 인하여 편두통을 앓고 있다는 것이었다. 그렇게 응어리져 있는 것은 MRI촬영을 한 필름에도 선명하게 보였다.

어머니는 일주일에 한 차례씩 통원 치료를 받아야 했고, 혈액순환을 촉진시키는 약을 상시 복용하고 있다. 그래서인지 편두통을 호소하지는 않았다. 다만 실어증 증세는 여전하다. 나는 생각 끝에 어머니를 전문 치료기관에 입원시키는 게 어떻겠느냐고 남편에게 말했다. 그러나 남편은 고개를 흔들었다. 입원비 때문에 그러느냐는 내 말에 남편은 모르면 죽은 듯이 있으라고 버럭 소리를 질렀다. 그리고는 다시 돌아보며 미안하다고 말하는 남편. 남편은 버럭 소리를 지른 것에 정말 미안했던 지 조용히 말했다.

"어머니의 병은 아버지만 치료해 줄 수 있다고, 꼭 그래야만 해."

어머니가 아파하면서 살아있는 것은 아버지를 저주하는 것이라고 말하는 남편에게 나는 그런 방식이 잘못된 것이라고 말하고 싶었지만 남편이 너무 진지하게 말을 하고 있어서 고개를 끄덕일 수밖에 없었다.

– 아버지는 나이를 먹으면서 교활해지기까지 했어. 예전처럼 폭력이나 폭언을 하지 않고, 가족들을 무시해버리는 아버지를 나는 참을 수 없었던 거야. 그래, 믿었던 형이 운동을 하다가 낙오자가 되었을 때부터 그랬어. 만약에 형이 운동을 해서 성공을 했다면 남들에게 잘난 채 하기 좋아하는 아버지에게는 날개를 달은 격이 되었을 거야. 그러나 아버지에게는 그런 행운이 없었어. 그것을 깨달은 아버지는 철저하게 자신의 삶만 즐기면서 살았지. 젊은 여자와 아파트까지 얻어 살림을 차린 것도 형에게 더 이상 기대할 게 없다는 것을 깨닫게 된 뒤부터였어. 며칠에 한 번씩 들어오던 것도 아예 끊어버렸지. 우리 집은 기름을 살 돈도 없어 추위에 떨고, 라면으로 끼니를 때우기도 했어. 한번은 누나가 아무도 몰래 아버지를 찾아갔었어. 아버지가 몇 달째 돈 한 푼 보내주지 않았던 거야. 그러나 아버지 역시 돈이 없다면서 누나를 외면했어. 결국 하는 일 없이 빈둥거리고 있던 형도 집에서 뛰쳐나갔지. 누나는 대학 진학을 포기했어. 그때부터 우리는 누나가 벌어오는 돈으로 살아야 했어. 그리고 아버지의 젊은 여자는 단물을 다 빨아먹고 아버지에게 떠났지. 그제야 아버지는 띄엄띄엄 집에 들어왔어. 나는 그런 아버지를 죽이고

싫었던 거야. 하지만 그럴 수 없어서 집을 나왔고, 가끔 만나던 누나가 결혼을 하면서 어머니가 마음에 걸린다고 울먹이는 바람에 나는 다시 집으로 들어갔지. 그래, 이게 윤아 씨가 선택한 내 가족의 모습이야.

8.
생각이 지향적이지 못할 때,
그 생각으로 인하여 난 지쳐가고,
나태해지고, 결국에는 포기하게 된다.

나는 아파트 단지 입구에 서서 불빛을 하나 발견했다. 낯설지 않은 곳이어서 나는 아무런 생각 없이 그곳을 향했다. 그곳은 하루 24시간 동안 영업을 하는 편의점이었다. 그러나 내가 무엇을 사러 편의점에 왔는지 생각해내지 못했다.

지난밤을 아무 것도 먹지 않은 채 보냈다는 것을 잠깐 생각했지만 컵라면을 보는 순간 나는 고개를 돌렸다. 형형색색의 과자 봉지가 쌓여 있는 앞에 서서 나는 아무거나 손에 집어 들었다. 그러자 번뜩 생각나는 게 있었다. 소주였다.

남편은 삼겹살을 구워 소주와 함께 마시는 것을 좋아한다. 삼겹살은 냉동실에 꽁꽁 얼은 채 있을 것이었다. 너무 오래되어 그때 그 삼겹살이 그대로 있을지는 모르지만 분명히 한 달 전쯤에 먹다 남긴 것이 있을 것이었다. 나는 과자를 다시 제자리에 갖다놓고 소주 두 병을 들고 편의점을 나오다가 무언가에 끌리듯 뒤를 돌아보았다.

나에게 거스름돈을 내주던 남자가 나를 빤히 바라보고 있었다. 그러고 보니 가끔이지만 자정이 넘은 시간에 퇴근을 하면서 다음 날 아침거리 때문에 들릴 때마다 마주치는 그 남자였다. 나는 평소와 달리 그 남자에게 아는 척도 하지 않았다는 것을 깨달았다. 아니, 나보다 키가 40센티나 더 큰 그 남자를, 그 편의점을 보는 순간 떠올릴 만도 한데 나는 그때까지 그 남자를 생각하지도 못했다. 그러므로 편의점에 들어가면서부터 거스름돈을 받아 나올 때까지 나는 고개를 한 번도 들지 않았던 것이다.

"속상한 일 있어요?"

묻는 그 남자를 향해 나는 고개를 끄덕였다. 그러자 그 남자는 괜한 것을 물어봤다는 듯이 모자를 이고 있는 머리를 긁적였다. 나는 그 남자에게 다가갔다. 키가 작아서 농구를 그만둬야 했다는 그 남자에게, 할 줄 아는 게 농구밖에 없는데 농구장에서 쫓겨나 결국에는 형이 운영하는 편의점을 밤마다 지키고 있다는 그 남자에게 나랑 지금 소주를 마실 수 있느냐고 물었다. 그 남자는 글쎄요, 하더니 이번에는 목덜미에 손을 얹혀놓고 무언가를 생각하는 듯싶었다. 한참만에야 좋아요, 하는 그 남자.

나는 소주잔으로는 어울리지 않는 커다란 일회용 종이컵에다 소주를 가득 채워 물처럼 벌컥벌컥 마셨다. 소주 특유의 쓴 맛을 느끼지 못했다. 그런 나를 멍하니 보고 있던 그 남자가 말랑말랑하게 구운 오징어를 찢어주면서 더듬더듬 물었다.

"무슨 일 때문에 그러세요?"

나는 아무 대답도 하지 않고 다른 술병을 따서 꼭 그래야 하는 이유가 있는 사람처럼 또 마셨다. 그러자 한잔을 받아서 입술만 축이고 내려놓던 그 남자도 종이컵을 훌쩍 비우더니 잔을 가득 채워 나처럼 벌컥벌컥 마셨다. 나는 다른 술병을 또 들어 날랐다.

"선배님!"

나를 부르는 그 남자의 목소리가 방금 전처럼 더듬거리지 않았다. 왜, 임마, 하는 내 목소리는 이미 내 것이 아니었다.

나는 흐릿해지는 시력으로 그 남자를 똑바로 보았다. 그 남자는 내가 다닌 대학에 체육 특기생으로 입학한 사람이었다. 농구 선수였고, 나보다 일 년 후배였다. 하지만 나는 그 남자가 농구를 하는 모습을 한 번도 본 적이 없었다. 물론 내가 농구에 관심이 전혀 없었기 때문이었다.

나는 키가 나보다 40센티나 큰 그 남자가 계면쩍어 하는 것을 보고 그냥 한번 웃어주고 싶었지만 그게 되지 않았다. 내가 이 아파트로 이사를 와서 처음 이 편의점에 들어섰을 때 나를 대뜸 알아보고는 얼마나 반가워했던가. 그렇다고 나도 그 남자를 반가워했던 것은 아니었다. 반가워하기는커녕 내 이름을 또렷하게 발음하면서 내가 다닌 대학에 내 학번을 물론이고 내가 전공한 과까지 정확하게 말하는 그 남자를 나는 전혀 알아보지 못했었다.

"선배님이 우리 학교에서 제일 작은 여자였잖아요."

그 남자가 말하고 나서야 나는 생각해냈다. 이 학년 가을 축제를 준비한다고 각 동아리마다 부산을 떨 때였다. 나는 동아리 활동을 전혀 하지 않고 있어서 그런 분위기를 지켜보는 것으로 만족해야했다. 그런데 그 날은 내 책을 대신 들고 다니던 친구(대학에 두 번이나 떨어진 친구는 내 책을 대신 들고 다니면서 가짜 대학생 노릇을 했음)의 닦달에 견디지 못하고 학교 여기저기를 기웃거리고 다니는데 느닷없이 장대 같은 남자 둘이서 내 앞을 가로 막았었다. 그 중에 한 남자가 바로 그 남자였다. 내가 힘들게 고개를 쳐들고 왜 그래요? 묻자 무릎을 꿇어 내 눈 높이에 시선을 맞추었다.

"선배님 저희들은 농구부 구삼 학번인데, 농구부 선배님께서 선배님을 모시고 오라고 했습니다."

나는 깜짝 놀랐다. 마치 조직 폭력배들이 두목에게 하는 것처럼 머리까지 숙여 보였다. 하지만 나는 농구부란 말만 듣고도 그 남자들을 비켜가고 싶어졌다. 그런데 내 대신 내 이름을 가지고 다니면서 남자를 찾아다니던 친구가 내 옷자락을 붙잡았다.

"야, 농구부면 다 킹카들이잖아."

나는 친구에게 등을 떠밀려 하는 수 없이 농구부에 갔었다. 농구부 체육관에는 여자 에어로빅 복장을 한 커다란 남자들이 줄을 맞추어 에어로빅을 하고 있었다. 그런데 그 사이 사이에 나처럼 키가 작은 여자 몇 사람이 끼어 있었다.

아니다. 그 여자들은 나보다 한 뼘 정도는 큰 여자들이었다. 그럼에도 나같이 작아 보이는 것은 키가 큰 남자들 속에 섞여 있어서였다. 나는 농구부 주장한테 내가 초대받은 이유를 듣게 되었다. 농구부에서도 총학생회에서 주관하는 축제 행사에 참여하기로 됐는데, 코믹 에어로빅을 준비한다면서, 우리 학교에서 키가 작은 여자들만 선별하여 사이사이에 참여시켰으면 한다는 것이었다.

다시 말해 장대 같이 큰 남자들 사이에 땅콩 같은 여자들을 심어두면 그렇지 않아도 큰 키가 더 크게 보이는 효과도 있지만 무엇보다 작은 여자들이 큰 남자들의 유니폼을 입고 있는 그 장면이 아주 코믹하지 않겠느냐고 말했다.

나는 그때 무슨 말을 했던가. 나는 키가 작아서 오늘 죽을 라고 작정한 사람이에요, 그랬다. 나는 그 말을 하면서 울컥 올라오는 무언가를 억지로 참고 있었다. 참으면서 나는 인간들에게 분노하는 내 자신을 보았다. 어금니를 깨물고 있는 나에게 농구부 주장은 여전히 생긴 데로 둔해 보이는 얼굴을 그대로 유지하고 있었다.

"이 좋은 세상을 그렇게 심각하게 살지 말고 죽기 전에 우리랑 놀아봐요. 만약에 우리랑 놀고 나서 죽으면 나도 따라 죽을 게요 사실은 나도 키가 너무 커서 죽고 싶은 적이 많았거든요."

나는 앉은키가 서 있는 내 키만 한 농구부 주장의 얼굴 가까이에다가 웃기고 있네 개자식, 하고는 체육관을 뛰쳐나왔다. 그런데도 내 친구는 나를 따라 나오지 않았다.

그날 밤 친구는 한 남자를 또 따먹었다고 나에게 말했다. 내 일년 후배인 바로 그 남자였다. 그러고는 친구는 그 남자를 위해서 나에게 농구 선수들의 그 커다란 유니폼을 입고 에어로빅을 추는 프로그램에 참여해달라고 사정했다. 내가 참여하지 않으면 그 남자가 주장한테 얼차려를 받는다는 것이 그 이유였다.

나는 친구에게 절교를 선언했다. 친구의 아픔보다 남자가 그렇게 좋으면 남자들이나 실컷 따먹으라면서, 다시 보기 싫으니 내 앞에 나타나지 말라고 버럭버럭 소리를 질러댔다.

친구는 내 뒤집힌 눈을 보고는 기겁을 하고 돌아갔다. 나는 단짝 친구와 그렇게 헤어지자 슬럼프에 빠졌다. 그해 겨울을 정말 혼자 우울하게 보냈다. 그 겨울에 나는 죽고 싶은 마음과 힘든 싸움을 했다. 동해바다가 보이는 민박집에서 며칠 동안 술만 마신 적도 있었고, 집에서 아침부터 술을 마셔 퇴근하고 돌아온 아빠를 질리게 만든 적도 있었다. 그렇게 잠들었다가 깨어날 때마다 나는 끔찍한 아픔을 참아내야 했다. 입으로 쓴물까지 토해내면서 나는 무엇을 생각했던가.

키 작은 내가 살아내기에는 세상이 너무 많이 병들어 있다고, 키 작은 나에게 너무 많은 것을 참아내라고 강요한다고…… 나는 그래서 또 술을 마셨다.

오늘도 나는 그랬다. 나보다 키가 40센티나 큰 그 남자가, 키가 작아서 농구를 그만두고 편의점이나 지키고 있어야 하는 그 남자가 선배님, 나도 죽고 싶은 적이 한두 번이 아니지만, 억울한 게 많아서 그냥은 절대로 죽지 못하겠다고, 세상에 보이는 것은 이렇게 많은데 내가 할 수 있는 것은 편의점에서 누구에게나 편안한 남자가 되었다가, 골방에서 포르노나 보면서 수음하는 것밖에 없다고 말했을 때, 나는 그 남자의 말에 공감했다.

나도 억울해서 이대로 물러설 수는 없을 것 같았다. 나에게 미안하다고 말하면서 내 시선을 비켜가기만 하는 남편의 속내는 불을 보듯 뻔한 것이 아닌가. 나는 남편이 내 몸 밖에다 사정을 할 때마다 이 남자가 나에게서 떠날 준비를 하고 있구나, 하는 의심을 피해갈 수 없었던 것이다.

나는 나보다 40센티나 더 큰 그 남자한테 섹스를 하고 싶다고 말했다. 그 남자는 술에 달아오른 감정 때문인지 난폭하게 내 몸으로 들어왔다. 나는 그 남자의 넓은 어깨를 안을 수 없었다. 내 팔이 너무 작아서였다. 나는 그 남자가 난폭하게 내 몸에 펌프질을 할 때 눈물을 흘리고 있었다. 그렇지만 나는 그 남자가 내 몸에서 내려왔을 때는 아무렇지 않게 옷을 챙겨 입고 그 편의점을 나왔다.

집에는 아무도 없었다. 나는 샤워를 하고 오랜만에 깊은 잠을 잤다. 얼마나 잤을까. 이상한 꿈도 꾸었는데, 일어나니 환한 대낮이었다.

나는 눈을 뜨자마자 자면서 꿈을 꾼 듯한 기억을 떨쳐내지 못한다. 어렴풋이 재생되는 기억 속에는 머리맡에 있는 전화기가 너무 끈질기게 울려서 어쩔 수 없이 집어든 수화기 속에서 친구가 울먹이고 있었다.

꺼억꺼억 울먹이면서, 나 어떡하니, 나 어떡하니,만 흠집난 LP판처럼 되풀이하던 친구의 전화를 나는 손에서 그냥 떨어뜨리고 다시 잠을 잤다. 그러고 보니 수화기가 전화기에서 떨어져 나와 방바닥에 그냥 있었다.

나는 꿈이 아니었을 지도 모른다는 생각을 해본다. 하지만 내 머릿속에 그려지는 그림은 친구가 아니라 남편이다. 나는 벽에 걸려 있는 시계를 본다. 4시 24분. 새벽녘이 아니라 아직은 대낮이었다.

남편은 지금 지하 작업실에서 무슨 생각을 하고 있을까? 지난 밤 집에 들어오지 않은 것을 후회하고 있을까? 아니면 더 늦기 전에 이제라도 키가 작은 내게서 떠나야 한다고 결정을 내린 것일까? 그것도 아니라면 직장에서 휴가를 받은 나와 하루 종일 같이 있어야 하는 것만을 단순하게 피하고 싶은 심정일까?

분명한 것은 내가 아침에 나가서 저녁에 들어오는 날에는 남편은 새벽녘에라도 들어오기는 했었다. 내가 잠든 사이에 조용히 들어와서 의무적이긴 하지만 내 옆에 누웠다가 내가 출근을 할 때는 그가 곤하게 잠들어 있었던 것이다. 어찌됐건 나는 지금 남편의 그 무거운 침묵을 견뎌내지 못할 것이란 예감에 무언가가 울컥 올라오는 마음을 다잡는다.

그런데 친구는 왜…… 그런 전화를 했을까? 공부를 잘했던 나보다 공부는 못하지만 키가 크고 얼굴이 예쁜 자기가 더 잘살겠다고 입버릇처럼 말한 친구가 왜 울먹이면서, 나 어떡하느냐고, 되풀이하면서 말이다. 그것도 내게 늘 김빠진 소리로 내 자존심을 건드리는 친구가 말이다.

나는 친구의 집으로 전화를 걸었다. 지속해서 이어지는 신호음이 지루해질 때 나는 그녀의 핸드폰 번호를 생각해냈다. 그녀의 핸드폰을 받은 사람은 뜻밖에도 그녀의 친정어머니였다. 나는 친구에게 혹시 무슨 일이 있느냐고 조심스럽게 물었다. 친구의 어머니는 나를 한 번 더 확인하더니 이 일을 어쩌면 좋냐, 글쎄, 그 애가 말이다…… 그녀의 어머니는 얼른 말을 잇지 못했다. 나는 호

흡을 가다듬고 왜 그러시냐고, 다시 한 번 물었다. 친구가 누구도
감당하지 못할 큰일을 저질렀구나, 하는 생각만 머릿속에 가득했
다. 그렇지 않고서야 친구의 어머니가 이렇게 조심스러울 수가 없
었다.

친구의 어머니는 그 동안 친구 때문에 너무 많은 일들을 경험해
서 어지간한 일에는 도리어 의연하게 자신의 감정을 다스리는 편
이었다. 친구가 스물두 살 때였다. 인터넷을 통해 만난 유부남하
고 여관에서 잠을 자다가 그 유부남의 부인과 부인의 친구에게 현
장을 잡혀 간통 혐의로 경찰서 유치장에 갇혀 있을 때도 친구의
어머니는 이렇게 조심스럽지 않았다.

"지덜이 좋아서 만났는데, 죽이든 살리든 맘대로 해. 남편 간수
못한 여자도 잘못이 커. 대놓고 망신당하려면 무슨 짓을 못할까."

친구의 어머니는 유부남 부인에게 도리어 큰소리를 쳐서 물리
쳤다.

"글쎄, 애야, 그 애가 사고를 쳤다."

"사고라니요?"

"애야. 그 창세기 없는 년이 글쎄, 지 남편…… 을, 애야, 지금,
나…… 가슴이 벌렁거려서, 아무 말도 못하겠다. 이 일을 어떡한다
냐……."

친구의 어머니는 지금 변호사 사무실에 있다는 것이다. 친구와
같이 있느냐는 내 질문에 친구의 어머니는 얼른 대답을 못했다.
목이 잠겼는지 겨우 한 말을 듣고 나는 어안이 벙벙했다. 친구가
사고를 쳤다고 아까도 한 말을 되풀이하더니 그 애 지금 경찰서

에 잡혀 있어, 라고 힘없이 내뱉었기 때문이었다. 어지간한 남자들보다 세상을 더욱 당차게 살아내는 친구의 어머니는 20대 초반부터 30년 동안 도매시장에서 야채 장사를 하는 분이었다. 돈을 벌기 위해서 갓난아이였던 친구마저도 할머니에게 맡겨두고 친구의 아버지에게 정관수술을 강요했다는 친구의 어머니. 그래서 친구는 돈을 많이 버는 부모를 갖기는 했지만 형제가 없었다.

나는 변호사 사무실의 위치를 확인하고 전화를 끊었다. 어제 마신 술 탓인지 지끈거리든 머릿속이 더욱 어지러웠다. 나는 샤워기 앞에서도 친구가 무슨 일을 저질러 그녀의 어머니가 변호사 사무실에 있어야 하는가를 생각해보려고 애를 썼다.

그렇지만 허사였다. 이거다 싶은 상황이 머릿속에 그려지지 않았다. 그저, 시방이 어떤 세상인데, 나만 억울하게 당할 수는 없어…… 하면서, 이제 끝장내겠다고, 남편의 컴퓨터를 박살내버리겠다고, 격앙된 표정으로 말하던 친구의 모습만 자꾸 되풀이될 뿐이었다. 나는 서둘러 샤워를 마치고 외출을 준비했다.

나는 신발을 신고 현관문을 막 밀고 나가려다가 우뚝 멈춰서야 했다. 현관 밖에서 누군가가 벨을 눌렀기 때문이었다. 남편일 거란 생각은 순식간에 지나갔다. 남편은 늘 열쇠를 이용해서 들어오는 사람이라는 것이 얼른 떠올랐기 때문이었다. 나는 무언가를 들킨 사람처럼 렌즈를 통해 바깥을 살펴보았다. 아파트 경비 모자를 쓴 아저씨가 서 있었다. 나는 현관문을 밀었다.

"출근 안 하셨네요."

"네. 무슨 일이죠?"

"사실은 제가 그저께 근무할 때 등기 우편을 받았는데 전해드리질 못했어요. 퇴근하면 드리려고 경비실에서 지켜보았는데, 사모님께서 안 오셔서 깜박했습니다. 그리고 어제 퇴근을 하면서 다음 근무자에게 인수인계도 못했고요. 정말 죄송합니다."

편지는 시아버지가 남편이 아닌 내 이름으로 보낸 것이었다. 일상적인 편지 봉투인데 안에 든 내용물은 두툼했다. 나는 겉봉에 쓰여 있는 시아버지의 이름을 잠시 멍한 상태로 쳐다만 보았다. 그 사이 경비 아저씨는 저만치 가고 있었다.

무슨 중요한 서류기에 이렇게 등기 우편을 보냈을까? 생각이 떠오르면서 동시에 여기저기 은행과 법원에서 날아오는 최고장이 불쑥 연상됐다. 어쩌면 이 아파트도 남편 이름으로 등기를 했다면 벌써 빨간 딱지가 붙어 경매에 들어갔을 것이다. 나는 덤덤해진 마음으로 현관문을 닫는 일을 먼저 했다.

엘리베이터는 내려가고 있었다. 나는 편지 봉투를 뜯었다. 관공서에서 발급하는 무슨 서류겠지 했던 내 생각은 빗나갔다. 굵은 볼펜으로 글씨를 큼지막하게 쓴 시아버지의 편지였다.

윤아 보아라, 로 시작하는 것만 읽었는데도 나는 더 읽고 싶은 기분이 사라진다. 엘리베이터는 올라오고 있었다. 나는 편지를 손에 든 채 엘리베이터가 올라오고 있다는 것을 꼭 확인해야 하는 사람처럼 순간순간 변하는 숫자를 따라 중얼거린다. 칠,팔,구.

사실 시아버지가 내 이름을 처음 알고부터 전화를 할 때마다 윤아니, 하는 것만으로도 나는 기분이 좋아지고는 했다. 시아버지는 오래 전부터 나를 그렇게 불러온 사람처럼 아주 정답게 불러줬기 때문이었다. 그러나 다감하고 정이 많은 분이라고 여겼던 환상이 걷히면서 시아버지가 나를 윤아니, 하고 불러줄 때마다 묘한 기분이 들기 시작했다. 그 묘한 감정은 절대로 좋은 느낌이 아니었다. 내가 시아버지에게 속고 있는 기분이 짙게 깔린 느낌이 다분했다.

엘리베이터가 문을 열었다. 나는 엘리베이터 안에 들어가서 다시 편지를 들여다본다.

······가을이 다 지나갔구나. 잎사귀가 다 떨어진 감나무에 서리가 내리고, 서리 맞은 그 감나무에 매달려 있는 몇 개의 감을 보고 있으면 많은 것이 생각난다. 무엇 때문에 내가 이렇게밖에 살 수 없었을까? 많은 생각 중에서도 가장 선명한 것이 바로 이 물음이구나······

엘리베이터 문이 다시 열렸다. 나는 편지를 손과 함께 주머니 속에 넣고 경비실을 지나쳤다. 며칠 동안 움직이지 않는 내 차는 흙먼지를 뒤집어쓰고 있었다. 나는 운전석에 앉아 와이퍼로 시야를 닦아내고, 주머니 속에서 편지를 꺼내려다가, 환갑이 다 된 남자가 아직도 세상을 환상적으로 보고 있구나, 생각만 하고 기어를 넣었다.

나는 아파트 단지를 빠져나오면서 바로 보이는 편의점을 일별했다. 안개 속에 묻혀 있던 새벽녘의 그 편의점이 아니었다. 내가 새벽녘에 들어갔던 그 편의점은 저렇게 환하고 선명한 불빛이 없었다. 내가 꿈을 꾼 것만 같은 느낌이었다. 먼발치에서도 안이 훤하게 들여다보이는 맑은 유리창으로 키가 큰 여자와 마주 서 있는 남자가 보였다. 새벽녘에 내 몸 속으로 들어왔던 그 남자였다.

나는 편의점 바로 앞을 지나가면서 저절로 돌아가는 내 고개를 애써 붙잡았다. 그러면서도 편의점의 그 남자가 내 몸속으로 들어와 펌프질을 해대는 느낌이 생생하다. 나는 다리 사이에서 느껴지는 이상한 느낌을 무시하고 싶었다. 가속 페달을 힘주어 밟았다. 순간 차가 파도를 만난 듯이 덜컹한다. 요철 위를 나는 그냥 지나쳤던 것이다.

애야, 그 창세기 없는 년이 글쎄, 지 남편을…… 친구 어머니의 목소리가 다시 귓바퀴 속으로 쳐들어왔다. 너무 쉽게 흥분하고, 너무 쉽게 후회하는 친구는 사실 그 동안 많은 사고를 쳤다. 고등학생 신분이면서도 나이트클럽을 출입하고, 성인영화를 즐겨보러 다녔던 그 친구 때문에 친구의 어머니는 걸핏하면 담임선생님을 만나야 했고, 어떻게 해서라도 고등학교 졸업장만 받게 해달라고 돈 봉투를 헌납했다. 그런 일로 면역이 된 친구의 어머니는 인터넷을 통해 만난 유부남과의 일을 당했을 때에도 놀라지 않았었다. 나는 머리를 흔들어본다. 자꾸만 친구가 무언가를 들고 컴퓨터를 정신없이 내리치는 장면이 머릿속에 그려졌다.

나는 남편의 작업실이 있는 건물 앞에 차를 세우고 나서야 길을 잘못 선택했다는 것을 알았다. 친구 어머니가 있는 변호사 사무실로 가려면 아파트 단지를 나와서 바로 우회전을 했어야 한 것이다. 그런데 나는 나도 모르는 사이 좌회전을 했다. 좌회전을 해야 편의점 앞을 지나칠 수 있었기 때문이었을까.

나는 그 생각을 부정하고 싶었다. 고개를 흔들면서 차에서 내려 남편의 작업실을 향한다. 그럴 수만 있다면 친구의 일에 관여하지 말아야겠다는 생각이 들었다. 그러자 간절하게 말하는 친구의 어머니 목소리가 다시 생생하게 들린다. 글쎄, 애야. 그 창세기 빠진 년이 글쎄 말이다…… 친구는 이제 모든 것을 포기한 것일까? 늘 사람에 목말라하던 친구였는데, 늘 외로워하던 친구였는데. 이제 그 무엇으로도 자신의 몸을 촉촉하게 적시지 못한다는 것을 알아버린 것일까? 이제 그 누구도 자신의 외로움을 덜어줄 수 없다는 것을 알아버린 것일까?

9.
똑같음은
똑같으려고 할 때만 가능하다.

　지하 계단에는 사람이 던져놓았을 신문이 그대로 있었다. 그런데 계단 맨 아래에도 신문이 또 있었다. 그렇다면 남편은 어제 아침 신문도 보지 않았단 말인가. 생각해보니 그제 밤부터 남편은 전화를 받지 않았다. 나는 신문을 집어 들고 자동차 키와 함께 묶여 있는 작업실 열쇠를 골랐다.

　문을 열자 지하실 특유의 냄새와 한기가 확 덤벼들었다. 전등 스위치를 누르자 천장에 매달려 있는 조명 기구들이 일제히 껌벅이더니 내 시야를 밝혀주었다. 허공에 만국기처럼 매달려 있는 많은 사진들은 오래 전부터 그렇게 있던 것들이었다. 새롭게 찍은 것은 없는 듯싶었다.

나는 작업대로 쓰는 커다란 책상 위에 아무렇게나 널브러져 있는 많은 쓰레기들을 일별하고 안쪽에 따로 만들어진 암실로 뚜벅뚜벅 걸어갔다. 암실의 문을 열자 독한 냄새가 나를 먼저 가로막았다. 남자의 정액 냄새 같기도 한 그 냄새. 나는 문을 열어놓고 뒷걸음쳤다. 뒷걸음치면서도 내가 시선에서 얼른 놓지 못한 것은 여기저기 버려진 화장지였다.

남편이 성기를 내놓고 우울하게 수음을 하는 장면이 떠올랐다. 나는 도리질했다. 남편은 치질로 인한 통증을 참아내야 할 때마다 좌욕을 하고, 화장지를 따뜻한 물에 적셔 마사지를 하고는 했다. 그렇다면 남편은 지금도 치질로 인한 통증을 참아내고 있단 말인가. 남편은 아침마다 내가 내민 사과즙과 냉수를 마시면서도 내가 보는 앞에서 한 번도 약을 먹지 않았다. 알아서 먹겠다며 약봉지를 주머니에 넣고 집을 나서던 남편의 모습이 떠올랐다. 나는 다시 암실로 들어가 서랍을 뒤져보았다. 내가 지어다준 약봉지가 가득 있었다. 약봉지 속에는 연고와 조제한 작은 약봉지가 뜯기지도 않은 채 그대로 있었다.

- 나는 똥을 쌀 때마다 고통스러웠어. 하지만 이를 악물었지. 참아야 했기 때문이야. 나에게 그 아픔이 없었다면 나는 아버지를 저주하는 일을 포기했을 거야. 똥구멍이 찢어지는 것 같은 아픔을 견

려내면서 내 어머니도 이렇게 아파하겠지, 실감했던 거야.

나는 작업대 앞에 있는 등받이가 높은 의자에 주저앉았다. 남편이 치질을 치료받지 않는다면 변하는 것은 아무 것도 없다는 생각만 머릿속에 가득 찼다. 간단한 수술이라고, 내가 그렇게 설득해도 한사코 마다한 남편. 나는 그저 답답한 가슴으로 한숨을 몰아쉰다.

나는 한참만에야 친구의 어머니가 생각나 전화기를 잡아 당겼다. 친구의 어머니가 여전히 그녀의 핸드폰을 받았다.

"급한 일이 생겨서, 갈 수가 없을 거 같아요."

"유나야, 이 보다 급한 일이 어딨다고…… 너라도 시방 내 옆에 있었으면 좋겄는데……."

친구의 어머니 목소리는 아까보다 많이 안정되어 있었다. 그러나 이번에는 더욱 명확하게 나에게 도움을 요청한 것이다.

"무슨 일인데요?"

"가슴이 벌렁거려서 차마 말을 못하겠구나…… 글쎄, 유나야. 오늘 새벽에 미애가, 글쎄 말이다. 지 서방을 어떻게 했다는디…… 한 서방은 지금 병원에서 정신을 놓고 있고, 미애 이년은 지금 유치장에 갇혀 있단다. 이 일을 어쩌면 좋냐. 누구한테 남부끄러워서 말할 수도 없구……."

친구의 어머니가 하는 말을 들으면서 나는 누구이든 상관하지 않고 화를 내고 싶은데, 갑자기 눈두덩이 뜨거워지는 것은 왜일까. 10여 년을 넘게 친구로 지내면서 이런 저런 내 충고를 늘 한쪽

귀로 흘려 듣기만한 친구에게 배신을 당한 것만 같은 억울함과 그 친구의 따듯하고 다감한 속내를 내가 느껴보았기 때문일 것이다.

사실 그 친구는 한 가지 일에 몰입하지 못하는 정서 불안 상태로 사춘기시절을 보내며, 공부를 하지 못한다는 이유만으로 모든 사람들에게 늘 떠밀리기만 했었다. 그런 친구를 생각하자 언제나 좋은 집에서 맛있는 거 잔뜩 사 먹이면서 공부 좀 하라는 데 왜 다른 애들처럼 공부를 못하느냐고, 화냥년처럼 남자들만 쫓아다니느냐고, 윽박지르기만 하는 친구의 어머니에게 갑자기 화가 치밀어 오른다. 당신의 딸은 돈이면 최고고, 공부 잘하는 애들만 학생인 줄 아는 부모 때문에 늘 외로워했다고, 독하게 쏴주고 싶은 말을 삼켰다. 그러고는 조금은 차갑게 식어버린 내 마음이 그대로 묻어 있는 억양으로 일을 끝내는 데로 찾아가겠다고만 하고는 전화를 끊었다.

나는 무릎을 당겨 작은 내 몸을 다시 공벌레처럼 말아 본다. 그래도 내 볼을 타고 미끄러져 내리는 뜨거운 무언가는 여전히 그치지 않는다. 친구의 불행은 사랑이란 감정이 어떤 것인지도 모르는 상태에서 육체적인 쾌락에 먼저 길들여졌기 때문이었다. 외로움 때문에 친구는 그렇게 된 것이다.

나는 눈을 감아버렸다. 아무 것도 생각하기 싫고, 눈도 뜨기 싫었다. 그래서 억지로라도 눈을 감은 채 있고 싶기만 했다.

얼마 동안이나 내가 잠들어 있었던 것일까. 머릿속이 한결 맑아지고, 내 몸이 새가 된 것처럼 가뿐하다. 게다가 마음도 더없이 평온하다. 알 수 없는 일이다. 그러고는 남편의 작업실에 내가 있다는 것을 인식하자, 나는 시아버지가 보낸 준 편지가 주머니 속에 있다는 것을 생각해냈다.

나는 아무 것도 기대하고 있지 않은 나를 느낀다. 이제 그 어떤 것이라도 내 마음에서 지울 수 있을 것 같다. 남편이 내게서 떠난 것이라면, 나는 아무렇지 않게 받아드리고 싶다.

나는 덤덤한 마음으로 편지를 읽어본다.

……새아가, 너를 이렇게 불러보는 것마저도 쑥스럽구나. 내가 너무 오랜 시간을 쓰레기 더미 속에 파 묻혀 있었기 때문에, 곱디 고운 우리 새아가를 함부로 부를 수가 없단다.

그러나, 새아가. 네가 다른 누가 아니라 바로 내 품에 안겨든 작고 순결한 새아가이기 때문에 나는 목이 메여오지만 불러본단다. 이것이 마지막이라도 나는 충분히 좋기만 하구나. 내가 우리 새아가를 다시 불러보지 못한다 하더라도 나는 이미 우리 새아가를 가슴으로 느끼고 있으니 억울하거나 슬프지도 않단다.

새아가, 못난 시아버지를 용서해다오. 부디 못난 이 시아버지를 용서해다오! 다른 누구보다도 우리 새아가에게만은 꼭 용서를 받으며 길을 떠나고 싶다.

……새아가, 반편이나 다름없는 시아버지는 모두에게 용서를 빌며 이렇게 떠날 채비를 했다. 그래, 이 못난 시아버지는 서울에서 내 가족들이 살아가야 할 둥지마저 날려 보내고 고향으로 돌아오면서부터 줄곧 그랬단다. 고향 친구들을 대할 면목이 없었지만 아무 곳에도 갈 데가 없어서…… 어쩔 수 없이 고향으로 돌아온 것이다.

새아가, 나는 지난여름 동안 몇 포기의 나락을 심어놓고 정성을 다해보았다. 그 나락이 불쑥 불쑥 커가는 것을 보면서 내가 떠날 시간이 다가오는 것을 느꼈단다. 그리고 나는 내가 지나 온 그 많은 시간을 반추해보면서 용서 받지 못할 인간이 바로 나란 사실도 깨달았다. 그럼에도 불구하고 쌀가마니 하나 달랑 들고 찾아가서 이 못난 아버지를 용서해달라고 말하는 것이 얼마나 염치없는 짓인지도 알고 있단다.

그래, 네 남편뿐만이 아니라. 그 누구도 나를 용서하지 못할 것이다. 그렇지만, 새아가, 그렇지만, 이 못난 시아버지가 이렇게 용서를 빌며 떠났다는 것만 알아주렴. 시간이 많이 지난 다음에라도 이 못난 시아버지가 가족 모두에게 진심으로 용서를 빌며 떠났다는 것만 알아주렴, 새아가……

이것이 내가 이 세상에서 하는 마지막 말이 되겠구나. 그리고 나는 이 편지를 쓰는 지금 새아가의 대답을 들은 걸로 여기고 떠날 것이다. 새아가에게 내가 원하는 대답을 듣겠다는 것 역시 일방적인 내 욕심일 테니까.

나는 편지를 다시 읽어본다. 그러자 내 머릿속에서는 너무나 선명한 그림이 그려졌다. 보름 전에 시아버지는 쌀가마니를 갖다놓고 남편만 만나고 돌아갔었다. 그때부터 남편은 짜증 섞인 목소리로 귀찮게 하지 말라면서 나를 피했다. 지금의 나로서는 더 이상 생각할 게 아무 것도 없었다. 전화기를 들었다. 떨리는 손만큼 마음도 바빠졌다.

- 이 전화는 고객의 사정으로 사용 정지 되었습니다.

온 몸에 힘이 한꺼번에 달아나는 느낌이다. 다시 전화기를 더 가까이 잡아당기고 번호를 똑바로 확인하면서 꾹꾹 눌렀다. 역시 똑 같은 억양의 여자 음성이 들렸다. 나는 다시 시누이의 집 전화 번호를 생각해냈다. 그러나 시누이의 집에서는 신호음만 계속해서 울릴 뿐이었다. 나는 전화기를 놓고 지하실을 단숨에 뛰어나왔다. 차에 시동을 걸고 나서야 나는 세상이 캄캄해졌다는 것을 알았고, 내 마음을 진정시키고 생각을 정리할 수 있었다.

그렇다. 경비 아저씨는 말했었다. 이틀 전에 도착한 편지인데 나를 만나지 못해 전해주지 못했다고. 쌀가마니를 들고 찾아와서 남편에게 용서받지 못한 채 돌아가야 했던 보름 전부터 시아버지는 준비했을 것이다. 분명히 용서받아야 할 사람들에게 밤마다 편지를 썼을 것이다. 그렇다면 시아버지가 나에게만 유서와도 같은 편지를 보내지는 않았을 것이다. 그렇다면 남편이 사라지고, 시누이 집도 비어 있다는 것은 시아버지의 사망 소식을 듣고 그곳에 갔기 때문이리라. 나에게 그 사실을 알리지 못한 것은 미안해서 일 것이다.

나는 라이트를 밝히고 차에 있는 시계를 본다. 11시 24분에서 막 25분으로 바뀌었다. 나는 급해지는 마음을 진정시켜야 한다고 나를 타이르면서 차를 몰았다.

얼마나 달렸을까. 안개가 느닷없이 달려들어 내 시야를 가로막았다. 작은 키 때문에 방석 두 개나 깔고 앉아서도 핸들 바로 위에 가까스로 내밀고 있는 내 시야는 3,40미터 전방의 도로와 만나는데, 그 길이 보이지 않는 것이다. 그저 안개만 가득해서 내 차가 안개 위에 떠 있는 것만 같다. 내 발은 자동적으로 브레이크 페달로 옮겨졌다. 순간 어디에선가 경적이 울렸다. 뒤에서 울리는 소리라는 것을 알아차리는 순간 커다란 컨테이너 박스를 실은 화물차가 내 차를 흔들면서 옆 차선으로 지나쳤다. 또 다른 차가 비상 깜박이 등을 깜박이면서 지나친다.

나는 지금 고속도로를 달리고 있다는 사실이 상기되어 브레이크 페달에서 발을 뗐다. 속도계는 50을 가리키고 있었다. 멈출 수 없는 길을 나는 가고 있는 것이었다. 나는 노란 비상 깜박이 등을 켰다. 노란 비상 깜박이 등은 갑자기 쿵쾅거리기 시작한 내 심장을 커내 차에 옮겨 놓은 듯싶었다.

나는 와이퍼를 작동 시켜보았다. 소용없는 일이었다. 컨테이너 박스를 실은 화물차는 이미 내 시야에서 사라지고 없었다. 라이트를 상향으로 올려보았다. 그러자 어둠 속에 매복하고 있던 안개가 떼거지로 달려들었다. 나는 얼른 라이트를 내렸다. 속도계는 여전히 50을 가리키고 있었다. 이러다 낭떠러지라도 만나면…… 하는 불길한 생각이 끼어든다. 나는 고개를 될 수 있는 한 길게 늘여 핸들 위로 올려놓고 보이지 않는 차선을 찾아보았지만 보이는 것은 여전히 안개뿐이다.

이대로 더는 갈 수 없다. 나는 가로등 아래 갓길에 차를 세웠다. 여기는 어디인가? 아무 것도 보이지 않는 곳에 나만 혼자 있다니. 혹시 꿈을 꾸고 있는 것은 아닌가? 나는 불쑥불쑥 나타났다가 이

내 안개 속으로 사라지는 자동차를 시린 마음으로 바라본다.

나는 언젠가 신호 대기 중인 차들의 맨 뒤에 섰다가 옆 차선으로 차선을 바꾼 적이 있는데, 교차로 건너에 있던 교통경찰이 내 차를 세웠다. 실선에서 차선을 바꿨기 때문에 위반을 했다면서 하는 말이 운전자가 없는 줄 알았다는 것이었다. 나는 그때 내 키가 작은 게 아니고 차가 커서 그런다고 웃어 넘겼다. 하지만 지금의 나는 웃을 수가 없다. 내 키가 2센티만 더 컸어도 교통경찰이 운전자가 없는 줄 알았다는 해프닝은 벌어지지 않았을 것이고, 지금도 허공에서 덤벼드는 안개만 바라보면서 운전을 해야 하는 아픔도 경험하지 않을 것이다.

시간을 확인하니 01시 5분이다. 안개가 걷히려면 아침을 지나야 할 것이다. 그 때까지 이대로 있을 수는 없다. 나는 가야 한다. 내가 시아버지를 용서할 게 있다면 꼭 그래야 하기 때문이다. 아니다. 그게 아니고, 나는 남편이 아버지를 용서하는 것을 보고 싶다. 그러고도 남편이 치질 수술을 받지 않는다면 나는 내가 선택한 결혼 생활을 포기해야 한다. 만약에 그렇다면 남편이 요즘 살기 싫은 얼굴로 나에게 미안하다고 말하는 이유가 명백해지기 때문이다. 그것은 변명할 여지없이 키 작고 볼품없는 나에게 사랑하는 감정을 느끼지 못하고 있는 것에 대한 미안함이니까 말이다. 그렇다. 나는 키 작고 볼품없는 나를 사랑하지 못하는 남자에게 사랑을 구걸하고 싶은 생각은 추호도 없다. 그렇다고 남편이 내게서 떠난다고 해도 미워하지 않을 것이다. 남편은 나름대로 나를 사랑하려고 시도를 했었다는 것을 나는 믿고 있기 때문이다. 그런데도 불구하고 사랑하는 감정을 느끼지 못하는 것은 남편으로서도 어쩔 수 없을 테니까 말이다.

나는 두 개나 깔고 있는 방석을 반으로 접었다. 그러나 고개는 핸들 위로 좀 더 올라갔지만 가속 페달에 발이 닿지 않는다. 나는 의자를 앞으로 당겼다. 핸들 조작이 불편할 정도로 핸들이 내 가슴 가까이에 있다.

그래도 나는 가야 한다. 안개가 걷힐 때까지 기다릴 시간도 없다. 안개가 걷히면 모든 것이 끝나 있을 지도 모르기 때문이다. 모든 것이 끝난 뒤에는 안개가 걷히더라도 나는 길을 잃고 말 것이다. 다시 시작할 무엇도 내게는 없을 것이다. 그러므로 나는 가야 한다. 시아버지에게도 남편에게도 당신들의 삶을 이해할 수 있을 거라고, 너무 아파하지 말자고, 용서받지 못할 삶은 없다고, 어떤 삶이라도 정답으로 살 수는 없는 것이라고, 말해주고 싶기 때문이다.

나는 다시 안개 속으로 빨려 들어갔다. 그러나 분명한 것은 이번에는 안개가 불쑥 내 시야를 가로막은 것이 아니라, 내 스스로 안개 속으로 들어간 것이다. 이 안개 속을 지나가야 만이 내가 있어야 할 그 자리가 나타나기 때문이었다.

미련한 것들이여! 그대는 인간이라네…… 안개가 우욱우욱 덤벼들면서 한치 앞을 몰라 불안에 떨고 있는 나를 향해 그렇게 외쳐대고 있었다.

이종하의 소설 읽기

바람처럼 떠도는
이들을 위한
진혼가

1. 결손가정의 무서운 아이들

성공한 성장소설의 대부분은 결손가정(缺損家庭, Broken Family) 출신 주인공이 등장하며, 유명 대하소설의 상당수는 가족해체 3-4대를 다루는 게 근대 이후 세계문학의 대세라 할 만하다. 특히 사회적인 격변이 심한 민족이나 나라일수록 이런 현상은 더욱 두드러지기 마련인데, 한국 근대 이후 소설사란 가족 해체 과정의 반영이래도 지나치지 않을 지경이다. 1950-1960년대만 해도 한국 소설에 나타난 가족분해의 원인은 가난으로, 대개는 남자가 돈을 못 벌기에 여자가 가출하는 구조가 기본이었는데, 1970년대 이후에는 사랑의 파탄으로 변모했다가, 1980년대에는 성격 파탄이 주원인으로 등장하더니, 1990년대 이후로 접어들어서는 원인 불명으로 나타난다. 윤대녕으로 상징되는 후기 산업사회의 가족 해체 양상은 다원화되어 도대체 부부가 왜 헤어졌는지 알 수조차 없는 혼돈과 미망의 시대라 할 지경이다.

이 시대에 이르면 결손가족이라도 그 전 세대처럼 2세들이 심리적으로 그렇게 깊은 트라우마를 갖지 않는 것 또한 특징이라 하겠다. 그만큼 결손 가정은 일반적인 현상이기 때문이기도 하지만 그 전 세대처럼 결손가정이라고 생존의 위협에 처할 지경은 아니란 사회경제적인 여건이 작용한 때문이다. 물론 어떤 물질적인 풍요도 단란한 가정의 화목을 대신할 수는 없지만 부부의 파탄이 곧 경제적인 몰락과 일치하던 시대와는 사뭇 다를 수밖에 없다.

따분하게 결손가족을 거론하는 까닭은 이종하 소설의 근간이 바로 여기에 해당되기 때문이다. 이종하 작가는 첫 소설집인 《《가을과 겨울 사이》》에서 대부분의 작품이 지닌 갈등의 원인을 결손가족에서 찾고 있다. 시대적인 대세로 말하면 윤대녕 이후의 결손가정보다 더 파격적인 원인을 제시해야 문단에 새로운 충격과 화제를 던질 터인데도 이종하는 그런 변형(變形)을 외면한 채 결손가정의 원형(原型)을 고수하고 있다. 아무리 중진국 사회로 진입했다고 자화자찬해도 여전히 결손가정이 당면하는 가장 비참한 사실은 물질적인 궁핍이라는 걸 이 작가는 외면하지 않는다. 이종하가 거론하는 결손가정은 여전히 궁핍한 집안이다. 그러나 결손가정에서 성장하면서도 트라우마를 갖지 않는 후기산업사회의 '무서운 아이들(Les Enfants Terribles)'의 모습을 그려준 점이 이 작가의 매력이다.

〈가을과 겨울 사이〉의 정하영은 소녀가장으로 자란 30세의 미혼 디자이너이다. 아버지는 술 마신 채 "아파트 공사장에서 일하다 추락사고"로 죽어버렸고, 어머니는 다방을 거쳐 술집으로 옮기더니 "산동네 단칸방에다가 쌀독마저 비워둔 채" "8살짜리 동생과 13살이었던 나(정하영)를 버리고 집을 나갔다." 이런 조건이라면 이 소녀는 열등감으로 찌들거나 비행 소녀가 되는 게 재래식 가정해체 소설의 공식일 텐데 이종하는 전혀 다른 삶의 양상을 제시하고 있다.

　　나는 어머니가 사흘째 돌아오지 않은 그날부터 어머니를 기다리지 않았다. 나는 그런 어머니가 차라리 돌아오지 않았으면 좋겠다고 생각했다.

"네 어머니 어디 다니냐?"

이렇게 묻는 질문이 세상에서 가장 싫었다. 물론 대답하지 않았
다. 그 질문처럼 나를 곤혹스럽게 한 것이 없었다. 때로는 그런 질문
을 하는 여자 담임선생님의 얼굴에 침이라도 뱉어주고 싶었다.

다 알면서 왜 물어. 개 같은 년!

나는 교실 문을 발로 차며 나왔다. 그런 나에게 여자 담임은 정
말 대책 없는 아이라고 했다.

〈가을과 겨울 사이〉

이만한 강단(剛斷)인지라 '무서운 아이들'로 손색이 없다. 소설에
나타난 결손가정 출신녀들의 상투적인 경력처럼 "15살쯤에 봉제
공장에 들어가고, 17살쯤에 미싱사가 되어서, 22살쯤에 일주일에
한 번 대중목욕탕에 가는 남자를 만나 결혼"하는 정규 코스를 외
면한 채 정화영은 "독한 여자"가 되었다. "콩나물 150원어치를 사
면서 200원어치를 달라고 떼"를 썼고, 석유를 공짜로 주고도 돈은
받지 않는 아저씨가 "너 크면 아저씨 은혜 잊지 말라면서 엉덩이
가 예쁘다"고 하면 뒤돌아서서 "개새끼!"라고 서슴없이 내뱉었다.
"나는 부끄러움을 몰라야 한다. 나는 부끄러움을 모른다. 나는 부
끄럽지 않다"는 게 하영의 신조다.

소설은 그 성장과정을 주마간산 격으로 훑어나간 뒤 대학에서
디자인을 전공, 아름다움의 고귀함을 터득, 생의 목적을 아름다움
의 추구로 삼게 된 하영을 부각시킨다. '독한 여자'답게 그녀는 "키

도 크고, 코도 크고, 눈도 큰" 아름다운 남자, 그 "아름다움을 차지하고 싶었기 때문에 그 남자를 선택"한다. 그녀는 "섹스를 통한 자연적 아름다움은 환상이었다. 환상이었다는 것이 확인되면서 내 몸은 젖지 않았다. 젖지 않는 몸은 아픔뿐이었다. 그 남자는 젖지 않는 몸을 탐내는 것에 지쳤다며 돌아서 갔다." 이 대목은 이해는 되지만 뭔가 좀 어색하다. 요컨대 너무나 독하게만 살아왔기에 남성들이 탐할 정도의 몸매에도 불구하고 감성적인 육체관계를 이룩할 수 없다는 걸 나타낸 것이리라. 더 쉽게 말하면 원인은 다르지만 결과를 두고 보면 무라카미 하루키의 《〈노르웨이의 숲〉》의 여주인공들처럼 세속적인 섹스의 오르가즘이 형성되지 않는 상태라 하겠다.

그러면서도 여전히 아름다움을 추구하던 그녀를 유혹한 남성은 문학동아리에서 만났던 키가 작아 '얌전한 돼지'란 별명을 가졌던 법대생 김성태였다. "세상에서의 '아름다움'은 판검사 마누라가 된다고 보여 지는 게 아니었기 때문"에 사법고시에 합격한 그였지만 키가 작고 외모가 아니라는 이유만으로 하영은 그에 대해서는 일말의 미련도 없었다.

5대 1의 경쟁률인 일류 다자인 회사 "입사시험에서 여자들 중에는 제일 높은 점수"였고, "신입사원 연수 점수도 나는 10등 안"에 들어, "회사의 중심 부서인 신상품 디자인실에 발령" 받아 7년간 많은 실적을 올려 대리로 승진한 그녀. "165센티의 키와 군살 없는 다리, 그리고 큰 가슴"에다 "허리 24인치를 꼭 유지"하는 하영. 이제 고생이여 안녕하고 옛 말 하며 사는가 싶었는데, 구조조정에 걸려 그 목줄을 "사장의 외사촌조카인 젊은 실장", 그녀의 대학 선배로 항상 정력을 자랑하는 남자의 손아귀에 내맡겨진 처지로 전락한다. 목줄의 대가는 실장의 욕정이었다. "그것은 하영이 꿈꾸고 있는 세상에서의 '아름다움'을 포기하는 것이고, 죽음이나 다름없는 것이었다."

가차 없이 자리를 버리고 떠났던 그녀였으나 실직 생활 중 목줄과 욕정을 교환하기로 마음을 고쳐먹고 실장과 약속, 외출 중 지방법원에서 2년간 근무하다 그만두고 성형수술로 얼굴을 바꿨을 뿐만 아니라 작가로 변신한 '얌전한 돼지' 김성태를 만난다. 이미 그는 하영의 면박을 고스란히 당하면서 물러섰던 법대생이 아니라 그녀를 결코 놓치지 않겠다고 저돌적으로 덤비는 수컷으로 변해 있었다.

실장은 전화로 오늘이 마지막 기회로 내일은 없다고 협박해대는데, 김성태는 하영에게 "내가 돼지 같이 생겼어도 난, 말이지, 내 안의 나를 사랑한다 이거야…… 너 만큼"이라며 사랑을 호소한다. 그 틈새에서 하영은 "자신이 꿈꾸고 있는 아름다움이 어떤 것인지 대답할 자신이 없다."

성장기에는 그토록 독하게 온갖 간난신고를 극복했던 하영이지만 결국 산업사회의 구조적인 체제의 톱니바퀴 아래에서는 맥없이 스러져 갈 수밖에 없다는 인식이 작가로 하여금 이런 결말을 이끌어 냈을 것이다. 어떤 고귀한 이상이나 능력도 가진 자의 천박하고 하찮은 욕구의 희생물로 전락할 수밖에 없다는 산업사회의 모순을 하영이라는 여인을 통하여 제시해 준 작품이다. 하영

이 추구하는 '아름다움'이 무엇인지는 추상적이면서도 디자이너로
서의 그녀 나름의 인생론으로 어림할 수 있으나 그 악착같은 삶
의 자세가 후반부에서 너무 쉽게 무너지는 건 좀 안타깝다. 그러
나 그 안타까움이 바로 우리의 현실이다. 재능과 능력을 가진 착
한 사람들이 부당한 나쁜 사람들에 의하여 얼마나 핍박당하고 있
는가를 작가는 하영을 통해 보여주고 있다.

결손가정 출신 소설의 주인공 중 성장소설들은 대개가 성공하
는 교훈(해피엔딩)을 결말로 유도해 내는데 비하여 사회비판적인 작
품들은 그 반대로 결론(언해피엔딩)을 맺는 경향이 있다. 그럴 수밖
에 없을 것이다. 후기산업사회란 공정한 게임이라기보다는 패거리
끼리의 이익 다툼이 기본 윤리인 불공정게임 정도를 넘어 아예 일
방적인 몰아붙이기 작전이기 때문이다.

〈가을과 겨울 사이〉의 하영과는 대조적인 결손가정 출신녀를
작가는 〈옥이〉에서 보여준다.

2. 잉여청년과 창녀

〈옥이〉는 한 세대 이전에 성행했던 창녀 소재 소설이다. 읽기에
따라서는 이 소설의 초점을 남주인공 박정우에 맞출 수도 있다.
모 대학 부속병원장 아버지와 알아주는 여자대학 졸업의 아나운
서 출신 미모의 어머니 사이의 외동아들 박정우는 29세의 '먹고 대

학생'으로 우리 시대 실직자의 한 유형인 잉여인간상이다. 아버지의 소원이었던 의과대학엘 못간 그는 모 지방대학을 그럭저럭 졸업, "여덟 번의 입사 시험을 보았는데 단 한군데에서도 합격"을 못했지만 "부모 잘 만나 호강 하는 남자가 할 수 있는 일"은 다 했을 뿐만 아니라 여전히 지금도 하고 있는 마마보이다. "같이 여행 갈 여자 친구 하나" 없는 데다 "운전면허증 말고는 그 흔한 자격증"도 하나 없는 그는 결손가정과는 대조를 이루는 잉여인간상이다. 어느 시대나 이런 인간상이 지천이지 않는가. 잉여인간상이라면 저 19세기 러시아의 레르몬토프의 〈〈우리시대의 영웅〉〉의 페초린이나 푸시킨의 〈〈예브게니 오네긴〉〉 등처럼 당대 상류층 출신의 한량들을 연상하기 십상이다. 그러나 그들은 한국 사회나 소설에서 만나는 잉여인간상들과는 달리 매우 유능하고 박식하며 호연지기로 다져진 매력적인 남성상들이었다. 그들이 귀족 유한부인들을 농락의 대상으로 삼았다면, 박정우는 결손가정 출신 창녀와 심각한 사랑에 빠진다.

　박정우의 아버지는 노블리스 오블리지의 대물림이 아닌 가난뱅이 집안의 수재로 악착스럽게 덤벼 자수성가한 졸부에다 속물일 뿐이다. 그런 집안의 아들이란 자신의 성공을 대물림해주려는 아버지의 욕망의 대행자에 지나지 않는다. 이런 뜻에서 보면 박정우는 〈〈마농 레스코〉〉의 남주인공 슈발리에 데 그리외의 현대판에 가깝다 하겠는데, 작가는 의식적으로 우리 사회에 만연한 잉여인간상을 그런 유형으로 창출해낸 것 같다.

　"고기잡이 배라도 탈 수 있을 거란 생각"(사실은 그런 일은 한 나절도 못할 위인임에도)에서 동해로 여행을 떠날 채비 중 우연한 사건들에 얽히고 설켜 창녀촌에 들러 옥이와 하룻밤을 보내면서 사건은 급진전한다. 작가는 둘 사이의 섹스 묘사에 매우 정성을 들인다.

"한 번의 섹스를 덜덜거리다 푸우, 하고 꺼져버리는 자동차 엔진처럼 기력 없이 끝내고, 온밤을 그녀와 같이 보내기 위하여 지갑에서 수표와 현금을 합쳐 50만 원을 꺼내 주었다." 애초에 5만 원을 주었으니 총 55만원으로 이뤄진 그들의 밤은 자못 흥건하다. 두 번째 섹스 후에도 잠이 안 와 싱거운 대화 후 행위는 이어진다. 좀 길지만 그대로 인용한다.

정우는 돌아누운 그녀의 젖가슴을 움켜잡았다. 물컹했다.

"또 하려고? 아프단 말이야."

그러나 정우는 참을 수가 없었다. 그녀의 몸을 바로 눕히고 입술을 찾았다. 그녀는 그건 안 돼, 하면서 고개를 돌렸다. 정우는 물컹한 그녀의 젖가슴에 얼굴을 묻었다. 그녀도 더 이상 밀어내지 않았다. 그의 머리를 쓰다듬으며 무엇이든 다 주겠다는 어머니처럼 가슴을 내밀었다. 그러더니 어느 순간 아주 적극적으로 그의 몸을 탐했다. 그녀의 입에서 연신 뜨거운 입김이 새나왔다. 그녀의 몸이 활활 타올랐다. 이마와 가슴에 맺힌 땀이 그것을 증명했다.

그 순간 그녀는 창녀가 아니었다. 정우는 자신의 배 위에 엎드린 채 숨을 가누고 있는 그녀의 등을 잡아당겼다. 땀이 흠뻑 밴 몸에서 뜨거운 무언가를 느낄 수 있었다. 그것이 무엇인지는 자세히 분별해낼 수 없었지만 흔하디흔한 감정은 아니었다.

아무튼 그녀의 심장이 빠르게 뛰고 있었고, 그의 심장도 그 속도에 뒤지지 않았다. 그는 무슨 말인가를 하지 않고는 견딜 수 없었다.

"이 순간을 오래도록 잊지 못할 거야."

"정말?"

그녀가 커다란 눈을 깜박이며 물었다.

"정말이야, 지금까지 경험 중에서 가장 좋았어."

"난 창년데?"

"아니야, 넌 창녀가 아니야. 넌 천사야. 천사! 알았니?"

그녀는 기어 들어가는 작은 소리로 고마워 오빠, 그랬다. 그리고는 사실 오늘이 내 생일인데, 오빠 같은 사람을 만나 다행이야, 하는 것이었다. 정우는 생일이라는 말이 거짓이 아닐 것이라고 확신을 했다. 그러나 어쩌겠나. 겨우 하룻밤 같이 자는 여자인걸. 그는 축하한다고 말하고 그녀의 몸을 다시 잡아당겼다. 그녀는 그의 한쪽 어깨에 머리를 묻고 그의 가슴에 글씨를 쓰고 또 써서 높이 높이 쌓았다. 난 창녀야. 아니야. 난 천사야. 난 창녀야. 아니야. 난 천사야…… 그 높이가 얼마나 올라갔을까. 그녀는 잠이 들었다.

〈옥이〉

이쯤하면 옥이의 인생역정이 나올 법 하다. 논산 여자와 시외버스 기사인 서울 남자 사이에 출생, 충청도에서 울진 바닷가 마을로 이사, 아버지의 외도, 엄마가 아버지 몰래 동해의 변두리로 이사, 수족관에 물고기 싣고 다니던 남자와 동거, 연상인 그 남자의

아들이 고교생(17세)이 된 옥이를 넘보기 시작하자 가출, 상경한 뒤
그녀의 이력서는 1970년대 창녀소설의 구성요건을 복습할 수 있
도록 충분한 자료를 제해준다. 여공이 되었으나 얼굴 반반한 죄로
"나를 한 번 더 따먹을 수 있을까 노려보는 눈들만"있었는데, 결국
억울하고 부당하게 쫓겨나 직업소개소, 다방 등 "여기저기 팔려
다니다가 '막대기'란 좆같은 놈"에게 꿰여 "다방에 진 빚 갚아 주고
데려다가 살림"을 차렸다. "단물 다 빠지니까, 술집에다 날 팔아치
우더니, 이 년째 내 피를 빨아먹고 살어. 그러면서 밤마다 지 똥구
멍을 핥으라고 하지. 그 개새끼는 변태야."

　　　그 개새끼 똥구멍을 핥을 때마다, 언젠가는 그 똥구멍에 칼을 쑤
　　셔버리겠다고 마음먹었지…… 그런데 오늘 그랬어. 내 생일이어서가
　　아니라, 오빠를 만나서 용기가 생겼던 거야…… 오빠가 어저께 내
　　진짜 이름을 자꾸 물어봐서…… 그래, 내 진짜 이름은 정영숙이야,
　　정영숙……."

〈옥이〉

정영숙은 동거남을 죽여 버리고 정우가 함께 가자던 동해행 열
차를 탔다. 그녀는 어렸을 때 아버지를 찾아갔더니 자기는 진짜 아
버지가 아니라면서 어머니에게 물어보라는 말에 충격을 받은 트라
우마를 가지면서 어머니나 의붓아버지, 그의 아들 등에 대한 살해
충동을 갖게 되었다. 동해에서 그녀는 정우에게 사흘간 약혼자 행
세를 해 달래서 어머니 집을 찾아간다. 필시 살해 목적이었으리라.

이제 작가의 인생관이 드러날 판이다. 그녀로 하여금 계획대로 친족 살인을 저지르도록 전개할 것인가? '묻지 마 살인'도 판치는 세상이라 설사 정영숙이 연쇄살인을 저지를지라도 그리 놀랄 일도 아니다. 그런데 그렇게 못하는 게 이 작가 이종하의 문학관이자 인생관이며 또한 한계이기도 하다. 《《카라마조프가의 형제들》》에서처럼 인간의 깊숙한 악의 원천을 드러내는 건 엄청난 작가의 용기를 필요로 한다.

"누군가를 죽이고 싶을 정도로 미워했는데, 왜 그런지 갑자기 미워할 수가 없어. 그 사람이 도리어 불쌍하다는 생각까지 드는 거 있지?" 창녀 옥이가 인간 정영숙으로 돌아가 애인 박정우에게 토해내는 고백이다. 만약 정우가 격조 있는 잉여인간상이라면 정영숙은 결국 자살할 수밖에 없음을 예감 했을 텐데 그에게는 이런 깊숙한 속내까지 꿰뚫어 볼 수 있는 혜안이 없었다. 그는 앞뒤 가릴 겨를도 없이 그녀를 무작정 서울로 데리고 갈 속셈이었고, 그게 가능하다고 믿었다.

정영숙은 남의 배를 몰래 타고 나간 채 행불, 자살로 간주된다. 그 뒷이야기는 차라리 없어도 좋다.

〈옥이〉의 정영숙은 〈가을과 겨울 사이〉의 정하영과 대조적이다. 하영이 성장기에 악착스럽게 자신을 지켰다면 옥이는 그 반대였다. 옥이 같은 처지에다 하영을 대입시키면 사건은 달라졌을 것이다. 그런 뜻에서 하영을 성공한 여인으로 평가할 여지도 있지만 결말은 자신이 지키려던 가치관을 허물어뜨릴 수밖에 없는 쪽으로 작가는 암시하고 있다. 그런 관점으로 보면 둘 다 냉철한 후기 산업사회의 체제 안에서는 독한 여자든 착한 여자든 희생자가 될 수밖에 없다는 점에서는 다를 바 없다는 걸 작가는 보여준 셈이다. 둘 다 정씨로 설정한 건 작가의 의도된 창작비결일 것이다. 이런 처지의 여성이라면 악착을 떨든 세속에 휩쓸리든 산업사회의 무자비한 수탈과 탐욕의 희생물일 수밖에 없다는 걸 작가는 증명하고 싶었을 것이다.

여기까지 읽노라면 결손 가정 출신 주인공을 자주 등장시키는 게 혹여 이 작가의 성장과정과 연관이 있는 건 아닐까 하는 의구심이 들어야 성실한 독자의 자격을 갖춘 것이다. 서울 연희동에서 태어난 이 작가는 두 살 때 아버지가 말복 날 한강(성산대교 밑)으로 마을 사람들과 천렵을 갔다가 사고로 세상을 뜬 후 익산의 외갓집에서 어렵게 성장했다는데, 작품 〈바람의 끝은 어디인가〉의 이민우를 연상시키게 해준다.

작가는 14세 때 서울 문정동의 어머니에게 돌아갔으나 단칸방의 어려운 살림이라 가방공장 노동에 발을 들여놓으면서 온갖 세파에 시달렸다고 한다. 노동과 야학으로 점철된 작가 이종하의 전반생은 정규 대학생으로 노동운동에 투신했던 1980년대의 학삐리 노동문학인들과는 또 다른 체취를 풍긴다. 현장 체험의 작가들이 역사와 사회의식을 앞세우며 변혁운동을 추동해 내는데 초점을 맞췄다면, 이종하는 생존 그 자체가 너무나 절박한 데다 결손가정이라는 실존적인 고독까지 감내해야만 되었기에 〈옥이〉나 〈가을과 겨울 사이〉 같은 인간존재의 원초적인 문제까지 천착할 수 있었을 것이다.

3. 뒤바뀐 카인과 아벨

〈바람의 끝은 어디인가〉는 이 작가의 특성이 가장 잘 드러내준다. 부선망(父先亡) 결손가정이 이종하 소설의 대종(大宗)인데 이 작품이 그 전형에 해당된다.

"부잣집 외동아들로 태어난 아버지는 고향에서 소문난 노름꾼에다가 오입쟁이"였는데, 오죽이나 인간망종이었으면 소작인들이 그 땅을 마다할 지경이었다. 그러니 부자인데도 시집 올 여인도 없어서 그의 어머니가 논 몇 마지기 떼어주고 며느리를 사들인 것이다. 그 아내가 아들을 낳았는데 얼마 뒤 느닷없이 갓난 아들을 안고 들어왔다. 본처의 아들 이민우와 들여온 아들 이민철을 남겨두고 그 애비는 전 재산을 "노름빚으로 다 탕진하고 작은 마누라네 집에서 그 작은 마누라의 목을 졸라 죽이고 자신은 농약을 먹고 죽었다." 두 아들 중 형뻘인 이민우의 행적에는 작가 자신의 삶의 궤적이 슬쩍 묻어난다. 생모는 입양아들 민철만 데리고 상경, 온갖 고생을 하면서도 정성껏 길러 검사로 출세시켰으나, 친아들 민우는 "전북 익산에서 할머니, 고모 그리고 고모부와 살며 학교를 다니다가 방학 때나 고모와 함께 서울에 올라오곤 했다." 익산은 바로 작가가 아버지를 잃고 고생스럽게 자랐던 외갓집이 있던 곳 아닌가.

소설은 민우 민철 형제를 카인과 아벨 식으로 다루면서도 아우가 형을 핍박하는 구조로 바꾼다. "방학 때마다 뜬금없이 나타나서는 어머니의 사랑을 독차지하다시피 하다가 사라지는 어린 그가 형이라는 사실도 그 훨씬 전부터 마음속에서 거부"하던 민철은 민우를 시내로 끌고 나가 낯선 골목에 세워두곤 "아이스케키 사올게"라고 속여 내다 버린채 혼자 귀가해 버렸다. 냉면 행상 어머니가 형아는 어딨냐고 묻자 태연하게 "집에 있어"라고 대꾸했는데, 늦게 집을 찾아 돌아온 민우는 고자질이 아니라 이렇게 말했다.

어머니 잘 못했어요…… 심심해서 저기 산에 올라갔었는데요. 깜박 잠이 들었다 깨어보니 밤이 되었어요…… 내려와서 보니까 집을 찾지 못하겠더라고요. 이 동네가 아니고 다른 동네더라고요. 그래서 다시 산으로 올라가 낮에 잤던 곳에서 잠을 자버렸어요. 어머니 제가 잘 못했어요…… 어린 그(민우)는 능청스러울 정도로 침착하게 거짓말을 해댔다. 때문에 어린 남자(민철)는 그 일과 아무런 상관이 없는 것으로 묻히게 되었지만, 그것은 어디까지나 외형상일 뿐 마음속에는 커다란 산, 아니 평생 동안 헐어내려 해도 헐어내지 못할 우울한 산을 만들어 버린 것이었다.

〈바람의 끝은 어디인가〉

영악한 민철은 어머니나 다른 사람이 있을 때에는 민우에게 형아라 불렀지만 단둘이만 되면 "니네 엄마는 죽었대. 그러니까 여기는 니네 집이 아녀. 그거 알어, 너"라고 윽박질렀다. 민우는 "아니야. 할머니가 그러는데 아빠는 죽었지만 우리 엄마는 죽지 않았대, 니네 엄마가 우리 엄마래, 고모도 그랬어"라고 버텼으나 이내 "뭐야, 새끼야"라며 민철의 주먹이 그의 얼굴을 때렸다. 한 살 터울이지만 7개월 20여 일 차이에 불과한 형제의 파워 게임은 악의 승리로 끝난다.

　　"그래, 나(민철)는 니(민우) 동생이 아녀. 그러니까 우리 엄마가 니네 엄마도 아니지. 알았어."

　　"……."

　　어린 그(민우)는 대꾸를 하지 못했다. 어린 남자(민철)는 기세를 잡았다는 듯이 말했다.

　　"그런데 너는 왜 우리 집에 자꾸 와. 그리고 내 엄마한테 왜 너도 엄마라고 해. 그러지마. 죽여 버릴 거야."

　　"나도 그러고 싶지 않지만, 할머니가 자꾸 엄마라면서, 엄마라고 불러야 한다고 하니까 그래. 나도 니네 엄마한테 엄마라고 부르기 싫어."

　　어린 그는 울먹이며 가까스로 끝까지 말을 토해냈다. 그러고는 집을 뛰쳐나갔다. 어린 남자는 집을 나가는 어린 그를 내버려두었다.

〈바람의 끝은 어디인가〉

　　민우는 행상에서 돌아온 어머니에게 다짜고짜 할머니에게 가고 싶다고 어깨까지 들썩이며 서럽게 울었고, 이로 써 그는 어머니와 민철을 피하는 바람 같은 운명의 사나이로 바뀐다.

　　시골 할머니가 죽자 민우도 상경, 동거인이 되었지만 그는 바람처럼 가출이 만성화되어 무작정 나갔다가 한참 뒤에야 귀가하곤 하기에 생판 가족 같은 친밀성이 없을 뿐만 아니라 집안의 화근이 되었고, 그 화근 때문에 더 자주 바람처럼 집을 나가 떠돌게 되었다. 어머니가 식당을 차릴 만큼 자수성가 한 뒤에도, 민철이 검사로 출세하기 위해 학업에 전념하는 동안에도 민우의 바람 같은 가출 버릇은 여전하여 17세 무렵에는 공장을 떠도는 오줌싸개가 되어버렸다.

이 형제의 이야기는 결손가족 소설 족보에서는 극히 예외적인 경우에 속한다. 서자가 적자를 핍박하면서 승자의 자리를 차지하도록 장치한 작가의 의도는 세상과 인생살이가 얼마나 뒤죽박죽인가를 보여주려는 것인지 모르지만, 인생은 어떤 공식에도 적용되지 않는 오묘한 운명에 지배당하고 있다는 것만은 분명히 재확인 시켜준다. 염치가 사라진지라 옳고 그름이 흐려져 인간 망종이 착한 사마리아인을 추방하고 도둑이 주인을 학대하는 세상살이의 크레샴의 법칙을 작가는 드러낸 것이다.

가방 공장에 다니면서 알게 된 여공 혜란과의 로맨스는 한 폭의 연애소설만큼 무척 달콤하다. 혜란은 〈옥이〉의 이력서와 같은 항렬자이다.

고교 일 학년 때 술에 취해 "꽥꽥거리는 어머니의 잔소리가 듣기 싫어 책가방을 집어던지고 무작정 집을 나와 모집광고를 보고 들어갔던 가방공장"에서 민우를 처음 만났지만 정작 그녀의 사랑은 오야미싱사였다. 그에게 "마음도 몸도 다 주었다가 보기 좋게 차이는 바람에 그 공장을 그만두고 들어간 조그만 술집에 틈만 나면 찾아와 이런 식으로 아무렇게나 살면 안 된다며 다시 공장으로 가자고 말해준 사람"이 이민우였다. 오줌싸개로 외톨이였던 그를 따돌리려고 "하룻밤 같이 자고 나면 그만 찾아오겠지 해서 그랬던 것"인데, 그를 피하고자 스탠드바 등 업소를 옮겼는데도 그는 용케도 줄곧 찾아다녔다.

그녀에게 추근거리는 남자의 이빨을 네 개나 부러지도록 팬 걸로 민우는 고소당해 청주에서 꼬박 1년형을 살고는 나오자마자 갈 곳이 없다고 혜란에게 매달렸다. 그렇게 시작된 동거 10년, 그런데 "음력 9월에 태어난 그는 가을만 되면 마치 몽유병 환자처럼 자리에서 벌떡 일어나 홀연히 사라지고는 하였다." 그러나 반드시 돌아왔는데, 기어코 2년째 종무소식중 실종되었다는 속초해양경찰서의 통보를 받는다.

검사가 된 민철을 따라 혜란은 현지로 내려갔으나 시신은 못 찾고 민우가 남긴 바람처럼 떠도는 자신의 처지, "바람처럼 살고 싶다. 자유롭게 여기저기에 그냥 있고 싶다. 아무 것에도 속하지 않은 나가 좋다"는 식으로 끄적거린 노트는 발견되었다. 노트를 통해 포스트모더니즘적인 그의 삶의 고뇌가 묵시록처럼 드러난다.

치밀한 수색에도 시신을 못 찾아 포기할 즈음에 민우가 세들어 살던 집 아들 김문길이 운자를 뗀다. "이 말은 아무에게도 하지 않았는데…… 죽었을 지도 모르지만 죽지 않았을 지도 모르것네요. 내 생각은 죽지 않았을 것 같기는 헌데……."

"6대4의 비율로 나눠먹기로 하고 뱃일을 같이했다"는 그는 배를 가라앉혀 버리고 수영으로 몰래 육지로 돌아오면 감쪽같이 죽은 걸로 되어 자유로운 삶을 살 수 있다고 했던 민우와의 대화를 공개한다.

"나 때문에 불행한 사람들이 많아. 어머니도 동생도, 그리고 마누라도 나 때문에 다 힘들어하거든. 내가 죽어줘야 돼. 내가 죽어서 그 사람들 기억에서 사라져야 그 사람들이 편하게 살 수 있거든. 너는 내가 아무리 말해줘도 잘 모를 거야. 내가 왜 연어를 잡아 죽이는 줄 아니? 그 새끼들이 자라서 다시 여기밖에 내가 갈 곳이 없구나, 하고 그 먼 길을 찾아오느라 고생할 것을 생각하면 차라리 태어나지 말았으면 해서 그런 거야. 아무튼 내가 죽어야 돼. 알겠니 내 맘."

〈바람의 끝은 어디인가〉

그는 행불 전 미친 듯이 연어를 잡아 죽였다. 그를 사랑하는 혜란은 이 사실을 알고 있었을까. 그녀는 시동생에게 이렇게 말한다. "오지 않아도 상관없어요. 그는 죽지 않았으니까, 꼭 살아서 돌아올 거예요."

따지고 보면 우리 삶이란 이런 것이다. 민우의 계산과는 달리 그가 사라지면 남은 사람들이 편안한 것이 아니라 오히려 더 큰 트로우마를 안겨주는 것, 사랑하는 사람의 짐을 덜어준다는 것이 도리어 더 큰 짐을 안겨주는 꼴이 아닌가.

4. 맺는 말

〈안개 소리〉는 150센티 미만의 키 때문에 수모를 당하는 여인의 일대기를 통하여 우리 사회가 갇혀있는 외모지상주의의 갈등을 묘파해 준다. 디자이너 '나'(윤아)의 독백으로 전개되는 이 작품은 친구 미애의 분방한 삶과 대조를 이루면서 우리 시대의 윤리의식의 황량함과 출세지향성 쾌락적 이기주의의가 얼마나 파렴치한가를 극대화시켜 준다.

작가 이종하는 "내가 갈 수 없는 나라 중에서 아마 제일 먼 곳이라 여겼던 하나의 실체가 있었다면 그것은 문학을 하는 나라일 것이다. 그럼에도 나는 그 나라에 가고 싶어 늘 짝사랑하며 지금까지 비켜가는 시간을 열렬하게 이겨왔다."고 깊은 속내를 드러낸다. 이 말은 그만큼 문학을 통하여 자신이 겪었던 삶의 트라우마를 드러내고 싶은 게 많다는 걸 입증해준다.

그의 소설은 우리 시대가 당면한 온갖 부조리와 비인간화 현상을 결손가족으로 상징화하는 데서 출발한다. 결손가족처럼 결핍된 공동체의식으로 야만적인 인간과 인간이 서로 이리인양 물어뜯어대는 이 복마전의 세태를 이종하는 분노나 절규가 아닌 담담한 목소리로 담아낸다. 정교성이 모자라는 대신 소박성이 돋보이는 이 소설들은 우리 시대의 수난 받고 핍박당하는 사람들의 언 가슴을 조금이라도 녹여주기를 기대한다. 그것이야말로 바로 바람처럼 떠도는 우리 시대의 생령과 망령을 달래 줄 수 있는 진혼가가 될 것이다.

소설의 주인공처럼 살아왔던 작가의 생생한 현장 체험이 이제
는 사회와 역사와 밀착하여 시대정신을 담아내는 작품으로 승화
되기를

〈끝〉

가을과
겨울
사이

지은이 이종하 | 발행인 김윤태 | 발행처 도서출판 선 | 북디자인 디자인이즈 | 등록번호 제15-201 | 등록일자 1995년 3월 27일
초판 1쇄 발행 2014년 1월 20일 | 주소 서울시 종로구 낙원동 58-1 종로오피스텔 1020호 | 전화 02-762-3335 | 전송 02-762-3371
값 16,000원
ISBN 978-89-6312-473-5 03810